唐诗夜航

张起 张天健／著

中国文史出版社

图书在版编目（CIP）数据

唐诗夜航 / 张起，张天健著. —北京：中国文史
出版社，2022.11
　ISBN 978-7-5205-3618-9

　Ⅰ.①唐… Ⅱ.①张… ②张… Ⅲ.①唐诗-诗歌欣
赏 Ⅳ.①I207.227.42

　中国版本图书馆 CIP 数据核字（2022）第 163390 号

责任编辑：方云虎
封面设计：三味书屋

出版发行：**中国文史出版社**

社　　　址：北京市海淀区西八里庄路 69 号　　　邮编：100142
电　　　话：010-81136630
印　　　装：廊坊市海涛印刷有限公司
经　　　销：全国新华书店
开　　　本：710 毫米×1000 毫米　　　1/16
印　　　张：27.25
字　　　数：350 千字
版　　　次：2023 年 3 月北京第 1 版
印　　　次：2023 年 3 月第 1 次印刷
定　　　价：89.00 元

ISBN 978-7-5205-3618-9

作者简介

张起（1963—），男，四川崇州人，1987年毕业于华东师范大学中文系，中共党员，成都大学教授，杜甫研究学会理事，成都历史学会常务理事，成都大学文明互鉴与"一带一路"研究中心特聘教授，《今古传奇·文化评论》学术顾问。研究唐代文学、巴蜀文化。发表论文七十余篇，出版《唐诗解密》《唐诗探骊》《晚清松茂古道的一次民间行吟考察——董湘琴〈松游小唱〉校注、整理与研究》《唐诗：异闻趣事今说》《唐诗夜航》《唐诗疑难详解》。主持教育部人文社科规划项目一项，四川省哲学社会科学规划项目两项，四川省哲学社会科学重点研究基地李白文化研究中心课题一项。获成都市人民政府社会科学优秀成果二等奖、三等奖两项。

张天健（1932—）男，四川崇州人，1963年毕业于四川师范大学中文系，成都大学教授。九三学社社员，唐诗专家，散文家，四川省作协会员，唐代文学学会会员，杜甫学会会员，李白研究会会员，曾任四川诗词学会常务理事、学术部主任。发表唐诗论文六十八篇，出版《唐诗答客难》《笔记雅谈》《唐诗趣话》《唐诗答疑录》《唐诗：异闻趣事今说》《唐诗解密》《唐诗疑难详解》《唐诗夜航》，散文集《红尘旧梦》《再度红尘》《逝水流伤》《红尘残梦》，散文小说集《梦里徊徨》，旧体诗词集《听雨西窗试剑鸣》《听雨敲诗录》。1981年《为孟郊一辩》获首届四川哲学社会科学优秀论文奖；2002年《〈秦妇吟〉讳因考》获《新华文摘》摘引介绍；多篇论文被"人大复印资料"《中国古代近代文学研究》转载。

序 一

唐诗，中国历史文化发展史上的瑰宝，千余年来，从各个方面研究、记述的文字，用汗牛充栋、车载斗量形容，毫不为过。其逸闻趣事，淹沦名山；稗海秘籍，未能刊印的仍多。于是，我们便伐柯琼林，采珠大海，从唐人笔记、史志唐书、历朝诗话，传录钩沉，计划别出新途，梳理文字，考核史实，朝书暝写，撰成《唐诗夜航》一部。

本书旨在以诗传事、以事寻诗、以人求趣，用唐代诗坛人事，述说古今通理，世间情事，不独唤醒世道人心，鳞爪片羽，亦足以佐研唐诗唐史。

书成撰录绝句一首，以志艰难：

跋涉书山苦用心，朝临史海夜钩沉。

凭君一访前唐地，诗海行航叹海深。

张天健

2021 年 11 月 4 日改于

都江堰听雨楼

序　二

正月初一早上，出奇的静。昨夜围炉守岁，想到这种沿袭既是空间性的又是时间性的，在同一时间，凡中华文化覆盖的地方均如此，而且古人亦是。张九龄有《望月怀远》："海上生明月，天涯共此时。情人怨遥夜，竟夕起相思。灭烛怜光满，披衣觉露滋。不堪盈手赠，还寝梦佳期。"我想大约也是守岁人的感受吧。

唐朝正月有"元日朝正"之仪，这天各地官员要向皇帝拜贺新年。贵族趋尚，往往为后世平民效仿，进而成了最重要的节日，这是国人骨子里对传统的尊崇。永泰元年（765）杜甫在严武幕中，参加完各种活动回到浣花溪草堂已是正月初三，"蚁浮仍腊味，鸥泛已春声"，年算是过完了。此时杜甫得到唐代宗召唤，结束流放，准备还朝接受工部员外郎，诗人心情焉有不高兴之理，所以"药许邻人劚，书从稚子擎"；他向同事骄傲宣称重返朝廷才是自己志向，所以"白头趋幕府，深觉负平生"。但就这么一起重要事件，事涉诗人个人史，由于史载脱漏，两《唐书》误会，令今人解杜，都把它读为诗人厌倦幕府生活，反感严武暴猛（《新唐书·杜甫传》），严重背离诗人本恉。这即是《唐诗夜航》关注的"轶闻"。它可补史载之阙疑。杜诗不难解，只须抓住世受国恩、家国情怀，便可透辟。

突然想到晚唐有诗名的郑綮，离开庐州刺史时，与郡人别，有"唯有两行公廨泪，一时洒向渡头风"布在人口。他让我感兴趣，是另一段趣事，据五代孙光宪《北梦琐言》郑綮唐昭宗时为相，有人问他近来有无新诗，郑綮戏谑说"吾诗思在灞陵风雪中驴子上，此处何因得之?"意思是我的诗歌还在灞陵风雪驴子背上。回答多么风雅！长安灞桥及渭桥，都是唐人迎送亲友故旧的地方。送别的折柳相赠，迎归的摆酒洗尘。这就是唐人的生活，也是唐诗产生之地，在这里诗人们寄托他们永恒的相思与喜乐。郑綮的风趣，即是《夜航》说的"趣事"。它可观照贵族时代士人的自信乐观、机智幽默、朴拙滑稽，这都是宝贵的人生资源。

唐诗已成国人的精神源泉和心灵归属，它不只包含诗歌，还包含唐人的生活方式、唐人的故事。诗、事、人，才是完全的唐诗。我们对唐诗的探寻，实际是对一种生活方式的探寻、对贵族世界的探寻，对高尚心灵的访问。我们关注唐诗，关注唐人生活，关注唐诗轶闻趣事，寻绎其对今人的启迪意义，所以特别注意别出"新说"。班固《西都赋》说："撼怀旧之蓄念，发思古之幽情，博我以皇道，弘我以汉京。"鲁迅说："发思古之幽情，往往为了现在"（《花边文学·又是"莎士比亚"》），这即是《夜航》宗旨，析出新意，与读者一起领悟唐诗，领悟正确、高尚的价值文化。

在这一体系中，除了诗歌，给人印象深刻就是诗人诗事，他们把生命托付最后的贵族时代，在这里演绎他们的人生愿望和情感故事，譬如"李白骑驴闯县衙"，骑驴事件也许并不真实，但它的象征意义，需要我们去结合历史激发阐扬。再譬如"白居易巫山无诗"，是他江郎才尽，还是他故意不为，这让我们从中发现大诗人对艺术规律的尊重。诗靠什么，靠灵感，没有灵感的诗，为应酬而作的诗，白居易不愿作，大名人之谨行如此，我们呢？再有"宋之问杀刘希夷"，抢夺"年年岁岁花相似，岁岁年年人不同"，我们又能从中发出什么"新说"来？至少我们会看到唐朝存在侵犯知识产权，抢夺劳动成果的事实，今天这种现象有吗？再如"戎昱千金不改姓"，他是唐朝一位名气不大的诗人，即使如此他也有傲视权贵的个性，在异族入侵上具有铁血精神、民族气节。更不必说民胞物与的杜甫仁心，哀挽贵族的李商隐痴心，死正颓纲的张道古忠心。在"安禄山乱国异闻"上，唐玄宗的雄心和政治视野，与安禄山的关系均有不同他人的新颖之说。

大凡唐诗名篇，都伴随着故事，都有名人参与其中，经典的形成不仅仅是诗歌文本，《唐诗夜航》诗、事、人、评四者结合，至少比当下远离真相、远离历史基础，比比皆是的审美解释靠谱。

最为可惜，自唐末结束贵族社会，历经宋代平民社会修改，传统文化的核心精神也随之损毁流逝，高雅被鄙俗，敬畏被狂妄，谦卑被奴性，仁爱被邪恶，廉洁被贪婪，再经近两百年西学改造，各种"怪力乱神"大行其道，更是惨不忍睹，其唐人之精神距今人更远，故解释唐诗，发其贵族精神，当要抛去历史教科书庸俗之说，扫荡数百载扭曲不实之辞，摒弃自以为是之见，具备独到的心证和历史领悟力，让唐诗真正回到唐朝，方可拨乌云而见天日。

唐人创制的唐诗，在精神上把中国统一着。盛世需要人人养成贵族心态，培养高尚情操与盛世匹配。唐诗是贵族文化，是贵族创造的书面语诗体，它摆脱了渺小与庸俗，满足了诗意的语言活动，某种意义上唐诗的伟大与崇高，对家国情怀的讴吟，对万物生灵的仁爱，对传统道德的守持，使它具有了宗教意味。唐诗是"民魂"，只要是中国人就不能脱离最后的贵族时代留下的精神文化传统！

有感而发，是为序。

张　起

2021 年 2 月 12 日于上海

松江广富林遗址

目　　录

卷一　初唐

卷二　盛唐

卷三 中唐

卷四 晚唐

卷五　评论

卷一 初 唐

海内存知己，天涯若比邻。

——王勃《送杜少府之任蜀州》

魏征喜好吃醋芹

太宗时，魏征任左丞相，日理万机，堪称社稷重臣。有一天退朝，太宗笑对身边侍臣说："这个羊鼻公，真不知有什么喜好之物能动他的感情？"侍臣说："有的，魏征喜欢吃醋芹，常常吃后，止不住高兴地说：'快活，快活！'这时可见他真情毕露。"次晨，太宗召集众臣赐饮食，安排有醋芹三盘。魏征见后，高兴、得意，赐食未完芹已先尽。太宗笑说："你常说无所好，现在我见到了。"魏征忙拜谢说："王没有作为之时，我还敢考虑什么，当然无所好。我执掌职守，唯独选醋这含'收敛'之物为喜好。"太宗一听，默然一想，深为感动。魏征退朝后，太宗仰头斜看旁边，不禁连连赞叹。他心里想："这样好的忠贞之臣时时都在启示我啊！"

有一次太宗巡幸洛阳，在积翠池宴请群臣，酒酣赋诗，魏征献《西汉》诗"终藉叔孙礼，方知皇帝尊"。太宗心中一动，说："魏征之言未尝不是以礼约束我啊。"诗如下：

> 受降临轵道，争长趣鸿门。
> 驱传渭桥上，观兵细柳屯。
> 夜宴经柏谷，朝游出杜原。
> 终藉叔孙礼，方知皇帝尊。

事见唐柳宗元《河东先生龙城录》。

魏征是一代名臣，他贤良忠直的知名度没有人会怀疑，都认同他忠言谠论的阻谏精神。一个忠臣最宝贵的"直"，其实还有个不小的遗漏是"智"。

寓直于智，藏智于直，这才是没有走样的魏征。唐初政治开明，但"伴君如伴虎"，这是谁都否定不了的事实。魏征，一名优秀的驯虎手，太宗表演虎威八面，后才修文偃武，开唐诗一代新风，消宫艳六朝颓废。在此我们以诗相赞：

诗界千年首盛唐，文张武敛咏遐昌。
天京帝宅皇居壮，宫艳初消忆李王。

杨炯狂傲麒麟楦

　　杨炯与王勃、卢照邻、骆宾王蜚声海宇，称王杨卢骆，也称四杰。杨炯听了这个称号，不以为然地说："我惭愧列在卢照邻前面，同时又以列于王勃后面为耻。"时议也认为说得对，后来崔融、李峤、张说等诗人都很看重四杰文辞，崔说："王勃文章开阔飘逸，非一般常人能比得上，杨炯和卢照邻可望比得上，杨炯的话是真实的。"张云："杨炯文章高处如河流注水下来，取之不尽，他的文章既比卢照邻好，也不低于王勃，耻居王后确是真的，愧在卢前那是谦逊。"

　　事见后晋刘昫《旧唐书·杨炯传》。

　　尽管有崔融、张说吹嘘，一谈起杨炯，心里总是疙疙瘩瘩，那"一耻一愧"，不是使人欣赏他话的实在，而是讨厌他的名誉观念。崔融、张说的圆场，是否增加了他的体面，在我看来，并没有。崔、张的话，在历史的长河里几乎湮没无闻，信者绝少。王勃诗文的光彩，对杨炯来说，排名不是如他所说耻后，而是沾光了。杨炯曾在盈川县做县官，恃才倨傲，显贵都对他不能容忍。张鷟《朝野佥载》说他每见朝官，便称"麒麟楦"，人们问称"麒麟楦"何意？他说："妆糊铺里做的假麒麟，画好头角，妆饰好皮毛，盖在驴背上，绕场而跑，但脱去妆饰，还是驴马。那些未具备德才却穿红紫的权贵，与驴子身上盖麒麟皮有何差别？"

　　初唐承袭前朝遗风，重血缘门第，杨炯出身弘农杨氏，唐朝顶级贵族，他的狂傲虽不足取，但对他目朝官为"麒麟楦"，要另眼看待，看到披官皮、兽皮的酒囊饭袋，敢骂敢讽，不失为一个胆识超群的人。初盛唐有点名气的诗人许多都写过《从军行》，杨炯诉从军之志的诗是："烽火照西京，心中自不平。牙璋辞凤阙，铁骑绕龙城。雪暗凋旗画，风多杂鼓声。宁为百夫长，胜作一书生。"这正是初盛唐贵族中流行的一种保家卫国的责任精神。最后我们赋诗相评：

> 耻愧徒劳费口呼，悬河注水特君途。
> 龙城一夺书生志，论定《从军》值万铢。

斗酒学士王无功

王绩，初唐绰号"斗酒学士"的诗人，生性狂放，饮酒有斗量不醉，常说："我恨生不逢时，未与好酒的古人刘伶一个时代，与他关门大饮。"因著《醉乡记》《酒德颂》《五斗先生传》，气质情操都超过常人。又曾戏题卜铺（占卜谋生的铺子）墙壁：

> 旦逐刘伶去，宵随毕卓眠。
> 不应长卖卜，须得杖头钱。

到他任秘书正字职官时，如果端端正正穿戴整齐，捧上朝笏料理职事，又不是他喜欢，便要求到外面任职事，于是授任扬州六合县丞，他厚爱于酒，妨碍职事，保卫部门法制严肃，多次勘察揭发。他叹息说："像网罗高高悬着，离开吧。"就拿出所受薪俸钱，堆积县衙门外，假托有风病，连夜乘条小船遁逃了。过些年，他凭前六合县丞身份待诏门下省，当时省官按例每天给好酒三升（十升一斗）。他的七弟，当时任武皇李渊管牛的官，问他："做待诏可高兴吗？"他说："待诏薪俸太寒碜，只是每天好酒三升值得留恋罢了。"又有待诏江国公，王绩之老友，禀告上面说："三升好酒不足以留住王先生。"于是特别优待每天给王绩一斗酒，时人便称"斗酒学士"。

事见唐吕才《东皋子后序》。

对这一雅号我不敢恭维，他还自号"东皋子"，心中有块垒，我看，也不是社会对他的特殊迫害。他有抱负又志不在功业，佯狂傲世，属于一个不踏实的假精灵。王绩字无功，他确实对社会也"无功"，受禄当然有愧。后来做待诏又嫌钱少，这样的人才不好将就。我不赞同他的"酒"，赞同他的诗，他有一首《晚年叙志示翟处士》：

> 弱龄慕奇调，无事不兼修。
> 望气登重阁，占星上小楼。
> 明经思待诏，学剑觅封侯。
> 弃繻频北上，怀刺几西游。
> 中年逢丧乱，非复昔追求。
> 失路青门隐，藏名白社游。
> 风云私所爱，屠博暗为俦。
> 解纷曾霸越，释难颇存周。
> 晚岁聊长想，生涯太若浮。
> 归来南亩上，更坐北溪头。
> 古岸多磐石，春泉足细流。
> 东隅诚已谢，西景惧难收。
> 无谓退耕近，伏念已经秋。
> 庚桑逢处跪，陶潜见吏羞。
> 三晨宁举火，五月镇披裘。
> 自有居常乐，谁知身世忧。

要说的是，古今所谓士林，这类迂阔好动，动辄大言的妄人太多。今天，许多知识分子对现实的认知也相当脱节，生活在自己的世界，看不到问题，看不到全貌。清谈误国，玄言害人，这个"斗酒学士"，这个"东皋子"，害的是魏晋士人不切实际的时代病，轻视礼法，孤高自悬，泉下饮酒，山林作乐，一事无成。他的名诗是隐居东皋的《野望》"东皋薄暮望，徙倚欲何依。树树皆秋色，山山唯落晖。牧人驱犊返，猎马带禽归。相顾无相识，长歌怀采薇。"学陶潜却不能真正放下，他到底是惹人同情的，自撰墓志铭，泣诉"才高位下"，忧愤一生。最后结撰一诗相赠：

> 乖时背世往东皋，久厌官商遂向陶。
> 散淡晚归田野去，西山日暮见情高。

滕王阁王勃惊座

　　唐初四杰王、杨、卢、骆，首屈一指的王勃作《滕王阁序》时年仅十四岁。高宗龙朔三年（663）重九，洪州都督阎伯玙在滕王阁置酒高会，汇江右名士，王勃也赶来凑热闹，按年齿尊卑他就座末席。阎公让客人为新漆的滕王阁献辞章，就有了王勃《滕王阁序》。宴会前阎公并不相信王勃，他有意要显示女婿孟学士才华，事先就让女婿写好宴滕王阁文章。宴会上，他故意拿出纸笔，遍请宾客写作，大家都客气推辞，唯有王勃，小儿不知趣，接过纸笔就写。都督非常生气，借故更衣离去，却派专人探听王勃写些什么。过了一会儿，第一探报："南昌故郡，洪都新府。"都督一笑："老生常谈罢了。"第二探报："星分翼轸，地接衡庐。"阎公听了沉吟不语。王勃笔走龙蛇，吏人奔报如梭。当听报"落霞与孤鹜齐飞，秋水共长天一色"时，这位都督矍然而起说："此真天才，当垂不朽啊！"回到宴会，等王勃把文章写成，极欢而散。

　　事见唐罗隐《中元传》、五代王定保《唐摭言》。

　　《滕王阁序》今多认为王勃二十六岁赴交趾省亲时作。其实是十四岁作的，当时他正随父宦游江左。"三尺微命"，古代服饰规定束腰的绅带长度，士为三尺，这是王勃称自己出身高贵。古人又称成人"七尺之躯"，称不懂事的总角孩童"三尺童儿"。微命，即"一命"，王勃未冠而仕。周代官阶制度从一命到九命，一命为最低级官职。王勃还说"无路请缨，等终军之弱冠"，显然在等"弱冠"之年。杨炯《王子安集序》说"年十四，时誉斯归"，这"时誉"不正是指写作《滕王阁序》吗？他还有什么文章十四岁名满天下的？

"童子何知，躬逢盛饯"，十四岁王勃在王公贵胄前狂了一下，狂得志气，狂得可爱，由不得人叫一声好；都督阎公傲，傲得主观，傲得自私，由不得人笑他丑。

美丑对照，阎公知错，知错能改，也不由人称一声好。这初唐的贵族，真逗！

还要说，故事中深藏着礼乐秩序。细察之，王勃以年齿尊卑排序就座末席，一折；阎公尊重前任重光滕王阁，又一折；嘉宾客人，彬彬有礼，阎公请众宾为序，谦虚辞让，再一折；王勃神俊无前，对客操觚，珍词绣句，礼乐法度，层见叠出，又再一折。高朋满座，俊采星驰，一切的一切，都那么和合那么美好，生动活泼的朝气来自刚健骨力，这是遵礼守序的力量！

雄踞初唐四杰一号位的才子王勃，《送杜少府之任蜀州》："城阙辅三秦，风烟望五津。与君离别意，同是宦游人。海内存知己，天涯若比邻。无为在歧路，儿女共沾巾。"扫尽离情，千古传唱，可惜他后来在越南省亲落海，英年早逝。最后我们以诗相悼：

> 扫尽离情泪满襟，长天秋水府中吟。
> 怜他骄露伤才气，千载谁人叹海深。

明年花开复谁在

　　初唐诗人刘希夷作了一首《代悲白头翁》诗，其中有两句"今年花落颜色改，明年花开复谁在"，既而自悔情调哀伤，怕不祥之兆，便改为"年年岁岁花相似，岁岁年年人不同"，后来又认为是诗谶不祥，两联都不错，再没有想出其他更好的替代，便都存留下来。

　　当时，刘希夷正住在舅舅宋之问家中，宋之问也是很有名声的诗人，但心胸狭隘，嫉贤妒能，读了诗后，极爱"年年岁岁花相似，岁岁年年人不同"，知道外甥这些诗还未给人看过，便要刘希夷把这二句转让给他，希夷见舅舅卑声下气，口说应许而实际不给。宋之问非常恼怒，诗写成未满一年，便用土袋压杀了刘希夷。原诗是：

洛阳城东桃李花，飞来飞去落谁家。

洛阳女儿惜颜色，行逢落花长叹息。

今年花落颜色改，明年花开复谁在。

已见松柏摧为薪，更闻桑田变成海。

古人无复洛城东，今人还对落花风。

年年岁岁花相似，岁岁年年人不同。

寄言全盛红颜子，应怜半死白头翁。

此翁白头真可怜，伊昔红颜美少年。

公子王孙芳树下，清歌妙舞落花前。

光禄池台开锦绣，将军楼阁画神仙。

一朝卧病无人识，三春行乐在谁边。

11

> 宛转蛾眉能几时，须臾白发乱如丝。
>
> 但看古来歌舞地，惟有黄昏鸟雀悲。

事见唐刘肃《大唐新语》、唐韦绚《刘宾客嘉话录》。

这显然不能附会诗谶。宋之问的品质，早有所闻，他先谄张易之，后媚太平公主，再谀安乐公主，唐史斑斑记载。为了两句诗，谋杀外甥，阴心狠毒，骇人听闻。夺不了诗，便要毁掉你！鲁迅《记谈话》说："对于不是自己的东西，或者将不为自己所有的东西，总要破坏了才快活的。"说的便是这种人、这种心理吧。恶有恶报，宋之问后来遭贬谪流放，被御史劾奏赐死。辛文房《唐才子传》说"人言刘希夷之报也"，这显然属于迷信。有的史料只含混说刘希夷之死被奸人所杀，是否宋之问是名诗人就可开罪一下，我以为这可就罪怪先贤董狐了。

李才子嫉妒成性

　　初唐一位名叫娄师德的荥阳人，武则天时为纳言，即侍中，门下省长官，掌管出纳王命。有人问张鷟："纳言为人如何？"张鷟回答："娄师德先生直切温厚，宽仁庄重。外愚内敏，表晦里明。如万顷之波，浑而不浊，百炼之质，磨而不磷，可称得上淑人君子。"又问："中书令李峤又如何？"张鷟未作迂回，直切答复："这位李公坏心眼有三：一、本性喜荣誉升迁，却恨别人升进；二、本性喜欢文章，也能写一手好文章，却恨别人的文章写得好；三、本性喜好贪污，却恨别人受赂。他很像古时那位女君主，生性喜欢吃肥鲜，却禁止人们食肉；她喜欢穿绫罗，却剪断人们漂亮的锦衣；她放纵淫欲，却恨人们畜养歌乐家妓，都是属于李峤一类的心眼。"

　　事见唐张鷟《朝野佥载》。

　　是何心理？亏他还咏出过"郁郁高岩表，森森幽涧隈。鹤栖君子树，风拂大夫枝。百尺条阴合，千年盖影披。岁寒终不改，劲节幸君知"这样孤高傲世，追求不俗的《松》诗。李峤是等列"文章四友"（崔融、李峤、苏味道、杜审言）的诗人，妒性却如此谗刻。他的诗笔倒不错，历史笔记记了他两件事：说唐玄宗安史之乱将离京去四川，登上花萼楼，叫楼前善唱《水调》的乐人唱支歌。那歌词是："山川满目泪沾衣，富贵荣华能几时？不见只今汾水上，唯有年年秋雁飞。"玄宗听罢，心情惨怆。他问身边侍者："谁作的歌？"侍者答："从前宰相李峤作的诗。"玄宗说："真是一个才子！"不待曲终而去。又说天宝末年，玄宗赏月登勤政楼，叫梨园弟子唱了几首歌，其中有唱李峤这首诗的，玄宗年岁已高，问是谁诗，回答说李峤。他潸然泪下，歌未完便起身说："李峤真才子啊！"来年后他离京去四川登上白卫岭，眺望很久，又叫歌这首诗，说："李峤真才子。"感叹良久。那时高力士在身边，也涕泪满面陪着哭了许久。李峤感到玄宗的诗是《汾阴行》：

君不见，昔日西京全盛时，汾阴后土亲祭祠。

斋宫宿寝设储供，撞钟鸣鼓树羽旂。

汉家五叶才且雄，宾延万灵朝九戎。

柏梁赋诗高宴罢，诏书法驾幸河东。

河东太守亲扫除，奉迎至尊导銮舆。

五营夹道列容卫，三河纵观空里闾。

回旌驻跸降灵场，焚香奠醑邀百祥。

金鼎发色正焜煌，灵祇炜烨摅景光。

埋玉陈牲礼神毕，举麾上马乘舆出。

彼汾之曲嘉可游，木兰为楫桂为舟。

棹歌微吟彩鹢浮，箫鼓哀鸣白云秋。

欢娱宴洽赐群后，家家复除户牛酒。

声明动天乐无有，千秋万岁南山寿。

自从天子向秦关，玉辇金车不复还。

珠帘羽盖长寂寞，鼎湖龙髯安可攀。

千龄人事一朝空，四海为家此路穷。

豪雄意气今何在，坛场宫馆尽蒿蓬。

路逢故老长叹息，世事回还不可测。

昔时青楼对歌舞，今日黄埃聚荆棘。

山川满目泪沾衣，富贵荣华能几时。

不见只今汾水上，唯有年年秋雁飞。

　　文如其人吗？才子其人，文痞其心，这就是李峤，好一个人不如文的特例标本。唐玄宗一次又一次为李峤这首诗打动，流泪唏嘘，是诗触动了他因山河有异而酸心的神经，至于这位前朝宰相李峤的嫉妒乖戾心肠，估量唐玄宗有所知闻，他一再惋叹"真才子"之意，或许含有鲜花插于牛粪的味儿。

夺锦袍龙门赋诗

女皇武则天游洛阳龙门时，曾命随从的官员赋诗，先作成的赐锦绣袍服。左史东方虬先成，刚领了锦绣衣拜谢赏赐，还未坐稳，宋之问的诗也作成，文理都优美，左右群臣无不称好。于是他便去夺过东方虬手中的绣衣穿上。

事见唐刘𫗧《隋唐嘉话》。

夺锦袍，一场丑的表演。

宋之问随武后的龙门之游，并不是什么文学盛会，但确乎够"风雅"。在武皇的御召下，这批御用评论奉命为诗，这类应制诗，是挤压不出一点灵感的，当然都不是上等好诗。

宋之问这首"夺锦袍"诗，也干瘪得叫人难受，诗长四十二句，末尾四句"先王定鼎山河固，宝命乘周万物新。吾皇不事瑶池乐，时雨来观农扈春"，无非粉饰唱颂太平。初唐诗坛流行的正是这种萎靡不振的宫体时代病，丽采竞繁，兴寄都绝。

·故事中最容易被人忽略的，是被夺锦袍的东方虬。他像个时运不济的配角，没人意识到他的价值，他力矫时弊，改造浮靡诗风，实践真正健康雄壮的文学，骨气充沛，风格刚健。陈子昂《与东方左史虬修竹篇》盛赞他的《咏孤桐篇》"骨气端翔，因情顿挫，光英朗练，有金石声""不图正始之音复睹于兹"。可惜时风不站他这一边，败于之问，即知旧习之强大、矫弊枉正之艰、树新风之难。子昂揄扬的《咏孤桐》已失，来看东方虬留下的《春雪》：

15

春雪满空来，触处似花开。

不知园里树，若个是真梅。

自然拈来，别开生面，已占盛唐之先。

宋之问人品卑下，锦袍他要抢，佞臣张易之他要谀，太平公主他要媚。这类善在御前赋诗夺魁的活动他干出了经验，据《唐诗纪事》载，唐中宗时，他在昆明池又与百余名侍臣赋诗应制，最后胜了沈佺期夺魁。

合著黄金铸子昂

　　陈子昂初入京师，还未被人重视。一天，街头来了个卖琴的，要价百万，权豪贵族们传看，并无辨识的。陈子昂看了看左右的人，便拿出千缗钱买下。这可是一笔巨资，众人惊讶，陈子昂说："我擅长弹奏这种乐器。"众人纷纷说："可让我们听听吗？"陈子昂说："明日请大家集中到宣阳里来。"宣阳坊在长安万年县，次日，人们如约而至，见陈子昂摆设下酒肴，放弦琴于前。待大家饮毕食毕，陈子昂捧琴说："我是蜀人陈子昂，有文章百卷，奔走京城，碌碌尘土，没有人了解。这琴更是低下乐师所弹奏，难道还适合大家留心吗？"说罢，便举起琴掷碎于地下，以自己作的诗文遍赠会集的人。才一天时间，京城的人争相传阅，陈子昂就名震京城了。

　　事见唐李伉《独异志》。

　　有才能的人都想得到别人的理解，不管各自怀的什么目的，其心态的端点都一样，然而用什么办法达到别人理解称誉，这就不同了。唐代的文士许多是用干谒权贵来争得世人的称誉。可陈子昂独辟蹊径，从世人不理解文章到理解文章，却不从文章入手。他像高手文人写文章，不从正面从侧面，比起世俗的文人，他的聪明才智的分量是高过他们的。他争得别人称誉理解的方法是反流俗的，文章和诗歌主张也是反流俗的。元好问《论诗绝句》说"合著黄金铸子昂"，后代的称誉，文学诗歌史给他的位置也是合适的。

　　更远的古代有"伯牙碎琴"的故事，感叹知音走了，再没有理解自己的人了；"伯玉碎琴"的故事，则是收获了知名度，得到了世人的理解。这堪称文林"双璧"佳话。

17

杜审言自悔狂傲

杜审言的"傲"是很驰名的。

早年考取进士，仗恃才华，性格正直傲慢，很为同辈人所恨。苏味道做天官侍郎，请杜审言参加选试判断，事后对人说："苏味道必死。"人们问其缘故，他说："见我的选试判应该羞愧死了！"

岂止对苏味道，杜审言又向别人夸口："我的文章应当让屈原、宋玉做我的衙官，我的书法应当使王羲之向我俯首下拜。"

事见唐胡璩《谭宾录》。

这确乎狂傲得不知东西南北，狂傲得忘祖。他的"狂"有底子，一是文学修为，"修文于中宗之朝，高视于藏书之府，故天下学士到如今而师之"；一是门第传统，西晋"有《左传》癖"的杜预是其远祖，本人地位在武则天重爱下也算洛阳城中一等贵族，有傲诞本钱。

他的狂傲也遗传给了后人，他是杜甫祖父，杜甫继承了乃祖自负基因，正直忠勇的品性，令他岁月人生尝尽苦头。

杜审言是文章四友之一，虽然恃傲的对象在当时有的是品格卑劣的人，但对其狂傲也不能全盘肯定，他傲诞的不止今人，还有古人。幸好，他后来不这样了，《新唐书》说他有一次病得很厉害，宋之问、武平一等同僚前去探望，他说："很为老天小儿折磨，还有什么说的！可是我过去长时间傲视你们，现在将不久人世，本想好好安慰你们，只恨没有替代人了。"

杜审言终于有了自知之明，对傲视过的人有悔意，在傲诞之外有了一丝人情味。他有一首《赠苏味道》：

北地寒应苦，南庭戍未归。
边声乱羌笛，朔气卷戎衣。
雨雪关山暗，风霜草木稀。
胡兵战欲尽，汉卒尚重围。
云净妖星落，秋深塞马肥。
据鞍雄剑动，插笔羽书飞。
舆驾还京邑，朋游满帝畿。
方期来献凯，歌舞共春辉。

这首诗可见证他对苏味道的钦佩，其实武则天时代他们是政见相同的一对好友。他有傲视诸公的一面，也有敬服朋辈的一面，这才是真实的杜审言。

可晚唐五代转入平民社会，出现仇视贵族及其价值观的时代思潮，细读晚唐五代笔记，臧否人物对贵族不实的负面评价极多，这些评价又被两《唐书》采纳。对这种底层意识形态史观、颠覆传统的思潮，以及晚唐五代传统价值观崩塌的事实，我们也要清醒认识。

一只猴嘲一只龟

唐太宗贞观初，长孙无忌嘲笑欧阳询形貌猥琐丑陋，作诗说："耸膊成山字，埋肩畏出头。谁令麒阁上，画此一猕猴？"意思是你耸起肩膀像个"山"字，埋下肩膀便怕冒头。谁使这光荣的麒麟阁上，画了这只丑陋的猴？欧阳询听他出言不逊，应声成诗，反击说："缩头连背暖，漫裆畏肚寒。只缘心浑浑，所以面团团。"意为你缩得头背相连是为了暖，下面穿高裆大裤怕肚子寒。只因心是糊糊涂涂，所以面貌也是个圆团团。唐太宗听后大笑说："欧阳询你这样讽笑长孙无忌，不怕惹恼皇后吗？"

事见唐孟棨《本事诗·嘲戏》。

长孙无忌是长孙皇后的兄长，跋扈惯了，与皇帝为郎舅，自然有所仗恃，这个老不化气的皇亲却也狂妄无聊，损人不利己。

没有料到，欧阳询是不甘受辱的人，以其人之道，还治其人之身。你嘲我一只猴，我未尝不可嘲你一只龟。还得痛快！"缩头龟"，古代詈词，讥讽男家宅眷被人占便宜，点到了长孙无忌的穴道。古人骂人喜绕弯子，如"汝母婢也"，意思是"你妈婢"，损人出身低贱。今人无礼，不懂尊卑秩序，哪知其意。初唐贵族社会，在平民阶层未上升之前，人际关系单纯，无须拐弯抹角，瞻前顾后，故事中欧阳询尖俏入骨，并未考虑过皇帝感受。

值得称赞的是唐太宗，一个"笑"字，不仅化解了紧张的矛盾，还"笑"出了他的宽容。在帝王谱系中，一件小事可以观照他不失为一代英主。

上官婉儿裁沈宋

上官婉儿是西台侍郎上官仪的孙女、上官廷芝的女儿，官宦出身，名门望族嫡裔，婉儿的祖、父都死在武后时期。婉儿母亲郑氏，据说怀孕时，曾梦巨人抬大秤说："拿此秤去量天下。"婉儿出生满月后，郑氏玩笑说："秤量者难道是你吗？"她就做出应和的样儿，哑哑相应。《大唐故昭容上官氏铭》说她"懿淑天资，贤明神助。诗书为苑囿，捃拾得其菁华；翰墨为机杼，组织成其锦绣"，十三便封得才人，在宫廷执掌机务政事，应了梦中之言。神龙元年，唐中宗即位，册为昭容。婉儿自入宫以来，在内掌握发布诏命，唐王曾招一些著名儒生，赐宴赋诗，婉儿时常代皇帝皇后，长宁、安乐二位公主作诗，许多篇一气作成，文辞壮丽。又主持风雅，评审群臣赋的高下，然后赐赏黄金。因此朝廷形成风气。当时文人写词都重浮泛，但婉儿努力做一些矫正，文风有了些改变。

事见唐张说《唐昭容上官氏文集序》、宋计有功《唐诗纪事》。

上官婉儿的才志、能力，是没有说的，这则故事把她的胆识和不随波逐流的见解表现了出来。唐代女流中，她算压倒"高级须眉"的女子。《全唐诗话》还有这样一件事，唐中宗到昆明池赋诗，随从应和的大臣很多，应了百多篇，帐殿前结了彩楼，唐王命昭容从中选一篇为新翻御制曲。这批高级文人都聚集下面，一会儿，扔出的稿纸纷飞，各人都认了名字连忙揣入怀中，只有沈佺期、宋之问二人的未扔下，片时，一纸又抛出，都争着去看，是沈佺期的。只听婉儿评论说：二诗工力相等，沈诗结尾句是"微臣雕朽质，羞睹豫章才"，词气已枯竭；宋诗结尾句说："不愁明月尽，自有夜珠来。"属于陡笔豪华。沈佺期这样的大诗人，都点头佩服不敢复争。

婉儿不仅对矫正初唐文坛弊风做了努力，还是一把政治好手。据新出的墓志铭，她支持中宗，反对韦后，谏阻安乐为储。李隆基兵变，清除中宗势力，她锋芒刚锐，惨遭处死，时年四十七。旋即又平反，礼葬赠官。太平公主致哀，赙赠五百匹绢绸，另派专人吊唁。婉儿唐睿宗景云元年八月入葬。可叹！一户源远流长，世代冠冕相袭，祖辈公侯递传，一代名媛出身高门大族，在皇权面前又算什么呢？为别人家内斗而亡，无论韦后、太平、安乐、李隆基都不是好东西。婉儿的诗有审美情味，如立春日写的一首奉和应制诗：

> 密叶因裁吐，新花逐剪舒。
> 攀条虽不谬，摘蕊讵知虚。
> 春至由来发，秋还未肯疏。
> 借问桃将李，相乱欲何如。

这首剪彩花的诗表现出对自然的深切喜爱，在咏物中流露出个人的情怀。彩花虽假，却足以乱真，堪比大自然的春花，这在初唐歌功颂德的宫廷应制诗中另类而特出。

韦庆本卷耳开心

隋末唐初韦庆本两耳向前卷曲，许多朝士都戏谑他，叫他"卷耳"。他有一女选进宫里为妃，到朝廷表示谢意。长安令松寿见到韦庆本便向他道喜说："我原本就知道你的女儿应当做皇妃。"韦庆本问："你怎么知道的？"松寿便用手摸自己两耳，卷起来，说："采采卷耳，不盈顷筐，是生女能为皇妃的德像啊。"

事见宋李昉《太平广记》引初唐《启颜录》。

这是一个雅谑的故事。毛诗小序说："《卷耳》后妃之志也。又当辅佐君子，求贤审官，知臣下之勤劳。内有进贤之志，而无险诐私谒之心，朝夕思念，至于忧勤也。"这就是后妃应具之品德。长安令巧妙用《诗经·周南》"卷耳"典故，向韦庆本开了个雅玩笑。这初唐贵族真是单纯得可爱，不过今天这类用别人生理缺陷开的玩笑，日常生活中少开为好。

韦庆本接受卷耳开心，不怒不恼，不记恨一笔，不以女儿选入宫妃为骄，可贵！

武则天登基秘闻

　　贞观初（627）太白星频繁白日出见，唐太宗使太史令李淳风占算，为女主将出之兆。《史记·天官书》称"（太白）昼见而经天，是谓争明，强国弱，小国强，女主昌"，意思是将要出"女主"。民间还流传太宗之世，有《秘记》说："唐三世之后，则女主武王代有天下。"太宗非常忌讳。

　　一天，太宗在宫中和众位武将聚宴，行酒令，各讲小名。轮到掌管玄武门宿卫的左武卫大将军李君羡，自称"五娘子"，引得哄堂大笑。李世民一惊，随即笑道："什么女子如此勇猛？"李君羡武安人，封爵武连县公，全都带"武"。恰有人举报，李君羡与一个叫员道信的妖人，私相谋结。李世民便将李君羡杀了，籍没全家。

　　武则天微时，玄学家袁天纲来到武家。见襁褓中衣男孩服的武则天，吃惊说："此子龙睛凤颈，必极显贵。"又从侧面审视，惊叹说："若是女，当为天下主。"

　　事见后晋刘昫《旧唐书》李君羡传、李淳风传、袁天纲传。

　　窃占神器，欲要人服，必造符命，这些谶谣成了武则天受命必然。可悲的是，小小的玄武门宿卫将军李君羡无辜成了谣言牺牲品，太宗没有想到身边这个不起眼的才人，夺取了他的江山，徐敬业及唐室诸王博州刺史琅邪王李冲、豫州刺史越王李贞，不甘武后篡政，起兵抗阻，先后被屠。但，我要说真相未必如此，武则天未必如此，都是后世两《唐书》作者附会。

　　早在《史记》太史公著史，便采获古今，务求广博，未能去伪存真，有些记录属于历史，有些则附会荒诞无稽传说。譬如《高祖本纪》刘邦斩蛇起事，被谶纬家附会为赤龙，借哭白蛇的老妇之口说出"我儿是白帝子，化为蛇横于道，被赤帝子斩杀。"显然为政权塑造"君权神授"的合法性。又譬如秦始皇见"东南有天子气"，便东巡压制，刘邦心中有鬼，逃匿到芒砀山中，但吕雉每次总能找到他。刘邦奇怪，问是怎么回事。吕雉说："你在的地方头上总有云气凝结，所以我们能找到你。"沛中子弟听说，咸来归附。这些传说都非信史，却可证明皇帝特殊身份，这套东西，古今都有，只要政治在，便会一直存在。所以开国者总会编造灵异征兆来衬托，但，我更同意鲁迅《捣鬼心传》说的"搞鬼有术，也有效，然而有限，所以以此成大事者古来无有"。武则天的政治才华、精彩人生，没有人怀疑，她为开元盛世铺就的道路，岂止是捣鬼附会能成功的！

一代女皇还是诗人，除了那首偶露女儿态的《如意娘》"看朱成碧思纷纷，憔悴支离为忆君。不信比来长下泪，开箱验取石榴裙"，被杨用修列为神品外，她还有记录自己帝王生活的诗，如《早春夜宴》：

> 九春开上节，千门敞夜扉。
> 兰灯吐新焰，桂魄朗圆辉。
> 送酒惟须满，流杯不用稀。
> 务使霞浆兴，方乘泛洛归。

武懿宗骑猪南窜

武则天时期，左司郎中张元一性格诙谐，滑稽善谑。当时，西北有异族侵犯边境，武则天喜欢武家亲族立功，便于因行封爵，她命武懿宗带兵马前去抵御。犯边敌寇还未入塞境，武懿宗抵达陕西邠县，自己那股怯懦神经便作怪起来，离贼兵尚有七百里便心颤颤恐惧而逃。消息回朝，张元一对又矮又丑的武懿宗原本厌恶，便在朝堂上作诗一首：

> 长弓短度箭，蜀马临高骗。
> 去贼七百里，隈墙独自战。
> 忽前逢着贼，骑猪向南窜。

意思是领起长弓短箭手，蜀马登高走路打偏偏。还离贼兵七百里，独自在角落里战。忽然碰着贼兵，便骑猪向南逃窜。武则天听了这首诗，并不明白，问："武懿宗没有马吗？为什么骑猪呢？"张元一解释说："骑猪，夹豕（屎）也。"武则天大笑。

事见唐孟棨《本事诗》。

好一幅素描漫画！武懿宗这个"骑猪"庸才，自然是诗人利用逃的推想，"逃"必然是吓得屁滚尿流，诗人才想到骑猪，巧妙利用猪又名"豕"，同"屎"字谐音，武懿宗遇贼夹屎而逃便是十分自然顺理成章的事。

张元一写这样的诗，说雅谑可，说政治讽刺可，叫人替他捏把汗，但武皇的大笑，又令人宽了心。

脓包才子权龙褒

　　唐中宗景龙年间，有一个叫权龙褒的，任左武卫将军，生性喜好赋诗，然而却不懂声律，唐中宗与学士们一起赋诗，他往往侧坐参与，中宗诙谐地称他"权学士"。他从前曾因亲戚犯事牵累，流放岭南，以后回来了，他便以此为题材献了一首诗："龙褒有何罪，天恩放岭南。敕知无罪过，追来与将军。"唐中宗看得大笑。他还吟过《夏日诗》："严霜白皓皓，明月赤团团。"有人问他："哪里是夏景？"他对答："趁韵而已。"通天年间，他放任为沧州刺史。初到沧州地界，便给同去官员呈诗说："遥看沧州城，杨柳郁青青。中央一群汉，聚坐打杯觥。"诸官告谢说："公有逸才。"他说："不敢，趁韵而已。"他还曾作《秋日咏怀诗》："檐前飞七百，雪白后园彊。饱食房里侧，家粪集野螆。"参军看不懂，问他，权回答说："檐前障子上绣的鹞子，值七百文；浆洗的衣衫挂后园，洁白如雪僵直不动；吃饱了就在房中侧卧；家里的粪便转出野泽蜣螂。"听的人都笑了。他起初赋的夏日严霜明月之句，是在皇太子宴会时赋的，皇太子一看便拿起笔讥嘲他"龙褒才子，秦州人氏。明月昼耀，严霜夏起。如此诗章，趁韵而已"。

　　事见唐张鷟《朝野佥载》。

　　这是唐代版的"老干体"。附庸风雅，不是随便可以玩的，左武卫将军权龙褒，本纠纠一武夫，却偏要赋诗，他误以为，赶个韵脚，便是诗了，像他这样作诗，别说在唐诗这样辉煌之国，即令放在今天初学旧诗顺口溜几句口号者来看，权龙褒也是等而下之的。他不懂诗要有诗之味，唐代许多诗并不一定强求声律才是好诗，诗的才气来自灵感，权龙褒属于毫无诗才更缺灵感之流。他特厚的脸皮摆出一副死猪不怕开水烫的状貌，皇太子讥他"龙褒才子"，我以为这名字也贴切，但须换两个字，称为"脓包才子"。

这类人写诗，当代大有人在，以文化不高的老干部居多，被讥为"老干体"。对诗词格律不熟，语多直白，甚至直接口号、流行语入诗，套话连篇，毫无艺术生气，他们为何不知丑、不知羞？看破不说破，水平就那样；实在要说破，天下老子们的。

唐太宗清醒白醒

　　唐太宗曾经走到一棵树下停步下来，看了树的枝干，情不自禁赞赏说："这是一棵很漂亮的树。"一位叫宇文士及的官员紧跟着不容众人开口也赞赏起来。这是位曾做过中书令、梁州都督的官员，太宗听他这么一紧跟，脸色随即严正下来说："丞相魏征时常劝诫我疏远那些佞人（巧言献媚的人），我不明白佞人是谁，心里常常怀疑到你，却又弄不明白，今天看来，果然明白了。"宇文士及急忙叩头告罪说："宫城南官署许多官员，当面在朝廷上争执，相互指责争论，陛下都还不好举手说是说非，今日我有幸在陛下左右，如果不稍有顺从圣上心意，陛下贵为天子，还有什么快乐？"太宗听后，心意又宽解了。

　　事见唐刘𫗧《隋唐嘉话》。

　　宇文士及一心一意向太宗谄媚，显然献错了主子，对于掌握皇权至尊的人这样清醒是不容易的。宇文士及应该从此革面洗心，谁料他又是个厚脸皮，赖着做了一番辩解。太宗听后，没有再作声，不知不觉又像接受了这位谄媚官员的逢迎。

　　看来这位历史上声名较好的帝王，清醒白醒，不能算完全的醒，他不失为后世帝王照照自己的一面镜子。

一旦红颜为君尽

武则天左司郎中乔知之，有一位宠婢窈娘颇有姿色，善诗文歌舞，色艺无双。乔知之深为爱幸，为之不婚。武则天侄儿魏王武承嗣为人骄纵，听闻后，势不可抑，强迫乔知之暂借窈娘，教姬妾们妆梳，去了便霸为宠姬，再不放还。乔知之怨悔愤痛，写《绿珠篇》叙其恨：

> 石家金谷重新声，明珠十斛买娉婷。
> 此日可怜君自许，此时可喜得人情。
> 君家闺阁不曾难，常将歌舞借人看。
> 意气雄豪非分理，骄矜势力横相干。
> 辞君去去终不忍，徒劳掩袂伤铅粉。
> 百年离别在高楼，一旦红颜为君尽。

乔知之将诗抄于白绢，私下买通武承嗣家奴传诗窈娘。窈娘见诗悲惋，饮泣三日不食，结于裙带，投井而死。武承嗣从井里捞上尸体，得到此诗，大怒，鞭杀家奴，又遣酷吏罗织罪名，抄没乔家。时为载初元年（689）三月，四月下狱，八月斩乔知之于南市。

事见唐张鷟《朝野佥载》、唐孟棨《本事诗》。

《晋书》石崇传载：石崇有名妓绿珠，长相美艳。孙秀使人求之，不得，矫诏收崇。崇正宴于楼上，对绿珠说："我因你而获罪。"绿珠悲泣说："愿效死于君前。"遂投楼。绿珠，西晋美人，传说姓梁，生在白州（广西博白）境内双角山下，绝世姿容。古越民风以珠为上宝，生女称珠娘，生男称珠儿。绿珠名字由此得来。石崇，字季伦，做荆州刺史时，劫掠商贾巨富。曾与贵戚王恺斗富，以蜡代薪，做锦步障五十里，恺虽有武帝支持，仍不能敌。石崇为交趾采访使，以明珠十斛换得绿珠。石崇别馆在洛阳金谷涧，号"金谷园"，郦道元《水经注》云"清泉茂树，众果竹柏，药草蔽翳"。园内筑有百丈崇绮楼，供绿珠"极目南天"疏解思乡之愁。石崇与名士左思、潘岳二十四人结为诗社，称"金谷二十四友"。每次金谷宴客，必让绿珠歌舞侑酒，让人失魂落魄。

乔知之诗，一语双关，表面全写绿珠石崇情事，实则暗示绿珠为石崇坠楼自杀，这是杀人的诗，它间接暗示杀了窈娘。乔知之心机私狠，一首洗脑的诗，一把软刀子，杀人无形。还误留一段忠于爱情、反抗强暴的佳话，被后人解读为爱人被强豪抢夺反抗丢了性命，反复得到同情。误读！误读！"百年离别在高楼，一旦红颜为君尽"就是要窈娘学绿珠，为自己去死。可叹，一个自私卑劣的灵魂，一个以诗杀人的文人，他的最终结局也就没有好下场了。

裴行俭慧眼识才

唐高宗咸亨二年（671），王勃、杨炯、卢照邻、骆宾王都以诗词文章非常杰出而著称。当时裴行俭自总章二年（669）起为吏部侍郎，与李敬玄同在吏部典选十余年，那时李敬玄对王、杨、卢、骆很推崇，认为有才华，将来一定闻达。便引荐给裴行俭，裴行俭说："对读书人前程远大的审视，首先在于他的度量见识，而后才是才艺，这四人的确很有才华，但是未必会有爵禄。王勃有文才，但气质浮躁浅露，不会是享受爵禄的材料。杨炯稍微沉静，能够官至县令。其余的人连县令也做不到，能够得到善终就不错了。"彼时栾城人苏味道和前进士王勮还不很知名，去应博学宏词科进选，很受裴行俭重视，说二人日后必显贵。并对他们说："我虽然有儿子，有学生，但是都不长进，你们俩继续努力，十几年后可以做到很高的官，受到重用，希望你们努力，同时结识、教导他们。"后来果然如此。王勃渡海落水惊悸而死；杨炯寿终于盈川（浙江衢州）县令；卢照邻患顽疾不能治愈，投颍水自尽；骆宾王谋反被处死。王勮、苏味道后来都任掌管铨选官吏的职务，苏味道还升任到同凤阁鸾台平章事，宰相三品官，都如裴行俭所预言。

事见宋王钦若《册府元龟》、宋李昉《太平广记》。

裴行俭，是一个预言家吗？非也。不是他懂什么命理相术。文章再好，还得德才兼备，裴行俭把"度量见识"放在首位，一个人用心褊狭，必不会闳博；一个人见识不广，必是缺乏心胸；一个人浮躁轻率，必难致远。裴行俭一双慧眼，不是先天生就，对王、杨、卢、骆的审视，或许他已早于李敬玄做了调查研究。

骆宾王联诗灵隐

　　"初唐四杰"人生最传奇的，当为骆宾王。宾王少孤，初为道王李元庆府属，李元庆考他才能，拟拔用他。他觉得夸耀自己，有损气节，有害国家，便拒绝了道王好意。高宗麟德元年（664）泰山封禅，骆宾王替齐州父老写奏表，请求伴随，引起朝廷注意，赐奉礼郎。后握笔从戎，起草军书，升侍御使。受诬坐赃，狱中咏蝉：

　　　　西陆蝉声唱，南冠客思侵。
　　　　那堪玄鬓影，来对白头吟。
　　　　露重飞难进，风多响易沈。
　　　　无人信高洁，谁为表予心。

　　遇赦出狱，赴幽燕裴行俭幕。调露二年（680）任临海县丞，怏怏失志，弃官而去。光宅元年（684）徐敬业扬州举旗讨武则天，骆宾王闻讯投奔，草名扬天下的《代李敬业传檄天下文》。武则天初看嘻笑不在意，但读"一抔之土未干，六尺之孤安在"，矍然失色，不高兴地说："这篇檄文是谁写的？有这样人才不用，宰相之过啊！"高宗新故，中宗睿宗废黜，朝中人心不稳，武氏临朝，骆宾王的话对他们很有煽动性，所以武则天惋惜人才没有为朝廷所用。可赞！武则天不因骆文一笔抹杀。徐敬业兵败后，骆宾王下落不明。《朝野佥载》称："宾王与徐敬业兴兵扬州，大败，投江而死。"《本事诗》则说他在杭州落发为僧。

　　《本事诗·征异》记载了一则灵隐寺骆宾王与宋之问联诗的事：宋考功附事张易之屡遭贬谪，放还后，途经杭州灵隐寺，朗月清风，长廊吟行，想出第一联"鹫岭郁岧峣，龙宫隐寂寥"，后面搜肠刮肚吟不下去了。禅房有位老僧点长明灯，问他："年轻人深夜不睡觉，什么诗让你吟得苦？"宋之问说："我题灵隐寺，想出第一联，诗思不顺，正续不下去。"老僧便要之问把上联诵给他听，说："何不用'楼观沧海日，门对浙江潮'？"宋之问心中一震，诗思一下打开了。

天将亮之问又去拜访，却再也找不到他了。问寺僧才知是骆宾王。寺僧说："当年徐敬业兵败，与骆宾王一起逃走了。平叛将帅怕跑掉敌酋，朝廷问责，便在战死的几万人中，找了两个相貌相似的人，砍下头颅装进木匣报送皇帝。后来知道没死，也不敢再捕送朝廷。二人虽败，但以匡复为名，故人多护脱之。"据赵鲁《游南岳记》徐敬业在衡山落发为僧，九十多岁才死。骆宾王云游名山，匿迹灵隐。宋之问贬谪游灵隐寺，当为中宗神龙之变（705）后的事，推测骆宾王已约八十岁。灵隐寺诗是：

> 鹫岭郁岧峣，龙宫锁寂寥。
> 楼观沧海日，门对浙江潮。
> 桂子月中落，天香云外飘。
> 扪萝登塔远，刳木取泉遥。
> 霜薄花更发，冰轻叶未凋。
> 夙龄尚遐异，搜对涤烦嚣。
> 待入天台路，看余度石桥。

事见唐孟棨《本事诗》、宋计有功《唐诗纪事》等。

骆宾王当时罪名太大，诗文大都散失。二十年后武则天去世，中宗复位，便使人收集整理《骆临海集》，算是朝廷不宣传地平反骆宾王。这套政治操弄，至今还有。那首骆宾王帮宋之问完成的《灵隐寺》，因这两句一篇之警策，算与宋之问合作，也收入《骆临海集》。明人邢昉《唐风定》说："宏丽巍峨，初唐之杰，不必辨为骆为宋。"

从军行的骆宾王，伟丈夫，"楼观沧海日，门对浙江潮"，遒健壮丽，也是宾王一生襟抱、传奇人生写照。宋之问是个精致的宫廷御用诗人，宾王启发之问作诗，足见诗歌造诣与他年齿般深厚。

李峤寝卧青布帐

诗人李峤幼有清才，武则天时拜相，位极人臣，地位不为不贵，但家里却很清贫。一次，皇帝幸其宅，见李峤还卧青布帐，帝曰："国相如是，失国之大体啊！"回宫后，便赐他御用绣罗帐一顶。这是皇帝恩宠，李峤寝卧其中，辗转反侧，长夜难眠，早上起来，觉身体欠安，像是生病一样。便上奏说："臣命不当华贵。有了皇帝赐的锦罗帐，反而睡不踏实。"皇帝叹息良久，同意李峤仍用旧帐子。峤乃得安寝。

事见唐卢肇《唐逸史》。

贪婪吝啬的宰相，不是他有多高尚，先不要表扬。君子之行，勤俭节约，固然是美德，但不适用他，李峤想享受而不能。再说一个他的秘闻，李峤幼时，有相面的见他，说："郎君神气清秀，但寿而不永，恐不过三十。"还说李峤兄弟三人，都活不过三十。随着年龄渐长，母亲日益忧惧，一次，在家留宿相面的人，让他与儿子连榻而寝，到了半夜，相面的人发现李峤没了气息，大惊，良久，发现气息已移至耳中。就向李母道贺，说："郎君将来必大贵大寿，这是龟息，但贵寿不会大富啊。"故事太奇，李峤有特异功能，但相师一句神叨叨的话便捆束了他一辈子，束手束脚，至于一顶罗帐也不敢享受。信命如此，何堪？可授他一个"愚昧金奖"，告示后来。

科场殿试群丑图

贞观时期，太宗要在圣殿亲策进士，宣出条件：先呈卷子的，赐第一人及第。有两位贡士，李庶几与孙何同在这年科场。二人皆有时名，诗赋文章，不分轩轾。李庶几文思敏捷，孙何苦思迟钝。听说殿试要求，孙何很失望，还未开考，就说："我这次一定居于庶几之下。"有人把此事奏闻太宗，说："外面举子轻薄为文，不求精理，唯以敏速相夸耀。"还告诉太宗："李庶几与举子在一家烧饼铺比拼作文赋诗，约定以一个烧饼烤熟成一韵，先成韵者为胜。"太宗闻之，大怒。这一年殿试，李庶几最先呈进卷子，太宗看也不看，当场就把李庶几叱喝出去。最后留下有文名的孙何第一。

事见宋欧阳修《归田录》。

故事有太多信息，我们可从多个侧面看。太宗以速度比拼选才，初衷即错，却迁怒举子，还不自省；举子们市井比拼，所谓上有所好，下必甚焉，不能全责怪举子；太宗为情绪、好恶左右，不以文章质量取人，对李庶几很不公平；武人可以设擂比武，文士为何不能以文会友，一段文人佳话，因太宗介入遭恶心；孙何与李庶几也不是好东西，功名念望太重，争强显胜，斯文扫地，这种人何德何能为官？真是一幅文人"群丑图"。

阎老阎罗觅梵志

僖宗乾符年间，吴人（江苏吴县）范摅著了一部《云溪友议》，记载高宗以来异闻野史，遗篇琐事，所录诗及本事，诸书不载，如王梵志诗事便为唐人遗漏，到范摅才记载王梵志事迹，《云溪友议》录了他十八首诗。当时民间愚士昧学之流，想要开悟，便吟王梵志诗。范摅说王梵志："生于西域林木之上，因以梵志为名。"他的诗徇俗乖真，归真悟道，如：

> 我肉众生肉，形殊姓不殊。
>
> 元同一性命，只是别形躯。
>
> 苦痛教他死，将来作己须。
>
> 莫教阎老断，自想意何如？

事见唐范摅《云溪友议》。

说个被人忽略的现象，唐诗人中，使用词语"阎老""阎罗"的，只有王梵志、寒山、拾得三人，且身世来历不明，只知是三诗僧。而"阎老"概念最早便出现在王梵志诗中，中土诗人无一人使用。来自西域的敦煌歌词有一首使用"阎老"，"口为贪爱呈无明，旷劫轮回受鞭拷。镬汤煎，并碓捣，受罪人人见阎老"。《全唐诗续补遗》录得唐无名氏一首"生儿拟替公，儿大须公死。天配作次第，合去不由你。父子总长命，地下无人使。阎老忽嗔迟，即棒伺命使。火急须领兵，走来且取你。不及别妻儿，向前任料理。"由这一逻辑推测，可知这是唐时才进来的外来词，南北朝也无用例，可能是来自西域的词语。

所以诗中"阎老",提醒我王梵志非中土诗人,他是一位西域诗僧。同时这一具有汉语特征的词语,也印证了当时在西域中亚居住着大量汉藏语系族群,那里存在汉藏生活习惯。

拾得诗多次使用"阎王""阎罗",而拾得身世也不清不楚,他与王梵志一样是西域诗僧吗?寒山有两首使用"阎老",其中一首"梵志死去来,魂识见阎老",诗中何以写进梵志,寒山也来自西域吗?都是身世不明,那就一切皆有可能。还有寒山诗全为古体,只有一首绝句"家有寒山诗,胜汝看经卷。书放屏风上,时时看一遍",且还是拾遗,来自老僧相传。其余诗歌无论风格还是内容,全是"梵志体"白话诗特征。拾得诗也全是古体,与梵志几无区别。三人的诗无中原近体影子,这很反常。三人诗用语通俗,几无典故,说明对中土雅文化传统不熟。

一个奇怪现象,诗话笔记里,寒山、拾得两个生平籍贯模糊的人,都出现在浙东天台山,说明江南佛风很盛,不排除西域来的僧人选择浙东南而留下生活痕迹。综合三诗僧,都是谜一般存在,身世来无踪去无迹,故不排除三人诗均传自西域。

无忌遂良不善终

　　长孙无忌曾以私愤，驱逐礼部尚书江夏王李道宗，李道宗是唐高祖李渊堂侄，曾受命太宗持节护送文成公主进入吐蕃；无忌又以吴王李恪人望高，有文武之才，心生忌妒，罗织罪名，谮杀李恪。李恪乃唐宗室大臣，太宗第三子，生母为炀帝之女杨妃，恪临终时说："假使社稷有灵，无忌当会有灭族之灾。"

　　名相褚遂良也曾谮杀刘洎。刘洎出身南阳刘氏，世为显族，位至宰相，以直谏著称。贞观十九年与褚遂良不和，遭遂良诬陷，被唐太宗赐自尽死。

　　唐高宗登基欲立武昭仪，托孤辅政的长孙无忌、褚遂良固谏不从。惹怒皇帝，恨得武则天咬牙切齿说出"何不扑杀此獠"。结果无忌贬黔州（重庆彭水），后又追加诏书逼令自杀；褚遂良贬爱州（治所在越南清化），不久也客死他乡。

　　事见南宋委心子《分门古今类事·为恶而削门》。

　　"祸必以罪降，福必以善来"（刘禹锡《天论》），曾经的望族，曾经的名相，皇帝专宠，烜赫一时，结局惨淡。这让我想起元稹用血的教训写"牡丹"盛开后的下场：

其一

簇蕊风频坏，裁红雨更新。

眼看吹落地，便别一年春。

其二

繁绿阴全合，衰红展渐难。
风光一抬举，犹得暂时看。

自古君侧难善终。自然二人也非善类，政治斗争令他们有滥杀记录，皇帝给他们记了一笔，终会受到追查算总账。政治人物命运大约不会比他们的结局更惨吧？即便长孙无忌是唐高宗舅舅又如何，即便长孙无忌帮助唐高宗灭了平辈对手李恪又怎样。连新城公主与长乐公主都不放过，两位都是太宗长孙皇后嫡亲女儿，高宗同父同母姐妹，但李治并未念及旧情，新城驸马长孙诠"减死配流巂州，诠至流所，县令希旨杖杀之"；长乐丈夫长孙无忌之子长孙冲贬放岭南，不知所终。两位驸马都未能免祸，长孙氏这次流放，使得长孙一族走向衰败，在唐朝后期再无显宦。

就像那牡丹"花无百日红，人无千日好"。对长孙无忌、褚遂良二人，古人有评："古之君子一为非义，虽有百善，卒不为令德之士；而天亦不以其所为百善，掩一非义。"不能令终，有他们的原因，也有皇帝的原因，可惜、可怜、可叹！

不过四十五年后，武皇临终，最重要的一道遗诏，又赦免平反了褚遂良，"王、萧二族及褚遂良、韩瑗等子孙亲属当时缘累者，咸令复业。"这或是政治人物为自己去阴曹地府减罪，"开释无辜，亦克用劝"（《尚书·周书·多方》），一举多得。所以，知道你受冤无辜又如何？政治便是如此残酷！

模棱宰相苏味道

苏味道不仅是诗人，在朝政上又是高官，多识台阁官场以往旧事。但苏味道心里明白，现在的天下是武氏掌权，自己处的环境，既要辅佐太子，又要巧与宠臣周旋，提防酷吏诬陷。鉴于首次任相时，内史李昭德被流放，自己就因附和昭德被贬，所以处处看武则天脸色行事。苏味道复相后处事异常谨慎，在任数年，知道武则天树立自己宗亲，改换李唐王朝，便采取明近武氏亲信，暗佐太子李显。他曾对人说："处理事情不宜明白，只要模棱两可就行了。"故时人称他"苏模棱"。另一个版本说："唐代人苏味道刚刚被任命为宰相时，门客问他：天下医生们开的药方那么多，药物的搭配那么复杂，请问相公其中调和配方的原理是什么？苏味道沉默不语，只是用手摸着床的框棱，因而那时都称他'模棱宰相'。"

事见宋李昉《太平广记》。

显然，"模棱"一词，无论从政治上看，还是从生活琐事上讲，都带有一种微讽和贬意，苏味道"模棱"，是否该怀疑他是一个混迹官场的"滥竽"？其实，苏味道有才学有见地又大度，为世所知。据《大唐新语》："神龙之际，京城正月望日，装饰灯影之会，金吾驰禁，特许夜行。"上至官宦贵族，下至工贾百姓，无不彻夜游行，车马骈阗，人不得顾。王主之家马上作乐相互竞夸，官宦文士皆赋诗章。

那一夜的神龙灯会，苏味道的名作《正月十五夜》最为绝唱：

火树银花合，星桥铁锁开。
暗尘随马去，明月逐人来。

> 游伎皆秾李，行歌尽落梅。
>
> 金吾不禁夜，玉漏莫相催。

诗对仗工致，成语"火树银花"鲜活至今。

所谓"模棱"也是环境逼迫，武后临朝，疑忌他人谋变，设置铜匦，鼓励检举告密，宠用酷吏来俊臣，著《罗织经》，制造冤狱，先后夷平千余族，天下人心惶惶，所以凡事模棱不失为自保之策。这也是一种忍功，所谓成大事者，须先炼此功。

可对于"苏模棱"，强调"斗争"哲学的人，则不以为然，其实某种角度看，也是误区。"斗争"的完整意义应当是"善于斗争，勇于斗争"，善于斗争是勇于斗争的前提，没有善于斗争的勇于斗争，无异于以卵击石，头脑简单的斗争者，当以为戒！大丈夫能屈能伸，我们要为"苏模棱"不雅的名字正一正名。

卷二　盛　唐

大雅久不作，吾衰竟谁陈。

——李白《古风·其一》

骑驴诗人闯县衙

　　唐朝大诗人李白，天宝三载（744）被唐玄宗辞了翰林供奉职务，离开京城，正逢他远游华山，经过华阴县，县宰方形明正判案断事。李白心情不快，喝得醉醺醺骑驴闯进县衙，县官不知是谁这般大胆，便发怒叫衙吏带他来。李白到大厅也不说话，县官问："你是何人，怎么敢无礼？"李白说："要供状。"县官叫人给纸命他供来。李白不写姓名，只写下：

　　　　曾令龙巾拭吐，御手调羹，贵妃捧砚，力士脱靴。天子门前，尚容走马；华阴县里，不得骑驴？

　　意思是我曾得皇上的手巾揩口唾，皇上亲手调汤，高力士脱靴，杨贵妃捧砚，皇帝门前还容我跑马，华阴县里不许我骑驴？

　　县官见状大惊，起身满脸惭愧致歉作揖说："不知翰林至此，有失迎候谒见。"想留下他时，李白不愿，又跨上驴背走了。

　　事见元辛文房《唐才子传》。

　　一个遭遇疏远的李白，一个不满现实的李白，一个狂傲的骑驴诗人李白，一个痛苦失意的李白，一个赢得世人敬重的李白。自然，县官惊惧，还另有缘由，那是封建皇权的可怖，其真心未必出于对李白的敬重。

　　西汉王褒《九怀·株昭》说："骥垂两耳兮，中坂蹉跎。蹇驴服驾兮，无用日多。"骑蹇驴似乎是落魄无用的形象，但魏晋时已迁变为有本领的象征。李白有一首《赠闾丘宿松》："阮籍为太守，乘驴上东平。剖竹十日间，一朝风化清。"意思是阮籍乘驴上任，衔命十日，社会风气便扭转了。十日，一语双关，亦可是十日并出，暴乱并起，临危受命。遭遇皇帝赐金放还的诗人，多么不甘，骑驴行为意在此。

可惜后人对李白的认知远远不够，导致许多诗歌解释过于浅薄，实际上他一生纠结痛苦皆围绕这次辞退，他故作佯狂之态的《将进酒》正是被皇帝抛弃的"万古愁"，还有什么愁比得上绵绵此恨？"天生吾徒有俊才"而未用，以八斗才的陈思王曹植自比，他的忧愤"朝如青丝暮成雪"，"古来圣贤皆寂寞"哪有豪迈洒脱情怀？鲜有人知，此诗作于离开朝廷至南阳时，当在天宝三载秋。李白南阳之行，有拜谒之意，南阳既是光武帝奋迹之地，又是诸葛亮出山之处，诗人的内心多么焦急，东山再起之意多么强烈！"余亦南阳子，时为梁甫吟"，自己有为相之才，爱士之心，却不为世用，遭遇谗毁，诗人的悲愁如黄河之水滔滔不绝，"白发三千丈，缘愁似个长"，所以《将进酒》"与君歌一曲"实为写给玄宗的，但"请君为我倾耳听"而未听，诗人的声音，诗人的努力，终是石沉大海。如此解诗才是不脱历史，符合实情，反映诗人心声之解。

闹情绪岁暮南山

开元年间诗人孟浩然，襄阳人氏，他的诗很被王维看好，例如他有一首"微云淡河汉，疏雨滴梧桐"，王维便经常吟咏，情不自禁按照节拍赞好。王维待诏于皇朝，一天，招孟浩然来内署商谈风雅吟咏，忽然遇上唐玄宗来王维处所，孟浩然惊愕得藏伏于床下，王维不敢隐瞒朋友在此，便奏闻玄宗，玄宗高兴地说："我平时已听说过这个人。"因此，孟浩然便被召见，问他："你带得诗来吗？"浩然答道："我偶然来，未能带上。"玄宗说："那你就吟咏一首。"浩然拜谢后，便念起《岁暮归南山》：

北阙休上书，南山归敝庐。
不才明主弃，多病故人疏。
白发催年老，青阳逼岁除。
永怀愁不寐，松月夜窗虚。

玄宗听了叹息说："我未曾弃置人才，只是你个人不来求进，奈何反有这样的诗作！"因此教人放他回南山，一生不得仕进。

事见五代王定保《唐摭言》。

孟浩然是一个颇有才气的诗人，在开放的盛唐时代，无论是仕进的哪个部门，都应当有他一席之地，机遇又让他遇上唐玄宗，他先是吓得钻床脚，胆小如鼠，继后玄宗又欣然叫他吟诗，却一下又怨气上来，胆大包天。胆大胆小，判若两人，且不说我的怀疑（当然怀疑故事的真实性是可以的），我不去追究史载本身，要说的是孟浩然，究竟是神经作怪，还是要考考唐玄宗的宽容度和开明度，于是就当面"闹情绪"，念起那首"不才明主弃，多病故人疏"的诗，结果情绪闹出格，在梦寐以求的仕进路上，永归南山寂寞一生。我也不去追究唐玄宗的器量问题，值得世人警惕的是"闹情绪"随便闹不得。

明人冯舒评说"一生失意之诗，千古得意之作"。

唐朝两大诗人都遭遇玄宗辞退，李白有一首《赠孟浩然》："吾爱孟夫子，风流天下闻。红颜弃轩冕，白首卧松云。醉月频中圣，迷花不事君。高山安可仰，徒此揖清芬。"诗很动情，惺惺相惜，赠浩然即是赠自己。既经皇帝放还，也就无缘再仕，只能"白首卧松云"，做时代旁观者。

堂前扑枣任西邻

吴南卿忠州司法参军，与杜甫有一点转弯抹角的姻亲。永泰元年（765）杜甫从成都赴长安受任工部员外郎，途经夔州，消渴病（糖尿病）转重，得到都督柏茂琳照顾，在此养病。杜甫不能返朝，内心十分焦愁，吴南卿也顺江赶来夔州陪他遣愁，杜甫便把瀼西草屋让给他住。吴南卿年轻俊美，杜甫称他吴郎，有《简吴郎司法》："有客乘舸自忠州，遣骑安置瀼西头。"瀼西草屋前有枣树，枝繁叶茂，结枣很多，邻居一位寡妇，无依无靠，常来屋前打枣充饥。吴南卿住下后，便插上结实的篱笆阻止她打枣，杜甫得知，便写了一首《又呈吴郎》：

> 堂前扑枣任西邻，无食无儿一妇人。
> 不为困穷宁有此，只缘恐惧转须亲。
> 即防远客虽多事，使插疏篱却甚真。
> 已诉征求贫到骨，正思戎马泪盈巾。

事见《杜甫诗集》。

鲜有人知，杜甫时为征召还朝的官员，吴南卿是以亲戚身份前来短暂照料的。他不大不小是个从八品下的参军，自然有封建官吏的上下尊卑之别，按例不许邻人打扰。日常生活小事，显示诗人宅心仁厚，"不为困穷宁有此，只缘恐惧转须亲"，是对南卿封建脑袋的教导，想来，吴郎会见贤思齐。后来杜甫又写了一首《晚晴吴郎见过北舍》："圃畦新雨润，愧子废锄来。竹杖交头挂，柴扉隔径开。欲栖群鸟乱，未去小童催。明日重阳酒，相迎自酸醅。"讲的是重阳前夕，吴郎来北舍看望诗人，"愧子废锄来"，重阳贵族有饮宴祈寿、感恩敬老之习，吴郎按桑榆之礼，向长辈发出邀请，"明日重阳酒，相迎自发醅"，这些琐细小事，诗人写得非常用力，极有生活气息。比如诗中细节"欲栖群鸟乱，未去小童催"，吴南卿带着孩子来看杜甫，诗人想留他们，可孩子不熟悉陌生环境在一旁催促"我要回家"，诗人观察之准确、诗心之细腻，令人难忘。读杜甫诗，抓住世受国恩、家国情怀，即可抓住要领。

想说这就是衣冠之家的传统。衣冠是家国天下文明的重要观照，文天祥诗"一见衣冠是故乡"，正是历代士人的追求。个人家庭社会，正衣冠、平天下，杜甫是一面衣冠镜。

唱名诗旗亭赌胜

　　唐玄宗开元十四年（726）王昌龄、高适、王之涣齐名，都还未有配偶，常在一起游玩。一个微雪的寒冬天，三位诗人共往旗亭，借酒小饮。忽然有十多位梨园艺女，也来宴会。三人便移座酒楼角落，围炉观看。一会儿有四位年轻歌妓，也寻到楼上，她们艳妆打扮，漂亮入时，皆是当时有名的歌妓。一会儿歌乐奏起，都是教坊名部，王昌龄向二人小声相约："我们都在诗坛小有名气，但常常不敢自定高下，今日我们悄悄看几位名歌妓所唱，如果唱谁的歌诗多，就是最高的了。"不久有位歌女，拍着节拍启声一唱："寒雨连江夜入吴，平明送客楚山孤。洛阳亲友如相问，一片冰心在玉壶。"王昌龄便举手在壁上画了说："一绝句。"停停又一位歌女唱道："开箧泪沾臆，见君前日书。夜台何寂寞，犹是子云居。"高适于是抬手于壁上一画说："一绝句。"一会儿又一位歌女唱："奉帚平明金殿开，暂将团扇共徘徊。玉颜不及寒鸦色，犹带昭阳日影来。"王昌龄又举手在壁上一画说："二绝句。"

　　王之涣自以为得名已久，因对二人说："刚才唱的都是低层次歌女，所唱常常是下里巴人的歌词罢了，高雅的阳春白雪之曲，哪儿是浅俗之人唱的啊？"便指着几位歌女中最有名的说："等听她唱，如不是我的诗，我便终身不敢与你们争高下了。是我的诗，你们须列拜坐床下，尊奉我为师。"大家便欢笑等待着。不久那位年轻的双鬟女启齿发声："黄河远上白云间，一片孤城万仞山，羌笛何须怨杨柳，春风不度玉门关。"王之涣扬扬得意对二位说："田舍奴，我难道是虚吹吗？"三人诙谐大笑，惊动了那些歌妓，都走过来问："不知几位郎君为何这般欢笑？"王昌龄等人便谈了赌胜之事，几位歌妓竞相叩拜说："俗眼不识神仙，乞望好声望的诸位，来俯就我们筵席。"三位诗人受邀过去，饮醉一日。

事见唐薛用弱《集异记》。

争强于人，争胜于人，争强好胜，常常作为教训、劝导别人的批评话，但旗亭赌胜，风流俊雅，王之涣争胜，争赢了，成了千古佳话。王昌龄、高适相继获得歌妓唱诗后，再不唱王之涣诗，就无地自容了。他孤注一掷，当面赌胜，双鬓发声，果然胜出，可见，他有相当的自信。自然，自信建立在实力之上，这就要告诫徒有虚名并无实力的人，千万不要随意争强赌胜。

还得要贬一下王之涣，他赌胜后得意，竟然喊起"田舍奴！我是虚吹吗？"就不敢恭维了，称别人乡巴佬，讥人无学，不说他小人得志，至少要贬一贬他的自负狂妄。

旗亭画壁，盛唐时代的风习，扑面而来，仿佛一一回到眼前，绝句用于歌唱，是当时的时尚，我们今日的绝句都返到了书本。三位自视甚高的名诗人画壁赌胜，不是以主观自负压胜对方，而是客观由他人唱诗做检验。

鬼怪谣湘灵鼓瑟

诗人钱起天宝十载（752）登进士第，擅长五言诗，最初从乡试被推荐上来，把家人也带上寄居江湖客旅，他曾在客居的房舍里独自吟诗，忽听有人在月夜的庭院吟诵"曲终人不见，江上数峰青"。钱起非常惊讶，轻轻提起衣袍出外去看，但一无所见，以为是鬼怪，正待仔细听时，却已杳然无声。但记住了那十个字的诗句。钱起考试那年，考官李暐所试"湘灵鼓瑟"，诗题中有"青"字韵，钱起便将鬼怪谣十字作为落句。李暐评卷，深相赞许，评为一首绝唱，成三百年大唐省试诗名作。他那年登第，脱蓝衫换青袍授秘书省校书郎。

事见后晋刘昫《旧唐书·钱徽传》。

这是一首什么诗呢？且来共赏：

> 善鼓云和瑟，常闻帝子灵。
> 冯夷空自舞，楚客不堪听。
> 苦调凄金石，清音入杳冥。
> 苍梧来怨慕，白芷动芳馨。
> 流水传潇浦，悲风过洞庭。
> 曲终人不见，江上数峰青。

这首诗向以末二句结得缥缈不尽名播诗林，用省题诗来说，它的格调与众不同，将神话与音乐之美在特殊环境下结合得出神入化。前人说湘灵有灵，通篇大雅，结尾神助。湘浦洞庭，曲终江上，缥缈超旷，云烟万状，正

53

不知于何来于何往，一片苍茫，杳然极目。

  鬼神之事究属杳渺，我想大约是钱起在途中整日想着应试诗，日思夜梦，在梦中也作起了诗，竟然就得到了好句。所谓听自鬼怪歌谣之说，显然是后人附会，因为诗的意境之类，不是人力所能达到的境界，便踵事增华虚构出这一情节。我不怀疑钱起的诗才，据说他带上家小江湖客舍寄居，就没有想过再回故乡，"开弓没有回头箭"，是对自己实力的相信，想以附会贬损钱起的创造，是愚人之举。如果以此来更证明诗的意境之美，倒是我颔首赞许的。

李太白与磨针溪

据宋人祝穆《方舆胜览》说："有一条河名叫磨针溪，在四川眉州象耳山下。"长期以来流传说唐代大诗人李白少时曾在山中读书，未学成，便放弃学业准备离开，他经过那条溪河时，见一个老大娘，正磨铁棒。他便问："老妈妈，你磨它干什么？"老大娘回答说："想磨它做成针。""那可要多少时间哟！"李白说了，老大娘继续磨针不再作答。李白深感她铁棒磨作针活中的含意，便转身回到山中，终于完成了学业。听人说那老大娘自言姓武，今磨针溪旁边还有一片岩名叫武氏岩。

事见宋祝穆《方舆胜览》。

"只要功夫深，铁棒磨成针。"这民间谚语，就来自大诗人李白青少年的故事。

事情虽有浓郁的民间传说味，我仍然是宁肯信其有的。李白也是凡眼肉身，像大部分青少年一样，有过贪玩，有过厌学。这位姓武的老大娘磨铁棒，当然不会是绣花针，如果为了开山凿石，把铁棒头磨得尖锐一些，当作钢钎使用，那倒是十分真实可信的事。李白连类触发，由此而联系自身的学业，感悟发奋，这才是他的真聪明处。李白之所以成李白，李白之所以异于平庸的青少年，正在于此。

死死抠住铁棒何以能磨成绣花针而否定事实真实性的人，头脑也应该磨一磨。

背时行卢鸿傲国

　　文士卢鸿，字浩然，开元初（713）不知凭什么，招惹得唐玄宗无比垂爱，一次再次召引，他都不置顾，加以辞托。玄宗干脆说，我虚心引领以待，实已有年，这样不听召唤，自然耿耿于怀。有关的官员便重具礼帛，征召卢鸿，他才到东都洛阳，谒见时还不下拜，宰相问他为何不以礼拜见，他说："礼，忠贞诚信的人看它很轻，我是以忠贞诚信为见的。"玄宗召他到内殿，摆酒，任他为谏议大夫，岂料卢鸿坚辞不受，玄宗又下诏同意还山，还赏他隐居服，官方为他建起嵩山草堂。

　　事见后晋刘昫《旧唐书·隐逸·卢鸿一》。

　　卢鸿究竟有多大本事，惹得玄宗如此思贤若渴，据知，玄宗认为鸿有"泰一之道，中庸之德"。细细一想，道也罢，德也罢，又算得了什么呢？在普天之下，率土之滨，莫非王土、王臣的玄宗眼里，难道能把卢鸿奈何不了吗？难道能忍受这般小视至尊而毫不动怒吗？不，帝王偏有帝王术，唯其故作姿态，正可显一显思贤若渴之心，露一露礼贤下士之意，以小失面子而获得美名于世，玄宗实有一副生意人惨淡经营的心肠。倒是晚唐诗人皮日休"七爱诗"《卢征君鸿》把卢鸿赞得不得了，诗云：

> 吾爱卢征君，高卧嵩山里。
> 百辟未一顾，三征方暂起。
> 坦腹对宰相，岸帻抱天子。
> 建礼门前吟，金銮殿里醉。
> 天下皆铺糟，征君独洁己。

天下皆乐闻，征君独洗耳。

天下皆怀羞，征君独多耻。

银黄不妨悬，赤绂不妨被。

而于心抱中，独作羲皇地。

篮舆一云返，泥诏褒不已。

再看缑山云，重酌嵩阳水。

放旷书里终，逍遥醉中死。

吾谓伊与周，不若征君贵。

吾谓巢与许，不若征君义。

高名无阶级，逸迹绝涯涘。

万世唐书中，逸名不可比。

粤吾慕真隐，强以骨肉累。

如教不为名，敢有征君志。

　　卢鸿这位傲国公，原是一个完全与时行相背的人，一个隐逸，一个征君，玄宗给他个谏议大夫，也不是什么重要显赫的官位，我看，隐逸"肥遁"，未必不是他的内核。

李邕斥崔颢轻薄

盛唐诗人崔颢很有名气，李邕想见一见，打开馆阁等待崔到来。崔颢到时，先献上自己的诗文，第一篇便是："十五嫁王昌"，李邕斥责崔说："年轻小子不懂礼。"于是不接待他。

事见唐李肇《国史补》。

一诗不合，竟被赶了出去。李邕年岁早于崔，可算他的前辈，此人有爱贤的美名，李白曾向他献过诗，把他比成"宣父"（孔子），劝告他不要小看"后生"。杜甫也曾以"李邕求识面"为荣耀，可见在当时文人心目中的地位。所以他要想见一见崔颢，崔自然也乐于拜访他。李邕后来担任北海太守，为李林甫所妒，被杖杀，但英风豪气，一直为时人仰慕。

崔颢这首使李邕发怒的《古意》是：

> 十五嫁王昌，盈盈出画堂。
> 自矜年最少，复倚婿为郎。
> 舞爱前溪绿，歌怜子夜长。
> 闲来斗百草，度日不成妆。

此诗前人指出有六朝遗意，"乐府本色语"，是公允的，当然有点"浮艳之弊"，但看成"轻薄"，却就过分了。不过，把它作为"首章"献给并未谙熟的前辈，确有点孟浪，自尊的李邕难怪要怒形于色。

王昌是何许人，唐人屡屡入诗？上官仪"南国自然胜掌上，东家复是忆王昌"（《和太尉戏赠高阳公》），王维"王昌是东舍，宋玉次西家"

（《杂诗》），李商隐"谁与王昌报消息，尽知三十六鸳鸯"（《代应》），鱼玄机"自能窥宋玉，何必恨王昌"（《赠邻女》），从这些诗中，可见一些共同点，其一与男女相爱有关；其二他住在墙东，是女主人邻居；其三是一位公认的风流俊俏的南国青年。故为生活居住在江南的美男子，符合南朝出汉族美男的史载。有个奇怪现象，两汉时期北方出佳人，或为异族面相的女子；衣冠南渡后，皇汉中心南移，江南出美男，王昌大约就是许多美男中的一位。可见审美趣味的变迁，深含民族融合的历史逻辑，北方佳人或许还带有胡人面孔，江南美男的容貌则是汉族男子的特征。王昌形象的出现，投射于历史，正合政治中心在江南的事实，审美与政治在江南做了一次美丽的碰合。北方佳人与南方王昌，既反映了族群不同阶段的审美理想，又印证了政治中心的迁移与审美情趣的变迁。不过，南北融合的民族想象就体现在这种审美理想的历史真实中，当政权在北方，便希望与佳人来一次美丽偶合；政权南移，则愿望与王昌来一场风流邂逅。

崔颢早期曾有江南之游，对吴歌西曲平时也注意学习，习作甚多，除《古意》外，还有《长干曲》等篇，风格肖似南朝乐府民歌，才产生"轻薄"误解。如：

其一

君家定何处，妾住在横塘。
停船暂借问，或可是同乡。

其二

家临九江水，去来九江侧。
同是长干人，生小不相识。

其三

北渚多风浪，莲舟欲暂稀。
那能不相待，独自送潮归。

其四

三江潮水急，五湖风浪涌。
由来花性轻，莫畏莲舟重。

这些杂曲歌词，正是他学习民歌的实践，不是诗人人品的浮浪。李邕主观判断，自以为见一斑而知全豹，殊不知他犯了管中窥豹只见一斑却以为得到全貌的毛病。一叹！

临清渭洗耳惊心

开元二十四年（736），诗文不错的李昂，为人刚正，性情急躁易怒，在吏部任考功员外郎，曾说考录之事，全在公平，如有请托于人，决不取录。李昂的岳父与贡士李权邻居，李权托他向李昂先说人情。李昂果然大怒，召集贡士数落李权，又将李权文章公开，对文中小疵，加以评说訾议，有意羞辱他。李权也非善辈，便去向李昂说，既然在下文章有毛病，被你公开评说了，你的文章，大家也都传诵过，是否也可以公开讨论呢？李昂听罢，气愤地说："有何不可的。"李权便问："'耳临清渭洗，心向白云闲'是执事的诗吗？"李昂说："是又怎样？"李权紧逼着问："古有唐尧，年迈体衰，想将天下之位禅让贤者许由，许由不愿听此事，认为脏了自己耳朵，便跑到河边洗耳。请问，当今天子英明，又是壮盛之年，又没有将天下禅让给你，你诗中洗耳干什么？居心何在？"李昂惶骇，阴狠的质问令他张口结舌。

事见唐刘肃《大唐新语》。

此事耐人寻思，我不为李昂遭人倒打一钉耙叫屈，也不为李权的猥琐阴狠浩叹。仔细深想，过去我们常说雍正乾隆断章取义大兴文字狱，时至今日又如何呢？人心暗鬼，攻讦告密，上纲上线，操戈同室，党同伐异等骇人事件仍未绝缕；人斗人，人整人，更胜古人。这文化恐怖主义才是当要警惕和革除的。千年前这桩公案，倘若皇帝神经过敏，计较起来，李昂岂不要诛族？还好执政者头脑清醒，没有听信李权危言耸听，暴力他人，事情便不了了之。据说李昂后来一改刚愎自用的德性。

袍中诗结今生缘

　　玄宗开元年间，所谓后宫三千，队伍庞大的妇女深处宫闱，每当皇朝发给边塞士兵作战守卫的棉衣，都由宫中缝制。有一个宫人把自己写的诗笺悄悄缝入所制征袍之中，随征衣寄出。不久一位边防士兵果然在棉袍中得到一首诗，五言八句：

> 沙场征戍客，寒苦若为眠。
> 战袍经手作，知落阿谁边。
> 蓄意多添线，含情更著绵。
> 今生已过也，结取后生缘。

　　意思是沙场上作战守卫的战士，寒冷艰苦的战地怎能成眠。御寒棉袍经手由我亲做，不知它落在哪位男儿身边。我有意密密地多添缝线，饱含深情多加絮棉。今生和你无缘相见，只望来生重新缔结姻缘。

　　开元宫人这首《袍中诗》很快在军中传开，又传回皇朝，若追究起后宫来，那可是不得了。唐制规定，宫女入宫终身不准出宫。谁料对这位宫娥大胆挑衅制度，玄宗没有怪罪，得知此事后，竟开心一笑："很好呀。"找到作诗的宫人，不是"后生缘"，那就做主"今生"，让宫人与那位士兵结成了姻缘。

　　无独有偶，僖宗时，有位宫人作《金锁诗》："玉烛制袍夜，金刀呵手裁。锁寄千里客，锁心终不开。"据记载，僖宗曾经自内廷制袍千领，赐塞外吏士。神策军中一个叫马真的军人，在袍中得锁及诗。主将奏闻后，帝令真赴阙，以作诗宫人妻之。后来僖宗幸蜀，马真昼夜不解衣，前后捍御。

事见唐孟棨《本事诗》、宋计有功《唐诗纪事》。

看来寄衣征人在唐朝成了浪漫传统，"你的军功章有我的名字"，为残酷战事添了一点温情。这些诗可观照初唐以来文治武功的历史，戍边军士及家人保家卫国的牺牲奉献精神，若是仔细读史，会发现贵族时代确乎存在敢死精神，无论男女，无论贵贱。这种不怕死的精神进入宋代平民社会后就渐渐消失了，所以文天祥特别突兀，弥足珍贵。

还要说，帝尊的关怀，不管出于什么目的，为戍边的士兵计，似乎也显示了善的一面。唐玄宗悲天悯人的"菩萨"心肠，做了一件成人之美的好事。这位宫人冒死留下的诗歌和佳话，我们还可思索一些其他东西吗？

"今生已过也，结取后生缘"，她是在已经绝望后又寄希望于绝望。"希望"是不可知的"后生"，她的心灵显然是枯死了。袍中诗的声音，是身陷囹圄渴望自由的呼喊。唐玄宗的"仁慈"，实在是一副假面，那开元盛世以后许多许多年，那幽居后宫的宫女，还在"寥落故行宫，宫花寂寞红。白头宫女在，闲坐说玄宗"（元稹《故行宫》）。

并蒂莲晁采婚兆

唐代宗大历年间，有个文才颇好的女子晁采，德行温良，才貌出众，与母独居，因晁采深通文翰，容貌身段又很美，盖过一时人物。有个尼姑时常在她家走动，说晁采美貌天下第一，美得不需要施脂粉，眉目与画的一般无二。

她年少时与相邻的年轻人文茂笔墨书翰往来，晁采发誓要与他结为夫妻。到年长后不能在一起了，她却时时托侍女表达心意。那是在春天，文茂写诗寄给晁采："晓来扶病镜台前，无力梳头任髻偏。消瘦浑如江上柳，东风日日起还眠。"另一首："旭日瞳瞳破晓霾，遥知妆罢下芳阶。那能化着桐花凤，一集佳人白玉钗。"晁采得诗后，便派侍儿拿青莲子十颗并寄书笺说："寄我爱吃的莲子。"文茂问："为何不去莲心？"侍儿说："正要你知道她的苦心。"文茂拿着莲子还未吃完，坠落一子在水盆中，有一只喜鹊飞过，正好鹊粪落在莲子上，文茂便丢弃了它。次日，竟有并蒂花开于水面，大小如梅花，文茂一见大喜说："我的事儿成功了。"他取花放置几案，数天后才凋谢，子房也渐大，剖开，每朵有莲子五粒共十粒，与晁采送来的莲子数相同。文茂便写下这意外事，托侍女报与晁采，她看书信大喜说："并蒂双偕，这是好征兆。"便用朝鲜茧纸作为鲤鱼函，寄诗给文茂：

> 花笺制叶寄郎边，的的寻鱼为妾传。
> 并蒂已看灵鹊报，倩郎早觅买花船。

转眼到了秋天，虽多次通音信，却无办法欢聚。偶然一个机会，晁采妈去亲戚家了，她立即派人通知文茂，文茂极喜，乘着月色到晁采家，于是遂了多年愿望。晨起整衣分手，二人还难舍难分，晁采便剪一缕鬓发赠予文茂说："好好藏着青丝，早日缔结白头。"文茂带回藏在枕边，发香浓郁，便写诗寄她："几上金猊静不焚，匡床愁卧对斜曛。犀梳金镜人何处，半枕兰香空绿云。"

以后二人又无法幽会，已是深秋时节，晁采心绪难宁，便写诗让侍儿带给文茂，"珍簟生凉夜漏余，梦中恍惚觉来初。魂离不得空成病，面见无由浪寄书。窗外江声钟响绝，枕边梧叶雨声疏。此是时是思君处，肠断寒猿定不如。"文茂感到无法，回诗说："忽见西风起洞房，卢家何处郁金香。文君未病先成渴，颢顼初逢已自伤。怀梦欲寻愁落叶，忘忧将种恐飞霜。惟应吩咐春天月，共听床头漏渐长。"从此后离隔更久，晁采心中郁闷，身体也坏下去了。母亲觉得女儿有异，一再追问侍儿，才稍露真情。母亲叹息说："才子佳人，这也难怪，从来相配的少，我就为你捏成吧。"便托情说媒，把晁采嫁给了文茂。

事见明冯梦龙《情史类略》卷三。

莲子开花的神异无须认真考求，要说的是爱的力量，火辣辣的爱，情真真的爱，直率率的爱，穿透了封建道德的禁锢，让人宽慰。遇上晁采妈妈，真要感谢勇气十足的她，爱的力量分功有她一分，这样破旧习让娇女自由成亲，书籍记载或许是绝无仅有。

古人的婚姻最初为媒婚制，始于周人，《周礼·地官·媒氏》说："媒氏，掌万民之判。凡男子自成名以上，皆书年月日名焉。令男三十而娶，女二十而嫁。凡娶判妻入子者，皆书之。"可知周朝设有婚姻登记处，这对早期的无序社会形成秩序，以血缘构建伦理，至为重要。男女自降生后便要到媒官登记造册，以备男子三十，女子二十，行婚配。所有婚嫁都须官府报备存档，在社会形成的早期，目的自然是建立清晰的血缘，维护社会秩序，违者将受处罚，登记一般定在仲春。但也准例外，"中春之月，令会男女，于是时也，奔者不禁"。春季为发情季节，官府允许私奔野合，不加处罚。其他季节则严厉禁止。这便是晁采与文茂私订终身，发生在春天的逻辑。《诗经》有一首《野有死麕》："野有死麕，白茅包之。有女怀春，吉士诱之。林有朴樕，野有死鹿。白茅纯束，有女如玉。舒而脱脱兮，无感我帨兮，无使尨也吠。"便写的这种情形，春天的野合是合法的，我猜测也是极壮观的，并且周人有祓禊之礼，即春浴日，上巳这日集于水边洗濯污垢，祭祀祖先。所以也给既无媒妁之言又无父母之命的男女幽会提供了机会。又据《礼记·月令》仲春之月，"以太牢祠于高禖，天子亲往，后妃帅九嫔御"。高禖，求子祭祀，又称郊禖，供奉于郊外，更助推了男女私奔交媾。从这里看出周朝的媒婚制比较宽松，并不违背人性良知。周人婚姻两种情况并存，一是媒婚制男三十女二十相配的婚姻，一是媒婚制允许的不受年龄限制的婚姻。所谓"父母之命，媒妁之言"，也非辞典解释的父母的命令，仲介说合之辞，它特指强调的是古人男女年龄可通过父母、媒妁来突破官方"男子三十，女子二十"的规定。由于父母的默许，到战国时期，这种钻媒婚制空子的现象已相当普遍，所以孟子才会说："不待父母之命，媒妁之言，钻穴隙相窥，逾墙相从，则父母国人皆贱之。"（《孟子·滕文公下》） 当然对孟子这种针对乱世的观点，我们要一分为二地看待。它对男女自由婚恋不利，但对维护社会秩序有利。

晁采与文茂的爱情属于唐代版"野有死麕"，这种媒婚制下允许的自由恋爱，却被后来的封建道德曲解了，就像对儒家的扭曲一样。

权钱难易真感情

唐玄宗之兄宁王李宪，在京城贵盛一时，宁王有宠妓数十人，皆绝艺上色，但宁王仍不满足。王府左边一家卖饼小贩，妻子肤白貌美，宁王有贪占之意，便送去许多钱财给小贩，强娶了她，宠溺程度非同一般。一年后，宁王问她："还想念卖饼汉不？"她默然不语。宁王便叫卖饼汉来见。她禁不住流涕，弱不胜情。有十余位客人在座，皆长安名士，都凄然地流露同情。宁王请客人们赋诗，大诗人王维率先而成，诗云：

> 莫以今时宠，能忘旧日恩。
> 看花满眼泪，不共楚王言。

宁王读诗似有触动，放女人而归，了却了她夫妻团圆的心愿。

事见唐孟棨《本事诗》。

王维以《息夫人》作题，显然借春秋息国君主之妻，灭国后被楚王攘夺之史事说现实。息夫人，名息妫，春秋息国国君之妻，出身陈国（河南淮阳）妫姓世家，容颜绝代，称"桃花夫人"。楚文王灭息国，将美貌的息夫人掳进宫中饲养，在楚宫生育两个儿子"堵敖及成王"，但她始终不与文王说一句话。一天，楚文王问她，终于说："我一个妇人，事二夫，纵弗能死，其又奚言？"息夫人既有国破家亡之痛，又有降志辱身之恨，悲恨交加，吞声饮泣，哪还有言语，她不想开口，也不愿开口。清人邓汉仪有《题息夫人庙》："楚宫慵扫眉黛新，只自无言对暮春。千古艰难唯一死，伤心岂独息夫人。"

67

这个故事，一对贫贱夫妻，活活被宁王生分拆散。宁王强买了她的身，始终未得到她的心。从这点看，可悲的是宁王。王维聪明机智，心怀悲悯，通过诗，能否撬通宁王的鼻子？那是另外的问题。从宁王以金钱万能的行为看，王维的刺诗，已将他钉在了历史的耻辱柱上。强权也罢，金钱也罢，在真感情面前，那么无力、那么黯淡。

宁王这个活宝，不爱江山爱美人，一生花花草草，特不专一，活得无心无肺，难怪玄宗不治他罪。他宝吗，我看一点也不，在唐室兄弟争储中，他必须这样才苟活得下去。他从不干预朝政，不与人交结才为玄宗信重。王仁裕《开元天宝遗事·嚼麝之谈》说："宁王骄贵，极于奢侈。每与宾客议论，先含嚼沉麝，方启口发谈，香气喷于席上。"大意是说，宁王特别奢侈讲究，与客人聊天先得咀嚼沉香、麝香，才愿意张嘴说话。玄宗宴请兄弟诸王，席间念奴唱歌，宁王就吹紫玉箫伴奏，放旷不羁，完全忘了身份。他吹过的紫玉箫被杨贵妃拿来把玩闲吹，被玄宗撞见，惩了贵妃，却放过了宁王。中唐诗人张祜有诗"深宫静院无人见，闲把宁王玉箫吹"记其事。一次宫中宴饮，他有意无意踩宫妃绣鞋，使鞋上缀的珠饰脱落，这个调戏宫人的举动要杀头，但宁王告饶后，玄宗也就不深究了。为什么？玄宗并非假大度，宁王也不真活宝。一位"让皇帝"，一位"受皇位"，在皇权面前演得真好！

传书燕通灵传书

唐玄宗开元初，长安城内有一位叫郭先行的豪士，他的女儿绍兰出嫁给巨商任宗。任宗在湖南经商，几年没有回家一趟，书信也寄不到。绍兰心里很纳闷，看见堂中，两只燕子在梁上嬉戏玩耍，便感慨地对燕子说："我听说燕子从海东来，往返必要经过湘中，我丈夫久离不归，几年没有音信，不知生死，我想请燕子带封信，投递给我丈夫。"说完便伤心落泪。燕子在中堂上下飞舞鸣叫，像答应似的。绍兰又向燕子说："燕子如若应允，请停在我怀中。"说也奇怪，燕子即刻飞到她膝上，绍兰便吟了一首寄夫诗：

> 我婿去重湖，临窗泣血书。
> 殷勤凭燕翼，寄与薄情夫。

绍兰吟罢，用小字写于纸，系在燕儿足上，燕子急忙飞鸣而去。

任宗在荆州，忽然看见一只燕子，在头上不停飞叫，十分惊讶。燕子落在他肩上，他看见一封书信系在燕子足上。便取下打开书信一看，才知是妻子寄来的信，感动得流下眼泪，燕子往回飞鸣而去。第二年任宗回家，首先出示诗给绍兰。后来文人张说传开了这件事，那些好事的人便把这件事记下。

事见五代王仁裕《开元天宝遗事》。

通灵的燕子，代人传书，真挚的爱情，钻石恒久远，这奇之又奇的故事，燕足系诗，无须考究，我们只相信：精诚所至，金石为开。浪子回心，感泣而归。你不能不赞叹，燕儿也助力"天下有情人都成眷属"。

汪伦智取李白诗

唐代大诗人李白一生多次流寓安徽当涂等地。天宝三载（744）春遭遇赐金还山后，他来到安徽宣城，在泾县有一位豪士汪伦，得知李白来到宣城消息，非常高兴，如何把这位名满天下的诗人请到泾县，他琢磨半日，煞费苦心，终于有了，拿定主意，便修好书简，差人送去。

李白看书简写道："祈请先生光临泾县。先生喜游山水胜景，这里有十里桃花；先生好酒，这里有万家酒店。"桃花胜景，美酒佳酿，很好。李白又问道汪伦的为人，有人告诉他是泾县豪士，一定是慕先生诗的大名，希望得到亲笔题诗。李白掀髯一笑，心中自有主意。

到泾县后，汪伦日日美酒佳肴款待李白，他很快发现，斗酒诗百篇的李白，怎么饮酒有度了，而且不拈笔砚写诗，心中不免纳闷。李白游玩数日，怎么也见不到"十里桃花"和"万家酒店"，于是问汪伦，汪伦笑道："先生有所不知，'十里桃花'就是距此十里的桃花潭；'万家酒店'就是对面那个姓万的人家开的酒店。"李白一听大笑，知道中了汪伦的"计"。

次日，李白在城西弋江边独自游玩，忽闻江边小舟上一老翁呼喊："先生，我知道你跟汪伦斗智，不开怀，这里你我二人，何妨开怀痛饮几杯？"李白想想也是，这几日故意节饮，是存心与汪伦开个玩笑，此刻老翁一片盛情，岂能拂逆好意，在泾县已逗留好些时日，今日不妨开怀一醉，醉了就顺江而下，于是登舟与老翁一杯一盏对饮，不知不觉间已喝下十数杯，酒意浓浓，诗兴勃发，这时一阵歌声飘来，李白探头看船舱外，见汪伦和几名家人远远地笑吟吟走来，回头再看船舱里的老翁，正捧着文房四宝嘿嘿地笑呢，还说这里是桃花潭。李白恍然明白自己还是中了汪伦的"计"。回想这些天汪伦待自己很好，诗由酒意酿，诗从真情出，不吐不快。他接过笔砚，挥毫便写下《赠汪伦》：

> 李白乘舟将欲行，忽闻岸上踏歌声。
> 桃花潭水深千尺，不及汪伦送我情。

汪伦接过题诗，连连感谢，和家人踏着歌相送道别。

事见清袁枚《随园诗话》。

名人诗书，价值连城。汪伦打了些小算盘，心地却是善良诚恳的。他不是投机商，想大诗人李白的诗书，是巧取非豪夺，搞的小动作也不失可爱。在世道人心变化的商营社会里，我们倒须提防贩子们的伎俩，这是我们不能不从汪伦身上看到的负面。至于本诗深婉的诗旨，可读我们的《唐诗解密》与《唐诗疑难详解》。此诗学界多定于天宝十四载（755）秋。实际应作于赐金还山后一两年内。诗人天宝四载（745）秋冬，与杜甫齐鲁分手后，去江南散心，极大可能在天宝五载受汪伦邀请游桃花潭，感于汪伦及乡人盛情，对比朝廷无情而有是作。《赠汪伦》是感恩诗，感念辞退后，回归民间，受到人民厚爱，目睹踏歌，此情此景，感慨万端，倍加珍惜这可贵的"人情"。同时《赠汪伦》又是一首刺诗，对比辞退遭遇，诗又不失风人之旨。隐微的讽谕，微词托意的吐诉藏于诗中。"李白乘舟将欲行"，未尝不指离开朝廷离开皇帝；"忽闻岸上踏歌声"，民间的热情与宫廷冷漠对比；"桃花潭水深千尺"，隐喻宫廷深如海；"不及汪伦送我情"，又怎不是以"村人"汪伦的深情厚谊伤玄宗薄幸。见微知著，以民间刺朝廷，以汪伦讽玄宗，故《赠汪伦》就是"赠玄宗"。忽明忽暗的诗旨，感恩与讽谕，更合诗人当时当刻，此情此景的心境，千古以来，流行的解释都是浮泛之解，唯此解方合诗人诗心，唯此解方能感应李白内心千古隐痛，破译此诗的密码在此！

杨贵妃与石榴裙

　　唐玄宗宠妃杨贵妃，很喜欢石榴，她的衣裙绣满石榴花，鲜艳夺目。为讨好妃子，玄宗又让人在华清宫、西绣岭、王母祠等处广种石榴，供与贵妃观赏。唐玄宗还特别喜爱贵妃酒后醉态，常常灌醉杨妃观看她千娇百媚的迷人之态。石榴能够醒酒，唐玄宗在宠爱观赏之后，常将颗颗琥珀石榴，喂到贵妃口中。宫中大臣实在看不下去，只是对杨贵妃侧目而视，背后怨言，杨贵妃略有知闻，心里很不高兴。

　　有一天，邀集群臣宴会，玄宗善音乐制曲，杨贵妃擅歌舞弹奏，他让杨妃弹曲助兴，杨贵妃便在曲子弹奏到最精彩动听时，故意把一根琴弦弄断，使曲子不能再弹下去。玄宗问是什么原因，杨贵妃不开心地说："我弹奏时看到臣子都有不恭敬的脸色，是司曲之神为我鸣不平，把琴弦弄断了。"玄宗明知这是不足信的言辞，但为取悦杨贵妃，降下旨意："以后无论宫中上下、朝廷大臣，凡见贵妃一律行跪拜礼。"此令一出，宫廷上下、内外臣僚见到杨贵妃都诚惶诚恐，拜倒在地。

　　大臣们当面不言，背后便窃窃私议，都不无自嘲说："拜倒石榴裙下"。

　　风流天子风流事，那种当人暴众的爱腻，在今日男女看来，也属"前卫"一族，这样的帝王不能算开明，走在时代前列，除了煽靡靡之风外，恐怕要论一论大唐的江山了，后来的"马嵬之变""仓皇奔蜀"，品味"拜倒石榴裙下"，倒不失为其中的一个细节。

　　要说的是，唐代的石榴纹样，早在东汉西域就已出现。据考古资料，20世纪末新疆尉犁县营盘古城出土东汉墓，基因测序墓主为白人，非中土人士。说明那里曾生活过白人，或为大秦商队成员，这可观照丝绸之路东西文化交流。墓主穿戴，不仅有中原衣饰元素，还有印度和古罗马风格，红底人兽树纹石榴图案麴袍，以东汉西域都护府内羊毛和飞禽羽毛织成，形制为中原"深衣"。古代服制，上衣下裳，不相连缀，而上下相连"被体深邃""纯之以采"的，为"深衣"，深衣属典型的汉服，雍容典雅，《礼记·深衣》："古者深衣，盖有制度，以应规矩，绳权衡。"这套麴袍又有贵霜国左右对称开衫特征，即中亚和天竺地区风格，图案上武士与古罗马同源，丘比特形象来自古希腊厄罗斯。衣服上石榴花纹图案，又来自波斯。墓主黄金面具与两汉金器材质一致，则来自中土。可见丝路文商交融与繁荣或远超想象，称其世界贸易与文化交流中心不为过。据《后汉书》，尉犁县营盘古城，正是名震西域的定远侯班超，保护贸易安全，修建的军营和城池。唐朝前期亦是胡气浓郁的朝代，自然外来的石榴纹样受到杨贵妃喜爱。

"拜倒石榴裙下"后来成了形容风流男子对风流女子崇拜颠倒的俗语，可有谁穷根究底？千余年来，它牢牢将荒唐天子钉在耻辱柱上。

郑广文约文会粹

杜甫有诗"诸公滚滚登台省，广文先生官独冷"（《醉时歌》）。诗中"广文先生"姓郑名虔，是杜甫诗朋好友。郑虔出身荥阳郑氏，杜甫也是巩县名门，门第都不低，在唐朝前期贵族社会，这样的衣冠之家自然惺惺相惜、亲亲相匿。郑虔年长二十一岁，但合乎儒家伦理的共同观念，使他们成了忘年交，杜甫不吝笔墨记述他们友谊，郑虔降为台州司户时，杜甫在鄜州不能面别，伤其不幸，情见于诗，写下"万里伤心严谴日，百年垂死中兴时"的动人诗句。远贬后又不断在诗中表达思念，正是孔子"亲亲相隐，直在其中"的亲情伦理观的践行。

开元二十五年，任协律郎的郑虔广采异闻，著书八十余卷。谁知有人暗里窥见他的草稿，便告发他在私修国史，郑虔闻知此事遽然焚烧了书稿。由于这样，他被贬谪十余年。这一年他还京师，参选调用，授他广文馆博士。这是天宝年中国学增设的广文馆，郑虔受命，不知广文官署在何处，职责是什么，执政者告诉他，这是新设置总领文词之处，你是名贤，令后代称"广文博士"从你开始。郑虔就职后，心念烧掉的草稿，既无另本，只好重新纂录，大略许多已经遗忘，只纂录成四十余卷。书未定名，他征询国子司业苏源明如何定名，苏源明请他命名"会粹"，取《尔雅序》"会粹旧说"之意。西河太守卢象赠郑虔一首诗，有诗句"书名《会粹》才偏选，酒号屠苏味更醇"，盛赞广文先生的著述。

郑虔因著书被人告密，贬谪十年，做了广文博士，杜甫有首诗记其后期状况：

广文到官舍，系马堂阶下。
醉则骑马归，颇遭官长骂。
才名四十年，坐客寒无毡。
赖有苏司业，时时乞酒钱。

在长官"有色眼镜"里他始终是有罪的，在官署他不被尊重，他无毡垫椅、无钱买酒，生活极度穷困。

事见宋王谠《唐语林》。

郑虔的胆小谨慎令人称幸又抱憾，他焚稿焚得好，如果说为了全身免祸，他也没有逃脱贬谪十余年的不幸，自然，抱憾的当不是他的不幸，而是那八十余卷异闻草稿。不需要多作解释考证，我们的头脑稍作运转，便可转出那八十余卷中必是有许多犯禁不容于世的异闻存在，转出开、天盛世令人寒噤的思想桎梏。这"广文博士"盛世浮沉，经这一折腾，八十余卷率多遗忘，倒成了名副其实的"约文博士"。

由"广文"会粹到"约文"会粹，由八十余卷到四十余卷，郑虔的遭遇是个缩影，古代有多少求索寻真私纂国史，秉笔直书不畏强权的志士，为将可信记载传付后世，付出著述被阉割或祸及子孙的代价。国朝历史，本就是统治者自我粉饰合法性的花衣裳，郑虔之前，哪个史官敢如实记载唐高祖开国史、唐太宗玄武之变，刘知几、吴兢等朝廷认可的体制史家也哀叹功业未终，著述遭到"政治审查"残缺殆尽。野史有信史，许多士人在朝廷厉禁之外，记录野史，打擦边球，这郑虔便是，他的《会粹》是后半生"挨整"换来的，必然更加真实。

该记取的还有近代以来知识分子挨整的命运，俞平伯被抄家时，"小闯将"们开始不详其钱物所在，见夫人紧抱一盒，打开一看，是现金及存折数万元，得来全不费工夫，便抄没了去。俞平伯却在后追着高喊"汝等持去，有利息乎?"向明火执仗劫掠者讨利息，愚不可及。一叹!

眼前有景道不得

李白经过武昌，看到崔颢在黄鹤楼题的一首诗：

> 昔人已乘黄鹤去，此地空余黄鹤楼。
> 黄鹤一去不复返，白云千载空悠悠。
> 晴川历历汉阳树，芳草萋萋鹦鹉洲。
> 日暮乡关何处是？烟波江上使人愁。

李白连连称赞"好诗，好诗"。自己虽诗思奔涌，却怎么也想不出比崔颢更好的诗句，叹了一声说："眼前有景道不得，崔颢题诗在上头。"于是随口占了四句打油诗："一拳捶碎黄鹤楼，一脚踢翻鹦鹉洲。眼前有景道不得，崔颢题诗在上头。"李白搁笔不题了，人们便在楼的北边修了一座"搁笔亭"，据说一位少年丁十八作诗嘲笑李白，李白又作《醉后答丁十八以诗讥予捶碎黄鹤楼》辩解，前四句是："黄鹤高楼已捶碎，黄鹤仙人无所依。黄鹤上天诉玉帝，却放黄鹤江南归。"

事见元辛文房《唐才子传》、明杨慎《升庵诗话》。

凡名篇经典，没有不借故事效应、名人效应显扬的。这件事先不说真伪，要说的是一个又服气又不服气的李白，真是"酒逢知己，艺压当行"。传统观点把李白看成绝对的狂放，那倒有失偏颇。好的就是好的，该服气的要服气，李白仍然是红尘世界一个性情中的人。据大数据统计，历代受人关注喜爱最多，崔颢的《黄鹤楼》高居"唐诗十大名篇"之首，由此可见李白的服气真实可信。

　　要说另一个问题，康熙四十九年（1710）孔尚任罢官回老家山东曲阜，年届花甲跋涉过武昌探望朋友，游兴甚浓，多次题咏黄鹤楼，写了《题搁笔亭》四首："崔颢题成绝妙辞，不因捶碎世谁知？青莲让美谁叉手，壁上于今竟有诗。""潇洒仙才有尽时，当年搁笔费寻思。唐人不及今人胆，敢续崔郎以后诗。""白云黄鹤句多奇，具眼人来自避之。莫怪纷纷题壁者，模糊未见上头诗。""楼头有韵莫轻追，崔是司勋李是谁？发兴须游千里外，凤凰台上再吟诗。"孔尚任说的"发兴须游千里外，凤凰台上再吟诗"，就是李白离开武昌后，游金陵凤凰台的诗作：

　　　　凤凰台上凤凰游，凤去台空江自流。
　　　　吴宫花草埋幽径，晋代衣冠成古丘。
　　　　三山半落青天外，二水中分白鹭洲。
　　　　总为浮云能蔽日，长安不见使人愁。

　　明人瞿佑《归田诗话》说："颢结句云：'日暮乡关何处是，烟波江上使人愁。'而太白结句云：'总为浮云能蔽日，长安不见使人愁。'爱君忧国之意，远过乡关之念。"

　　"唐人不及今人胆，敢续崔郎以后诗"，非常值得重视孔尚任四首诗内涵的提示，当今旅游胜地，不乏文人墨客，动辄就技痒难忍，什么楹联诗句，一挥而就，全不看看前贤的笔墨，即令才高八斗，也得审慎文思，结果贻笑大方，被人疵议蒙羞懵然不知，至于那些本乏文思的小焉者流，妄想附庸风雅之事，随意涂抹的文化污染，真该以为戒鉴。

萧颖士贬砚三灾

唐代高才博学的萧颖士文章胜过他人，性情却骄躁自负，曾到仓曹李韶家中，见著名的安徽歙砚很好，出来后，告诉一道去的人说："你认识这神砚吗？大概是三灾石。"同行的人不明白，问他是怎么回事，他说："用它写字，字不奇，砚的一灾；用它写文，文章不优美，砚的二灾；放上它，窗前书桌凌乱，砚的三灾。"同行的人听了，都皱紧眉头点首罢了。

事见五代陶毂《清异录》。

骄矜的人瞧不起他人，进而贬损他人，而萧颖士却有所创新，连人家的物品也要损一损，相当于一个见啥喷啥的"喷子"。闻名天下的歙砚经他一贬，那深心处无非告诉同行者，这家主人字写得一般，文章写得不好，书桌十分凌乱。我们大可不必对此砚主人的书法文章来一番考证，值得研究是萧颖士那点深心，贬损这家主人他不一定为抬高自己，砚石是供人读书写字用的，见到它就要贬，是心理上的一种病态满足，所谓心中不能容物。

当今社会这种损人不利己，伤害别人，不付代价的情况尤其多。实际就是见不得人好，嫉妒人强，往死里"整人"的底层意识形态。要是观点不同的陌生人，便如挖他祖坟，无法身体攻击，便恶语诅咒，告发单位，断人饭碗。历朝历代最吓人便是端人饭碗，要挟家人。萧颖士的躁急也非同一般，他责打下人特别狠心，据《新唐书·艺文志》载："有奴事颖士十年，棰楚严惨，或劝其去，答曰：'非不能去，爱其才耳。'"这简直是患了斯德哥尔摩综合征。回到故事结尾，"敛眉颔之"，敛眉表示并不信他胡诌，然而又颔首点头，好像在赞同。萧颖士的为人令人不敢恭维，萧颖士的矜躁霸道给人想象。

凝碧池头奏管弦

天宝十五载（756）安禄山陷长安，大肆搜捕文武官员和接待宾客的乐工，没有几天，便搜得乐工和歌唱人员数百，解往洛阳，在凝碧池举行大会。音乐一奏起，那些乐工歌人不觉叹息，默默流泪。安禄山一伙叛贼见后，便咬牙切齿用刀威胁他们。但是悲咽之声并未止息。有一个叫雷海清的乐师，把乐器摔在地上，向西大声恸哭，被叛贼绑于戏马殿，肢解分尸庭前。听了此事的人没有不伤痛的。当时王维被拘留在洛阳菩提寺，好友裴迪来探望，谈及此事，偷偷赋了一诗：

> 万户伤心生野烟，百僚何日更朝天。
>
> 秋槐叶落空宫里，凝碧池头奏管弦。

事见唐郑处诲《明皇杂录补遗》。

至德二载（757）十月长安光复，唐王朝因王维写了这首流溢亡国悲痛和思念君王的诗，免去死罪。可是他比起乐工雷海清的壮烈，不仅逊色，简直就应当羞愧了。他还写了《菩提寺禁口号又示裴迪》："安得舍罗网，拂衣辞世喧。悠然策藜杖，归向桃花源。"

王维行为非议者甚多，一句话，王维缘何没死？他应该死！不死难平义愤，不死愧对雷海清，这实则是封建道德的偏见，敢做这种诗殊为不易，它不是一首颂安禄山的诗，估计写这样的诗也把生死置之度外了，是要有勇气的。如果他写成一首骂诗也并非不可取，简单得就像雷海清那样恸哭被杀，这才是忠烈吗？雷海清的爱国义举固然可嘉，王维毕竟是王维，从诗的深沉蕴意反映他善于斗争的智慧。

收润笔专售肥文

从六朝晋宋以来，就有作文收费之事，到唐代更盛行。据《李邕传》载，邕善长碑颂，衣冠达贵，天下寺观，都带上黄金锦帛去求文，他收纳的费用，达到巨万。时人议论从古卖文发财，无人能赶得上他。杜甫《八哀诗》诗说李邕："干谒满其门，碑板照四裔。""丰屋珊瑚钩，骐骥织成罽。紫骝随剑几，义取无虚岁。"杜甫又写过《闻斛斯六官未归》："故人南郡去，去索作碑钱。本卖文为活，翻令室倒悬。"诗是取笑的。另外，韩愈撰《平淮西碑》，得绢五百匹。又请他作王用碑，王用儿子给以鞍马白玉带。诗人刘叉愤然拿韩愈几斤黄金离去，说："此谀墓之钱，不如给我庆寿。"刘禹锡《祭愈文》说："公鼎侯碑，志燧表阡，一字之价，辇金如山。"古文家皇甫湜曾给丞相裴度作《福先寺碑》，裴度送了许多车马缯彩，皇甫湜大怒嫌少说："《碑》三千字，每字三匹缣。报酬太少！"裴度笑了便以绢九千匹酬谢。

事见宋洪迈《容斋续笔》。

作文收费，换句当代的话，就是稿酬，古人又叫润笔。本无可厚非，可仔细窥看，又不能不喋喋数语。李邕是著名书法家，他的稿酬累万盈千，时议以为卖文发财无人能比上。杜甫朋友官小，上门索取卖文稿酬，穷酸饿醋，微薄活命钱还被拖欠。韩愈就不同了，他的稿酬一字之价，辇金如山，即便除去夸张成分，也是不菲的。皇甫湜卖文要价不脸红，公开说每字"三匹缣"，像今日的角儿们"一曲缠头不知数"。大和五年（831）元稹去世，撰墓志铭，元家给白居易润笔六七十万钱，白氏晚年信佛，将润笔费捐赠洛阳香山寺，也算尽善事。凡此种种，足见唐代按名按质要价取价的内幕，连好友间作文也要收费。

但要说的是，卖文诸公卖的什么文？所谓"碑颂""墓铭"文字，等等，就是给死人说好话，做谀词，当然并不都是死者真正行迹，也就是，要出钱，钱愈多，谀得越到家，再无孟子"万钟则不辨礼义而受之，万钟于我何加焉"的志气，难怪穷困的游侠诗人刘叉气得拿走韩愈的谀墓金。我不责备求全于文豪，对这一瑕疵，也就放言录议。

风流阵与风流箭

　　唐玄宗宠幸杨贵妃，常做些无聊游戏，他与贵妃每至酒酣，便叫贵妃领宫中歌舞妓百余人，自己则率宫中宦官百余人，排两阵于皇宫房舍中，将霞帔锦被张为旗帜，摇来晃去，巧击相斗，称"风流阵"，败者便用大杯罚酒来取乐戏笑。无独有偶，玄宗以后隔了六个皇帝，到唐敬宗李湛在位时，常在宫中造纸箭、竹皮弓，纸内密贮龙麝末等贵重香料，每当嫔娥群集时，这位皇帝便用纸箭射她们，中箭的人并无痛感，香箭触体，浓香四溢，以此取乐，取名"风流箭"。同时内宫许多人便从旁唱起歌谣："风流箭，中得人人愿。"有点类似今天川戏帮腔的形式。

　　事见五代陶毂《清异录》。

　　有个成语叫"穷极无聊"，这两位用"无聊"说之，似不太妥，他们不但富且贵，他们也应该有聊，那么多国计民生靠他俩主宰，他们聊了吗？

　　宋代诗人范成大对唐玄宗便用《题开元天宝遗事四首》之四说："宫中亦有风流阵，不及渔阳突骑粗。"成于忧患，败于享乐，那动地的渔阳鼙鼓，击破了唐皇的"风流阵"，那沉迷于佚乐的开元天子，是否警示了后来的帝王？这后来的唐敬宗，或者说他是点不醒的顽石，或者说他头脑是一盆糨糊，那"风流箭"的演绎，是"有种体种"吧！辉煌的唐王朝，两位风流天子，早已被雨打风吹去，但是，哪怕在地府幽冥中，他们也该反省反省。

　　我要说，在漫长封建时代，起初传统戏曲还未走向民间时，是贵族排演遣闷的戏作，宫中打发时光；平民社会来临后，羡慕贵族生活，模仿因袭，使得传统戏曲大盛，玄宗、敬宗的"风流阵"与"风流箭"贡献莫大，杨贵妃的"石榴裙"贡献莫大。

水仙游陶岘悔泪

陶岘，彭泽之后，开元末（741）居住昆山，富有田业，托付家人后，自己就泛游江湖。岘性洒脱，颇有魏晋风度，不谋仕宦，自制三舟，一舟自载，一舟置宾，一舟贮美酒佳肴，与孟彦深、孟云卿、焦遂等诗文墨客，载舟同游。吴越文士称他们"水仙"。陶岘亲戚为南海太守，他去省亲，曾探访韶石（山石在韶州，相传舜南巡，登临奏《韶》乐），又在南海买得一个会泅水叫摩诃的昆仑海奴。每遇水色可爱，就投剑入水，命摩诃取回，作为戏乐。在巢湖摩诃被水下毒蛇咬伤，切去一指，才得脱险。船行至西塞山下，泊靠在吉祥佛寺，只见江水深黑，似有怪物，便投剑让摩诃下水，很久很久，只见肢体碎裂浮出水面（可能被鳄鱼类水兽咬死），岘流泪回舟，赋诗自叙，不再游江湖了。诗云：

> 匡庐旧业是谁主，吴越新居安此生。
> 白发数茎归未得，青山一望计还程。
> 鸦翻枫叶夕阳动，鹭立芦花秋水明。
> 从此舍舟何所诣，酒旗歌扇正相迎。

事见宋李昉《太平广记》引唐袁郊《甘泽谣》。

这是个伤感的贩卖人口的故事，昆仑奴是来自异国的奴隶，据说是东非沿岸黑人，被当地酋长掠贩给阿拉伯商人，辗转到南洋，加入一些南亚岛民，又称僧祇奴，唐时南海奴隶交易市场在越南南端，暹罗湾与南海交界的昆仑岛上，再被贩到唐代社会。陶岘买得了他，并不是给他以自由，而是为他们"水仙"之游，寻取快乐，他投剑于深黑江水命摩诃下水的刹那，想过摩诃的安全吗？绝没有，他想的是保他们"仙游"的安全，当碎裂的肢体浮于水面时，才唤醒他一点良知，从此舍舟。几滴眼泪，有一点悔意，是自我救赎吗？还游了，不做水仙了，转过来，他"酒旗歌扇正相迎"，行事表白，我对他仍是不以为然。

蜀道难与蜀道易

　　唐玄宗开元后期，李白到长安，秘书监贺知章久闻其名，去他下榻旅店相见，李白忙取出那首著名的《蜀道难》呈上，贺知章边读边点头，一遍未已，已称叹数次，最后，竖起大拇指说："先生，真是天上谪仙人啊！"贺知章十分高兴，解下随身佩戴的金龟作抵押，呼唤店家换来美酒，与李白倾杯尽醉。贺知章，文坛元老，《蜀道难》经他推许，不久之后，这首诗连同"谪仙"名号就传扬天下。后来贺知章去世，李白还写下《对酒忆贺监》记其事："四明有狂客，风流贺季真。长安一直见，呼我谪仙人。昔好杯中物，今为松下尘。金龟换酒处，却忆泪沾巾。"金龟，乃三品官员贵重配饰，可见他对李白的喜爱。王定保《唐摭言》也说贺知章览《蜀道难》一篇，就扬眉说："公非人世之人，可不是太白星精耶？"

　　到了唐德宗贞元年间，有一位诗人陆畅，吴郡吴县（今苏州）人，贞元中，客游西蜀，为报答西川节度使韦皋知遇之恩，因献《蜀道易》诗以美之，"蜀道易，易于履平地"。此诗一语双关，歌赞韦皋治蜀平乱之功。韦皋大喜，命人取丝绸八百匹相送。

　　事见唐孟棨《本事诗》、唐李绰《尚书故实》。

　　歌功颂德未尝不可，但没有创新的构思不可取，阿谀奉承谄媚拍马更不可取。韦皋贞元元年（785）由左金吾卫大将军改检校户部尚书，出镇剑南西川节度观察使，在蜀中二十年，虚中下体，延纳贤俊，四方文士麋至，府中缙绅峨峨。事见符载《剑南西川幕府诸公写真赞并序》。这些属员自然有谄谀取容者，加上韦皋自己附庸风雅，陆畅们才"畅"行无阻。

　　无须比较，贺知章文名与韦皋水平，太白"蜀道之难，难于上青天"

与陆畅"蜀道易，易于履平地"，高下已定。《蜀道难》乐府曲名，《蜀道易》本自何处？更何况蜀道本难以行走，何来的易？从各自的人生看，李白遭遇赐金还山发自内心的"行路难"，照见的是陆畅攀附的丑！遗憾的是，《蜀道易》未能流传下来，但无论怎样我们都想见一见它。

唐代诗坛，陆畅差可有一席之地，譬如元和元年（805）陆畅贡举之年，和群公对雪，作《惊雪》：

> 怪得北风急，前庭如月辉。
> 天人宁许巧，剪水作花飞。

这一年的进士试题《山出云》，他的是："灵山蓄云彩，纷郁出清晨。望树繁花白，看峰小雪新。映松张盖影，依涧布鱼鳞。高似从龙处，低如触石频。浓光藏半岫，浅色类飘尘。玉叶开天际，遥怜占早春。"与同榜的李绅不分伯仲，甚至还要胜出，李绅诗是"杳霭祥云起，飘飏翠岭新。萦峰开石秀，吐叶间松春。林静翻空少，山明度岭频。回崖时掩鹤，幽涧或随人。姑射朝凝雪，阳台晚伴神。悠悠九霄上，应坐玉京宾。"可以想象一千多年前科场上高手隔帘比拼"华山论剑"的动人场景。

饭颗山头逢杜甫

　　李白与杜甫的交往，是两颗巨星在盛唐的碰撞，佳话千秋。李白才逸气高，与陈子昂齐名，曾说："兴寄深微，五言不如四言，七言又其靡也，况使束于声调俳优哉！"便以《戏赠杜甫》相讥嘲，诗云：

　　　　饭颗山头逢杜甫，头戴笠子日卓午。
　　　　借问别来太瘦生，总为从前作诗苦。

诗歌大概是讥杜拘束。

事见唐孟棨《本事诗·高逸》。

　　看来李杜相交，李白是挑事端的人，人们都认为李白自己不喜律体，讥笑杜甫拘于格律作诗。"借问别来太瘦生，总为从前作诗苦"，这句诗是不是调侃暂且不表，诗里倒反映了一个事实，杜甫喜欢写诗，甚至把糖尿病引起营养不良偏瘦，归结为写诗缘故。《戏赠杜甫》的"戏"，并非专指戏弄、嘲笑，而是戏言，随便说的并不当真的话，是朋友过分亲密的一种言语。但好事者就认为李杜相讥，"饭颗山"还被后人用作诗歌刻板平庸、诗人拘守格律的典故。元好问《论诗·其十五》"笔底银河落九天，何曾憔悴饭山前"，赞扬李白的才气诗歌，却拿"总为从前作诗苦"而"憔悴"的杜甫来反衬李白的笔底银河，奔流直下，一气呵成。

　　杜甫在秦州作过一首《春日忆李白》，诗并无讥意，由于在渭北，消息阻塞，不知李白情况，诗表达了对李白长流夜郎的同情和担忧，期盼他早日赦免获释。但由于对《戏赠杜甫》的曲解，便引起了一些好事的诗评家在杜甫给李白的诗中搜章摘句，立为反讥嘲之证，这便是《春日忆李白》：

> 白也诗无敌，飘然思不群。
> 清新庾开府，俊逸鲍参军。
> 渭北春天树，江东日暮云。
> 何时一樽酒，重与细论文？

好事者认为诗中点到庾信、鲍照、阴铿，并以三人比李白是看不起李白。"何时一樽酒，重与细论文"，"细"字，讥其为文不细，欠缜密。

李杜交游，就年龄经历看，李白生于武则天长安元年（701），杜甫生于睿宗太极元年（712），相望十一年，李白是前辈，受玄宗召见，御手调羹，名播京师，誉满朝野，声誉之高可以想见，当李白赐金放还时，杜甫还是青年。此诗作于诗人流秦州之时，是对同样流放夜郎的李白的怀念，怎么会相讥呢？杜甫儒家思想深重，非常重秩序伦理，对李白说"白也诗无敌，飘然思不群"，是发自内心的。杜甫把李白看成老友，要和他"重与细论文"，是何等深的情感，杜诗最为婉曲，"细论文"，既是讨论文章，也是讨论政治，更是早日结束流放的期许。彼时李杜二人都遭受皇帝辞退，李白遭遇玄宗，杜甫遭遇肃宗。从作诗时间地点看，正是二人落难时，杜甫流秦州，不顾个人遭遇，关心流放夜郎的李白安危。可见李杜关系亲密无间，"戏赠杜甫"是"相戏"决非"相讥"。好事者所谓"细论文"讥李白诗文不细，乃是脱离史实，不知二人友情，想当然之论，他们不知二人被皇帝流放的历史，才有此怪论。李杜均经历了辞退到流放的政治打击，所以"春日忆李白"，也是杜甫儒家惺惺相惜，亲亲相匿彼此关爱的兄弟情。

杜甫在朝廷时，李白跟从李璘战败被执，囚于浔阳狱，朝廷上下舆论鼎沸，都说要杀李白，独有杜甫力保李白，情见于诗：

> 不见李生久，佯狂真可哀。
> 世人皆欲杀，吾意独怜才。
> 敏捷诗千首，飘零酒一杯。
> 匡山读书处，头白好归来。

可这首疏救李白的诗，却罕有人知，都把诗系在成都想念李白。经我考证，这首《不见》其实是在左拾遗任上作于朝廷上的救命诗。

杜甫写给李白的诗，充满"赠、怀、呈、忆、梦、寄、游"，首首情重，如"冠盖满京华，斯人独憔悴""醉眠秋共被，携手日同行""世人皆曰杀，吾意独怜才"，哪有刻忌、哪有讥嘲。李白也有《沙丘城下寄杜甫》：

> 我来竟何事，高卧沙丘城。
> 城边有古树，日夕连秋声。
> 鲁酒不可醉，齐歌空复情。
> 思君若汶水，浩荡寄南征。

在流放夜郎途中李白回忆二人初见到齐鲁旷荡再到眼下不能相见，"思君若汶水，浩荡寄南征"，满腔思念在南流中，若浩浩荡荡的汶水。所以，在李杜友情中挑起讥嘲，用世俗眼光"文人相轻，自古而然"（《典论·论文》）强加二人，损害了两位伟大诗人人格。李杜骈驰，是中唐的事，总体唐时扬李抑杜，至宋反为扬杜抑李，争论不休，各有维护，他们愚蠢的抑扬看起来是好心，结果歪曲了诗人，李杜泉下有知，定然不安。《本事诗》"饭颗山头逢杜甫"几可定为伪诗，作伪诗者完全不知历史真相。

李杜"辞退与流放"的共同遭遇，到了中唐，还有人知道内幕，到晚唐五代就无人知道这段历史了。这太重要了，必须得澄清。写出"不知群儿愚，那用故谤伤""蚍蜉撼大树，可笑不自量"的韩愈就知道一些真相，知道李杜政治不幸，李白受玄肃二帝辞退流放，杜甫被肃宗罢官流放，但韩愈不能直说，他也得"尊者讳"，所以他说"伊我生其后，举颈遥相望"，对李杜抱以崇高敬意。最后以这首《调张籍》作结：

> 李杜文章在，光焰万丈长。
> 不知群儿愚，那用故谤伤。
> 蚍蜉撼大树，可笑不自量。
> 伊我生其后，举颈遥相望。

杜甫应试中书堂

　　天宝九载（750）秋冬时节，杜甫得到消息，明年正月玄宗将举行国家大祭，分别祭祀"玄元皇帝"老子、太庙和天地，便投匦献礼，进呈"三大礼赋"，令玄宗龙颜大悦。"献纳纡皇眷，中间谒紫宸"，献赋后还被请进大明宫紫宸殿，受到皇帝召见。他得意自己的文赋，说："气冲星象表，词感帝王尊。"天宝十载正月大礼仪式结束，唐玄宗安排制举，便有了中书堂考试。

　　这是专为杜甫设的考试，由宰相出题，礼部阅卷。杜甫的诗记录了考试盛况，《奉留赠集贤院崔于二学士》"天老书题目，春官验讨论"，"天老"宰相，"春官"礼部。《莫相疑行》："集贤学士如堵墙，观我落笔中书堂。"那一天集贤院学士都来中书堂，围观他考试。大殿中央摆放几案、纸砚，场面肃静，杜甫进来，落座，气定神闲，自信地提起笔，略一思索便笔走龙蛇。这次考试考出他"名实相副"，材料被"送隶有司，参列选序"（《进封西岳赋》），"选序"就是进入吏部诠选程序。

　　三年后天宝十二载（753）授右卫率府兵曹参军。中间有个插曲，先是授河西尉不拜，再改率府参军，从他受官态度，可知他有资本骄傲，《官定后戏赠》说的便是此事：

　　　　　不作河西尉，凄凉为折腰。
　　　　　老夫怕趋走，率府且逍遥。
　　　　　耽酒须微禄，狂歌托圣朝。
　　　　　故山归兴尽，回首向风飙。

事见《杜甫诗集》。

一场隆重的考试令诗人家声传扬长安，人们都在议论杜审言家的事，在《奉留赠集贤院崔于二学士》中诗人说："青冥犹契阔，凌厉不飞翻。儒术诚难起，家声庶已存。"唐制及第要候选三年，因此要实现青云之志还得等到天宝十二载（753），凌厉的翅膀暂时不能飞翔，虽然"致君尧舜上，再使风俗淳"的理想难以马上实现，但杜家的儒学传统文采风流却已经存留在了长安人们的心中。

大诗人就是大诗人，该得意时即得意。唐代是重视人才的，杜甫长安十年也不是举步维艰，何况还远没有十年。今人看法都是错觉！

"欲整还乡旆，长怀禁掖垣"，还乡，不是去寻找避世隐居的世外乐土，等候召选期间，他仍时时牵挂着朝廷，悠思着长安。"故山多药物，胜概忆桃源"，家乡有许多济世的书籍，描绘了美好的社会蓝图，正是诗人候选期间急需阅读的经世济民之"药方"。

郭子仪豪奢造府

名将郭子仪，平定安史之乱有功，封汾阳王。他在长安大兴土木，建起非常豪阔的王府大宅。占亲仁坊四分之一土地，府中人口多达三千，进出都互不认识。诗人梁锽咏郭令公宅说："堂高凭上望，宅广乘车行。"有一次王府修筑围墙，郭子仪外出，见一位老者正用木锤夯土，便上前叫老者好好干，把围墙筑得更坚实一些。老者放下手中的活，说："我在长安城为大人们的府邸筑墙几十年，从来没见过哪座府邸换新主人时，我筑的围墙垮了的。大人放心吧，你子孙能守住这王府和我筑的墙一样长久，那就是很了不起的事啊。"老者的话如重锤，敲得久经沙场的郭令公心中一懔。回去后，便教育家人要争气，守护好郭家财富声誉。又奏请皇帝告老退休。

事见唐封演《封氏闻见录》。

可叹，俨然一座大型企业的郭府，在郭子仪去世不久，就衰败了，府邸也不在了。

唐代达官贵人建豪宅奢靡成风，据《封氏闻见记·第宅》："则天以后，王侯妃主京城第宅，日加崇丽。"玄宗时期，给宠臣安禄山建豪宅，华屋堪比皇宫，玄宗说："禄山这胡儿，眼眶大，别让他看了笑话。"杨贵妃三姐虢国夫人建个中堂费资二百万钱，奖给工匠赏钱就是绛罗五百匹。唐前期手握重权的文臣武将纷纷重金建造楼堂馆所，时人称这股风气为"木妖"。郭子仪竞豪奢造华屋，四十年后王宅变成法雄寺，张籍有《法雄寺东楼》记其事：

汾阳旧宅今为寺，犹有当时歌舞楼。
四十年来车马绝，古槐深巷暮蝉愁。

　　诗人赵嘏也写了《经汾阳旧宅》："门前不改旧山河，破虏曾轻马伏波。今日独经歌舞地，古槐疏冷夕阳多。"槐荫斜日，一片凄迷，写出了荣萃反掌，盛衰无常之感。一百年后，唐末徐寅写到汾阳第宅更已是"闲思郭令长安宅，草没匡墙旧事空"。无须我再饶舌，今天官员造屋，能从中得到些什么启示和教训呢？人性欲望一如从前，进了监狱，一切豪侈转眼空。

斗鸡走马胜读书

　　唐玄宗在藩邸时，爱上斗鸡戏。登基后，设鸡坊于两宫，搜集长安雄鸡金毫铁距、高冠昂尾千数，养在深宫。又选六军青年五百，做"鸡司令"，驯养教饲。上有所好，下必甚焉，诸王、世家、外戚、贵主、侯家皆倾帑破费市（买）鸡。长安市民，也以弄鸡为事，贫者则弄假鸡。

　　贾昌少年时驯养斗鸡，人呼"神鸡童"。得到玄宗宠信，升任鸡坊五百青年头目。开元十三年（725）十二岁随玄宗参加封禅大典，适逢父亲（宫中卫士）在泰山身故，玄宗特准他扶枢归葬，沿途官员陪送，荣耀无比。时人唱道：

> 生儿不用识文字，斗鸡走马胜读书。
> 贾家小儿年十三，富贵荣华代不如。
> 能令金距期胜负，白罗绣衫随软舆。
> 父死长安千里外，差夫持道挽丧车。

　　事见唐陈鸿祖《东城老父传》。

　　后来的唐文宗、僖宗也酷爱斗鸡。赵璘《因话录》说："文宗……赏观斗鸡，优人称叹：'大好鸡！'上曰：'鸡既好，便赐汝。'"

　　据郑处诲《明皇杂录》，玄宗设宴时，"府县教坊大陈山车旱船、寻幢走索、丸剑角抵、戏马斗鸡。"其中斗鸡者最得宠，"王铢之子准为卫尉少卿，出入以斗鸡侍帝左右"。也有人斗鸡罹祸，高宗时王勃观诸王斗鸡，写《檄英王鸡》，高宗震怒，说："这是挑拨我儿子们。"斥出沛王府。

杜甫《斗鸡》云："斗鸡初赐锦，舞马既登床。帘下宫人出，楼前御柳长。"李白《古风》亦云："路逢斗鸡者，冠盖何辉赫。"

"神鸡童"贾昌，给我们的启示就如现代投资，唐人斗鸡成风，到了倾家荡产，就不是小赌怡情了，背后诱惑人的是巨大利益，政治的、经济的。庞大的市场便如今天疯狂的楼市股市。唐人懂得投资之道："生儿不用识文字，斗鸡走马胜读书。"

参军戏公主罢演

政和公主，是唐肃宗三女儿，下嫁柳潭。一次肃宗在宫中举行宴会，叫一些女戏子跳加官戏。唐人也称假官戏、参军戏，就是戴上面具表演的杂戏，类似各种"花脸"，扮演不同官员，演对手戏，一人演"参军"，另一人扮"苍鹘"戏弄对方。表演者穿上官阶较低官员穿的绿衣，手执朝笏，表演滑稽可笑。

唐玄宗天宝末年，回纥蕃将阿布思谋逆伏法，他的妻子被发配到宫中做奴，善为优，将她归属到乐工里。这一天，叫她跳加官戏，坐庄演主角，肃宗及侍宴的人都以此为笑乐。可是只有政和公主低头皱眉不愿看，皇帝问她什么原因，公主便谏言说："宫中侍女不少，何必要她这个人，假使阿布思真是罪逆深重，他妻子也同是罪人，不应该接近至尊座前；如果阿布思冤死，又怎么忍心让他妻子与奴婢杂处表演作为笑谑工具？我虽愚笨，深以为不可。"肃宗听罢，心里不免生起怜悯之情，立即就停止了加官戏，还赦免了阿布思妻子。由此宫中都称政和贤德。

事见唐赵璘《因话录》。

参军戏，诗人李商隐曾有诗记载，儿子衮师在家学戏中人滑稽对话，"忽复学参军，按声唤苍鹘"，切换扮演两个角色，将儿子可爱形象跃然纸上。这一则材料在当今仍是中国戏剧探源的佐证。

参军戏由奴婢、贱人扮演，不像今日艺人名星那般金贵，受追捧，登台表演，名满天下，出场费动辄万金。唐代参军戏演员优孟衣冠，傀儡儿戏，无名无利。

要说的是政和公主，她为阿布思妻鸣不平，为何"一人得罪，株连九族"，为何妻子要投入宫中为优，受辱做奴？这群金贵人中，政和最具有仁道情怀，识大体，顾小节，思虑深远，由她规谏罢演，一个帝王娇贵的女儿，能撺通她老爸的鼻子，难能可贵。政和政和，政通人和，公主人如其名！

说一下，和政公主，《因话录》误为"政和公主"，但无论和政、政和，都是国泰民安、仁德和顺的吉兆。

颤翎子柳芳戏人

　　唐玄宗开元末，有一个叫李幼奇的书生，尚未成名，但诗写得很有水平，为求荐引，也学人行卷，以诗干谒史官柳芳。李幼奇扬扬得意，对柳芳念起自己的百韵诗。诵毕，柳芳已默记于心。便题于馆所墙壁，不差一字。对李幼奇说："这是我的诗。"李幼奇大惊，愤然不平，这是哪回事啊，不是明目张胆现场抢劫吗？过了好一会儿，柳芳才施施然说："刚才聊相戏，这是你念的诗。"又请李幼奇再诵他所著文章，皆是一遍便能写录下来。

　　事见唐李绰《尚书故实》。

　　趣闻提示我们，干谒还得看对象。年轻的李幼奇太单纯，差点被人打了劫，事出唐人笔记，必然这种窃占的情况很多。青年人急于成名，江湖经验不足，有多少"知识产权"被那些无良把持要津的官员侵夺。大名鼎鼎的宋之问为窃取"年年岁岁花相似，岁岁年年人不同"，还不惜以土袋压杀了刘希夷，将《白头吟》署上大名，恬不知耻收入集子中。为两句诗杀人灭口，宋之问之卑鄙无耻令人发指。唐朝的现象，在当代学术界更比比皆是，窃取他人成果的大名人不时泄诸报端。教授门下弟子不就是唐时那些干谒、行卷的莘莘学子吗？柳芳还算客气，只是调戏年轻的幼奇，卖弄自己记忆力超强。人各有长亦有短，不论职位高低，总想在人前炫耀本领，就是四川话中的"颤翎子"。"颤翎子"动物本能，发情求偶，传播基因，雄鸟总要自炫最华美最艳丽的羽翎。柳芳之举便是要李幼奇服膺于己，就像师父与徒弟、教授与门生，无可厚非，无可厚非。不过，真叹服柳芳记忆力，世间奇人，百韵长诗，过目不忘，不得了，不得了。

薛令之题牢骚诗

薛令之，福建长溪人，唐玄宗开元年间诗人。中宗神龙二年（706）进士及第。开元初，任左补阙，与贺知章同为太子李亨侍讲学士。一日，薛令之见东宫内高达丈余，叶色紫绿的苜蓿，联想起自己待遇太低，生活清贫，便在墙壁题《自悼》诗，发牢骚：

> 朝日上团团，照见先生盘。
> 盘中何所有，苜蓿长阑干。
> 饭涩匙难绾，羹稀箸易宽。
> 只可谋朝夕，何由保岁寒。

谁料，诗被唐玄宗看到，便提笔在薛令之诗旁题写一绝："啄木口嘴长，凤凰毛羽短。若嫌松桂寒，任逐桑榆暖。"意思是，你就是一只嘴长的啄木鸟，说你是凤凰又毛羽太短。若耐不得在东宫做官的清寒，完全可以找地方去温暖。

事见唐孟棨《本事诗》、宋计有功《唐诗纪事》。

薛令之起先计较皇帝对自己不好，满腹委屈，底气十足，及至知道玄宗题诗又非常惶恐，寝食不安，赶紧"谢病东归"。又担心在江西安福县任县宰的儿子薛国进受牵连，也写信命儿子辞官回乡。

薛令之遂了愿，隐居"灵谷草堂"，务农为生。但仍然享受着州县每月的"长溪岁赋"。这是一个典型的战战兢兢的诗人，一个与其他官员比较待遇斤斤计较的诗人，一个敢做不敢当的诗人，一个害了自己又牵累儿子的诗人。无须皇帝"引蛇出洞",写牢骚诗得罪皇帝落魄终身,可叹!一个可怜虫,养尊处优还牢骚满腹,本与贺知章共掌太子教席,水平不差,回家务农实非本愿,想发泄一下,闹闹情绪,逼皇帝提高待遇,结果适得其反,过高估计自己,人生仕途戛然而止。历代知识分子这种人何其多,人心不足蛇吞象,总以为自己了不得,离了红萝卜办不成席,今天的知识分子有吗?

后来肃宗登基,念其旧恩,试图召回薛令之时,他已亡故,便赐名其家乡"廉村""廉溪"。他确实清廉,在家乡无奈又不甘心地写了一首草堂诗,诉说不情愿的凄苦隐居生活,诗云:

> 草堂栖在灵山谷,勤苦诗书向灯烛。
> 柴门半掩寂无人,唯有白云相伴宿。

感遇诗李泌文祸

　　李泌隐居嵩山，天宝十载上疏论时务，受召见，玄宗对他的政治见识大为赞赏，让他待诏翰林院，任太子供奉。杨国忠刻忌人才，上疏奏李泌作《感遇诗》，讽刺当朝。《感遇诗》今已佚失，仅存残句"青青东门柳，岁晏必憔悴"。本是感遇写景，杨国忠却读出，李泌以"柳"射"杨"，讽杨贵妃不久必成残花败柳，杨家权势也必将逝去。这自然触犯了杨国忠的讳，李泌被下诏安置蕲春郡。到任后脱离朝廷，潜遁名山。国忠马嵬被杀，肃宗灵武即位，他才又出山，势倾一时，出陪舆辇，入议国事。

　　事见唐李繁《相国邺侯家传》。

　　这是"文字狱"的唐代版。骄横跋扈、鬶宠擅权的杨国忠，是杨家势力代言人，他以谶诗纬说，任解《感遇诗》，历代文祸便是这样制造的。究其根源，杨国忠们的阅读习惯，还是文人培养的，在诗经、春秋、楚辞就已养成。王逸《离骚序》说："依《诗》取兴，引类譬谕，故善鸟香草，以配忠贞；恶禽臭物，以比谗佞；灵修美人，以媲于君；宓妃佚女，以譬贤臣；虬龙鸾凤，以托君子；飘风云霓，以为小人。"文笔曲折，意含褒贬，引类譬谕，隐晦其意，指桑骂槐，所以怨不得别人。那么这种断章取义、肆意曲解的谶纬邪说，在今天出现过吗？当然，当然。历史长河中为何反复出现难以根除？留给读者诸君思考吧，我就不作饶舌了。要说的是盛唐的政斗，安史之乱后达到顶峰，父子皇帝水火不容。杨国忠属玄宗阵营，自然"文祸"太子党李泌；太子李亨也必然清算杨国忠。所以李泌以诗讽杨，被玄宗斥置蕲春不冤。"文祸"背后是两位帝君之争。这是研究历史、研究文学须看到的。文祸是表，政斗是里。

王维求荐得解头

　　王维年少时，文章很出名，音乐很娴熟，琵琶弹得精妙，常走动在京城权贵间，特别受到岐王李范（玄宗之弟）看重。当时文士张九皋，名声很大，有一位在太平公主身边走动的门客，设法请求公主属下的邑司（为公主管理封地租税收入的官员），以公主名义写信给京城考官，推荐张九皋为解头（第一名）。王维正好应举，便将此事告诉岐王，请他帮助自己。岐王说："公主贵强，不可力争，我为你谋划，你过去的诗作，清畅高昂佳作选十篇，新创优美的琵琶一曲，五天后到此地来。"王维如期而至，岐王说："你的文朋，请谒贵公主，有什么门路可见到呢？你能按我的教导做吗？"王维应许后，岐王拿出一件锦绣鲜华的衣服穿上，带了琵琶，一同来到公主府第，岐王进去说："承蒙贵主从皇宫出来，因此带上酒乐奉宴。"随即叫摆宴，许多伶人一同进来，王维风姿秀逸，皮肤白润，走在前面，公主看后问岐王："这是谁呀？"岐王答："一位非常精通音乐的青年。"便叫他独奏新曲，声调楚切怀伤，满座悯然动容。公主问："此曲何名？"王维起身回答："《郁轮袍》。"公主很惊奇。岐王说："这位后生不止音律，诗词也无人能超过他。"公主更奇，便说："你有作的诗文吗？"王维立即献呈怀中诗卷，公主边读边说："都是我平时诵习，常说是古人佳作，才知是你所为。"便叫王维换下乐工衣服，升到客座。王维风流含蓄，言谈举止诙谐，大受王公贵族们的青睐。岐王趁势说："如使京城今年得此生为解头，实为国之精英。"公主说："何不叫他应举？"岐王说："此生不得首荐第一名，不就试，解头已承贵主论托给张九皋了。"公主笑了，说："与我什么相干，本来为他人所托。"回头对王维说："你去应试争取第一，我当为你出力。"王维起身谦谢。公主便召试官到府第，派宫婢传了话，王维遂作解头一举登第。后来出任太乐丞（国家管理乐工的副长官）。

天宝末年（756）安禄山陷长安，王维、郑虔、张通等诗、书、画一干官员都在安禄山伪朝做官，叛乱平定后，囚在长安宣阳坊杨国忠旧宅。曾任淮南节度使事官的崔圆，将他们召到府内，叫他们在壁上作画，彼时崔圆贵盛无比，都望他帮忙解救，便运思精巧绘制，尽全力发挥艺术才华。后因此事都得到从宽处理。王维受伪职，他任北都副留守（太原少尹）的兄弟王缙，请求免除官爵为王维赎罪。这样才免于死罪，只作降级处分。后来王维做尚书右丞，崇研佛典，连山水诗也充满寂空禅味，他在蓝田县建造别墅，过着半官半隐半居士的生活，终老一生。

事见唐薛用弱《集异记》。

这则轶事，王维的才华不用说，诗歌、音乐、绘画都极具天赋，他的经历突出了太平公主的事迹。历史说公主沉敏机变，在剪除张易之、张昌宗，协同李隆基诛锄韦氏后，劳苦功高，出现了"宰相进退，系其一言，群小奔兢，其门若市"的情况。要说"干谒"权贵求荐引，也不能说是坏事，在此要赞赏太平公主，一位争议人物，在推荐王维上做得公允；还要赞岐王李范煞费苦心做局，王维精彩的艺术人生，有岐王半分功劳；中书令崔圆爱才惜才非同一般，王维壁画创作深深打动了他，冒险替王维说话；王缙手足情重，为保护兄长牺牲个人官爵；等等，一切的一切都在说明大唐社会对人才、对艺术的珍爱包容，王维这颗明珠生长大唐，何其有幸。最后我们为他赋诗一首：

寂寂空空有若无，禅机妙笔自然图。
调朱愧煞丹青手，诗画双双冠一儒。

明驼使邮驿传奇

唐朝有一支"明驼使"，默默行走在瀚海荒漠。据明人杨慎考证：这一支驼队具有邮传的性质，专门负担传递公文军书。这种骆驼"腹不贴地，屈足漏明"，能日行千里（《丹铅总录》）。北宋乐史说这些骆驼"腹下有毛，夜能明，日驰五百里"，故称"明驼"（《杨太真外传》）。唐玄宗开元中，哥舒翰经常派"明驼使"乘骆驼进京奏事。杨贵妃曾私用"明驼使"将交趾贡物寄给安禄山。

天宝十四载（755）安禄山范阳起兵反唐。唐玄宗正在华清宫与贵妃作乐，离范阳约三千里路程。六天后，玄宗便接到消息。为什么？是唐朝建了一支速度奇快的邮传队伍。韩愈说"府西三百里，候馆同鱼鳞"（《酬裴十六功曹巡府西驿途中见寄》），可见唐朝邮驿之快速。

杨贵妃爱吃荔枝，每年玄宗要派专员，从泸州运输。泸州到长安两千多里，驿道快马传送，到达长安鲜味不失。这途中驿马要累死许多。杜甫《病橘》说："忆昔南海使，奔腾献荔枝。百马死山谷，到今耆旧悲。"晚唐杜牧也有诗：

> 长安回望绣成堆，山顶千门次第开。
>
> 一骑红尘妃子笑，无人知是荔枝来。

隋唐继南北朝"驿传合一"制，以"驿"取代了过去的"邮""亭""传"。唐代驿路，负责国家公务文书、紧急军情传递，驿站兼管迎送官员，怀柔少数民族，平息叛乱，追捕罪犯，宣慰灾区，押送犯人，以及贡品运输、其他小件物品运输。

　　唐前期驿站遍布全国，据《唐六典》，驿站分为水驿、陆驿和水陆兼办三种，从事驿务人员多达两万余人，驿夫就有一万七千人。大的都亭驿，配马七十五匹；小的诸道驿，配马少则八匹，多则六十匹。每驿驻扎驿兵，也是一支不小军事力量。驿站建有样式和规格不同的馆舍，配驿马、驿驴、驿船和驿田。邮驿行程，陆驿规定马每天七十里、驴五十里、车三十里。所以大致三十里设一站。紧急公事，驿传骑马一天能跑三百里。

　　驿站，在唐代也称驿馆、候馆。著名候馆，如褒城驿，它是山南汉中一座馆驿，唐人孙樵《书褒城驿壁》描述："褒城驿号天下第一""崇侈其驿，以示雄大"，一岁来客"不下数百辈"。褒城驿，厅堂宏大、庭廊崇丽，楼台可凭栏赏月；厅外池沼广大，能泛舟垂钓。许多唐驿都是建筑华丽、风景优美的园林。李远《送人入蜀》说："碧藏云外树，红露驿边楼。"杜甫咏赞梓州的通泉驿：

<blockquote>
溪行衣自湿，亭午气始散。
冬温蚊蚋在，人远凫鸭乱。
登顿生曾阴，欹倾出高岸。
驿楼衰柳侧，县郭轻烟畔。
一川何绮丽，尽目穷壮观。
山色远寂寞，江光夕滋漫。
伤时愧孔父，去国同王粲。
我生苦飘零，所历有嗟叹。
</blockquote>

　　唐朝后期，社会板荡，驿传萧条，驿馆荒芜。曾经宏丽壮伟的褒城驿年久失修，中唐以后"日益破碎"，池浑舟坏，厅堂残破，不复旧观，映照了大唐江河日下的残破河山。

　　想说的是，唐代驿馆文化，急需挖掘和保护，包括附着在这个系统上相互衍生的文化。邮传至今还在传承，在四川阿坝、甘孜、凉山、雅安的茶马古道、高山邮路，依然看得到这种邮递方式。一个邮差、一匹驽马、一段寂寞的行程，一个传奇从大唐走到今天。

扯大旗苏涣造反

苏涣，天宝中蜀中诗人，代宗广德二年（764）及第。高仲武《中兴间气集》说他"本不平者，善放白弩"，是一位任侠使气好打抱不平的读书人，累官至侍御史。不满鱼朝恩擅权执柄，离京东南行，隐居潭州。大历四年（769）杜甫来到潭州，苏涣闻讯赶往江边舟中相会，杜甫写下《苏大侍御访江浦赋八韵记异》。他们一起游历长沙，他劝苏涣出山，"致君尧舜付公等，早据要路思捐躯"，希望人才为国所用，为国尽忠。苏涣听从杜甫劝告，至潭州刺史崔瓘幕任从事。不久长沙兵变，崔瓘遇害，二人逃往衡州，这一年冬杜甫去世，死前还拖着病体向衡州刺史阳济推荐苏涣，他把自己"致君尧舜上，再使风俗淳"的理想寄托给了苏涣。杜甫记苏涣的诗：

> 庞公不浪出，苏氏今有之。
> 再闻诵新作，突过黄初诗。
> 乾坤几反覆，扬马宣同时。
> 今晨清镜中，胜食斋房芝。
> 余发喜却变，白间生黑丝。
> 昨夜舟火灭，湘娥帘外悲。
> 百灵未敢散，风破寒江迟。

衡州刺史阳济并不打算留下苏涣，于是他南下广州，受到岭南节度使李勉任用，后李勉调离，继任吕崇贲，贪婪凶暴，苏涣与循州刺史哥舒晃，在大历八年（773）九月起事，杀害吕崇贲，扯旗造反。大历十年（775）十一月苏涣、哥舒晃兵败被杀。

事见唐高仲武《中兴间气集》。

我要为苏涣喝彩。他是一位举旗造反的读书人，以皇朝侍御史身份走上一条叛逆不归路。这是杜甫始料未及的。他离经叛道的行为，与杜甫"致君尧舜"的理想完全不合。虽然读书，但他勇武过人，善使白弩，在巴蜀一带杀富济贫，人称"白跖""弩跖"。就这不同，使他成了一个敢于举旗造反的文人，为柔弱的文人血脉注入了刚猛之气，虽遭"砍脑壳"，但大唐的开明令人敬佩，把这个"罪人"的诗做了保留，《中兴间气集》选入三首，今天的社会能容得下吗？苏涣的诗，如《变律》其二：

> 毒蜂成一窠，高挂恶木枝。
> 行人百步外，目断魂亦飞。
> 长安大道边，挟弹谁家儿。
> 右手持金丸，引满无所疑。
> 一中纷下来，势若风雨随。
> 身如万箭攒，宛转迷所之。
> 徒有疾恶心，奈何不知几。

味其诗确如杜甫所说"才力素壮，词句动人"，"突过黄初诗""殷殷留金石声"，正是陈子昂倡导的建安风骨。

最后想说一下，文人革命的问题。历史上文人介入政治，大凡革命时期，负面作用居多。文人的思想多是二选一，要么忍受一切，要么摧毁一切。文人于政治夸夸其谈，实则所知不多，他们没有经验，不掌握现实，不知变革社会将遇到什么困难，注意哪些细节。他们想象天马行空，方案大而化之，如《庄子·逍遥游》所云："吾闻言于接舆，大而无当，往而不反；吾惊怖其言，犹河汉而无极也。"文人情绪一旦传染愚众，尤其青年，激情充斥革命，理性被淹没，结果便是大动荡大破坏。远观晚清历史，几是一部文人革命史。每一次文人为主体的社会运动，皆可看到法国大革命背影，看到权力欲望，而非什么浪漫。文人不懂中间道路，与反对力量集合，摧毁自以为不合理的社会，建立一个更不堪的社会。循环往复，害国害民，几是近代社会写照。老祖言"秀才造反，三年不成"，击中其弊，这苏涣辜负了爱国爱民的诗圣。

诗牛王翰愿卜邻

  唐玄宗开元诗人王翰，年轻时是个"牛人"，豪健恃才，傲荡不羁，曾随张说三次出塞，扫平胡虏。登第后，仍尽日蒲饮。开元以来，宋璟为相，卢从愿、李乂为侍郎，大革前弊，振兴纪纲，朝中出现新气象，吸引许多士人聚集长安。王翰赴吏部诠选时，自恃文才，看阙下文士，打心眼里瞧不起，私下将百余位海内文士，分为九等，连夜写榜，凌晨子时，去吏部东街张贴昭告。第一等三人，"一代文宗"张说、大名士李邕和王翰自己。牛啊！牛得几乎不要脸。惹得长安观者如堵，事情传至吏部，卢从愿悄悄去察看，见众人对王翰莫不切齿，本欲按律处置，作个寻衅滋事，但为势门祖护，此事也就不了了之。

  事见唐封演《封氏闻见记》。

  王翰一生"牛"的资本有三点：一是权门娇纵。《旧唐书》本传说，王翰年轻时"并州长史张嘉贞奇其才，礼接甚厚，翰感之，撰乐词以叙情，于席上自唱自舞，神气豪迈。张说镇并州，礼翰益至"。张嘉贞守并州，在开元四年至六年，其间王翰居太原，受嘉贞礼遇。张说为并州长史，王翰又受聘张说幕，开元九年张说为相，引荐王翰入朝，任秘书正字，擢驾部员外郎。二是家资殷富。王翰出身"太原王氏，并州豪族"，"枥多名马，家有妓乐""发言立意，自比王侯。颐指俦类，人多嫉。"张说去世，坐累外出，虽逢此难，在地方仍"日聚英豪，纵禽击鼓，恣为欢赏"。三是文才拔萃。凭那首《凉州词》就有本钱"牛"：

葡萄美酒夜光杯，欲饮琵琶马上催。

醉卧沙场君莫笑，古来征战几人回。

这可算货真价实的"牛"诗。张说政治上身居相位，又是文坛盟主，张九龄、贺知章常游门下，王翰也侧身其中。集贤学士徐坚与张说品评新人，张说称"王翰之文，有如琼林玉斝"。

王翰这头"狂牛"，还有自知之明，看人说话。早年遇到杜甫，"牛劲"就不牛了。杜甫《奉赠韦左丞丈二十二韵》说"李邕求识面，王翰愿卜邻"，这个"求"和"愿"，不是我求你，是你求我，不是我愿意，是你愿意。须知，大名士李邕也是当世牛人。所以王翰"牛"算不得什么，这头"牛"充其量是头小牛。文士杜华与王翰从游，杜母崔氏说："吾闻孟母三迁。吾今欲卜居，使汝与王翰为邻，足矣！"杜华江南文人，愿与王翰卜居，值不得王翰去狂。杜甫乃杜预之后，杜审言之孙，传承有序，在看重血缘门第的唐朝，无疑为杜甫身份加了分，虽然杜甫才十二三岁，二十五岁王翰遇到未及冠童子，也只能甘愿求卜邻。世上一物降一物，信矣。唐前期的贵族社会真天真、真逗！

云想衣裳花想容

唐朝开元年间，宫中广种牡丹，各色品种都有。唐玄宗将牡丹移植到兴庆池东沉香亭前，天宝二年暮春，花期正盛，月色正好，玄宗偕杨妃乘着步辇前来观赏，又召梨园弟子助兴，李龟年手捧檀板率乐师欲歌。玄宗说："赏名花，对妃子，怎能用旧辞？"便命龟年持金花笺，宣李白献词，遂醉吟《清平调》三章。玄宗让李龟年度成新谱，待梨园弟子调好丝竹，龟年就启齿发声。玄宗倚玉笛相和，贵妃持颇梨七宝杯，饮西凉葡萄美酒，意态妩媚。李白锦心，龟年绣口，唐皇依曲，贵妃微醺，一段宫廷佳话。诗云：

其一

云想衣裳花想容，春风拂槛露华浓。
若非群玉山头见，会向瑶台月下逢。

其二

一枝红艳露凝香，云雨巫山枉断肠。
借问汉宫谁得似，可怜飞燕倚新妆。

其三

名花倾国两相欢，长得君王带笑看。
解释春风无限恨，沉香亭北倚阑干。

杨贵妃极爱《清平调》，时常吟哦。一天，高力士见她又在吟咏，便进

110

谗说李白讥嘲，以飞燕之瘦，讥玉环之肥（"环肥燕瘦"），以飞燕"失妇道"，讥杨妃宫闱不检。高力士说："以飞燕比你，是下贱到不能再下贱了。"自此杨妃怀恨在心，玄宗也疏远了李白。

事见唐李濬《松窗杂录》。

李白未得唐玄宗任用，归咎高力士谗毁，杨妃"阻止"，并不合情理。李白只是待诏供奉，以诗文娱乐皇帝。高力士很清楚，讨玄宗欢心，唯恐失职，哪会拆墙脚？说高力士为李白脱靴，便记恨于心，未免小看高力士肚量，高力士有胆排挤供奉皇帝娱乐的李白？何况当时玄宗虽沉溺爱情，还未昏聩，治国理政不失体统，玄宗是不许人在面前谗毁别人的。据《明皇杂录》，安禄山暗中贿赂杨妃，希望"带平章事"，玄宗没有答应；驸马张垍在玄宗造访内宅后以为会任命宰相，可迟迟不见消息，私下说了抱怨话，安禄山便密告玄宗，惹得龙颜大怒。玄宗宠溺贵妃，但并不准她干政。贵妃两度被逐，身份几废，大约她也不敢随便在玄宗面前说李白坏话，阻止李白仕进。还是个人散漫性格，玄宗早看清李白非廊庙之器了。在文学长河，诗仙的名字如太白星精，星光熠熠；谪仙的诗文如精金美玉，价重连城。一切皆是后人太爱李白！

祖咏望雪终南山

　　祖咏，一位盛唐才子，虽"班班有文在人间"，一生留下的生平资料却少之又少。只知他是洛阳人，排行第三，王维称他"祖三"。开元十二年（725）与王翰同为杜绾榜进士，经张说推荐，任驾部员外郎。不幸受张说罢相牵连，免官闲居，王翰亦被贬至汝州长史，祖咏便随同王翰前往，在王翰帮助下建起汝坟山庄。王维说祖咏："中复客汝颍，去年归旧山。结交二十载，不得一日展。"他移家汝坟别业，以渔樵自终。有《汝坟别业》自诉境况："失路农为业，移家到汝坟。独愁常废卷，多病久离群。鸟雀垂窗柳，虹霓出涧云。山中无外事，樵唱有时闻。"可知他留恋仕途，心有不甘。

　　开元中，祖咏在长安春闱贡举，试诗赋，省题为《终南山望余雪》，时值长安早春，祖咏略一沉思，一幅终南余雪图卷便在心中升起，他随即赋诗：

> 终南阴岭秀，积雪浮云端。
> 林表明霁色，城中增暮寒。

　　只有四句，上呈主考。主考见状便责怪他怎么只写四句，祖咏说："意尽！"此篇运笔简练，不愧为符合五言诗要求、体现五言诗特色的好诗。主考识货，但按规定，省题诗须五言六韵十二句。科举死板规定，像这样破格的答卷，结果就可想而知了。尚书省唱第那天，他早早地去了，没有他的名字，小晌午不到，落第者便各自散去。祖咏离开前愤然写下《尚书省门吟》：

落去他，两两三三戴帽子。

日暮祖侯吟一声，长安竹柏皆枯死。

事见宋计有功《唐诗纪事》。

唐朝科举，早先以策问国事方略为主，但不能看出举子真才实学，许多举子事前就准备好策目，死记硬背。今天高考也有这种味道，各科都有"打题"传统，老师幽默称"打拳头"，四川话"打砣子""打锭子"碰运气。于是在策问时务之前加试一场诗赋，现场考察举子思想情趣和文学才能，这就避免了事先准备和作弊。辞章合格，方可放入对策。

祖咏以诗破格，挑战死板科考制度，失去进身机会，但敢于破常规的举动，却留在历史长河饮誉千载。与其他循规蹈矩的举子比，他自负，他可惜，历史会记住谁呢？唐人省题诗十之八九不传于今，祖咏诗能流传千古，是他对诗的尊重、对诗艺的坚持，不因博取功名改变，不做无病呻吟的添足，诗神赐四句，就是四句，"意尽！"说得好，这才是艺术真谛。祖咏破格，足可傲视群芳！

最后从考证角度说一下，鲜有人知，祖咏、王翰都受知于张说，二人仕途的沉浮，与张说相位升沉紧相绾合。可悲的是，他们出现在张说的政治暮年，很快便失去了庇护。所以没有政治学意识，忽视历史环境，也就说不清二人为何互为好友，祖咏仕途无功，王翰后期屡遭贬谪之真相。今人研究文史，逐新趋异，抛弃传统，甚至以西方心理分析代替历史现实分析，皆是不识大体，不着边际，非文史家所为。

七步诗与五步诗

唐玄宗开元时期，永州零陵有位诗人，叫史青，他特异之处就是脑子反应快。开元初，向玄宗上书，推销自己诗歌特长，说："人们说曹植七步赋诗，算不了什么，我五步之内便能吟出。"玄宗十分好奇，召史青面试。这天正好除夕，玄宗以"除夕"作题，他应声而对：

今岁今宵尽，明年明日催。
寒随一腊去，春逐五更来。
气色空中改，容颜暗里摧。
风光人不觉，已入后园梅。

"真是捷才"，玄宗很高兴，但还不放心，怕他事前准备旧诗。又试"上元""竹灯笼"等，史青皆脱口而出，随口吟咏，五步成诗。平心而论，这首写除夕改年的诗，颇有初盛之交诗歌的特征，诗人对宇宙人生的哲理思考，对大自然的敏感体悟，"寒随一腊去，春逐五更来。气色空中改，容颜暗里摧"堪可与王湾"潮平两岸阔，风正一帆悬。海日生残夜，江春入旧年"媲美。玄宗大为激赏，赐封他左监门卫将军。

事见宋阮阅《诗话总龟》引宋陶岳《零陵总记》。

真是奇人奇才，诗国大唐，关于诗歌的奇事又有什么不可发生呢？史青给这个除夕旧年夜带来了快乐，既娱乐了玄宗，又得到自己想要的名位，是双赢。诗还不错，但我仍有话要说，艺术能这样吗？艺术靠灵感靠实力，有特长固然好，但不是艺术本质，曹植七步赋诗，情非得已，有人要取命；史青五步诗，更像行为艺术，背离作诗原则。诗歌是发乎情也是动于衷的艺术，曹植七步情，与诗歌内容何其统一；史青五步诗，与情何干？

不低调的史青，自命不凡，上书自荐，作五步诗，妄想压倒前贤，名垂"青史"，老天给他开了个玩笑，"史青"这个名字，永远不能翻垂"青史"。从功利主义出发的人，不乏一点小聪明，但从不度量自己，不度量诗歌是缘于情感的艺术，一味炒作，胆子大到天，行卷皇帝，借皇帝包装自己，这种人历史不认可、人民不认可。七步诗永远光芒四射，五步诗永远暗淡无光。历史恒久远，有谁知道史青其人其诗呢？

李权贡举与官斗

唐玄宗开元二十四年（736），诗人李昂任考功员外郎，主持贡举，年轻气盛，性情刚直，不容于物，召集举子，要求他们说："文章美恶好坏，我全都知道。考试取录，也甚为公正。如有托人说情，一律落选。"李昂岳丈与举子李权邻居，两家关系很好，去李昂处替李权说情。李昂勃然大怒，召集贡士数落李权。李权说："别人不知情，私下告诉你，不是我想求录取。"李昂说："观各位君子的文章，都很漂亮。但古人有言，瑜不掩瑕，忠也。你们有文词不妥之处，我将拿出来与大家品评，如何？"各位举子都说："遵命。"出来后，李权恨恨地对大家说："刚才那些话，是针对我的。李昂这任主考，我必然不第。文章再好有何用？"考试时，李权故意在文中"求瑜之瑕"。几日后，李昂果然摘取李权章句小疵，张榜于道，侮辱李权。李权对李昂说："来而不往，非礼也。我文章不好，已闻于道途。你有好文章，曾经闻于天下，拿出来我与你切磋，可以吗？"李昂怒而应对："有何不可！"李权问："耳临清渭洗，心向白云闲。是你的吗？"李昂说："是的。"李权说："昔年唐尧衰怠，厌倦天下，要禅让许由。许由不愿听，故洗耳。如今天子春秋鼎盛，并未揖让于你，为何要洗耳？"李昂闻言惶骇，告诉上级，以李权不逊，取消了他吏选资格。

事见五代王定保《唐摭言》、唐刘肃《大唐新语》。

李权敢与官斗，斗的人正是掌握自己前途的官员，勇敢得不计后果；李昂事前公正，事后又睚眦必报，气量狭小，说话伤人，还搞"大字报"，张贴于通衢大道，要把李权批倒批臭。这种人适合做为国选拔栋梁的主考吗？李昂行事受到举子轻薄，他很快见风使舵学乖了，由刚愎自用，不受属请，到"及有吏议，又求者莫不允从"。李权仍不放他，"言不可穷尽"，直到李昂被寝罢。李权断章取义，曲解诋诃，文攻武卫，"舍得一身剐敢把皇帝拉下马"，造反作风，不可效尤。两人都该各打五十大板。

这一让人耿耿于怀的故事，已超越科举取士，我们还可以从人的良善与丑坏来看，社会上舆论暴力他人的恶现象，与此极似。曾见一名人说，良知与天赋一样，有就有，无就无，不存在唤醒不唤醒。没良知，任凭怎样唤都无济于事。确乎，行恶的人很难改变，如此看似乎绝对了，但不可否认，心理结构的差异是天生的。真诚是本性，良知是天性，李权与李昂都缺乏。须知，良善配赤诚，丑坏配恶行。

这个故事引发了一场唐朝科举改革。庶几进士举考，由吏部改归礼部掌持；主考由员外郎望轻，改侍郎专知。"礼部选士自此始"（《新唐书》）。

衔杯乐圣称避贤

　　玄宗天宝元年（742），李适之为左丞相，与李林甫同列，他为人正派老实，斗不过心机深细的李林甫，常被陷害。有一次，李林甫告诉他，华山脚下有金矿，开采可富国。李适之便去奏闻玄宗，玄宗很高兴，问李林甫，林甫说："我早就知道，但华山是皇帝龙脉，王气所在，挖不得，所以我不敢禀报，也不主张开采。"玄宗因此对挖掘的建议很不满，对李适之起了芥蒂。

　　后来，在李林甫不断陷害下，罢了相。李适之嗜酒，有斗酒不醉之名，常与宾客豪饮。罢相后，朋友们怕连累，都不来找他了。他很郁闷，日日在家喝闷酒。作《罢相作》：

> 避贤初罢相，乐圣且衔杯。
> 借问门前客，今朝几个来。

　　这是一首政治刺诗。大意是自己不愿同流合污罢了相，但不改志向仍然喜爱圣人清酒。请问门前出入的客人呢，今天又有几人会来。诗歌一语双关，表面写自己喜欢清酒（圣人酒）不爱浊酒（贤人酒），实则暗示自己清、李林甫浊。李林甫看出诗中讽意，天宝五载（746）七月，弹劾李适之与韦坚结党营私，又将他贬放宜春太守。李林甫这次挖的坑，要了李适之老命。到任后，知道不会放过他，天宝六载（747）听闻韦坚被杀，惶骇之下，服毒自杀了。

　　事见唐郑处诲《明皇杂录》。

　　这场朝中斗争一边倒，力量悬殊。杜甫时在长安，其《饮中八仙歌》记录了此事，"左相日兴费万钱，饮如长鲸吸百川，衔杯乐圣称避贤"，连杜甫都看出李适之"避贤初罢相，乐圣且衔杯"讥嘲李林甫。李适之罢相遭遇，我同情，但一个整日饮醉的糊涂宰相，怎么治国？不怨李林甫，精明的玄宗看得清楚，罢他没有错。李林甫，历史对他评价总是负面，那些著史的书生，总是书生意气无原则地同情弱势人物，这叫滥情，只有玄宗最有数，对身边人最有发言权、评价权、取舍权，国家需要李林甫这样精明强悍的治国者！就说他主持的那部行政法典《大唐六典》（唐玄宗御撰，李林甫奉敕注），也可笑傲史林。说李林甫阴险奸诈、心狠手辣，历史上哪位政治人物不是呢？

梨园弟子笛声新

李暮，唐玄宗时期乐师。有一年洛阳正月十四夜，玄宗在上阳宫吹奏新制乐曲，第二天玄宗微服出宫观灯，忽闻酒楼上有人吹笛，正是昨夜自己新曲。玄宗一惊，是谁这么大胆，第二天派人密捕吹笛人，一看是个少年，玄宗亲自审问曲谱如何得来，少年说："我是吹笛的李暮，昨晚在天津桥，听宫中演奏新声，便在桥上插小棍记下乐谱。就学会演奏新曲了。"玄宗感动，释放了少年。几十年后，张祜写《李暮笛》记其事：

> 平时东幸洛阳城，天乐宫中夜彻明。
>
> 无奈李暮偷曲谱，酒楼吹笛是新声。

开元中，李暮去越州，州里考进士的十个人，凑钱邀请李暮去镜湖泛舟吹笛。因嫌人少不热闹，就相约各自再邀一人。其中有一人忘了，临时又找不到人，便拉上邻居，一个叫独孤生的老人凑数。舟至湖心，李暮展开仙笛吹奏，笛声清扬精致，如神鬼降临出没。曲终，满座夸口赞誉，只有老人不言。大家都很生气，李暮以为他看不起自己。于是再吹一曲，更奇妙，所有人都叹服，独孤生还是不吭声。邀他来的人很后悔，赔罪说："这个老头儿久居乡下，不懂音乐，扫了大家雅兴。"客人都嘲笑老头，独孤生只是微笑不语。李暮说："老人家这样，究竟是瞧不起人，还是有什么特殊本事？"独孤生说："你们怎知我不懂乐曲？"客人们便纷纷道歉。独孤生对李暮说："你试吹《凉州曲》。"曲终，独孤生说："你吹得够好，但音调里混杂着胡人声调，是跟龟兹人学的吧？另外，第十三叠误入水调，不知你注意没有？"李謩大惊，谦虚地回答："老先生实在了不起，我的老师就是龟兹人，可我并没有感到笛音带了龟兹腔调呀。第十三叠的错误，我更不清楚，请老先生赐教。"于是李謩将他最好的笛子取出，请独孤生吹奏。独孤生查看笛子，说："这管笛子并不好，吹至入声时会经受不住破裂，你不心疼吧。"李謩说："不怕，没关系。"独孤生横笛一吹，笛声扬入云霄，满座安静，至第十三叠指出错误处，吹入入声，只听一声炸响，果然笛破，未能曲终。李謩起身，再三拜谢他的点示。次日，登门求访，独孤生已不见踪影。

后来李謩进入宫中，天宝初，与李白、李龟年及其他梨园弟子共同合演《清平调》，李白献词，李龟年演唱，李謩吹笛，为李杨爱情配了一段美丽音乐。

李謩与李白宫中结下的友谊，传至德宗贞元初，韦应物路经灵璧驿（安徽宿州），舟中夜泊，时云天初莹，秋露凝冷，忽闻笛声，颇似天宝李謩笛音。他寻声找到吹笛人，一打听，原是李謩外孙许云封。云封说，天宝初他一出生，李謩就抱他去见李白，请李白给外孙取名。彼时李白正在酒楼酣饮，李謩给他端酒，李白就醉中手握毛笔，在婴儿胸前题诗道："树下彼何人？不语真吾好。语若及日中，烟霏谢成宝。"李謩看不懂这首谜语诗，求李白解释，李白说："名字就在诗中。树下人是木子，即李；不语是莫言，即謩；好是女子，女儿之子即外孙；语若及日中，是言午，即许；末句是云出封中，即云封。连起来就是：李謩外孙许云封。"

事见宋李昉《太平广记》引唐卢肇《唐逸史》。

传说瑰奇，但我们仍愿意相信它是真实的，盛唐是一个各种艺术高度发展融汇综合的时代，这个故事无愧于那一时代。它将诗歌、音乐、胡笛、故事文本巧妙捏合，完美演绎；它把艺术大师李謩、唐玄宗、张祜、独孤生、李白、韦应物汇聚一炉，打造了一座"名人堂"。它涉及才华、谦逊、宽容、音乐技巧、求学、李杨爱情、谜语诗、友谊……当然故事还反映了历史真实，在胡汉融合的时代，江南对胡人声调的排斥、对汉文化的固守，其历史逻辑来自衣冠南渡后，江南护守汉文化的传统。总体上我们对大唐的开明旷荡，大唐的心襟气象，加额礼赞！

霓裳羽衣天上来

唐玄宗擅长为曲，曾作《霓裳羽衣曲》。贵妃每每着羽衣、霓裳，依曲而舞，舞姿曼妙，舞蹈便叫《霓裳羽衣舞》。此曲传为开元间西凉府节度使杨敬述，进献入宫，曲名"婆罗门曲"，由玄宗改编而成。但也说为玄宗自度曲，是他登洛阳三乡驿望女几山回宫后依据想象之作。中唐刘禹锡有诗记其事：

> 开元天子万事足，唯惜当时光景促。
>
> 三乡陌上望仙山，归作霓裳羽衣曲。
>
> 仙心从此在瑶池，三清八景相追随。
>
> 天上忽乘白云去，世间空有秋风词。

此曲最神奇的传说则是：天宝初，方士罗公远，在玄宗左右。八月十五，宫中赏月，公远对玄宗说："皇帝想不想上月宫看看。"玄宗默许。于是公远取桂枝向空中一抛，天空出现一座银桥。公远扶着皇帝上桥，走不远，眼前出现一座宏伟宫阙，精光夺目，寒色侵人，公远对玄宗说："这里就是月宫。"宫里有仙女数百，白衣庭中，翩翩起舞。玄宗听那舞曲非常优美，问曲名，仙女回答："霓裳羽衣曲。"玄宗暗自记下曲谱，顺银桥回到宫里，召来梨园弟子，按他记下的谱子，作了《霓裳羽衣曲》。

事见唐卢肇《唐逸史》、唐柳宗元《龙城录》。

晚唐郑嵎《津阳门诗》有"蓬莱池上望秋月，无云万里悬清辉。上皇夜半月中去，三十六宫愁不归。月中秘乐天半闻，丁珰玉石和埙篪。宸聪听览未终曲，却到人间迷是非"，便是记录这个神奇的故事。此曲自天上来，宫中舞者便"不著人家俗衣服"（白居易《霓裳羽衣歌和微之》），俨然仙家女子打扮。

诗、曲、舞、传奇，共同编织了大唐的繁盛密丽；异邦"婆罗门曲"到本土"霓裳羽衣曲"，一起组合了大唐的开放交融。

突然想起杜子美写安史之乱流落蜀中的宫中乐人，"锦城丝管日纷纷，半入江风半入云。此曲只应天上有，人间能得几回闻"，那逝去的开元天宝盛世，令人遥念；那战后残破的社会，令人唏嘘。

萧颖士倨傲王丘

　　文士萧颖士，开元二十三年（736）及第，擅长古文，恃才傲物，奇突无比。常自携一壶酒逐胜郊野。偶憩旅店，独酌独吟。时近晌午，风雨暴至，有紫衣老者，领一小童进店避雨。颖士见他们衣着散冗，便很肆意侮慢老人。一会儿风定雨霁，车马兵卒骤至，扶老人上马而去。颖士仓忙寻问，左右说："是吏部王丘王尚书。"颖士曾登门拜访过他，未曾谋面，知道是王尚书后很惊愕很后悔。第二日，备好一封长信前去谢罪。王丘命人引至廊庑下，坐而责备他说："所恨与你非亲非故，否则会当庭训斥你。"又说："你久负文学之名，倨傲如此，仅止于求一第吗？"颖士很羞愧，后来官终扬州功曹参军。

　　萧颖士生性异常严酷，有一个仆从，服侍他已十余载。颖士常以竹鞭打他，每次鞭打都不下百余下，仆人苦不堪言。有人劝他择良木而栖，但他却说："我不是不能他从。滞留主人，是他博学多才，爱他的文才啊。"

　　事见唐郑处诲《明皇杂录》、五代王定保《唐摭言》。

　　萧颖士，一个文学狂徒，生性坏，性格怪，偏偏上天不长眼，赐他一身文学才华。王尚书的教训、仆从的容忍，但愿能擤通他的鼻子，清醒他的头脑。

李白孙女成农妇

李白代宗宝应元年（762）去世，时隔近一甲子，元和十二年（817）宣歙观察使范传正在当涂邑找到李白坟墓祭扫。范家与李白有通家之好，范传正从未放弃寻找大诗人的后人。大约又过两三年，终于觅得两个孙女下落，一为陈云之室，一为刘劝之妻，都已编为农户。范传正召她们到郡署相见，虽村人衣着，形容朴野，但进退闲雅，应对周细，儒风宛在。便问详情，说："父亲伯禽贞元八年（792）去世，有个哥哥，外出十二年不知所在。父亲在世无官，殁后为民，有兄不能保护，苦命儿，无桑以自蚕，非不知机杼；无田以自力，非不知稼穑。何况是女子，布裙粝食，哪里有仰给？嫁配农夫，活命而已。时间久了，不敢闻于县官，惧怕有辱祖父英名。这次受乡间逼迫，忍辱来告家情。"范传正听罢，潸然泪下。后来会昌三年（843）裴敬祭墓，说："二孙女不拜墓已五六年矣。"

事见唐范传正《唐左拾遗翰林学士李公新墓碑并序》、唐裴敬《翰林学士李公墓碑》。

两种可能，或许最迟开成三年（838）她们已去世，我相信若是在世，这不是她们本心；又或许封建丈夫将她们摧残成木讷农妇，不许祭扫外家。当代不是仍有许多有知识的女子被拐卖到偏远地区变成愚妇的例子吗？该谴责的是重男轻女的思想，该清除的是"绝嗣之家"的流毒。

一代大诗人"享名甚高，后事何薄"，杜甫《梦李白》"千秋万岁名，寂寞身后事"，真是一语成谶吗？值得欣慰的是，李白在世不仅有杜甫备极关怀的友情，离世五六十年后还有范传正、裴敬的惦念。

瑕瑜互见说张说

唐史称张说最有德，即使在太平公主炙手可热时，仍忠于职守，不肯阿附，主宰朝事，接纳言论，都很诚恳，忠言逆耳，也能虚心接受。其实，张说行事有很不合于义的，鲜为人知。玄宗时张说为中书令，后来失去权柄，就感到不安。张说曾与苏瑰友善，苏瑰儿子苏颋正为宰相，张说便写《五君咏》，其一便是记苏瑰事，想讨好苏颋。等到苏瑰忌日，便献诗给苏颋。苏颋看了诗，痛哭流涕。苏颋见玄宗，上陈张说忠謇耿直。后来张说接连升迁至并州长史兼天兵军大使。

王毛仲是玄宗身边家臣，张说讨好王毛仲，毛仲便为他求宰相职。任命后，张说去感谢毛仲，刚拜完，就匍匐于地捧住毛仲靴鼻，连声称谢。张说升作宰相后，把亲信故旧，都升为五品以上官员。朝臣们都怨其专权，以权谋私，议论张说不义。还有一事，玄宗骄矜恣肆，张说便提出封禅，张说讨好玄宗的建议更鼓励了玄宗奢侈放纵。宰相源乾曜却反对劳民伤财封禅。

从前张说买宅屋，泓和尚警告他说："不要穿东北三隅。"后来遇见张说，和尚说："宅气为何索然？"与张说一起察看，发现墙隅有三坎丈余。坎，卦名。坎卦有陷、险之义。"三坎"即重坎，有重险之意。因此和尚吃惊说："公，富贵一世而已。您几个儿子将不终。"果然安禄山乱国，陷京师，张说三子均受伪职。张垍死在贼中，张均流放合浦。难道是张说所作所为之过？

事见唐郑处诲《明皇杂录》、宋计有功《唐诗纪事》。

金无足赤，人无完人，张说为官为相，做了许多利国利民的好事，确乎又有不少瑕疵，这才是真实人生，瑕不掩瑜，瑜不掩瑕，我们说是说非都可。不必文过饰非，强求掩饰。作为诗人，他不失有一席之地。

安禄山乱国异闻

　　玄宗天宝时期，一次朝退，召安禄山升殿赐坐，清问甚久，方让他离去。肃宗见状上陈，说："自古正殿，人臣不可坐。父皇纵然宠爱他，但可以加禄秩赐金帛。"玄宗默而不答。第二天朝退，又召禄山赐坐。肃宗便怀疏伏于寝殿不起，说："臣在家，与你是父子；在朝，与你是君臣。世上亲切哪比君臣父子啊！我曾说正殿人臣不可坐。你今天又召禄山上殿，金口询答，多时才让他离去。儿臣言而无用，但我位为太子，见了怎么办？是不言吗？如果坐视朝廷之礼有不正之处而不言，这样儿臣就陷君父于有过之地，那儿臣不忠不孝之罪就大了。"言毕，泣涕交下。玄宗急忙让人扶起儿子，避开左右，抚着儿子肩，说："这不是我儿所能明白的。这个胡儿，有奇相，我也讨厌他啊。"肃宗说："若这样，何不杀了他呢？"玄宗说："杀，恐怕生乱。"肃宗回到东宫，私下想杀安禄山的办法。一天，召安禄山饮酒，肃宗已先交代宫人，说："若我索要寿酒，你就进鸩（毒酒）禄山。"当天酒过数巡，肃宗说："将军与我家亲逾骨肉，义极君臣。将军为人谨厚，胸怀洒落，我很喜欢你啊，今日愿给将军作寿。"就让左右进寿杯，禄山不知有毒，举杯欲饮。适逢一只莺啄泥坠落杯中，禄山乃不能饮，就把酒杯放桌上。起身说："臣蒙殿下赐酒已醉。"再三拜别而去。

　　事见宋委心子《宋蜀本新编分门古今类事》。

　　安禄山乱国，竟有此等奇事，历史给李唐王朝开了个玩笑，若玄宗不要那么专宠安禄山，若肃宗计谋得逞，若没有那只小鸟飞过，一切又会怎样？偶然，偶然，历史就是偶然！笔记又载：初，安禄山生于南阳，邓州刺史李筌，夜见东南有异气，第二天叫人巡查，遇牧羊胡妇，说她昨夜生了个男孩。李筌见了，说："此假天子也。"座客劝他杀掉男孩，李筌说："不可，这个胡雏将来必盗国。古人说：杀假恐生真啊！"这就更奇了，若是真实，安禄山则又逃过一劫。乐史《杨太真外传》说："（玄宗）尝与（禄山）夜燕，禄山醉卧，化为一猪而龙首。左右遽告帝。帝曰：'此猪龙，无能为。'终不杀，卒乱中国。"范成大《题开元天宝遗事四首》之三"忽报猪龙掀宇宙，阿瞒虚读相书来"，讽刺玄宗婆婆妈妈纵容安禄山。来俊臣《罗织经》说"为害常因不察，致祸归于不忍"，唐玄宗难道不知？安史之乱啊，安史之乱，有偶然，更是必然！谁不深信呢？诗曰"渔阳鼙鼓动地来，惊破霓裳羽衣曲"。

　　但我们要说真是这样吗？一代英主唐玄宗，误会太深，连太子都不解，别说后世。他对安禄山怀柔，是为国家安全计，自古中华民族威胁在北方。国母杨妃肩负使命，与安禄山交好也被无知后人附会詈骂千年。夏虫不可语冰！中土与北方关系，从来只有两策，要么倾国之力修筑钢铁长城，要么建立长久友谊，别无他策。二两拨千斤，不二之选，但凡有政治目光的盛代君主均如是。没有北方安全，就没有大唐的盛世！北境陈兵百万，就没有长安繁荣富强，长治久安！今日亦然。杀安禄山，玄宗轻易可以办到，但还有安二、安三。

民胞物与诗圣心

永泰元年（765）初夏，杜甫举家离开成都，为接受工部员外郎赴阙，但走到云安就病倒了，次年到夔州养病，受都督柏茂琳邀请，杜甫经常出席军府宴会，为柏茂琳写过受任都督的《谢上表》。在夔州，政府给他安排了几处居所，但"来往皆茅屋"，生活清平，都是他带家人与奴仆辛苦经营。他的奴仆有伯夷、辛秀、信行、阿段、女奴阿稽等，这么多仆人，都是伯茂琳派给的官奴，杜甫还管理着都督府东屯的公田。

夔地无井，杜甫初住客堂离大江很远，饮水按当地习惯，要到山上用竹筒将山泉接引下来，他患有严重消渴病，那年天旱，发生了两件事，一是他叫阿段（当地獠族人）去寻源接水，阿段在四十里外找到水源，已落日沉山，诗人担心不已，终于深夜山泉接引下来，阿段归来，诗人病渴中喜极，写下《示獠奴阿段》：

> 山木苍苍落日曛，竹竿袅袅细泉分。
> 郡人入夜争余沥，竖子寻源独不闻。
> 病渴三更回白首，传声一注湿青云。
> 曾惊陶侃胡奴异，怪尔常穿虎豹群。

另一件事是仆人信行大热天去山上修破裂水筒："云端水筒坼，林表山石碎。触热藉子修，通流与厨会。"不仅水筒修通高兴感激，还特别记下："往来四十里，荒险崖谷大。日曛惊未餐，貌赤愧相对。"没有任何犹豫，"浮瓜供老病，裂饼尝所爱"，将疗病的浮瓜，喜好的糖饼分切慰劳信行，这便是"信行远修水筒"的故事。

事见《杜甫诗集》。

《论语·里仁》说"夫子之道,忠恕而已矣。"为两个奴仆写诗,杜甫关心下层人民,描写之详尽、观察之细致,状物之生动,没有一颗爱民之心,做不到。深山多虎豹,怕獠奴受到伤害的担心;饥渴难耐的夏天,想信行饿坏的考虑,这不只是主仆平等的观念,是无比高尚的爱心,民胞物与,让一切漠然冷心肝的人愧耻。

怵惕恻隐,体恤民情,推己及人,宅心仁厚,在生活的细小方面都能显示伟大的光辉,我们不由从心底呐喊:伟哉,诗圣!壮哉,杜甫!

卷三　中　唐

天意君须会，人间要好诗。

——白居易《读李杜诗集因题卷后》

白居易不赋诗约

元和十三年（818）白居易在江州贬所授任忠州刺史，两年后诏选还朝。他自忠州启程，沿三峡流程赴任。那时秭归县文士繁知一，慕大诗人白居易之名，知他将过巫山，欲请其题诗，便先在神女祠粉墙上用非常醒目的大字写下一诗：

忠州刺史今才子，行过巫山必有诗。

为报高唐神女道，速排云雨候清辞。

白居易见了，心中怦然，便邀繁知一舟中相会，繁知一说："历阳刘郎中禹锡在夔州任上三年，离任过此，见题咏千余首诗悉数否定，只留下四首诗。"白居易遂吟四篇，皆以《巫山高》为题，有沈佺期诗："巫山高不极，合沓状奇新。暗谷疑风雨，幽崖若鬼神。月明三峡曙，潮声九江春，为问阳台客，应知入梦人。"有皇甫冉诗："巫峡见巴东，迢迢出半空。云藏神女馆，雨到楚王宫。朝暮泉声落，寒暄树色同。清猿不可听，偏在九秋中。"有李端诗："巫山十二峰，皆在碧虚中。迥合云藏日，霏微雨带风。猿声寒渡水，树色暮连空。悲向高唐去，千秋见楚宫。"有王无竞诗："神女下高唐，巫山已夕阳。徘徊作行雨，婉娈逐襄王。电影江前落，雷声峡外长。朝云无处所，台殿郁苍苍。"白居易吟诵完，不语，最终没有为繁知一诗之约赋诗。

事见唐范摅《云溪友议》。

明代诗人杨慎为此说："白居易当时与繁知一同船，见四诗后，竟不敢作。"真是这样吗？我不与苟同。这并不是白居易有自知之明，写不好诗或超不过四人的诗。他何以不写诗呢？诗靠什么，靠灵感，没有灵感的诗，白居易不愿作！大名人之谨行如此，比起那些时刻想显扬声名有请必录的浅薄者流，它该是一剂清凉药。

才子诗李端夺标

　　唐代宗大历年间，诗人李端与韩翃、钱起、卢纶等名流诗文唱和，驰名都城，时人称为大历十才子。郭尚父小儿子郭暧娶唐代宗之女升平公主，公主有才气，特别喜欢诗人，李端等十多人在郭暧门下，宴集赋诗，公主垂帘观看，上佳的诗，便赏百匹丝缣。郭暧要升官，他聚会十才子说："诗先成者赏。"李端迅速作成献上，有警句"熏香荀令偏怜少，傅粉何郎不解愁"，即获百匹丝缣赏赐。诗人钱起说："李校书确实有才，但这篇昨日就构思好了。希望重以一韵就正，并请以起的姓作韵如何？"李端立即用笺纸写就一诗献上，诗云："方塘似镜草芊芊，初月如钩未上弦。新开金埒看调马，旧赐铜山许铸钱。"郭暧见后说："这篇更为工谨。"钱起等人听后才从心里折服。

　　事见唐李肇《国史补》。

　　这是个风雅的诗歌沙龙，郭暧是郭子仪儿子，当朝驸马，一个金贵人，没见他作威作福，倒见他喜欢诗文交友，不说他肚子里货色怎样，凭此也可给他一个上佳的分值。特别要提到升平公主，这位金枝玉叶的皇室贵女，是郭暧影响她，还是她影响郭暧，或则相互影响，就以此事而论，二人同气相求，又能破费挥金，奖掖诗人，虽没有明确目的推动文化发展，客观上是有这个效果的。现在我们看看李端夺标的两首诗：

其一

青春都尉最风流，二十功成便拜侯。
金距斗鸡过上苑，玉鞭骑马出上楸。

熏香荀令偏怜小，傅粉何郎不解愁。

日暮吹箫杨柳北，路人遥指凤凰楼。

其二

方塘似镜草芊芊，初月如钩未上弦。

新开金圢看调马，旧赐铜山许铸钱。

杨柳入楼吹玉笛，芙蓉出水妒花钿。

今朝都尉如相顾，愿脱长裾学少年。

两首诗，除对仗工整，音韵铿锵之外，思想与艺术都无特色，是上流的喜好，实在不敢恭维。这大历文化的诗风，是一种弱文化，但我又不想以此来否定郭暧与升平公主的作为，深层的政治与社会背景造成的流行病，我们只能为之一叹。

孟郊苦吟废曹务

晚唐诗人陆龟蒙说，他童年时曾在孟郊做官的地方溧阳（江苏常州）听一位白头老书佐谈起，孟郊贞元以前家贫，几五十岁中考，授任溧阳县尉小官。溧阳从前是平陵，县南五里有投金濑，濑南八里左右的路东有旧平陵城址，环城千余步，基址陂陀，高三四尺，草木繁茂，有许多几人合抱的大栎树，又有丛丛细竹遮荫，深如洞窟，时时簌簌作响。低洼处积水成塘，水深处有鱼鳖。幽深岑寂的环境，气候清凉爽快，除乡民采樵外没有谁进去。只有孟郊喜欢来到此地，常常忘归。他有时连日来，有时间日来，来时骑一头驴，带个小吏，到了投金濑，他便只身到浓荫大栎树下，隐身竹丛幽林里，坐在积水潭旁，苦苦吟讽，直到太阳西下才回去，衙门公务也弃置不管。县令季操卡又气又急，不满孟郊行为，随即禀报上级，请求以假的尉官代替孟郊，他的薪俸也就停发转给假尉官领取，自己只领半俸。终于，孟郊因穷困届满离开了溧阳。陆龟蒙感慨说："长吉（李贺）夭，东野（孟郊）穷，玉溪生（李商隐）官不挂朝籍而死。"

事见唐陆龟蒙《书李贺小传后》。

陆龟蒙讲的逸事，点出孟郊罢曹务去搞创作，用今天话说，旷工，自由主义，虽不是"自由"去搞歪门邪道，仍令人啧有烦言。事情从另一面看，这种苦吟创作精神，对平庸的人却是一种启发、一种鼓励。一定程度上，我理解孟郊，他屡中不第，白首穷儒，年近五十才晚得高科，"春风得意马蹄疾，一朝看尽长安花！"（《登第》）这不是高兴，是倾泻心中积郁。登第后又竟只授一尉微官，他愤懑，废曹务，是人才被压抑变相的呐喊，切莫以为他嫌薪俸少闹情绪。

刘长卿荣任朋头

　　开元二十四年（737）考功员外郎李昂主管考试，许许多多文士举子看不起他，大肆诋毁，天子认为郎署职位太低，便把这个职务移交礼部，也才设置了贡院。每年贡士到尚书省参加省试的经常不少于上千人，住在馆舍的许多生员便相互拜访，结为朋党，以求考试中取胜。朝廷很重视东西府监，当时长安文人中有两大帮派，号称东、西棚，每棚又都有一位"棚头"。东西两监的在馆诸生何以要组织朋党？这是发人深思的。唐代科举积弊丛生，玄宗时"考功举人，请托大行，取士颇滥"。（《旧唐书·王丘传》）官僚贵族时常受托干扰主考。据《唐语林·卷三》"每岁策名，无不先定""榜出，率皆权豪子弟"。

　　著名诗人刘长卿曾在考中屡不中第，却又顽强自负，在长安置买了居屋，奋进功名。天宝年间，刘长卿和另一位文士袁咸用分别为东西"府监"朋头，刘长卿成为诸生朋头，首先是他的才华影响，其次是累计试未第，资格老。入朋并不就是以不正当手段乞求进入科举组织，也不是所有朋头都保证必中。推举有声望者做朋头，他们对权豪之门、朝贵亲友，没有不去活动的。在士人眼里，朋头是民间自发的介入科考的监督组织，他们奔走权门贵宦，号呼反对弊端，是保证公平的力量。刘长卿被推作朋头，是他刚正的品格和充分号召力的体现。

　　事见唐李肇《国史补》、五代王定保《唐摭言》。

　　刘长卿的战斗精神，得罪了许多权贵，后来被郭子仪女婿吴仲孺捏造罪名，诬奏君王，远贬潘州南巴尉、睦州司马。《中兴间气集》说他"刚而犯上，两遭迁谪，皆自取之"。"独醒翻取笑，直道不容身"，他忧愁幽思、哀苦感伤作《负谪后登干越亭作》：

> 南天愁望绝，亭上柳条新。
> 落日独归鸟，孤舟何处人。
> 生涯投越徼，世业陷胡尘。
> 江入千峰暮，花连百越春。
> 秦台怜白首，楚水怨青苹。
> 草色迷征路，莺声傍逐臣。
> 独醒翻取笑，直道不容身。
> 得罪风霜苦，全生天地仁。
> 青山数行泪，沧海一穷鳞。
> 流落谁相识，空将鸥鹭亲。

　　清人乔亿《大历诗略》说"十韵中声泪俱下，文房诗之深悲极怨，无愈于此者，真绝唱也"。我以为他直道不容于时，还与他成长环境宣州有关，深受江南魏晋风度影响。魏晋风度也是一种刚直不阿的精神，江南文化也有不逢迎趋附、方正不苟的骨气。这是衣冠南渡后，汉魏风骨在江南的变种，也是儒家文化中刚毅忠勇的一种。

　　最后以他在贬所写的，被后人评为"落魄者读之，真足凄绝千古"的语清调古、无限寂寞而又犬吠人归，不绝希望的《逢雪宿芙蓉山主人》作结：

> 日暮苍山远，天寒白屋贫。
> 柴门闻犬吠，风雪夜归人。

射鸭歌文武佳会

晚唐诗人皮日休，曾为诗人刘言史写过碑文，讲述刘言史的故事。

刘言史先生，大家不确知他是何乡何里人氏，写过千首歌诗，美丽恢赡，除享誉"鬼才"的诗人李贺之外，没有人能与之比匹，他死后孟郊为之一哭，《哭刘言史》"精异刘言史，诗肠倾珠河"，称他的诗文辞丰赡，若河流不竭。河北的军事长官叫王武俊，刘言史去拜访他。王武俊体魄魁梧奇伟，很喜欢诗词艺术，见到刘言史拜访，他高兴且特别敬重，准备安置言史为嘉宾，刘言史推辞告免。

作为军事武官，王武俊自然喜欢并擅长骑马射箭，他邀刘言史骑马同行，王武俊在原野上要耍一耍技艺，一马奔前，在菖蒲稗草间惊起一对野鸭，只见王武俊控紧弓弦，弓弦响处，一对野鸭便一齐被穿射落到地面。王武俊很高兴自己一箭双鸭，回头对刘言史说："先生，我的射艺如此，你的诗词如果也这样，可算得上文武之会了，何不用一诗来相贺呢？"刘言史不假思索，就在马背上立即草成一首《射鸭歌》，交给王武俊吟看，王武俊看罢，更加敬重刘言史先生，上奏朝廷请任刘言史为官。皇诏不久下来授刘言史枣强县令。可惜《射鸭歌》佚失，无法得见诗人这首捷才佳作。不过我们可以看看他的《放萤怨》：

> 放萤去，不须留，聚时年少今白头。
> 架中科斗万余卷，一字千回重照见。
> 青云杳渺不可亲，开囊欲放增余怨。
> 且逍遥，还酩酊，仲舒漫不窥园井。

那将寂寞老病身，更就微虫借光影。

欲放时，泪沾裳，去冲篱落千点光。

事见唐皮日休《刘枣强碑》。

这件真实的趣闻耐人寻味，真本领是经得住检验的。刘言史的诗自不必说，我更佩服王武俊的聪明高招，这种考核才能的方式很容易窘住人，凡有一点南郭味的先生都会原形毕露，当然考官本人也要很不南郭，且乎不南郭，还须有相当的实力，那支射鸭神箭若在王武俊手中用上二发三发或更多，文武不相敌，我看王武俊不会俊。

文人入幕要凭真才实学，府主也不能胸中无学，被人糊弄。王武俊初衷究竟是怀疑刘言史拜会是"打秋风"，还是真为朝廷选才，不得而知，但这是一轮非南郭考出非南郭的考试。可惜，现代生活中，南郭考官考南郭不是没有，还很多。

戎昱千金不改姓

唐宪宗在位时，北方狄人多次侵犯边疆，有大臣向皇帝上奏说，古代用和亲政策有五大好处，却无须千金的花费。宪宗未作回答，却说："近来听说有位文士作诗好，但姓名稍冷僻，他是谁？"宰相对答，说是包子虚、冷朝阳，宪宗都说不是。见大臣回答不出，宪宗便吟起诗："山上青松陌上尘，云泥岂合得相亲。世路尽嫌良马瘦，惟君不弃卧龙贫。千金未必能移姓，一诺从来许杀身。莫道书生无感慨，寸心还是报恩人。"侍臣忙对曰："此是戎昱诗也。"

戎昱是什么人呢？原来是当时小有名气的诗人。京城首席长官李銮，看中他的才气，准备把女儿嫁给他，但叫他改姓，戎昱坚定地推辞了。宪宗高兴地说："我还记得他作的《咏史》诗。"随即便吟出：

> 汉家青史上，计拙是和亲。
> 社稷依明主，安危托妇人。
> 岂能将玉貌，便欲静胡尘。
> 地下千年骨，谁为辅佐臣。

吟罢，他随即笑了说："魏绛和亲之功，多么怯懦啊！"大臣公卿遂息和戎之论。

事见唐范摅《云溪友议》。

唐宪宗的智识令人折服，他提的诗人戎昱，才华出众，被京城赫赫首席长官李銮相中，相得有眼力，要他做东床。世人眼里，这等体面风光，除了

142

艳羡，还有什么说的；在李銮心里，够戎昱适意了。偏偏李銮又有一股神经作怪，要他把冷僻的"戎"姓改一改，他想这不算要求的要求一定会得到未来东床的满意答复。果然戎昱略一思索，便把答复写成一首七律。李銮得意地接诗吟咏，他的脸紧绷绷严肃起来了。

戎昱在诗里说：云天泥地怎能相亲，松柏尘土不合同群。高下相悬的婚姻，要我用改姓的屈辱换取，我不能接受。一个耿介的文士，一个傲劲十足的后生，好倔！他拒婚，等于拒了朝思暮想、已铺上鲜花的锦绣前程。中唐打破门第观念后，世人趋之若鹜求娶"五姓女"，世俗眼里他"愚傻"，正人君子品出他的"骨气"。李銮如果明智，立刻改弦易辙，顺应未来东床，还不失为一个聪明人。但，权势膨胀了大头脑袋的封建官员，不会明白提这要求有点近于要公鸡生蛋。

此事了结如何，已无关紧要，却引起唐宪宗关注到戎昱。唐代安史之乱后，边患频仍，吐蕃犯于西，契丹扰于东，朝中和亲议论轰起。宪宗是最后决策者，面对沸起群议不好正面表态，就吟了戎昱那首七律，故意问谁人作的吸引大家，然后再吟《咏史》诗，点破"汉家青史上，计拙是和亲。社稷依明主，安危托妇人"。这种弯弯绕借诗回答，那讽意当然会使那些为和亲摇唇鼓舌的大臣汗颜，戎昱的诗成为帝王机智决策的依据，这份殊荣青史倒不应该将他忘却。

皎然诗理说三偷

说一个宋人传言唐诗人的事。

宋人吴曾说：洪迈的《冷斋夜话》记载了黄庭坚说过的一段话："诗的思想意境铸造并无止境，但人的才智有限，把有限的才智，去追求并无止境的思想意境，即使杜甫、陶渊明等大诗人也达不到止境。可是不改变思想意境来运用语言，叫作换骨法；模拟仿效思想意境来描写，叫作夺胎法。"我说洪迈不认真学习，所以常常说话胡诌，何况黄庭坚作诗，有"一洗万古凡马空"之句，难道会教人死板跟着以模仿蹈袭为事吗？唐朝的诗僧皎然曾说："诗有三偷，偷语句最是笨贼，如像傅长虞有'日月光太清'之句，陈后主有'日月光天德'之句，诗句相同；偷思想意境虽然可不置理，但情不可原谅。如像柳浑有'太液微波起，长杨高树秋'，沈佺期有'小池残暑退，高树早凉归'，思想意境相似；偷势态的机智聪明，几乎不着痕迹，大概属诗人中偷白狐裘高手，如像嵇康有'目送归鸿，手挥五弦'，王昌龄则有'手携双鲤鱼，目送千里雁'就是。"皎然尚且知此为病，何以说为学要像黄庭坚所说，胡诌要不更换思想意境和模拟仿效思想意境，便去犯笨贼不可原谅的情状。

事见宋吴曾《能改斋漫录》。

"偷"这个词，从来没人喜欢，每一近人，立即就要用绝缘体防之。鲁迅笔下迂腐落魄、愚昧麻木的半吊子读书人孔乙己就"咬文嚼字"争辩"窃书不能算偷，读书人的事，能算偷吗？"韩愈说"偷"，"唯古于词必己出，降而不能乃剽贼"（《南阳樊绍述墓志铭》），为避免做剽贼，他生造过许多生硬词语。

　　然而诗僧皎然讲作诗有三偷，则不妨一听，他不是为"偷"正名，所谈"偷"理，倒不必绝缘。皎然主张不偷什么，该偷什么，仔细思索，似可以立为诗学理论：偷势而不偷辞，不偷意。据知皎然写过一本《诗式》，为理论宣传张目，可叹他的诗歌创作未如人意，顶多是个三流诗人。他叫别人不偷什么，该偷什么，自己却不会偷，倒可以送他个雅号：壳子客！四川话"大道理一套，冲壳子"。

刘禹锡大意翻船

刘禹锡从汴水乘船，渡淮水向东去。当船夫解开系船缆绳时，告诫刘禹锡说："眼下水势迅猛，船又不很坚固，应当预先备好救难的工具，以防意外的事情发生。"

刘禹锡听到这番话，便警惕起来，像有一场大难临头的感觉，由此叫随从用旧布破絮把船上漏洞堵严实，又用灰泥填平裂缝，把渗进舱内的水舀净。仆役们干累了，他便亲自动手参加。晚上，督促仆役们提高警惕，做好防险准备；白天，又一次次地查看。遇到天色阴霾，日光黯淡之时，就停船不再前进；听到风声呼呼与平常有异，便停靠不前。每天都如此谨慎小心，终于平平顺顺地驶过险滩恶水，拉下船帆，放平船桨，到了平静的水面停泊于淮阴。

于是船夫们都放心地下船登岸，兴高采烈地逛商店游乐，有的到酒馆喝酒，有的闲散地手拍桥栏哼小调；差役们都不执勤放心睡觉去了。刘禹锡也觉得大家都平安了，不再有什么可担心，也安安稳稳靠到船窗休息了。

夜半时分，江水在人们毫无觉察中偷偷地顺着船身原有的裂缝涌进来，水流急速地由细变粗，由缓慢到猛烈，终于冲溃船身，江水汹涌地奔进舱内。直到淹没客舱里的竹席和棉褥时，才突然觉察到，惊呼，可是已经来不及了。

大家一边惊喊，顾不上穿鞋子，都赤足向外冲挤，拼命跳上岸边的土丘，仅仅能够脱身，不到一眨眼工夫，船身便倾斜下沉，船尾沉陷入泥沙中，终于不能支撑而沉没。

刘禹锡木然地若有所失地站在岸边，看着沉没的大船，感叹说："祸福胚胎，其动甚微；倚伏矛盾，其理甚明。从前，我时时刻刻警惕着，尽管洪水连天，水急浪大也未能遇难，如今我安然地失去警惕，即使在平缓的河流中也失事翻船，由此看来，使人畏惧的道路真是没有固定的地方啊，它往往还出现在并不让人畏惧之处，是在被常人认为的平安之路中啊。"

事见唐刘禹锡《因论·儆舟》。

"儆"，使人觉悟而不犯过。

刘禹锡遇了一次险，是坏事，也是好事，故事明白了一条至理："居安思危。"灾难往往是容易发生在人们认为无可怀疑因而放松注意的地方。保持警惕地渡越险路，麻痹大意却过不了坦途，生活百事莫不如此。

除了哲理之外，要说的是，这也是他人生教训和政治斗争经验的总结。在中唐渐起的平民新贵与传统贵族的斗争中，刘禹锡是先行者，是走在前面的急先锋。

王建赠诗脱大祸

以《宫词》闻名的诗人王建刚做渭南县尉，碰上宦官王枢密，王枢密本名守澄，以同姓宗人身份交往，可是彼此地位不一致，王建见有对自己轻视讥嘲的脸色。忽有一次王守澄来饮酒，王建谈到汉朝桓、灵二帝信任宦官引起党锢兴废之事。王守澄深恨王建在讥讽自己，于是反诘说："老弟所作《宫词》，天下人都在吟诵，宫禁中事情，你何以知道呢？"王建一下子不能回答，心想若是他奏告皇上，我就有杀头之罪。他毕竟很聪明，后来作诗一首赠王枢密，诗云：

> 先朝行坐镇相随，今上春宫见长时。
> 脱下御衣偏得著，进来龙马每交骑。
> 常承密旨归家少，独奏边机出殿迟。
> 自是姓同亲向说，九重怎遣外人知。

诗的大意是，先皇时你行坐相随，今上春宫你更知晓。脱下的御衣只你得着，送来龙马你常教骑。经常接受密旨回家少，独知宫廷琐事出殿迟。不是内总管多次向我说，皇宫深处事儿怎叫外人知。

王枢密得诗，哑口无言，默然无语，这件事便不了了之。

事见唐范摅《云溪友议》。

告密可耻！举报可恨！王建此着，用得绝，这叫倒打钉耙法，把"宫词"内容都推给王守澄。王守澄恨王建，本想打他一耙，结果倒挨一耙，痛得说不出口，自然压根儿不敢向上检举。

148

　　其实王建《宫词》也不是犯什么禁的问题，唐王读了是否生气，那是另外问题。宦官们常以接近帝王之便进谗害贤，保不定他的谗言会通过昏王起大作用，王建此举，确是杀了宦官弄权的威风。

　　还要说，是王建开创了《宫词》的当代写作，真正将宫廷题材引向现实，突破前人，不再赋咏古人古事。他的《宫词》描绘禁中事，感动激烈，欧阳修《六一诗话》说："多言唐宫禁中事，皆史传小说所不载者。"因此他也被誉为"宫词之祖"。

浪子回头金不换

诗人韦应物，京兆长安望族，少年时以"三卫郎"侍从唐玄宗，后来折节读书，以门荫荐为河阳从事。代宗永泰（765）中，迁洛阳丞，大历九年（774）授任京兆府功曹、鄠县令、栎阳令，德宗建中二年（781）比部员外郎，升滁州刺史调江州，入朝为左司郎中，调苏州刺史，罢职居永定寺至去世。

韦应物少年阶段，据他《逢杨开府》反省："少事武皇帝，无赖恃恩私。身作里中横，家藏亡命儿……"大意是：我曾侍奉皇帝，恃恩骄宠，也曾是酒鬼赌徒，横行乡里，偷窃东邻，衙隶不敢抓我，我一字不识，痴顽放肆，皇帝死后，被人欺侮，我才醒悟，发奋读书，懂得没有才能世上难容，终于在南宫受到推荐，为百姓做事，直到几任刺史。

韦应物十五岁作"三卫郎"，皇帝出行，他是执戟侍从，在前面引天仗开路。《温泉行》诗人回忆当年经历，转眼物是人非，再无轻狂：

出身天宝今年几，顽钝如锤命如纸。
作官不了却来归，还是杜陵一男子。
北风惨惨投温泉，忽忆先皇游幸年。
身骑厩马引天仗，直入华清列御前。
玉林瑶雪满寒山，上升玄阁游绛烟。
平明羽卫朝万国，车马合沓溢四廛。
蒙恩每浴华池水，扈猎不蹂渭北田。
朝廷无事共欢燕，美人丝管从九天。

> 一朝铸鼎降龙驭，小臣髯绝不得去。
> 今来萧瑟万井空，唯见苍山起烟雾。
> 可怜蹭蹬失风波，仰天大叫无奈何。
> 弊裘羸马冻欲死，赖遇主人杯酒多。

所谓三卫郎，是由亲卫、勋卫、翊卫三府扈从仪仗组成的队伍，队员都是十三四岁贵胄少年，个头整齐，长相英俊，担任皇帝警卫，出入宫禁，列队御前。职业原因，个个骄纵京城。他们出身贵宦家庭，经严格"政审"选拔，优越感强烈。魏庆之《诗人玉屑》说：韦应物以三卫郎事玄宗，恃恩骄横，可是看这个人后来性行高洁、清心寡欲、焚香扫地，写诗更不用说，清深妙丽，唐代那么多大诗人，有多少能比得上，这不像一个曾经放纵的人。刘克庄《后村诗话》也吃惊说，韦应物"不应为人老少顿异"。

事见宋姚宽《西溪丛语》。

"浪子回头金不换"，韦应物是一个典范、一个标本。那些惊讶的方脑壳们是打不了转的。他们相信"江山易改，本性难移"。折节读书，是教育力量转化了他。作为大诗人他分量足够，白居易说"高雅闲谈自成一家之体，今之秉笔者谁能及之？"韦应物名句"自惭居处崇，未睹斯民康""身多疾病思田里，邑有流亡愧俸钱"，不是说教，是他身居台省想到百姓疾苦的心路，民胞物与，洁己爱人，要愧煞多少官吏！"为官不思民生苦，不如回家卖红薯"，对那些"上不能匡主，下亡以益民"尸位素餐的官吏，韦应物是照面的镜子。对韦应物这样官员我们要额手加礼，以诗相赞：

> 风神一羽鹤辽天，始见纯真情淡然。
> 邑有流亡身自省，幽人羞煞阁台贤。

有一个被今人无视的现象，像杜甫、韦应物这样出身名门的贵族，对百姓都充满仁爱的哀切之心，而中晚唐许多新贵出身的官员却乏少这样的同理心。这便是贵族与平民、右派与左派、初盛唐与中晚唐判然不同之处，自古已然，亘古未变。

盼盼深情报尚书

　　徐州张尚书宠爱的妾关盼盼，善歌善舞，风姿仪态很美。白居易游淮、泗，受张尚书宴请，酒席上主客尽情欢饮，尚书唤出盼盼相陪佐饮，白居易为她赠诗"醉娇胜不得，风袅牡丹花"。白居易离开徐州十二年后，不知关盼盼消息。后来，司勋员外郎张仲素来访，白居易见他出示的新诗有《燕子楼》三首，才知是关盼盼所作：

其一

　　楼上残灯伴晓霜，独眠人起合欢床。
　　相思一夜知多少，地角天涯未是长。

其二

　　北邙松柏锁愁烟，燕子楼中思悄然。
　　自埋剑履歌尘散，红袖香销一十年。

其三

　　适看鸿雁洛阳回，又睹玄禽逼社来。
　　瑶瑟玉箫无意绪，任从蛛网任从灰。

　　张尚书名叫张愔，徐泗节度使张建封之子。张愔曾任武宁军节度使检校工部尚书，张仲素从事武宁军多年，知道盼盼情况，说："尚书殁后，归葬洛阳，彭城旧宅有燕子楼。盼盼感念旧情未嫁，居此十余年，幽独块然，今

152

尚在人世。"白居易读了诗,感慨徐、泗旧游,也依韵和了三首:

其一

满床明月满帘霜,被冷灯残拂卧床。
燕子楼中霜月夜,秋来只为一人长。

其二

钿晕罗衫色似烟,几回欲著即潸然。
自从不舞霓裳曲,叠在空箱十一年。

其三

今春有客洛阳回,曾到尚书墓上来。
见说白杨堪作柱,争教红粉不成灰。

白居易又另赠盼盼一首玩笑似的不无讽意的绝句《感故张仆射诸妓》:"黄金不惜买蛾眉,拣得如花四五枝。歌舞教成心力尽,一朝身去不相随。"

张仲素把诗带到关盼盼手里,她反复读了白居易的诗,觉出白居易指责她既忠于爱,如何不相从而死。盼盼流泪诉说:"自从尚书逝世,我不是不能死,担心千载之后,认为尚书好色,才有从死妻妾,这是污辱尚书清白风范。"于是,转和白居易一首表述心迹:"自守空楼敛恨眉,形同春后牡丹枝。舍人不会人深意,讶道泉台不去随。"她在已够痛苦的日子中又苦白居易这样的名人还不理解她,她从此绝食,十天后死去。

事见唐白居易《燕子楼》诗序、宋张君房《丽情集》、宋计有功《唐诗纪事》。

张尚书是盼盼风尘知己,又是徐泗节度使朝廷重臣,关盼盼不过歌舞场名妓,地位的高下贵贱如此悬绝,等级社会,他们的恋情不被祝福。自然,便会被人怀疑不正常,但盼盼诗发出信息,又令人相信他们而不是逢场作戏。在中唐,社会激荡变革的"更年期"中,关盼盼的深情,大胆挑战了传统门当户对、良贱不婚的陈腐观念,在强大旧观念面前她也为自己人生买了单。

白居易无论是出自诗人的风雅玩笑,还是出于好奇的验证,是他促成了关盼盼殉情。他深心冷酷,寡情鲜爱,我们从中还觉出,他那封建道德观念,并非一种岸然的道貌,而是一副开玩笑的脸孔,属于封建道德的新品牌。

白居易长安居易

德宗贞元末，白居易赴京城应举考试，初来乍到，知道世风，便随俗从流用诗谒见名人顾况。顾况看了他的姓名，仔细打量他说："米价正贵的时候，长安城要想居住下来也不易。"等到打开诗卷，第一篇便是《赋得古原草送别》：

> 离离原上草，一岁一枯荣。
> 野火烧不尽，春风吹又生。
> 远芳侵古道，晴翠接荒城。
> 又送王孙去，萋萋满别情。

不觉眼前一亮，嗟叹一声说："诗能写得如此，居住是很容易的。"因此为他扩大声誉，白居易的声名很快就震动京城了。

事见唐张固《幽闲鼓吹》。

这是个唐代版的"京漂"故事。"居不易"与"居易"，顾况瞬息间的俏皮话，看出他爱才若渴的品格。

也许有人对他初见白居易大话吓人，啧有烦言，那便冤枉他了。对于仕进，唐人诗文干谒几为时尚，其本质不同于今人酒开路、烟搭桥，买官卖官歪门邪道。从诗题"赋得"可知这是白居易为应考的一首习作。行卷要动真格，庸才也很多，名流对干谒的困扰极为苦恼，出于这种心理，给白居易来一句有刺激的俏皮话，不是瞧不起人。他瞬间变化反应，"我以为天下斯文已断绝，前言不过是玩笑，别以为意"，不由令人称好。历史上深知人才

154

重要性，渴求天下人才，唯才是举的是建安文学领袖人物曹操，他"周公吐哺"，渴望"天下归心"，在《短歌行》中吟咏道："青青子衿，悠悠我心。但为君故，沉吟至今。呦呦鹿鸣，食野之苹。我有嘉宾，鼓瑟吹笙。明明如月，何时可掇?"我们以为这是最为动人的人才诗，它连接诗经《鹿鸣》，开启建安"风骨"，永恒地启迪后世。

诗人顾况识才的眼光及扩大白居易名声的努力，该堂堂正正获一个"伯乐奖"。长安不易居，也不难居，最后我们赋诗相赞：

一曲瑶娃写太真，深宫碧海两浮沉。

风情无价留长恨，自是长安居易人。

朱滔试诗放人回

唐朝武将朱滔统兵，不管什么书香士族子弟，一律叫赴军旅。他曾在马毬场检阅，有一个河北书香子弟，面貌悦目，一举一动一进一退温文尔雅，朱滔问他："你学的什么？"他说："我学作诗。"又问："有妻子吗？"他答："有。"朱滔叫他作首诗寄给妻子，他拿起笔立即写成：

> 握笔题诗易，荷戈征戍难。
> 惯从鸳被暖，怯向雁门寒。
> 瘦尽宽衣带，啼多渍枕檀。
> 试留青黛著，回日画眉看。

意思是提笔作诗易，负枪作战难。习惯睡温暖，怕对雁门寒。瘦损宽衣带，流泪湿枕边。妆奁留着脂膏青黛，归来好好画眉看。朱滔又叫他代表妻子作答诗，他随又提笔略一沉思，便写下：

> 蓬鬓荆钗世所稀，布裙犹是嫁时衣。
> 胡麻好种无人种，正是归时底不归。

不知触动了朱滔哪根神经，他送作诗的书香子弟一匹绸，放他回去了。事见唐孟棨《本事诗》。

朱滔带兵，破坏了多少家庭，虽无记载，但是"悉令赴军"，足够估量出他把无力应征的文士也强征入伍，拆散了多少姻缘，砸破了多少鸾镜，新婚别、无家别、垂老别在他的麾下演绎不少。他到底做了一件好事，是否从此就悟出了今是昨非呢？

156

杨虔州不嫌妻丑

郎中张又新，与虔州杨虞卿友好。虞卿妻李氏，是墉相女儿，品德好容貌差。虔州从不介意。张又新对杨虔州讲："我年纪轻轻就已成名，不再担忧求仕做官的事，只想得个漂亮妻子，平生愿望便满足了。"但成婚后，又很不满意。杨虞卿用笏板触了触他说："你何必太痴？"说了多次，张又新仍不解恨，回应说："与你亲密无间，把真情告诉你，你竟这样误会我，请问什么叫太痴傻？"杨虞卿便从头至尾讲了他们求名做官经过，说："我难道不是和你相同吗？但我得到的是丑妇，这你就与我不同了。"张又新脸色已和缓。杨虔州再问："你老婆和我媳妇比怎样？""漂亮很多。"说罢大笑，心态又恢复到当初样子，于是戏作《牡丹诗》：

> 牡丹一朵价千金，艳美从来色最深。
> 今日满园开白色，一生辜负看花心。

事见唐孟棨《本事诗》。

这个"心灵美"与"容貌美"的故事，表面比美，实际照丑。杨虔州一位难得的有情人，妻子容貌不美，固然遗憾，他不嫌弃，她有德，一"无"一"有"，把他择偶的标准照出，美丑只在各人内心。在妇女命运完全掌握在男人手里的封建社会，这样忠贞不渝的爱情，少见、难得。那个张又新，姑且不说他的恋情，就他与杨虔州的谈话和作的《牡丹诗》，拿朋友丑妻求心理平衡，以貌取人，伤害别人家庭和睦，便可看出他的轻浮，断定他私心的丑陋。或则他无主观故意，但踩人痛脚，极不道德，假如杨虔州的恋情不坚定呢？这件小事告诉我们，择友要慎之又慎。

依旧青青章台柳

诗人韩翃年轻时很有才名，邻居一位姓李的人，常带娼妓柳氏到家中，又一定要邀请韩翃去饮酒，一来二去，便愈见熟悉起来。柳氏窥见韩往来都是名人，便找机会对李说："韩秀才很贫穷，可是交游的都是贤人，他一定不会久困下去，应帮助他。"李深为赞同，便备酒邀请韩，对韩说："你是当今名士，柳是当今美女，名士配美女，这不很好吗？"韩恳切推辞，李知他心存顾虑，便说："大丈夫杯酒相交，一句话投合便能以死相许，一妇人何以辞让。你家贫，柳氏有资几万，可以帮助你。"说毕一揖到地而去。韩还要推辞，柳氏说："他是粗豪通达的人，昨晚他就说好了这件事。"不多时，韩带柳氏回家。第二年韩成名，淄青节度使侯希逸聘他为从事。韩因社会正乱，不敢带柳氏同去，安置在都城，约定好以后迎她。谁料三年过去，未能如愿。他花钱买了白绸绢写诗相寄：

> 章台柳，章台柳，昔日依依今在否？
> 纵使长条拂地垂，也应攀折他人手。

柳氏接诗后回诗说："杨柳枝，芳菲节，可恨年年赠离别。一叶随风忽报秋，纵使君来岂堪折。"柳氏想到自己美貌独居，怕不能免祸，便想到灵尼寺落发为尼。后来韩翃随侯希逸入朝还京，寻柳氏不见，她已被立功的蕃将沙叱利掳走，专房宠爱。韩失望中不能割舍，他入中书省职后，有一天偶然在子城东南角，逢一辆帷幕牛车，他缓缓行步，车中忽然有声音问："是青州韩员外吗？"他脱口应声"是"，于是见车帘分开："我是柳氏，已失身

158

沙叱利，无法自脱，明日还经此路回去，希望你来此一别。"韩深深感慨，次日按照约定到那儿，帷幕牛车不久到了，车中抛出一个红巾包的小盒，里面是香膏脂粉。她呜咽说："终身永别了。"说毕车已飞快消失。韩翃难以承受离情，流泪哭泣。这一天，临淄大校备酒在都城酒楼邀请韩，他赴宴时闷闷不乐。席间有人说："韩员外风流谈笑，从未不适，今日脸色怎么很伤惨呢?"他一一讲了此事。有位虞侯武官许俊，喝酒后听说此事，起身说："我向来追求义烈，希望得到员外亲笔写几个字，我会立即将她找来。"满座人都激动赞赏。韩无可奈何中同意了他的要求。许俊即刻装束，乘一匹马又牵一匹马驰去，一直到沙叱利第宅。正好沙叱利已外出，他进去说："沙将军掉在马下难救，派我来接夫人。"柳氏大惊而出，许俊把韩的信交给她看，扶她上马，飞驰而去。当时宴席未散，便把柳氏交给韩说："幸而没有辱没使命。"满座惊异叹服。当时沙叱利刚立大功，唐代宗很恩宠他，韩、许怕遭大祸，满座劝他们去见侯希逸，讲了事情原委。侯希逸摇动手腕，掀起胡须说："我过去做的侠义之事，许俊也能这样做，好!"立即写成奏状报上去，狠狠指责沙叱利罪过。代宗称叹很久，御笔批示："沙叱利应赐绢二千匹，柳氏退归韩翃。"

　　事见唐许尧佐《柳氏传》、唐孟棨《本事诗》。

　　人生大舞台，痛苦的悲欢离合，到底使人高兴地笑了。

　　柳氏：人格独立，卓见不凡，她要托身贫苦的书生。

　　韩翃：才华出众，感情深厚，始终不忘柳氏。

　　李生：慷慨义友，成人之美。

　　许俊：疾恶如仇，侠胆刚肠。

　　代宗：模棱皇帝，糊涂清醒。

　　角色的分配，在人生大舞台做了真善美的演绎。

桃花诗崔护艳遇

唐朝博陵崔护，人品身姿俱佳，孤身自洁少与人来往，考中进士。寒食一过，清明有了人烟，他独自去京城南郊行游，来到一户庄院，约一亩宽的庭院，桃花开得正繁，花光丽影，寂静得像没有人，他敲门好一会儿，才有位姑娘从门缝张望，问："谁呀？"崔护回答姓名后说："一人游览春光，酒喝得太多，还望讨口水喝。"姑娘进去，倒了杯水来，开门后还搬坐凳请坐，她独自靠在小桃树斜枝旁，花光人面，映出媚人的漂亮姿色，崔护不觉心动，用言语挑引她，没有回答。崔护只是把她打量了很久，辞去时，她送至门口，有恋恋不舍之意，崔护也依依回头转看。

又一年清明，忽然想起了她，感情难以抑止，便径直去寻，门墙庭院如旧，门却已上锁，崔护便题诗在左边门上：

去年今日此门中，人面桃花相映红。

人面只今何处去，桃花依旧笑春风。

几日后，崔护偶然又到城南，再走到旧院，听里面有哭声，敲门问讯，老父出来问："你莫非是崔护吗？""是的。"老父哭泣说："你杀了我女儿。"崔护惊恐。老父说："我女儿刚十七岁，懂诗书，未许配人。自去年以来，时常恍惚像丢失了什么，近日与她外出，回来见左扇门有字，读后，进门便病倒，于是绝食，几天便死了。我老了，只一个女儿，没有许嫁别人，是想寻找一个诚实人，有个依靠，现已不幸而死，这不是你杀的吗？"又拉住崔护大哭。崔护不知如何是好，便请求进去哭祭，姑娘还未入殓，颜色如生，崔护用手臂抬头枕腿抱起她，流泪祝告说："我在这里，我在这里。"一会儿姑娘睁开了眼，半日间竟复活过来。老父一见大喜，便把女儿嫁给了崔护。

事见唐孟棨《本事诗》。

崔护贞元十二年（796）登第，官至岭南节度使。此次艳遇，出于无心；姑娘复生，由于痴情。不管是相信死而复生，还是以为小说家杜撰，现代医学对姑娘假死已可认定。桃花诗，千载流传，提供了"天下有情人终成眷属"的佳话。《唐诗纪事》谈崔护城南题诗，认为原诗"人面不知何处去"过于绝对，其意未二，便改为"人面只今何处去"。这是宋人改唐人诗之例，不过我们要赞：改得好！

这则诗事，除了让人读出浪漫的爱情、暖心的大团圆结局、偶然与永恒的哲理、邂逅与分离的人生体验、爱慕而不能再见的惆怅，还能读出什么？这就要让诗回到唐朝，这首诗更观照了中晚唐社会之变，崔护出身博陵崔，"五姓七望"的顶级贵族，初唐以来讲究门第高下"良贱不婚""本色配偶"的观念，五姓通婚，外人很难染指，比如张鷟《朝野佥载》就载了一事，冀州长史吉懋为儿子吉顼求亲，被南宫县丞崔敬拒绝，便利用权势威逼强取，择日下函，花车至门前，敬妻郑氏抱女大哭，崔女躺床坚卧不起，情势紧迫，崔敬小女说"父有急难，杀身救解"，遂登车而去替姐出嫁。到了中唐门第松动，科举开放，大量平民新贵充斥朝堂，社会结构的改变深刻冲击了固有的门当户对婚配观念，崔护对桃花女子的追求便是这种背景下产生的故事。崔护的行为可参见贵族方面婚姻观念的主动松动，而平民新贵对上层女子的求娶更是突破限制，趋之若鹜。

最后我以"五四"湖畔诗社诗人汪静之写的，细节相似，心理一致，大胆表白爱情，突破"发乎情，止乎礼义"的《过伊家门外》作结：

> 我冒犯了人们的指摘，
> 一步一回头地瞟我意中人；
> 我怎样欣慰而胆寒啊。

王韫秀矢志刚烈

　　王忠嗣在北京（太原）做官，把女儿韫秀嫁给元载，时间长了，王忠嗣的亲属渐有轻视元载之意。韫秀便劝丈夫上进求学，说："我有陪奁积蓄，可作纸墨之费。"元载于是决定去秦京奋斗，行前作诗别妻说："年来谁不厌龙钟，虽在侯门似不容。看取海山寒翠树，苦遭霜霰到秦封。"韫秀要求同行，也作诗说：

> 路扫饥寒迹，天哀志气人。
> 休零离别泪，携手入西秦。

　　意思是，已扫除路上的饥寒，上天同情有志气的人，不要向我流离别眼泪，与你携手一道前往西秦。

　　元载到京城，多次陈述对时务的见解，很符合皇帝心意，唐肃宗授任他做了中书，唐代宗继位，任他做中书侍郎、同平章事加集贤殿大学士，当了宰相。韫秀向厌薄她的姨妹们写诗道："相闱已随麟阁贵，家风第一右丞诗。笄年解笑鸣机妇，耻见苏秦富贵时。"对亲戚们的势利眼光进行嘲讽。元载任肃宗、代宗两朝宰相，贵盛无比，宾客候门，韫秀多次阻挡。复又作诗劝夫说："楚竹燕歌动画梁，春兰重换舞衣裳。公孙开馆招佳客，知道浮荣不久长。"警告元载盛极而衰的道理。

　　后来元载专权贪腐，下狱赐死。皇帝按律叫王氏入宫为奴，她叹息说："我二十年太原节度使女，十六年宰相妻，怎能去做入长信冷宫或掌昭阳之事，死也是幸运的。"结果抗旨被活活鞭打至死。

事见唐范摅《云溪友议》、宋计有功《唐诗纪事》。

这是一个既有才气又有骨气的可敬女人。她勉励丈夫上进求学，她蔑视亲戚们的势利，志气不凡；她离开富贵家庭随夫远行，要消除丈夫路途的愁思，她勇敢"携手入西秦"的乐观信心，赢得沈德潜赞誉："作丈夫语！"

最为闪光，她拒绝做后宫玩物，刚烈地道出"死亦幸矣"。她不是封建弱女子，是有主见、有尊严、有傲骨、极富感情的刚烈才女。十分可惜，她嫁错了人，元载，一个恶名昭著的贪吏，《唐诗别裁》说："载为相后，愧对此女。"仅是愧吗？他永远无法偿还妻子的"情债"。

刘禹锡改判连州

唐宪宗登基后，参加王叔文集团的柳宗元、刘禹锡贬罚荒陬司马，十年后召回京城。不久，再贬柳宗元柳州刺史，刘禹锡播州刺史。柳宗元考虑到刘禹锡有老母奉养，播州又是僻远贫瘠地区，便要求以柳州和刘禹锡对调，宪宗不许。宰相裴晋公向宪宗上奏说："禹锡有老母要侍奉。"宪宗说："还是要去播州，哪管他母亲在不在！"裴晋公再奏说："陛下刚才还在服侍太后，说这话不合情理。"宪宗听了裴度的话，仔细一想，很觉惭愧，便告诉左右的人说："裴度对我爱护得很深切。"最后改授刘禹锡连州刺史。

刘禹锡再遭贬谪的诗就是那首著名的游玄都观《元和十年自朗州召至京戏赠看花诸君子》：

> 紫陌红尘拂面来，无人不道看花回。
> 玄都观里桃千树，尽是刘郎去后栽。

事见唐韩愈《柳子厚墓志铭》。

文学上的友谊，像刘、柳这样同是天涯沦落又念及对方的人，已超出文学范围。推己及人，"以柳易播"，两位势均力敌的文学家、诗人尚且如此，这足以使任何级别的商人、雅士、文流若稍具"文人相轻"之心，会羞惭得无地自容。

当然，更足赞赏的是宰相裴度，对犯"错误"的朝臣体谅困难，本身就担着受牵连的风险，何况在帝王不同意时更批评帝王，无私的胆识媲美"逆龙鳞""捋虎须"。

最后须澄清的是，刘、柳参加的永贞之变，唐人与今人认识完全不同，今人揄扬的推动社会进步的革新在唐人眼里并不这么认为，这是一场颠覆贵族社会秩序的谋乱，所以引发上下人神共愤。站不同社会立场，必然视角不同，以革命取天下的人，从平民角度看问题；唐代贵族又有他们的观念，安史之乱殷鉴不远。《旧唐书》对柳宗元盖棺定论四个字"僻涂自噬"，意思是他走上邪路自取灭亡。我一点儿不奇怪。

在此以代表唐人看法的韩愈《永贞行》为例，虽然韩愈与刘、柳曾为文学好友和朝中同僚，但在"永贞之变"上他厉言斥责，绝不留情。可今人却说韩愈落井下石，极尽讥讽。以个人私谊代替现实分析，把政治斗争归为幸灾乐祸，实则幼稚，不是史家所当为。为私所扰，浮云障眼；为事所困，难致深远。来看诗："君不见太皇谅阴未出令，小人乘时偷国柄。"动摇神器，扰乱朝纲，这便是"永贞之乱"！说韩愈对刘、柳有失风度实乃妇人之仁，不可与辩。

康昆仑去尽邪声

　　唐朝长安大市有两条街，东街有一个叫康昆仑的，号称琵琶第一高手，大言说西街必无弹得能相匹敌的对手，于是登楼弹奏一曲新翻《绿腰调》。哪知西街的人也不示弱，也搭了一座塔楼，请来一位僧人与他比赛，东街的人大肆讥诮。等昆仑弹奏完毕，西楼装扮成俏女郎的僧人出来也弹奏同一曲调，不同的是僧人还另有技巧，将新翻的《绿腰调》突然改变音程，转入另一乐曲《枫香调》，妙绝入神。康昆仑十分惊骇，自愧不如，请求拜弹奏者为师。女郎卸装更衣出来，他才知是庄严寺师傅段善本。次日，唐德宗闻知便召来段善本，大加奖赐。朝臣纷纷要昆仑弹一曲，段师对昆仑的演奏评论说："弹奏的技巧太杂，并带有邪声。"康昆仑大惊说："段师神人也。"唐德宗叫段善本教导康昆仑技艺，段师回禀说："请昆仑十几年中不要再弄乐器，把过去学的本领全部忘掉，然后我才答应教。"唐皇同意他意见，后来康昆仑全部学到了段善本的技艺。

　　事见唐段安节《乐府杂录》、明何良俊《四友斋丛说》。

　　康昆仑起初骄狂自负，不可一世；碰壁受挫，虚心求教，不耻下问。一百八十度转弯不拖泥带水。从中我们悟到，不论学什么，本领学得杂一些，杂向博采，不模拟因袭一种方法、一种技能、一个流派，那是非常应当提倡的，往往就是创新前提。本善由《绿腰调》转入《枫香调》，出神入化，精妙绝伦，但康昆仑的弹奏"兼带邪声"，那就不属于博采众长的创新问题，而是必须净除积弊的大问题。段善本要康昆仑停止十几年弄乐器，似乎过分，然而矫枉必须过正，像康昆仑这样熟练的高手，不从最初开始难以教正。我们大可不必怀疑它的正确性。

后来《四友斋丛说》的作者明朝人何良俊，在引杨升庵记的这则故事后，接着又引用朱熹《答友人论〈诗〉书》来验证上述道理，朱子答人说："来书谓漱六艺之芳润，良是。但恐旧习不除，渣秽在胸，芳润无由入耳！"学习六艺写作，除净旧习这一前提十分必要，没有彻底的出，就不会有完美的入。

最后可思考的是，康昆仑西域康国乐师，段善本中土琵琶专家，他们争胜折射的是胡风东渐、胡汉融合潮流下，唐人在此事上谁为华夏正声的立场。历史无独有偶，一百年前全盘西化，学衡学人"昌明国粹，融化新知"持中守正的观点颇有唐人遗风。

白乐天兄弟中第

白居易和兄弟白行简、堂弟白敏中都相继考中及第，白居易作了一首《喜敏中及第偶示所怀》：

> 自知群从为儒少，岂料词场中第频。
> 桂折一枝先许我，杨穿三叶尽惊人。
> 转于文墨须留意，贵向烟霄早致身。
> 莫学尔兄年五十，蹉跎始得掌丝纶。

意思是说，我可怜族姓中有学问的人少，谁料词场上中第却频频，蟾宫折桂第一个是我，接着像三箭穿杨惊世人。

事见南宋佚名《桐江诗话》。

白氏兄弟门第不高，"自怜郡姓为儒少"，他晚年自作《醉吟先生墓志铭》，列始祖秦将白起。"桂折一枝先许我，杨穿三叶尽惊人"，三弟兄接连高中，可以想象白家兄弟当年"高考"的轰动效应。

白居易诗，够自负、够得意，感情是一种寒族压抑而喷发的高兴。然而，光宗耀祖的高兴中多多少少又有点愤世的傲岸感情。后来中晚唐传统贵族与平民新贵党争，白氏兄弟站平民新贵立场，在此可找到苗绪。

从此萧郎是路人

　　贞元中，诗人崔郊寄居汉水上游姑母家，姑母有一婢女，端庄秀丽，很熟悉音乐，在汉水一带名声很响，崔郊与她有阮咸之惑。贞元十四年连帅于頔出镇山南东道，专有汉南之地，姑母家贫，便把婢女卖给于頔，得钱四十万贯。婢女受到连帅很深的宠爱、很好的对待。崔郊又是思念又是羡慕。寒食到了，婢女随同其他婢子到一位从事的家做客，崔郊知道消息后，立在柳荫树下。她骑着马正巧遇见，心里一酸，眼泪汪汪，发着不负心的重誓。崔郊便赠她一首诗：

　　　　公子王孙逐后尘，绿珠垂泪旧罗巾。
　　　　侯门一入深如海，从此萧郎是路人。

　　有恨崔郊的人，便在一次座席上把这首诗写出来，连帅看了诗，便命人把崔郊找来，左右人等都预感有事要发生。等到崔郊来后，连帅上前握住他的手说："侯门一入深如海，从此萧郎是路人"是你作的诗吗？崔郊惴惴点头，连帅说好，命婢女与崔郊同归，妆奁用物，也全部为他们添置装饰好了。
　　事见唐范摅《云溪友议》。
　　连帅于頔"君子不夺人之好"，成人之美，在此我要说崔郊，一个没出息的懦弱文人，姑母昧心卖婢女，他寡情薄义，袖手旁观，眼见心爱女人卖走不阻拦、不救援，还有什么事做不出呢？别见怜他穷，穷有穷的恶德，他在柳荫下装可怜，见到爱婢又赠刺诗，"从此萧郎是路人"，阴阳怪气；细品"路人"，酸酸的涩涩的，一他确是路边人，二讥讽爱婢把他当作不认识的人。诗不是惹人同情，更增添他的厌恶。其人如此，实应开除他的诗人籍才是。

169

张又新自尝苦果

　　张又新曾在扬州任从事，私生活极不轨，李绅家有一个酒妓很美，张又新时常向她表达爱情，最终却不接纳她。二十年后，张又新在江南郡被免职，船经扬州，正好宰相李绅出镇淮南，张又新怕李绅记恨旧仇，眼下自己又遇不幸，大水淹死了两个儿子。李绅知道后去信说："过去你在端溪不让的言辞，我没有怀怨；你荆水中淹没二子的遭遇，我实感同情。"又备下丰盛的酒席款待张又新，前时那位酒妓也还在席。等李绅起身更衣，张又新用手指醮酒在盘上题诗：

> 云雨分飞二十年，当时求梦不曾眠。
> 今来头白重相见，还上襄王玳瑁筵。

　　李绅察觉，并不在意，当即叫她唱歌敬酒。

　　事见唐孟棨《本事诗》。

　　过去，杨虔州不嫌妻丑，张又新拿虔州丑妻占便宜，挑拨别人家庭和睦，现在说说他本人。张又新曾祖父张鷟《朝野金载》著者，父亲张荐唐代宗史官，他自己则是中唐小有名气的诗人，时人称"张三头"，虽不雅观，他确是"进士状头，宏词敕头，京兆解头"。入仕后先为广陵从事，有才无德，混迹新贵，陷害正人，奉迎拍马，献媚权相李逢吉，合谋排斥异己。诬陷李绅，致李绅贬端州司马。与拾遗李续之、刘栖楚等人并称"八关十六子"，颇为得势。八关十六子皆逢吉党羽，代表平民新贵势力，专事打击传统贵族，开牛李党争之先，中唐社会风气坏朽，自此而始。大和元年（827）李逢吉罢相，张又新被贬。李训掌朝政，他再趋附。会昌二年（842）武宗中兴，李训遭贬，张亦贬为江州刺史。

他以指染酒，席上题诗，让人清清楚楚看到他浮浪的过去。他觊觎李绅家妓，却又终不果纳。结鸳未成，多年后再经旧地，心中又惧怕李绅记恨，那承受的精神压力和旧情未泯的心思交结一起，你看他诗中"今来头白重相见，还上襄王玳瑁筵"，酸酸的、苦涩涩的味儿也算合情合理地给他尝了一枚苦果。

171

科考场士子豪骂

武宗会昌二年（842）士子刘鲁风至九江投谒刺史张又新，被门卫阻挡，要钱才能通禀，他便赋了一首绝句嘲骂："万卷书生刘鲁风，烟波万里谒文翁。无钱乞与韩知客，名纸毛生不肯通。"

唐朝自贞元年间，文场很振兴了一下，文学科举一时无比光荣。考场有舞弊，文士们便张口豪骂，径直去诸侯权豪门前闹事，权豪们看见他们便心存畏惧，如见瘟神。像刘鲁风、姚岩杰、平曾、柳棠等平民出身的文人诗客，诸侯权贵们都非常害怕，争相取悦他们。诗人李益，是当时文士诗客中佼佼者，还有诗说："感恩知有地，不上望京楼。"是权豪取悦于他的反映。后来如文士李山甫等人，因一名一第的得失，闹得挟制方镇大员，劫持宰辅大官，那是更严重的后果了。

事见五代王定保《唐摭言》、宋计有功《唐诗纪事》。

物极必反，祸福相倚，唐代科举，先是"行卷"干谒风行，考前文士们争相取悦豪门朝贵，开了考场贿弊；谁料又有诸侯豪贵取悦文士，惧怕文士豪骂，开了另一种考弊。自然"士子豪气骂吻"，恐怕多数是可取的"揭短"。但事有两面，士子的造反精神，大杀弊风，又会挟持科考，打着维权幌子，蛮横滋事，无理取闹，弄成"闹而优则仕"。我们能品味出点儿什么吗？治乱一念间。

科举竞争对社会道德的颠覆不是小事，行卷干谒势必带来主观判断，个人喜好凌驾客观评判之上，导致的"闹场"在中晚唐越来越普遍，闹中取利，反映于诗，也可见家国情怀为鸡零狗碎的个人得失所取代，这是中晚唐诗歌最不如初盛唐的原因，科举令贵族社会远去，留下平民社会斤斤计较个人名利的一地鸡毛。

科举必然终结贵族社会，竞争必然迎来平民时代，传统道德的丢失，传统价值的崩溃，真该重估重估，反思反思，问责问责。没有科举的开放，贵族社会不会结束；没有竞争，传统道德不会丢失；没有乌合之众的流氓逻辑凌驾传统价值观畅行无阻，平民时代不会到来。

"人心不古，世风日下"，最后在慨叹中以代表平民势力的贾岛戾气十足讥骂公卿考官的《病蝉》作结：

> 病蝉飞不得，向我掌中行。
> 拆翼犹能薄，酸吟尚极清。
> 露华凝在腹，尘点误侵睛。
> 黄雀并鸢鸟，俱怀害尔情。

元白贬抑张祜诗

　　唐穆宗长庆年间，白居易出刺杭州，到开元寺看牡丹，当时诗人徐凝从富春来，不认识白居易，便先题了赏花诗，白居易看后颇赏识，便命徐凝与之同醉而归。诗人张祜闻讯也乘舟来到寺里，徐、张都请白居易贡举自己到长安应进士。白居易便当面拟题试《长剑倚天外赋》《余霞散成绮诗》，结果白居易以徐凝第一，张祜次之。张祜不太服气，便另举自己的好诗句和好诗，徐凝自然不示弱，举出自己的好句，并说张祜的虽好也不如他的。白居易也说张祜《宫词》："故国三千里，深宫二十年。一声河满子，双泪落君前。"四句都是数字对成诗，算不上好。

　　张祜长庆年间很被令狐楚赏识知晓，令狐楚时为太子宾客分司东都，曾自草荐表，让张祜以诗三百篇随状表呈进。荐表说："张祜长期在江湖，很早工于篇什，钻研很苦，为时流推崇，风格少有与之相匹。"诗传到京城，正是元稹在内廷，皇帝问起张祜，元稹说："张祜雕虫小技，有壮志的人不做这样的诗，恐怕陛下奖励他，是会变风教的。"自然令狐楚的奏表没有奏效，张祜既没有及进士第，又失去令狐节帅举荐难得入仕的机会。元稹在圣上面前贬抑张祜，还危言耸听说了变风教的话，从此张祜落魄江湖，谋食于幕僚，一生都未做过官。

　　事见唐范摅《云溪友议》、宋计有功《唐诗纪事》。

　　两件事看出白居易与元稹都轻视张祜的诗，元、白是挚友，诗歌主张和诗风相同，用"文人相轻"来说一句，好像说到了点上。

　　对他们轻视抑贬张祜，古人有两种看法：一是宋人说白居易荐徐凝，屈张祜，议论者很多，白居易妒才。二是晚唐皮日休对张祜风格解释说："张祜元和年间作的宫体小诗，辞曲艳发，当时一些轻薄之徒，看他的才，便鼓噪称誉；元、白作诗在教化。"

我认为，两说皆非实况。元稹、白居易否定张祜，是否真如张祜"辞曲艳发"？其实许多元、白的诗也相当艳发，如白居易《代书诗一百韵寄微之》元稹《酬翰林白学士代书一百韵》都是唱酬放浪狎游、夜宿娼家的生活，铺写详密。唐人李肇说元和体"学浅切于白居易，学淫靡于元稹"，无怪乎长安少年十分欣赏。再看张祜，首推宫词，元和多作齐梁宫体绝句，大都题咏音乐舞蹈或开天年间宫中遗闻，委婉多讽，并不浅俗淫靡，艺术造诣令同辈及后辈诗人令狐楚、杜牧、皮日休、陆龟蒙钦重。如果硬要板起面孔说这类宫体小诗"艳发"，那与元白比，也不过小巫见大巫。

客观说，元、白打压张祜，或在诗外。贞元初起的朝廷派系斗争，经元和到长庆，社会改世阵痛，平民新贵与传统贵族已势同水火，复杂人际关系已旁溢于诗歌评价。这是初唐贵族社会没有的现象。

信疑言险遭不测

元和十四年（819）刘禹锡因母丧离开了贬谪五载的远州连州，闲居在家，以《因论》为题写了一组议论文。由于失意，心情不好，闲居期间，积郁成疾。

刘禹锡的一个朋友前来看望，对他说："你患病有些日子了，该去治一治！我给你推荐个良医吧，他原是我乡的方士，现在行医治病，医术相当高超。患癞疮病的人到他那里，就能去除疮痿，变得美貌丰满；两脚麻痹的人经他治病，就能奔跑。何况你这一般的小病呢！我陪你去拜访他，请他给你医治吧。"

刘禹锡病痛缠身，便跟朋友去医生那里就诊。那位医生先是给他静静地切脉，再仔细察看他的脸色，认真地听声音，然后很有把握地说："你的病是由于不按时作息，生活不规律造成的。现在你的肠胃功能大大削弱，很少能消化食物，也很少产生热气，白白成了盛装美味佳肴的口袋啦！不过，请不必担心，我能治这种病。"说罢，取出一个拳头大小的药丸，嘱咐说："你服下这丸药，就能洗去心中的忧烦，消除长久的郁闷，溶解隐藏着的病毒，归回损耗的元气了。只是要特别注意，药里有毒，病愈后立即停服；服过量的药会损伤身体。为此，我给你的药剂很小。"

刘禹锡将信将疑地接过药，回到家里，按照医嘱小心服用。果然，经过两天，腿就感到轻快，不麻木了。过了十天，身上也不发痒，用不着搔搓了。过了一个月，视力恢复，听觉敏锐，步履矫健，食欲大增，身体比以前强壮了。

消息传出去以后，有人前来向他庆贺，怂恿他说："你获得的药疗效几乎神了！真难得呀！不过据我了解，医生给人治病，大多留一手，有意遗下病根，索取钱财，你何不再去求他多给一些药？那样，不是把病治得更彻底了吗？"

刘禹锡信以为真，连连点头。于是，他继续服药。五天以后，药的毒性发作，他感到遍体胀痛，像得了疟疾。这时他想起医生服药时的嘱咐，醒悟到自己做错了事，急忙再去找医生。

医生见他病情严重，知道是服药过量，十分生气，斥责说："我早就料到你没弄懂其中道理！"急忙拌和解毒药给刘禹锡灌下，才转危为安。

刘禹锡回到家里，又继续服用和药，身体才逐渐复原。

事见《刘禹锡集》卷六《因论·鉴药》。

刘禹锡的故事告诉我们，不能把局部经验当作真理。刘禹锡听信不负责的话，怀疑医生，结果服药过量，药物中毒。

故事还告诉我们，凡事都得掌握"度"。事物发展由量变到质变，在量上超过一定限度，就会发生质变。刘禹锡前后服用的药没有变换，只是服用量超过了限度，治病的良药变成了害人的毒药。

郑德璘爱情宝鉴

唐德宗贞元年间，湘潭县令郑德璘，家住长沙，有表亲住江夏（湖北鄂州），每年都去看望。要跋涉洞庭湖，多次遇见一位老者摇着船卖菱角芡实，郑德璘与他交谈，他谈话玄妙通远。问他："没见你有干粮，吃什么呢？"老者说："吃菱芡呀。"郑德璘喜欢饮酒，时常带有松醪春酒，去江夏探亲，每次遇老者都要邀他同饮，老者虽不好意思，也无甚感谢。

郑德璘探亲后回返长沙，停舟在黄鹤楼下，傍着一条大船，是一位韦姓盐商，那晚，盐商船与邻舟的人告别饮酒。韦生有女，住在船的舵舱，邻舟一女也来访别，二女笑语相谈，夜将半，听江中有秀才吟诗："物触轻舟心自知，风恬浪静月光微。夜深江上解愁思，拾得红蕖香惹衣。"邻舟女很通文墨，见韦生箱奁中有红笺一幅，便写下所闻诗句，吟哦许久，但也不知是谁作的，次晨，船便各去东西。

郑德璘的小舟与韦生大船同离鄂州，第二晚又同宿于洞庭湖边。两船相近，他窥见韦女非常美艳，在水窗中垂钓，很高兴。便用红绸一尺，题诗在上："纤手垂钩对水窗，红蕖秋色艳长江。既能解佩投江甫，更有明珠乞一双。"随即将红绸放下惹韦女钩钓，韦女钩到，虽然讽读，因不通文墨，不晓其意，又惭愧无以回报，但一想便把昨夜邻舟女写的红笺投去回报。郑德璘以为韦女所制，猜想是对方的挑逗，很高兴，但不晓诗之真意，也无计传达心中爱慕。韦女将所得红绸系于手臂，很爱惜，明月清风，盐船匆忙张帆而去，但风势渐紧，波涛汹涌，郑德璘船小，不敢同行，但心中怅恨不已。

次日将晚，有打鱼人传告郑德璘，那条盐商大船，已全家翻沉于洞庭湖。郑德璘大骇，神思恍惚，悲痛很久，不能去怀。那晚，作《吊江妹诗》二首：

其一

湖面狂风且莫吹，浪花初绽月光微。
沉潜暗想横波泪，得共鲛人相对垂。

其二

洞庭风软荻花秋，新没青蛾细浪愁。
泪滴白苹君不见，月明江上有轻鸥。

写好后，用酒洒水中祭奠。精诚感应，被水神带到水府，府君见后，召集许多溺水的人，问谁是郑生喜爱的人，但韦女完全不知晓来由，无人应对，搜问中只见有红绡系于臂的人。府君知晓，便说："德璘将来会做我郡邑的清官，何况过去我与他友情深厚，那就让你生还。"因此叫人带韦女送郑生。韦女见府君，是一位老者，便跟着带路人快步走，许久，见一大池，碧水汪汪，她被带路人推坠其中，或浮或沉地挣扎。

那夜三更，郑德璘还未安睡，吟诵红笺之诗，更觉悲苦。忽然感觉有物触舟，连忙秉烛一照，见衣服彩绣，是一个人，惊异地拯救上来，正是韦女，系臂的红绡仍在。郑德璘大喜，许久，渐渐苏醒，早晨后韦女才说是水府君感你恩义才让我活命。郑德璘惊异疑信，便娶韦女为妻室，带回长沙。

后三年，郑德璘将调选，想谋求醴陵县令，韦氏说："会调选巴陵县令。"并说从前水府君说你会做他那郡邑清官，洞庭属巴陵，后来果然调选巴陵。

到巴陵后，派人迎韦氏，船至洞庭侧，逆风难进，五个篙工迎风拉船，其中有位老者挽舟不卖力气，韦氏怒斥他时，老者回应说："从前在水府我活了你的命，不以为德，反生怒骂。"韦氏醒悟，又惊又怕，忙叫老者登船，酒果相待，叩头说："我父母还在水府，可去拜见吗？"老者同意了。

一会儿，船舟仿佛被淹没，但无痛苦。果然到了水府，父母居处与人间无异。并说，无所需求，溺水之物，都到了这里，所食只是菱角芡实了。拿了一些白金器送女儿，说此地无用处，催她不能久留，韦氏悲哀恸哭告别了父母。老者用笔在韦氏巾帕上题诗：

> 昔日江头菱芡人，蒙君数饮松醪春。
>
> 活君家室以为报，珍重长沙郑德璘。

写完，仆从们送韦女出，一会儿，舟又出于湖边，郑德璘认真领会诗意，终于明白水府老者，便是从前那卖菱芡的人。

又一年后，有位崔希周的秀才投诗卷与郑德璘，内有《江上夜拾得芙蓉诗》，那就是当年韦女投报郑德璘的红笺诗。郑德璘怀疑，反问希周来源，希周说：几年前泊船在鄂州边，江天明月，有微物碰到船边，芳香袭人，取起一看，是一束芙蓉，因此作成了这首诗。郑德璘长叹一声，这是命定呀。后来官至刺史。

事见唐裴铏《传奇·德璘传》。

异闻出自唐传奇，水府君的灵异，当然不会是真实，或许事有基础却踵事增华，敷衍出曲折离奇的故事。要说的是，像县令这样的基层官吏，对一位靠棹舟卖菱芡为生的穷困老者，不摆架子，不逞威风，反而亲切地一次次以酒食招待，水府君老者感念郑德璘的"义"，喝几杯酒，事情小而平常，但他回报的是郑德璘的好心。二人的"有义相及"，值得任何时代的官员反思。

郑德璘对韦女的感情，因美貌而艳羡生爱，他不是好色的登徒子，这则离奇异闻可以作为"爱情宝鉴"而非"风月宝鉴"来验证。

欧阳詹死不割爱

葛立方《韵语阳秋》说：韩愈作《欧阳詹哀词》讲到欧阳詹事奉母亲最孝顺，说："读了他的书，知道他厚重慈孝。"又说"他舍下早晚奉养父母，却来京城，他心中想功名有所得，然后回去使父母荣耀"。

等看到五代黄璞的《闽川名士传》，见欧阳詹溺爱太原妓，还没有迎娶回，便有京城之行，后来误了期约，妓女积忧成疾，临终前割下云髻让侍女转交欧阳詹，又作一诗相寄：

> 自从别后减容光，半是思郎半恨郎。
> 欲识旧来云髻样，为奴开取缕金箱。

写完她便绝笔而逝。后来欧阳詹读到遗诗，大哭而死。他诗集中有《初发太原寄所思》："驱马觉渐远，回头长路尘。高城已不见，况复城中人。去意自未甘，居情谅犹辛。五原东北晋，千里西南秦。一屦不出门，一车无停轮。流萍与系匏，早晚期相亲。"那"高城已不见，况复城中人"，便是指的此女。

贞元八年（792），举进士，贾棱榜下，欧阳詹第二，韩愈第三，李观、李绛、崔群、王涯、冯宿、庾承宣等名士联第同榜，时人称"龙虎榜"。莫非韩愈与欧阳詹同榜，便庇护他的短处，用美好的言辞解人的怀疑吗？唉！欧阳詹能像何蕃不从乱，却不能割爱于一个妇人；能荐贤韩愈，却不能念亲忧，大概世事有所遮蔽而这样的。

事见宋葛立方《韵语阳秋》。

　　究竟谁是伪君子呢？葛立方，一副理学家卫道士的道学嘴脸，我们从中读出了他"存天理灭人欲"的味儿，将一对恋人为爱殉命的人间至情一笔抹去。"理中客"葛立方责难否定的，恰恰是应该张扬的人性。同时代的孟简有《咏欧阳行周事》记录其事，引如下：

> 有客西北逐，驱马次太原。
> 太原有佳人，神艳照行云。
> 座上转横波，流光注夫君。
> 夫君意荡漾，即日相交欢。
> 定情非一词，结念誓青山。
> 生死不变易，中诚无间言。
> 此为太学徒，彼属北府官。
> 中夜欲相从，严城限军门。
> 白日欲同居，君畏仁人闻。
> 忽如陇头水，坐作东西分。
> 惊离肠千结，滴泪眼双昏。
> 本达京师回，贺期相追攀。
> 宿约始乖阻，彼忧已缠绵。
> 高髻若黄鹂，危鬟如玉蝉。
> 纤手自整理，剪刀断其根。
> 柔情托侍儿，为我遗所欢。
> 所欢使者来，侍儿因复前。
> 抆泪取遗寄，深诚祈为传。
> 封来赠君子，愿言慰穷泉。
> 使者回复命，迟迟蓄悲酸。
> 詹生喜言旋，倒屣走迎门。
> 长跪听未毕，惊伤涕涟涟。
> 不饮亦不食，哀心百千端。
> 襟情一夕空，精爽旦日残。
> 哀哉浩然气，溃散归化元。
> 短生虽别离，长夜无阻难。
> 双魂终会合，两剑遂蜿蜒。

丈夫早通脱，巧笑安能干。

防身本苦节，一去何由还。

后生莫沉迷，沉迷丧其真。

诗的末尾也特显示孟简的冷心肠，封建道德至理，毒化士人麻木不仁，反而衬托了欧阳詹的纯洁，难得的真性情。

这个故事还值得人深思，爱情、孝情、事业，有时未免难全，若是欧阳詹弃情妓而去，那他将承受天下薄幸人之骂名；若是他为情而死，又被詈为不能割爱于一妇人。我不纠于这个问题，要理论的是非议、责备韩愈的意见，《欧阳生哀词》不载溺妓是护其短，是按君子隐恶扬善态度写哀词，这其实是用封建观点看事，欧阳詹重情乃至悲恸而死，不是什么短，而是应书赞一笔才是。

咬文嚼字说推敲

诗人贾岛乘闲空赶一头毛驴去拜访在一个幽僻居处的李余先生，边行边想，得两句诗"鸟宿池边树，僧推月下门"。又想作"僧敲"，字句还未炼妥，边走边吟举手作推敲模样，有旁观的也感到惊讶。彼时韩愈在京任行政长官，车骑外出经过，贾岛冲犯了车骑，左右军兵将他带到马前，叫他念出诗来，贾岛据实说："有两句诗，字中用'推'用'敲'一字未定，精神恍惚，不知回避，实感冒犯。"韩愈驻马好一会儿，说："敲字好。"便叫他一起并马而回，谈论诗歌道理，结为布衣之交，教他作文之法。贾岛推敲的诗是：

闲居少邻并，草径入荒园。
鸟宿池边树，僧敲月下门。
过桥分野色，移石动云根。
暂去还来此，幽期不负言。

在韩愈鼓励下，后来贾岛离开做和尚的庙宇，积极求进，考中进士，到了长江县（四川大英）为官。

事见唐韦绚《刘宾客嘉话录》。

"咬文嚼字"是我们日常生活用来贬损别人的用语，"推敲"的故事可圈可点，为咬文嚼字的用场正了名分。但是在贾岛故事的本身，尚有许多可以发挥的。贾岛字阆仙，起初在庙里做和尚，名无可，来东都时洛阳令禁僧午后外出，他还作诗自伤，可见处境不好。后来到京城，想求仕进，专心致志，不料犯了韩愈车骑。祸与福常相因而至，福因祸生，而祸中藏福。要说的是韩愈，降尊与他结为布衣之交，着意助他研讨文法，悉心指示，好为人师，韩愈当之无愧。他写《师说》，是尊师重教的理论家，遇贾岛，又是师范的实践者。贾岛推敲的那首诗并不怎么高明，但绝不能以此否定韩愈不识才，韩愈本身就是一代诗豪文豪，众所周知，他不以贵贱论交是可以坦然面对任何人的。

刘禹锡探骊得珠

唐文宗大和三年（829）九月，元稹入朝为尚书左丞，刘禹锡任主客郎中，白居易太子宾客分司东都，住洛阳履道里。当时元稹、刘禹锡及长庆进士韦楚老在白居易家里聚会，谈到南朝兴废之事，白居易说："古人说话不尽兴，就要发感叹；感叹不尽情，则要咏歌之。今大家聚集，不可白费光阴，建议各人都赋金陵怀古诗。"刘禹锡正在郎省任职，元稹也已居掌权要。但刘禹锡显扬自己才力，毫无谦逊之意，拿过酒杯斟满酒要求先吟唱，接着一挥笔就写成那首著名的《西塞山怀古》：

> 王濬楼船下益州，金陵王气黯然收。
> 千寻铁锁沉江底，一片降幡出石头。
> 荒苑至今生茂草，山形依旧枕江流。
> 而今四海为家日，故垒萧萧芦荻秋。

白居易看了诗感叹说："四个人寻龙宝，我们的梦得（刘禹锡）先已寻到龙珠，其余的不过只是鳞甲，还有何用？"三人于是停止了吟诵。

事见五代何光远《鉴诫录》、宋计有功《唐诗纪事》。

刘禹锡做了一次高层次的狂傲，《西塞山怀古》货真价实，童叟无欺，白居易不仅识货，而且知趣，连忙就罢吟了。这种诚意的折服，无损于个人形象。

想了一下，贵族社会结束后，平民社会"文人相轻"的事例就多起来了，虚诬诈伪，谤毁同类，忌刻成性，与其社会性质一个德行！

韦楚老，所有材料均误为韦楚客。经我考实，楚客元和九年（814）已过世，有杨虞卿撰墓志为证，不可能参加聚会。两兄弟出身京兆杜陵韦氏，名门之后。韦楚老擅长乐府诗，沉雄豪健，如《祖龙行》：

> 黑云兵气射天裂，壮士朝眠梦冤结。
> 祖龙一夜死沙丘，胡亥空随鲍鱼辙。
> 腐肉偷生三千里，伪书先赐扶苏死。
> 墓接骊山土未乾，瑞光已向芒砀起。
> 陈胜城中鼓三下，秦家天地如崩瓦。
> 龙蛇撩乱入咸阳，少帝空随汉家马。

明人胡应麟《诗薮》认为"长吉诸篇全出此"。我以为，错。大诗人李贺不可能因仍效仿，李贺本身就是乐府诗的提倡者实践者，他的乐府驰骋想象，自铸奇语，凄艳诡激，号为"长吉体"。这位"诗鬼材"留下的"黑云压城城欲摧""雄鸡一声天下白""天若有情天亦老"千古流芳。楚老约小李贺数岁，李贺去世时他尚未成名，但说二人早期诗风相互影响我是颔首称道的。

赛联句元白败北

　　唐文宗开成初（836）五月，裴令公在东洛尚书省任职，召人夜宴，酒至半酣，要求大家联句。元稹、白居易在座，神色得意，他俩都是捷才。裴度先破题，至侍郎杨汝士联句时，他吟道："昔日兰亭无艳质，此时金谷有高人。"白居易一听，感到自己不能超过杨侍郎了，便拿起纸忽然撕裂说："算了，算了，歌声乐声十分热闹，不要做这冷冷清清的联句事儿了。"元稹一旁看着白居易，谐谑他："乐天你可算保全声名的人了。"

　　事见五代王定保《唐摭言》、宋计有功《唐诗纪事》。

　　这个故事，一对知友，真有趣。白居易的举动，犹捕雀而掩目，盗钟而掩耳，以为把纸撕了，就可保全面子，完全不顾及他人感想。

　　人贵有自知之明。这至理名言，对一般的人、平庸的人、无所作为的人，是容易理解，做起来也不难的；而对于声名显赫，像白居易那样的文豪，情况就不同了。才低者常看到自己不足于人，才高者常看到自己足于人，规律一般如此。白居易这破常规的表现，殊不容易，是真感到不如人，还是如元稹说的保全声名怕失足，我看，只有白居易来坦白了。

窦牟入仕不干谒

窦牟在唐朝算得上有一点小名气的诗人。起初，窦牟侍奉继母，居住家中不外出。在江东求学，年龄幼小，名字和词章，便送到京城，人却是后来才去。到他将应进士考试时，同辈都说，我们都不可能考到窦牟前面。彼时窦牟舅舅袁高在朝中任给事中，是一位名重于时的人物，人所共知他既爱外甥又认为窦牟贤能。果然窦牟一举高中，可事实上窦牟并未为考取请托舅舅，干谒官员。他随后东归，遇着那些同辈，他一直都说："别说了，不是我的才能，只是由于我舅舅的私情罢了。"

事见唐韩愈《国子司业窦公墓志铭》。

这是一个非常的例外，唐代考试，觅举成风，不通过请托人延誉、通关节、施贿赂入仕的，可算少有，许多红亮发紫的诗人也免不了如此这般。窦牟全凭自身本事，可悲的是没人相信，事先便咬定他仗舅舅之私；更可悲他自己也屈从舆论，昏然承认私接奥援。世风衰薄，或许他连自己也生疑到不相信自己的程度，便加入助纣为虐的舆论行列。社会在这个问题上的腐烂令人吃惊！今天的舆论场也差不多，缺乏善念，抱团结伙，道德绑架，没有底线，挑拨是非，操纵愚众猎巫，一如非洲草原一群丑陋的鬣狗围攻撕咬一只伟大的雄狮，平民社会之必然。晚唐平民围猎贵族基本一样，真相被屏蔽，妖妄不实，虚诬诈伪，甚嚣尘上。盛唐之所以叫盛唐，是有一种贵族精神，即家国情怀；中晚唐之所以是中晚唐，是把贵族精神弄丢了，社会便堕落了、没落了。韩愈做了一件好事，他那篇《国子司业窦公墓志铭》，不只澄清事实，还道出舆论的可怕，世道人心的不古。

看问题不应轻易随大流，人言可畏，可悲、可叹、可笑，窦牟的闪光，

被舆论弄得黯然失色、一塌糊涂。最后以他无限凄凉的名诗《奉诚园闻笛》
作结：

　　　　曾绝朱缨吐锦茵，欲披荒草访遗尘。
　　　　秋风忽洒西园泪，满目山阳笛里人。

韩退之华山退险

据唐人李肇《国史补》说，韩愈游华山，尽力爬到幽深奇险的地方，这时才心中害怕，两腿发软，危岩陡壁，上不去下不来，便发狂大哭，心想必死无疑，便留下一封书信与家人诀别。华阴县令得知，连忙组织人马营救，施用了很多办法，好不容易把他从险绝的地方接取下来。

沈颜写过一部《聱书》，对此事不以为然，说李肇是胡乱写载了这件事，他说难道贤人会这样轻生吗？宋人魏泰《临汉隐居诗话》对沈颜的《聱书》又不以为然，说：我看韩愈《答张彻》诗中说："洛邑得休告，华山穷绝陉。倚岩睨海浪，引袖拂天星。……磴藓澾跰挛局，梯飚飑伶俜。悔狂已咋指，垂诫乃镌铭。"如此真实记录历险经过和心情，并把它告诫后人，就知李肇所记是真实的事，沈颜之辩才是胡诌乱道。

事见宋魏泰《临汉隐居诗话》。

名人遇险，吓得发狂而后恸哭，而后诀别，活生生一个性情中人、一个凡人。辨妄的沈颜为贤者讳，贤人是不轻生的，能有这样胆小的事吗？岂不丑坏了贤人！这种贤人必须完美无缺的观念，现代不是没有，还根深蒂固，对人动辄道德要求，就是这种恶思维的另一副嘴脸。今日社会之道德绑架他人，放纵自己为恶，捕风捉影，捏造流言，监视告密，流氓逻辑，不以为耻反以为荣，不谓不是根源。乌合之众构成的社会必然如此。对韩愈们严厉禁欲，便是对另一部分人的纵欲，这种"左"思维，这种流氓逻辑，结不出好果，历史上也不是没有发生。韩愈是诚实的，幸亏有他的诗做证。我浮想联翩，"退之""退之"，可以用这次"退却艰难"做一个纪念。

一一鹤声飞上天

杨衡起初隐居庐山，有一个人偷了他的文堂而皇之登了第。杨衡知道后，气得到京城向朝廷控告，哪知朝廷也让他登了第。杨衡心有不甘，便去见那个人，还未见面他就非常愤怒地嚷道："'一一鹤声飞上天'在吗？"那人忙说："在的，在的，我知道老兄最爱惜这个句子，不敢偷。"杨衡没好气地说："犹可恕也。"

杨衡郡望弘农，官至大理评事，早年随父宦游蜀中，与蜀人苻载隐蜀州青城山中。此地亦其族人杨玄琰任蜀州司户之地，杨贵妃便生于斯长于斯。杨衡擅长古调诗，如《九日》：

> 黄菊紫菊傍篱落，摘菊泛酒爱芳新。
>
> 不堪今日望乡意，强插茱萸随众人。

事见五代王定保《唐摭言》。

够味，嘲得够味！让人啼笑皆非，真货假货熔于一炉。"一一鹤声飞上天"不是惊世骇俗的名句，就以真货而论顶多也是次品，竟然就奇货可居。由此定他两个在唐代都算不上入流的诗人。能品味出点什么吗？当然当然，那无耻文盗的机敏，那无辜杨衡的宽容，令我们品出了另一种味，朝廷的那股"糊"味，素以科考严肃的封建王朝，被个无耻文盗戏弄于股掌之上。

深层原因，公器私用，人才制度成了个人渔利的工具；科考的弊坏，世风的浇薄，人心的败坏，纯良社会消失，中晚唐的社会危机，科举为祸不浅！今日高考弊象可为观照。

元丞相白纸空文

　　唐代宗时，宰相元载执事中书省，权势显赫。有一位前辈亲戚变卖房屋，从宣州赶到京城，找他谋求官职。元载估量来人才能有限，不能委职，便给他一封送交河北地方官的书信，打发出京。这位亲戚满腹怨气，无可奈何，只好带上信函离去。行至幽州境内，他想：自己破产投奔元载，官职没捞到，仅得一封信，如果这信写得很恳切，到了河北兴许还有求得一官半职的希望。哪知拆开一看，只是白纸一张，只有元载署名。他愤怒、悔恨已极，想回京城找元载质问，但转念一想，已走了数千里，折返回去谈何容易，不如用这纸空文去试探一下地方官员。到了官府，他便求见节度使，吏员不愿通报，问道："你既是宰相亲戚，为何连信也没有？"他回答："有！"吏员大惊，立即派人通报。很快，就有专人拿着信盒来取信。空头信函送入府内，节度使诚惶诚恐，将这位穷途末路的亲戚待为上宾，安排住进豪华宾馆，盛情款待数月。临别，节度使又送来一千匹绢。

　　事见宋司马光《资治通鉴·唐纪四十》。

　　一张署名的白条有如此大的能量，"熏天权势"的魔力叫人开眼。无怪乎古往今来大千世界那么多伧夫俗客想成为权贵，没有权势要投靠权贵，权势不大的要谄事更大的权贵。

　　谚云"百岁奴事三岁主"，权势，在社会人生中制造多种脸谱！只要等级存在，古今亦然。

薛涛巧罚秦刺史

　　唐朝西蜀官署乐妓薛涛，聪明善辩，又能为诗。有位来自黎州的秦刺史要求行"千字文"酒令，说一句《千字文》，每句须带"禽鱼鸟兽"。刺史先开口说："有虞陶唐"，坐客都忍住不笑，知道他把"虞"错为"鱼"了，不好罚他。轮次到了薛涛，说："佐时阿衡"，刺史像抓住把柄，忙说语中无鱼鸟，要罚酒一杯。薛涛启齿一笑，说："衡字尚有小鱼子，使君'有虞陶唐'却无一鱼。"宾客听了都大笑，刺史一时还未反应过来呢。

　　事见宋王谠《唐语林》。

　　一个雅谑的故事，智愚分明，高低易位。这位秦刺史"外"到家了，要说无知，似乎也读过点诗书；要说官位，也不算低，少说也是个下州刺史，他究竟靠什么到这个位置，令人深思。

　　一个关键词"混"！

柳宗元买错茯苓

柳宗元得了脾脏肿大和心悸病，请医生诊治。医生说："只有服食茯苓适宜。"第二天，在市上买了茯苓，煎了吃下去。结果，病情加重，便找来医生责备他开错药方。医生要求验看药渣，看完药渣后，医生说："嘿！全都是老山芋。那个卖药人欺骗了你，你把它买下来，这是你糊涂不识货，反过来责怪我，岂不是太过分了？"

柳宗元吃惊地感到惭愧，愤慨、忧戚，从这件事去推断一切相类的事，人世间拿老山芋冒充茯苓去出售，把病人的病情加重的人，实在是太多了！又有谁能辨得清楚呢？

事见唐柳宗元《辨伏神文》。

柳宗元以个人经历、遭遇，想到社会上这类鬻药欺人的骗子"众"矣，谁来分辨揭露呢？山芋冒充茯苓，如果小视它，以为只不过是方法上用了一个"假"字，目的上达到一个"骗"字，只为几个钱，便大错特错。

山芋冒充茯苓的动机，可以肯定说是为了"骗钱"，但山芋冒充茯苓的后果，是必须要理论理论的。后果之一可以导致病情加重死亡，后果之二是导致病者罪怪医生，败坏良医声誉。这两个后果都决不能以骗钱论罪。由此看来，对于骗子决不能菩萨心肠、宽宏大量。纯粹动机论和动机效果统一论，谁优谁劣，自然分明。

今日以假行骗已漫及各条渠道，假药、假酒致人死命屡见不鲜；至于伪劣商品，更有似瘟疫流行之势，这都是我们首先患了"小视骗子"病。

195

曲娘子死殉韦青

唐代宗大历年间，有一位叫张红红的女才人，与父亲在街路上唱歌乞食，经过韦青将军居处。将军听歌声嘹亮，看是位美貌女子，便娶为偏房，红红的父亲住在后屋，给以优厚供养。于是红红自钻乐艺，人很聪明颖悟。曾有个乐工自撰歌曲，曲名《长命西河女》，修改加减节奏，很具有新声调，还未献呈宫廷，先劝请韦青听歌。韦青唤红红在屏风后听歌。红红用小豆儿盒记拍数，乐工唱完后，韦青进去问红红："怎样?"她说："已记下了。"韦青出来对乐工说："我有女弟子长期习乐艺，并非新曲。"便叫红红隔屏风歌唱，一声未失。乐工大惊，便请相见，惊异佩服不止。她又说："此曲先有一声不稳，现已改正了。"不久歌曲送呈皇帝听。第二天，便召红红入宜春院，皇恩宠幸异常，宫中称"曲娘子"，接着封为才人。有一天，内史官奏报韦青亡故，皇帝告知红红，她上前哭泣说："我本是风尘中微贱的乞丐，永远忘不了他的恩情。"于是悲痛已极气绝身亡。皇帝叹息又非常赞许，封赠她为昭仪。

事见唐段安节《乐府杂录》。

张红红的事迹，知音是主，恋情居次。韦青是张红红知音，红红乐艺虽强，素养虽高，没有韦青，也不过埋没风尘。所以人生知音的价值无与伦比。不懂事的是那个昏皇帝，把红红召去做"曲娘子"，生生分离了一对事业夫妻，韦青和红红的死，他应属罪责难逃。我们发现，随着平民社会临近，记录者越来越将他们的笔触伸向底层，关注平民人生，这点在初盛唐不可想象，某种意义它弥补了正史只载贵族事迹的缺陷。风尘女子的命运附丽于音乐，文人的人生显扬于诗歌，不同的两个阶层共同构建了唐朝音乐与诗的繁荣。

前度刘郎今又来

唐宪宗元和九年（814）十二月，刘禹锡自朗州召回，次年春长安玄都观桃花盛开，游人如织，他作诗讥讽说："紫陌红尘拂面来，无人不道看花回。玄都观里桃千树，尽是刘郎去后栽。"为此再次贬放出京城。

十四年后，重游玄都观又作诗嘲讽，说："我贞元二十一年任屯田郎，玄都观里没有桃花。这年出任连州，不久贬为朗州司马。十年后征召回京，人人都讲道士种的许多桃树，像一片红霞，于是写了上面的诗记一时之事。接着又出京外任，至今十四年，复任主客郎中，重游玄都观，当年的桃花荡然无存，只有兔葵燕麦摇拂春风，便又写一绝，这时为太和二年三月。"诗是：

> 百亩庭中半是苔，桃花净尽菜花开。
>
> 种桃道士归何处？前度刘郎今又来。

事见《刘梦得文集》《新唐书·刘禹锡传》。

刘禹锡的得意，有点小人了，那么他讥嘲奚落的对象是谁呢，当然是传统贵族，他以桃花命薄嘲笑贵族时代的结束。可见他是站在平民新贵立场的，他的经历也正好反映了两股力量的消长。

永贞元年（805）他参加王叔文变革活动，贬朗州司马，十年后回京，借玄都观赏桃花，写下第一首看桃花诗。他故意选择桃花红艳纷披，实际花期极短，暗讽朝廷传统派。自然换来二度远贬。十四年后，重游玄都观，"唯兔葵燕麦动摇于春风"，他压抑不住胜利者的狂喜，明挽桃花净尽，肆

197

意讥讽传统贵族政治命运零落。这明显是牛李党争的前奏，两首诗揭开了传统贵族与平民势力争斗的面纱。在世道将变的中唐，他站在平民新贵阵营，为葬送传统社会，迎接平民社会作了预言。

刘禹锡以诗明志，不改初衷，傲岸的革命斗争精神，在百年前的革命先辈身上还可隐约看见。总体上说他是时代巨变中的先行者，一位新旧交替中的悲剧人物。

真金不用假金镀

　　章孝标是中唐小有名气的诗人，他是桐庐人，元和十四年（819）进士及第，要从长安回扬州报喜，他寄诗给扬州的朋友：

> 及第全胜十政官，金鞍镀了出长安。
> 马头渐入扬州郭，为报时人洗眼看。

　　意思是说：今朝及第胜过十度为官，黄金镀鞍出长安。马头已渐近扬州，要通报时人洗亮眼睛细细看。

　　事见唐末王定保《唐摭言》。

　　及进士第，本是人生极高兴的大事，狂傲成了镀金人，无可厚非，然而章孝标那副踌躇满志不可一世的神志，就不是一般过分一点的高兴，古人说"洗耳恭听"，他要人"洗眼恭看"，感情是狂到得意忘形了。李绅看到诗后，很不以为然，便实实在在写了一首诗给他："假金方用真金镀，若是真金不镀金。十载长安得一第，何须空腹用高心。"李绅用子之矛，攻子之盾，顺手投枪的诗恰到好处给这诗人以幽默了。章孝标读了诗后深感羞惭。这种有愧耻的心情在他另一首《初及第归酬孟元翊见赠》中可得到验证：

> 六年衣破帝城尘，一日天池水脱麟。
> 未有片言惊后辈，不无惭色见同人。
> 每思公燕思来日，渐听乡音认本身。
> 何幸致诗相慰贺，东归花发杏桃春。

　　这就不再矜物，收心老实得多，谦诚得多了。

黄昏依旧入蓬蒿

唐宪宗元和年间文士吴武陵有才华，但是生性强悍偏激，人们都很畏惧。元和二年（807）举进士，拜翰林学士。长庆年间李渤出任桂管观察使，表奏吴武陵为副使，曾做容州内史官，贪赃的罪使他声名狼藉，皇帝下令广州幕吏审理他。这位幕吏，少年中第，颇为自负，完全不讲宽恕，办案特别急迫，追究很紧。吴武陵非常愤怒，在路边佛堂题诗：

> 雀儿来逐飔风高，下视鹰鹯意气豪。
> 自谓能生千里翼，黄昏依旧委蓬蒿。

诗的大意是说小雀子来撺扬起的飔风，小看鹰鸟意气呈豪雄。我只能说我有飞翔千里翅，哪知黄昏岁晚落入蒿蓬草间。

事见唐孟棨《本事诗》。

吴武陵本名侃，自称东吴王孙，有一点文品却无人品、政品，大快人心遇上"不讲武德"不怕事大的小人物，要认真查处他，严肃收拾他，别看他"不胜其愤"，心中早已虚怯，那"黄昏依旧入蓬蒿"的末日来临之叹，那虚张声势的"自谓能生千里翼"的诗句，倒使人对这位有罪的狂徒更增几分厌恶。

他颠倒黑白，使用典故，将审理官嘲为"鸟雀"，自诩为"鹰鹯"，《左传·文公十八年》："见无礼于其君者，诛之，如鹰鹯之逐鸟雀也。"这个犯了王法的罪臣，把自己比为忠勇的鹰鹯，这样不知廉耻、不知悔改，惩罚他没有错。

饭后钟与碧纱笼

　　王播自幼贫寒，早年游扬州惠明寺住木兰院，跟着和尚们一起吃饭，和尚嫌贫爱富，很厌烦怠慢他。寺里规矩：敲钟开饭。可是有一天，王播听到钟声去吃饭，只见饭堂已杯盘狼藉。王播意识到和尚故意戏弄他，遂题诗寺壁，愤然而去。二十年后，王播出任淮南节度使到扬州，访问旧地。寺内一片惊恐，忙把王播题壁诗用碧纱笼罩起来，王播来到寺中，一眼就看到当年题书的字被罩住了，便暗自发笑，挥笔又题两绝句：

其一

　　三十年前此院游，木兰花发院新修。

　　如今再到经行处，树老无花僧白头。

其二

　　上堂已了各西东，惭愧阇黎饭后钟。

　　三十年来尘扑面，而今始得碧纱笼。

　　两首诗大意说，二十年前，来此院游，木兰初开寺院初修，而今再到重游此处，树老无花，僧已白头。上罢饭堂各自西东，很惭愧和尚待我用饭后钟，二十年前碌碌无为风尘满面，而今连题的字都受到碧纱保护。

　　事见唐末王定保《唐摭言》。

　　俞陛云《诗境浅说续编》说："昔则饭后闻钟，今则碧纱笼句。此诗写尽炎凉世态。"

出家人"普度众生"慈悲为本，惠明寺的僧人不够格，前倨后恭，面目可憎，不仅不慈悲，还有一双势利眼。饭后钟与碧纱笼，活灵灵照见他们可憎的灵魂。想当初对孤贫的王播，斋后击钟，让你扑空。这本应菩萨心肠的人的恶作剧绝非一般开玩笑，刻薄吝啬，收这种人作弟子，菩萨有眼无珠。二十年后，当然修不成正果，空白了少年头。王播精到点染"而今再到经行处，树老无花空白头"，和尚若有自知之明，定然愧耻失落。但他们愧耻了吗？失落了吗？你看他们，忙天慌地地迎接大员，惊慌失措地掩盖前愆，自欺欺人地忙着操弄"碧纱笼"，一点儿不悟。王播没有斥责，那"惭愧阇黎饭后钟"，那"而今始得碧纱笼"，和尚们若不麻木，打脸挨板子的滋味如何。

对于干净之地的不干净之人，惠明寺应立一个开除"僧籍"的规定。

抱奇材唐衢善哭

　　唐衢，与韩愈同时代的诗人，心中虽有大志，但生性耿直古怪，从不随便与人交往，只是发愤研究学问，但累次应举不中，人们都笑话他。唐衢歌诗，悲思激越，意多感发，让人一读就慨然心动。唐衢见别人文章伤感激烈必然大哭，哭得涕泪滂沱。常与人言论，临别往往发声一号，音韵鸣鸣，听的人都为之酸鼻。人们都说唐衢善哭，却都不知他哭的原因。唯独韩愈理解他，赠他诗说：

> 虎有爪兮牛有角，虎可搏兮牛可触。
> 奈何君独抱奇材，手把锄犁饿空谷。
> 当今天子急贤良，匦函朝出开明光。
> 胡不上书自荐达，坐令四海如虞唐。

　　白居易也特为他作诗说："贾谊哭时事，阮籍悲路岐。唐生今亦哭，异代而同悲。"把贾谊阮籍之才比于唐衢。

　　事见后晋刘昫《旧唐书·唐衢传》。

　　野无遗贤，是我们常常引以为汉唐盛代之事，其实未必尽然，唐衢这不是一例？他永远是遗贤一个。唐衢爱哭、善哭，哭得极有水平。据《旧唐书》载他客游太原幕，戎帅举行军宴，唐衢得以受邀，到酒酣耳热言起事来，便放声大哭，弄得一席不乐，大煞风景，为之罢会。唐衢是一位奇才，但除了韩愈、白居易的理解，便是世人的嘲笑。哭是技巧，却不是用仕的经纶。他是"方脑壳"，不合时流，不与人交，要的是社会来抬举，韩愈劝他自荐并无反响，这就不能完全责备社会不容物。对善哭的唐衢，我们既要看到社会不公平弃置人才的一面，更要看到由于个人性格造成的悲剧人生。白居易《寄唐生》"非求官律高，不务文章奇。惟歌生民病，愿得天子知"，尽管名流推荐，他也以不登一第而逝。

唐衢死后，白居易又作了两首《伤唐衢》为之慨叹，"怜君儒家子，不得诗书力。五十著青衫，试官无禄食。遗文仅千首，六义无差忒。散在京洛间，何人为收拾""不知何处葬，欲问先歔欷。终去哭坟前，还君一掬泪。"唐衢不遇，白居易真爱，令人喟然长叹。

两位井水不犯河水的大家韩愈和白居易，孜孜念念，高度揄扬唐衢，他的诗是古体和新乐府的，是有感于事而系于时政的，是走复古道路、对时俗采取不合作态度的，是以古求奇、与大历平庸诗风相对立的，是苦吟尖新的，是惜守古道、遵从传统、淳风化俗的，是不平则鸣激切的，是歌生民病、"文章合为时而著，歌诗合为事而作"的。他是可以比肩一流诗人的，可惜我们错过了这位诗人的诗！

白敏中不负至交

白居易堂兄弟白敏中，穆宗长庆二年（822）参加文考。王起长庆中第二次主持考试，心想以第一名安排白敏中，但又非常恨他交友不慎，与贺拔惎为伍，惎也有诗文但放荡不羁，落魄于时，无所约束，王起便悄悄派亲信向白敏中表达心意，让他与惎绝交。白敏中心里不高兴地说："好吧，就照你说的办。"

不久贺拔惎来访，左右人哄他敏中去了其他地方，贺拔惎迟留不语离去；片时，白敏中后悔，一下跃出见惎，便将实情全部相告。还说："一第何门不致，为何要对不起朋友。来，喝酒。"两人相饮而醉，同席而寝。有人将此事告知王起，王起说："我这次录取了白敏中，现在更应取贺拔惎了。"便以第一人取贺拔惎，将白敏中居于第三。

唐宣宗时，边鄙不宁，白敏中为统帅，征讨吐蕃，凯旋献诗：

> 一诏皇城四海颂，丑戎无数束身还。
> 戍楼吹笛人休战，牧野嘶风马自闲。
> 河水九盘收数曲，天山千里锁诸关。
> 西边北塞今无事，为报东南夷与蛮。

事见唐末王定保《唐摭言》、宋计有功《唐诗纪事》。

翻复世态，王起的私心与白敏中的磊落，令人自有观感。另一面，我们惊讶于唐代这片科考净土，也非真正干净。王起这样心怀个人意气的人主持文柄，当然公平就失之准的，人才当然会被弃置。

古代士人，莫不以功名为生命第一，像白敏中，关键时刻，以不负知交将功名倒置于次，不由得人叫好。王起心回意转，返照回光，给此事添了一笔光彩。

不过还要说说故事的真实性，在于反映了中晚唐平民新贵与传统贵族之争。贺拔基用今天的话说就是"烂人"，王起排斥贺拔基，正是传统贵族对充斥朝堂素质不高的平民士人的排斥。白敏中则是后来崛起的新贵代表人物，王起的最终退让，是旧贵族渐次退出历史舞台的写照。查他们郡望出身即知。牛李党争必然是科举之争，优秀传统之衰。有人曾以."三个千万"总结社会，千万不要低估民众的愚昧，千万不要低估士人的无耻，千万不要低估政治的阴险，我以为以此来概括描述中晚唐社会特别合适。

廖有方卖马行义

廖有方元和十年（815）应举失意游蜀，行至宝鸡西界，次于旅舍，一位病人无奈死去，他出于义举，帮助这位异乡落魄的人料理后事，在一块木板上记下文字，述说自己元和乙未年落第，西行至此，听到呻吟声，悄悄一听微有哭泣。便问他病苦怎样，住址何地。病者说辛勤数次应举，没有遇到知音。看着廖有方，便叩头不已，许久又说愿以残骸相托。有方十分同情他，不一会儿病者便已逝去。廖有方把乘马卖给村里豪户，买棺木葬了他，但悔不知其姓字。便作《题旅榇》：

> 嗟君没世委空囊，几度劳心翰墨场。
> 半面为君申一恸，不知何处是家乡。

有方离去后，次年，李逢吉主考，廖有方及第。他是唐代一位义士，柳宗元写了序送他。

事见唐范摅《云溪友议》。

疏财仗义，济困扶危，侠士行当，但义及死者，却很少有。廖有方一介青衫，无财可疏，心地良善，便不惜卖马安葬一位素昧平生的落魄文士。说是惺惺相惜吧，可以，都是应举失意者，"当涂者升毂云，失路者委沟渠"（扬雄《解嘲》）。可故事的闪光处还在于，有方卖马后的穷困，绝无钱财买马，漫漫长路肯定很苦，以自己面临的困苦不顾去急别人之难，这是一种推己及人产生的道德力量，任何的时代都是一种感召。司马迁《游侠列传序》说"不爱其躯，赴士之厄困，既已存亡死生矣，而不矜其能，羞伐其德",意思是不在乎生命,解救别人厄难,却从来不夸耀,以称道自己于人之恩德为耻。做好事不留名,所以柳宗元为之感动,作《送诗人廖有方序》称赞他"刚健重厚,孝悌信让",诗的大雅之道不在诗,而在做人!

那位辛勤数举未遇知音的文士,虽已作古无法推究落第因由,但他由此而病,客死道途,封建制度残酷的科考,间接直接都有无法推卸的罪责。多少无名举子就这样默默无闻卧毙于道途!一叹。

失火参元贺莫迟

中唐文士王参元很有才学，与李贺为好友，元和二年（807）举进士，许多识才伯乐都想推荐他做官，可他家资殷富，难住了伯乐，怕因为推荐被人看作有受贿之嫌。再后来他的家遭了火灾，许多家财付之一炬，什么也没有了，他十分伤痛，好友柳宗元得知情况，便写了一封信《贺进士王参元失火书》，乍看一个"贺"字，柳宗元都太不懂事，其实以书信内容说，是安慰他，告诉他失去家财并不可惜，以后别人推荐他就不会有顾虑了。

事见唐柳宗元《贺进士王参元失火书》。

小小一事，便能看出贵族时代对受贿问题，有广泛的基本共识，那就是以之为耻，"君子喻于义，小人喻于利"唯恐清名受玷。但事有利弊，时人追求"好廉"虚名，又耽误了王参元前程。古今参照，发人深省。今人为钱财举荐"非才"，比比皆是，连"好廉"的虚名也不要了，直接标价，行贿买官，受贿鬻爵，用"呜呼，道德沦亡"来论，未免太轻，当用法律。

柳宗元的文，蕴含祸福相倚的哲理，后人便以"参元失火"开导别人或自我安慰。清康熙时，一位叫赵执信的诗人，家里失盗，便写了一首非常豁达的诗，《冬夜盗入寓舍取求书绢素及借来器具以去成十二韵》："珠抛象罔求何益，火失参元贺莫迟。犹有诗篇盈箧在，肯输光焰与偷儿。"意思是家里失盗，象罔寻珠，我并没有在心上，都来祝贺参元失火吧，可惜诗篇都还在，多么希望送给偷儿，成为照亮他人生的光焰。此般达观，世人能学到点什么吗?

失意钟馗也学虎

　　唐德宗年间，举子钟馗赴京应考，他状貌丑陋，豹头虎额，铁面环眼，满脸虬须，令人望而生畏。钟馗虽面目可憎，但才华出众，武艺超常。这年秋季，他辞亲别友，风尘仆仆赶到长安，只见车水马龙，长街短巷，楼台林立，好一派繁华景象，便高兴地在街上闲逛，忽见有一测字卦摊，便走到摊前说："先生，我是应考举子，劳你给我卜个吉凶，问个前程。"说时，便写下一个"馗"字。测字先生仔细斟酌"馗"字，沉思半晌，豁然开朗地说："好，相公这次应考，定会蟾宫折桂，鳌头独占，但你时运不佳，到时恐怕要名落孙山，甚至凶多吉少。""是这样吗？"钟馗问。测字先生说："馗字拆开是九和首字，现在正当九月，你来应考，注定会名列榜首。但是这个首字又被抛在一边，高中后不出一旬恐会大祸临头，望先生要谨慎才是。"钟馗听了，将信将疑，付过银子，心想堂堂丈夫，我行身端正，还怕什么，便扬长而去，并不十分在意。

　　数日后，钟馗考场应试，看罢考题，便一气呵成完卷交上。当日考官将钟馗试卷呈送给大学士陆贽、文豪韩愈观阅。二人看罢钟馗的考卷，非常叹服，都不约而同称道奇才！奇才！可媲美李太白和杜子美。于是主考将钟馗点为第一名，并及时上报皇帝。

　　德宗听主考禀报，说新科状元钟馗奇才盖世，便高兴地在金殿召见钟馗。德宗见钟馗相貌丑陋，心中顿时不悦，说道："我朝取士，全在身、言、书、判，但这般模样貌丑的人，怎么点为金科状元？"韩愈一旁跪奏道："人之优劣，全不在貌，圣上岂不闻晏婴三尺而为齐相，周昌口吃而能辅汉，孔子以貌取人，失之子羽，万望陛下三思。"德宗听罢，沉思默想一些时候，说："韩愈所言有理，我想到太宗皇帝时，曾有十八学士登瀛洲美谈，点钟馗为状元，恐怕天下人笑话，面相也重要呀。"宰相卢杞嫉贤妒能，心地狭窄，听了皇上疑决未定，连忙跪奏说："金科状元应内外兼美，现在考录人众，岂少其人，钟馗那状貌怎样当之，何不另选一人？"钟馗早知此人心术不正，不由怒发冲冠，指着卢杞斥骂："如此昏官当朝，岂不误国？"卢杞呵斥相还，钟馗挥拳向卢杞打去。德宗见状，大怒道："胆大举子，竟敢金殿撒野，火速拿下！"钟馗盛怒之下，顺手去拔下站殿将军腰悬宝剑，高声喊道："失意猫儿难学虎，败翎鹦鹉不如鸡。"说罢自刎死去。

唐德宗没有料到钟馗这般刚烈，一怒之下竟然自尽，又惊又怕，为了笼络人心，他颁旨将钟馗以状元身份殡葬，又敕封钟馗为驱魔神，以镇人间邪逆。德宗还贬了卢杞，但又时常想念卢杞，后来要升迁他，朝臣们感到恐惧，德宗便问李公："卢杞什么地方奸佞？"李公回道："陛下不知，便是真正的奸佞。"德宗无言。

事见唐卢肇《唐逸史》。

故事的内容相互抵牾，不可深信，但不论真伪，"生当作人杰，死亦为鬼雄！"这便是钟馗。俗话说，人不可貌相，德宗"以貌取人"，按其标准，应当潘安、宋玉才够格。生活中金玉其外的人，不乏败絮其中。钟馗愤然赴死，以极端方式反抗不公，他刚直正气，相信他若状元及第，临朝做官，必能使奸邪辟易，卢杞之流似早有预感。钟馗挥拳动武，我不指责他犯上，我赞扬他刚烈："失意猫儿难学虎，败翎鹦鹉不如鸡！"一剑自刎，刎醒了唐德宗吗？生时他未成状元人杰，死后却成了状元鬼雄。

钟馗离梦想一步之遥，却为皇帝好恶痛失仕途，他的冤屈，想必会引动历代读书人共鸣。以今天看，很不可思议，相貌丑陋，就被侵夺机会，这样荒唐事件真会发生吗？以貌取人，长相决定命运，在唐朝并非新鲜事。据《全唐文》皇帝制词，评价人物都有"仪容俊伟""端秀风雅"之语。及第到授官，还有吏部"身、言、书、判"四道关要过，"身"即身材相貌的评判。可见钟馗含冤受屈的情节是有依据的。自然，历史上若真有钟馗，其形貌我们更相信在中唐胡风东渐历史进程中，胡汉深度融合，他这个半成品或许反映历史复杂真相。遗憾的是，这些中国历史的参与者"胡人"，史料却没有留下他们的声音，如果我们足够细心发现蛛丝马迹，或会对唐史有一个不同的审视。《新唐书·刘祥道传》有"今取士多且滥，入流岁千四百，多也；杂色入流，未始铨汰，滥也"。他钟馗不就是那"杂色不准入流"的悲剧吗？

误攻文字身空老

唐宪宗时滕倪一意苦心作诗，好名声到处流传，他去到很远的吉州（江西吉安），拜谒同宗太守郎中滕迈，滕迈每每吟诵滕倪的诗句："白发不能容相国，也同闲客满头生。"又有一首《题鹭鹚障子》："映水有深意，见人无惧心。"滕迈赞许说："魏文帝爱惜陈思之学识，潘岳褒扬正叔的文才，你的作品一家之芳。"

秋试日期临近，滕倪负笈告别，留诗一首，滕迈得诗怅然叹息，说"读这诗感觉他必然不详。"到了秋天，滕倪死在商于（河南淅川西南）馆舍，听闻消息的人没有不悲伤的。滕倪留给吉州太守的什么诗呢？且看：

> 秋初江上别旌旗，故国无家泪欲垂。
> 千里未知投足处，前程便是听猿时。
> 误攻文字身空老，却返渔樵计已迟。
> 羽翼彫零飞不得，丹霄无路接差池。

事见唐范摅《云溪友议》。

滕倪是个人才，人才而未见用，人才而遭弃置，在封建社会是普遍现象。因未受见用或被弃置而叹老嗟卑，而牢骚满腹，而走上极端，那就可商榷了。在大环境一致的情况下，自身努力，个人奋斗，最后脱颖而出，才是人才应走的正确道路。看滕倪诗"误攻文字身空老，却返渔樵计已迟"，他上不了，又下不得。上不了怨"误攻文字"，下不得又"不返渔樵"，属于一个假精灵"愤青"，这样的人不好打发，也难有出路，我怀疑，他死于商

212

于旅舍很可能是激愤自杀，他的诗中我读出了厌世倾向。中晚唐这批士人，与初盛唐贵族相比，最缺乏家国情怀，这是时代之变的伤痛。平民时代，人人把社会当作渔利场，个个精明是过客，哪有迂腐杜甫那般"致君尧舜上，再使风俗淳"天下为公的执着情怀？唐代士人几可分为两类：一类是以杜甫为代表的社会的建设者；另一类是以孟浩然为代表的怨天尤人的时代旁观者，或者像滕倪过度考虑个人得失蹭蹬蹉跎的失意者。现代社会滕倪这样不满现实、自以为是、不脚踏实地的知识分子还很多，难堪大任！

世风镜像会真诗

　　博陵（河北定州）人莺莺姓崔，有一位张姓年轻人，托莺莺婢女红娘将自己写的两首《春词》带去挑引，崔莺莺回诗说："待月西厢下，迎风户半开。拂墙花影动，疑是故人来。"张生喜其诗意，便与她遇合，临别，莺莺叫拿琴弹奏，弹了《霓裳羽衣曲》。张生以后在文场博取功名未成，莺莺便用书信宽慰他，又送他竹茶碾、乱丝等物，说："泪痕在竹，愁绪萦丝，因物达情，永以为好。"诗人杨巨源、元稹与张生友好，见了赠物和诗意既叹息又欣赏，杨巨源赋《崔娘》一篇云："清润潘郎玉不如，中庭蕙草雪消初。风流才子多春思，肠断萧娘一纸书。"元稹听得张生以诗写经历，便续张生《会真诗》三十韵：

<blockquote>
微月透帘栊，莹光度碧空。
遥天初缥缈，低树渐葱茏。
龙吹过庭竹，鸾歌拂井桐。
罗绡垂薄雾，环佩响轻风。
绛节随金母，云心捧玉童。
更深人悄悄，晨会雨濛濛。
珠莹光文履，花明隐绣栊。
宝钗行彩凤，罗帔掩丹虹。
言自瑶华浦，将朝碧帝宫。
因游洛城北，偶向宋家东。
戏调初微拒，柔情已暗通。
</blockquote>

低鬟蝉影动，回步玉尘蒙。

转面流花雪，登床抱绮丛。

鸳鸯交颈舞，翡翠合欢笼。

眉黛羞频聚，朱唇暖更融。

气清兰蕊馥，肤润玉肌丰。

无力慵移腕，多娇爱敛躬。

汗光珠点点，发乱绿松松。

方喜千年会，俄闻五夜穷。

留连时有限，缱绻意难终。

慢脸含愁态，芳词誓素衷。

赠环明运合，留结表心同。

啼粉流清镜，残灯绕暗虫。

华光独冉冉，旭日渐曈曈。

乘鹜还归洛，吹箫亦止嵩。

衣香犹染麝，枕腻尚残红。

幂幂临塘草，飘飘思渚蓬。

素琴鸣怨鹤，清汉望归鸿。

海阔诚难度，天高不易冲。

行云无处所，萧史在楼中。

　　张生认为此事是情妖迷身，便断绝了与崔莺莺的关系。莺莺还不知晓，不久，又托亲信暗中寄诗与张生："自从消瘦减容光，万转千回懒下床。不为旁生羞不起，因郎憔悴却羞郎。"张生毫不理睬，并将远行，莺莺已知其意，还赋寄一诗："弃置今何道，当时且自亲。还将旧来意，怜取眼前人。"从此断绝音信。

　　事见宋尤袤《全唐诗话》。

　　这是人所共知的《西厢记》，它的原始版本之说，我取《全唐诗话》，不必去探究它的演绎，我注意的是此事牵涉鼎鼎有名的诗人元稹，许多识者以为张生便是元稹的伪托，他们认为元稹品性也是这样。我并不这样简单对号入座地认为，元稹张生就是一人。他们是朋友关系，张生能将如何私通崔莺莺的经过绘声绘色说与元稹，足见世风之恶俗。问题是元稹听了张生讲述没有正色批评，反去描绘张生衾枕之欢，详加赋咏，张生的坏，元稹似乎火上浇油了。他为何如此？我以为政治因素，贞元以后朝廷派系渐起，元稹是中唐最无门派的人物，政治生涯孤立无援，备受抵排，他以这种宫体艳诗，迥乎不同的风格玩世不恭，向那些虚伪的朝廷新贵发出挑衅。要知道元稹不妥协的战斗精神，使他长期贬谪在外，在朝时间总共两年多一点。

还有一点须辩明，到底是元稹诗使社会堕落，还是社会本身便已败坏？沈德潜道学家面孔，评说："韦縠《才调集》选，间多明丽之篇，然如《会真诗》及'隔墙花影动'等作，亦采入太白、摩诘之后，未免雅郑同奏矣。奈何阐扬其体，以教当世耶？"（《说诗晬语》）以"雅郑同奏"有伤风化严厉斥责，可真相如何呢？不看元稹《诲侄等书》《教本书》《连昌宫词》《同州刺史谢上表》便会着他道，随《文学史》人云亦云一知半解疵毁抵诃诗人。

《会真诗》三十韵出现中唐，还说明，在社会转型向平民时代过渡阶段，原有的传统价值观已开始崩溃，科举取士向平民士人开放，举子流动演绎了许多始乱终弃的故事，元稹大胆曝光，直笔记录中晚唐社会之变。若是再细心，会发现初盛唐贵族社会"门当户对""良贱不婚"的传统，没有"西厢记"的故事。元稹的诗给后人留下了一份观察唐后期社会的形象记录。

"卑鄙是卑鄙者的通行证，高尚是高尚者的墓志铭"，在全社会溃烂的中晚唐平民时代，元稹的生平被纠缠了许多说不清道不明的下流品性要他承担，这似乎不公平，也不客观。崔莺莺的真情，张生的无耻鄙俚，在道德全面坍塌中得以通行，令人切齿一叹。

一曲菱歌抵万金

　　唐穆宗长庆年间张籍在水部郎中，提携新人朱庆馀，张籍把他很多新旧诗作要去，经过吟诵修改，留下二十六篇，平时带在身边，向人推荐。时人都称赞张籍重视好作品，眼光独到，也跟着抄录背诵。朱庆馀参加科第，心中没底，便作了一首行卷诗《闺意献张水部》："洞房昨夜停红烛，待晓堂前拜舅姑。妆罢低声问夫婿，画眉深浅入时无？"张籍回赠安慰说：

> 越女新妆出镜心，自知明艳更沉吟。
> 齐纨未足人间贵，一曲菱歌抵万金。

　　因这则诗坛佳话，朱庆馀才学知闻天下。

　　事见唐范摅《云溪友议》。

　　唐人应试有向名人行卷风气，以求向主考推荐自己。朱庆馀临试前的心理，正是唐代莘莘学子的普遍心理。他顾虑重重，以诗投献张籍，担心诗文不合考官口味，巧妙以新妇自比，以平日拔荐他的张籍比新郎，以舅姑比主考，委婉表述心迹。那番心情真应了"丑媳妇见公婆"的惴惴不安。张籍回诗，将朱庆馀比为采莲越女，明艳动人，歌声又好，必然受到赏识。且不说二人是否开了后门，就两人赠答，一个问得巧，女情；一个答得妙，郎意。张籍不妒才，奖掖后学，俯首甘为孺子牛的坦荡，在今天仍然值得书赞一笔。细细玩味，千古名句"齐纨未足人间贵，一曲菱歌抵万金"，张籍已然漏题，那年主考喜欢的风格是南朝乐府。在唐代，因了这则诗话，他们也就有了二流诗人的座次。

负局锼钉胡钉铰

贞元时期郑州有个胡生，叫胡令能，家贫，年轻时以洗镜铰钉为业。据传列子坟就葬于郊外，他羡慕列子，偶有美食甘果便到列子祠前祭献，祈求聪慧。一年后，忽梦一人，以刀剖其肚腹，将一卷诗书放进腹中，竟然能吟咏绮美之词，既成卷轴，仍不放弃钉铰之业，远近号为"胡钉铰"。他思慕道家，有隐者风，太守名流都钦慕他。贿赂他的，一律不见；但持茶酒来，就欣然接受。他的诗写儿童出神入化，如《喜莆田韩少府见访》"忽闻梅福来相访，笑著荷衣出草堂。儿童不惯见车马，走入芦花深处藏"。再如《江际小儿垂钓》：

> 蓬头稚子学垂纶，侧坐莓苔草映身。
> 路人借问遥招手，怕得鱼惊不应人。

事见唐范摅《云溪友议》。

钉铰，是一个负局锼钉的行当，以修补冠、带杂项，磨洗镜面，焊锡金属用具为业，其匠人叫钉铰。封建时代被人看成猥贱之业。20 世纪五六十年代，这种职业还存在，担挑子走街串巷，帮人补碗碟、换铝锅底、补锅漏。有俗语云"戳锅漏，补锅漏，补匠的挑子到处走"，孩子闯祸，大人便责骂"戳锅漏"。

胡令能的诗，浅显通俗，别树一帜，在诗赋取士的唐代"洗眼球"是对的，后世胡钉铰成了通俗诗代名词，与张打油并称。但张打油滑稽取笑，胡钉铰并无俳谐嘲戏。如《王昭君》"胡风似剑锼人骨，汉月如钩钓胃肠。

魂梦不知身在路，夜来犹自到昭阳"。

还有一个版本说，胡钉铰，湖州人，住白苹洲，傍古坟，饮茶时，必奠祭。某日忽梦一人对他说："我姓柳，平生最好诗和茶，感谢你惠赠茗茶，无以回报，就教你写诗吧。"胡钉铰辞而不能，醒来，果有冥助，遂工诗。柳氏，便是梁代文豪吴兴太守柳恽，又称"柳吴兴"，曾居住白苹洲。

两个版本，祭献的，一为列子墓，一为柳恽坟，都是告慰这位生于贫困、长于底层的民间通俗诗人。

胡钉铰有一首"绣障子"。幛子，唐人挂饰，又叫帘子、帘幕，垂挂于窗外檐下，遮阳挡雨。幛子幅面宽大，绣有文字或图画的绸布又叫"画帘"。民国时期成都青羊宫外还可见到垂挂，今已绝迹。主要是败家子们把青砖瓦房都拆了。不过唐朝传入日本后，至今还有保留。钉铰诗是：

> 日暮堂前花蕊娇，争拈小笔上床描。
> 绣成安向春园里，引得黄莺下柳条。

何光远《鉴诫录》说王维也有一首题友人家白幛子："君家云母障，时向野庭开。自有山泉入，非关彩画来。"赞美幛子刺绣，针线功夫，活灵活现。光远说两诗"虽异代殊名，而才调相继"。

七旬尹枢要状元

贞元时期，阆州人尹枢，文名甚高，应试时年已七十有余。礼部侍郎杜黄裳，第一次主持考试，苦想公允之策，三场试毕，庭参（谒见长官）时，对诸生说："皇帝让我为社稷搜求栋梁，诸位学士都是当代英才，怎么就没有人帮我一把？"应试入策约有五百多人，大家有些诧异，不知考官何意。连同榜后来又大名鼎鼎的令狐楚，也不敢对答。唯独尹枢朗声问道："不知您有什么吩咐？"杜黄裳说："没有人写榜。"尹枢道："我愿从命。"杜黄裳欣然相邀，命尹枢卷帘，授之纸笔。于是黄裳当众公布名单，尹枢援笔逐一题名、唱名。自始至终，各个小考室听得很清楚，均服其公道。最后独缺状头，杜黄裳问："写谁较好？"尹枢毫不谦逊地说："非老夫不可！"杜黄裳吃一惊，但转而细想，也非他莫属，就命尹枢亲笔填写。此事传出，轰动朝野。尹枢贞元七年（791）状元及第。卢纶有《送尹枢令狐楚及第后归觐》：

> 佳人比香草，君子即芳兰。
> 宝器金罍重，清音玉佩寒。
> 贡文齐受宠，献礼两承欢。
> 鞍马并汾地，争迎陆与潘。

事见唐末王定保《唐摭言》。

等级社会，世人有怕官心理，尤其命运捏在人家手里，更怕，其实官也是人，尹枢年纪高，见识广，自然有心理优势，如果与年轻举子平辈，估计他也不敢。自然，这种优势并非倚老卖老，而是一种成熟的自信。唐朝有点才华的男人都自我感觉良好，他自动对号，主动要名，果然点得状元。大唐气度，当仁不让，人亦不凡。

想说的是，唐朝科举对后世影响之巨再怎么评估都不为过，可以说决定了今日国人之生活方式，这便是传统的固执，别的不说，就这则故事，已有民主平等的味儿，这种当场唱票的方式至今还在生活中上演。再宽广思维想，华夏祖先创造的传统，至今从未丢失，譬如井田公私的经济制度、封建郡县的政治制度、宗法血缘的社会制度、礼乐风俗的文化制度，从未改变，只是穿了时代马甲而已，亦是中华文明劫劫长存生生不息长盛不衰的源泉。

吕渭改错拔李程

李程陇西成纪人，唐皇室疏支，生于代宗大历元年（766），卒于武宗会昌二年（842），襄邑恭王李神符五世孙。中状元后又中博学宏词科第一，元和二年（806）召为翰林学士。彼时学士入署办公，常视阶前日影为候，李程性懒，日影过八块砖才到，人称"八砖学士"。

《唐摭言》载其应试趣事，李程应进士科时，出试场，遇见员外郎杨于陵。杨于陵问他考试情况，李程从靴中掏出应试《日五色赋》草稿，破题有"德功天鉴，祥开日华"之句。

杨于陵看了后称赞："公今须做状元。"第二天，杨于陵得知李程落榜，深为不平，便拿着草稿去见主考吕渭，问："当今场中若有此赋，侍郎何以待之？"吕渭答道："无则矣，有则非状元不可！"杨于陵说："侍郎已遗贤矣！此乃李程所作。"又急请李程来面对墨稿，一字不差。吕渭惊讶，与杨于陵商议，重新拟榜，拔李程为状元。李程德宗贞元十二年（796）状元及第，同榜还有孟郊、张仲方等人。

事见唐末王定保《唐摭言》、宋王谠《唐语林》。

为求证事实真伪，我又考出，李程有一首《观庆云图》诗，庆云，即五色云，《汉书·天文志》"若烟非烟，若云非云，郁郁纷纷，萧萧轮囷，是谓庆云"。这首诗，当为与《日五色赋》同时而作的六韵省题诗：

五云从表瑞，藻绘宛成图。
柯叶何时改，丹青此不渝。
非烟色尚丽，似盖状应殊。

渥彩看犹在，轻阴望已无。

方将遇翠幄，那羡起苍梧。

欲识从龙处，今逢圣合符。

诗与赋，相互参证，可坐实此则诗事的真实性，贞元十二年吕渭的试题，赋为"日五色"，诗是"观庆云"。

要说的是，作为主考，吕渭阅卷疏漏，审卷不严，知过能改，善莫大焉。他没有为自己官架子，坚持一错再错，而以朝廷选才为重，听从意见，采纳下级建议，及时纠错，挽回损失。与那些明知过错，死要面子的官员比，当然值得一赞。还要说杨于陵，出了问题，敢于坚持真理，巧于方式方法，给了吕渭面子，是"野无遗贤"的一例。事后证明，李程是政绩显赫而节俭的能吏。

李固言憨厚得福

李固言赵郡（河北赵县）人，生于德宗建中二年（782），卒于懿宗大中十四年（860）。固言生长在凤翔庄野，不善言辞，憨厚老实。元和六年（811）入京应试，借住表亲柳氏家。表兄弟见他雅性长厚，不懂参谒，常捉弄他。举子科第，先要行卷，将诗文呈教于有权势的人，求人赏识，提高声誉，便于中第。固言求教表兄，柳姓兄弟便故意让他行卷散骑常侍许孟容。散骑常侍是冷官，朝中鄙称"貂脚"，故许孟容也难替人延誉。固言果然上当，去骑省拜谒，许孟容尴尬难当，发窘说："我官位闲冷，不能替你发声采。"便把李固言默记于心。第二年，元和七年（812）许孟容升任兵部侍郎，知礼闱，点李固言状头及第。

事见五代孙光宪《北梦琐言》。

李固言本性愚钝，被人捉弄，不料运气极好，投献对象主持考试，得了头名。后门走对了，他真该感谢表兄弟。可做官后便很快忘了他们，也怪柳氏兄弟起心不良，憨憨地去戏弄人家干什么，李固言心中透亮，俗话说"面带猪相，心头嘹亮"，结果"歪打正着"，就别怪李固言不记情了。后来他果然不谋私利，不为亲友谋官。这则故事中，我们还看到官场铁律：跟对人，便平步青云。可这也不排除李固言真本事，许孟容不因他性格缺陷放弃人才。

卢夫人一语中的

唐宪宗元和年间，李翱任江淮郡守，诗人卢储向他投卷，求荐举。李翱以礼相待，偶然急事外出，便将卢储诗文置于案头。李翱长女年方十五，闲来父亲书房，读到卢卷，爱不释手，对侍女说："此人必为状头。"李翱刚巧回家走到室外，听闻此言深以为是。便命下属到邮驿向卢储表明招婿之意，卢储先是婉言谢绝，过一个月后才答允。第二年，元和十五年（820）进京果然取得状头。随即与李尚书女儿完婚。旧俗新妇出嫁，必多次催促，始梳妆启行。洞房之夜，卢储作《催妆诗》记录此事："昔年将去玉京游，第一仙人许状头。今日幸为秦晋会，早教鸾凤下妆楼。"后来卢储为官，将迎夫人到任所，适值园中芍药花开，即兴又吟诗一首：

> 芍药斩新栽，当庭数朵开。
> 东风与拘束，留待细君来。

古时人们分别，常以芍药赠远行者，故又称"可离""将离"。《诗经·郑风·溱洧》："维士与女，伊其相谑，赠之以勺药。"卢储以"芍药"作题，巧妙表示对妻子思慕之情。

事见宋计有功《唐诗纪事》。

卢储因一个不谙世事的小女子吉言，得了头彩，奇！卢储记情感恩，亦奇！人生前定，固非偶然。今人能从中学点什么，饮水思源，心怀感恩。要赞的是，李翱这位封建官员，却无封建头脑，儿女婚姻，顺其自然，明不责备，暗中支持。他不重门楣重才华，难得！

唐人婚姻，父母择婿门第为重，结果便造成不少老夫少妻现象。如唐人吕道生《定命录》记载，清河崔元综五十八岁，娶侍郎韦陟十九岁堂妹。这是名门婚姻，肥水不流外人田。再如《北梦琐言》"唐进士宇文翃，虽士族子，无文藻，酷爱上科。有女及笄，真国色也。……时窦璘年逾耳顺，方谋继室，其兄谏议巨有气焰，能为人致登第。翃嫁女与璘，璘为言之元昆，果有所获。"这个宇文翃为求一第，竟将十六岁国色天香般的女儿作筹码嫁给年过六旬的窦璘。又据《南部新书》："陈峤字景山，闽人也。至暮年才获一名还乡，身后无依，以儒家女妻之，至新婚近八十矣。合卺之夕，文士竞集悉赋《催妆诗》（旧俗又谓此为古代掠夺婚姻的遗迹），咸有生荑之讽。峤自成一章，其末云：'彭祖尚闻年八百，陈郎犹是小孩儿。'座客皆绝倒。"八十及第，年纪太老，官不能做，回了家，头一件事便是娶"儒家女"。生荑之讽，便是他老牛吃嫩草。而他强说"陈郎犹是小孩儿"，这不是什么风趣诙谐，是扭曲了的婚姻观，是心理变态！

这则故事，李翱女儿与卢储，属于"郎才女貌"的美姻缘。

李冶调侃诗文客

　　女诗人李季兰名冶，幼即聪慧，五六岁时，抱她在庭中花园，作《咏蔷薇》"经时未架却，心绪乱纵横"。父亲见了怒斥她："年纪虽小，性情不宁，将来恐为失行妇。"李父把"架"谐音"嫁"字，计有功说"后竟如其言"。唐朝后妃公主修行比比皆是，名门闺媛争做道姑，女道士头戴黄缎道冠称"女冠"。李季兰也被送入剡中玉真观，成了一名"女冠"。成年后，世人以"女唯四德"束缚她，说她"形气既雌，诗意亦荡"，名句"远水浮仙棹，寒星伴使车"，令正人君子又爱又恨，骂她的高仲武，《中兴间气集》却选她六首诗。

　　在湖州，她广泛交游文士，往来剡中，与山人陆羽、上人皎然非常要好，皎然有《答李季兰》："天女来相试，将花欲染衣。禅心竟不起，还捧旧花归。"辛文房《唐才子传》说："其谑浪至此。"对皎然挑逗，季兰心定说："禅心已如沾泥絮，不随东风任意飞。"事实上两人是一对好友。

　　一次乌程开元寺文会，诗酒唱酬，有人说刘长卿有阴重之疾，季兰便借陶渊明诗开玩笑说"山（谐疝）气日夕佳"，刘长卿谐笑以陶渊明诗应答："众鸟（男阴）欣有托"。引得满座大笑。趣闻不论真假，高仲武说她"俊妪"，或与她魏晋风度的风流性行有关。

　　后来季兰诗名随《中兴间气集》传到朝廷，唐德宗慕其才诏赴阙。她已四十六岁，容颜衰老，又悲又喜，作《恩命追入留别广陵故人》：

　　　　无才多病分龙钟，不料虚名达九重。
　　　　仰愧弹冠上华发，多惭拂镜理衰容。

驰心北阙随芳草，极目南山望旧峰。

桂树不能留野客，沙鸥出浦谩相逢。

她留宫中，唐皇优待甚厚，不久叛军陷长安，流落江湖，为朱泚俘获。事见唐高仲武《中兴间气集》、五代王仁裕《玉堂闲话》。

"三从四德"，高仲武道学面孔并不因入选女子诗而改变，那"诗意亦荡"，更从诗给李季兰蒙上不良形象。李季兰诗，真如高仲武评的"荡"吗？那著名的"远水浮仙棹，寒星伴使车"，是她自述启程在旅的状况，"棹"用仙字，或许与她女冠身份有关，"使车"为驿使之车，远水与寒星的景物将白天与夜晚的行旅点示，《中兴间气集》称"盖五言之佳境"。

还要说，所谓的"荡"，乃是魏晋风度。唐朝一直存在两种文化的碰撞，既相互融合，又相互独立，有时还相互冲突，这便是长安的儒文化与江南的魏晋风度，高仲武站在对立立场酷评李季兰便是"荡"。她生活江南，受魏晋遗风影响，浪漫多情，活出真性情，有何不可？为何要苛严标准要求她，只许州官放火，不许百姓点灯的霸道逻辑该休矣。古代女子敢与男子谐笑调侃的不多，古代才女敢与男子戏谑调笑更是绝无仅有！李季兰，一个孤独的"前卫"女性。

白居易写凶宅诗

　　唐玄宗天宝年间，万年县主簿韩朝宗梦见自己被抓到阴间，来到一所大宅，见到死去的御史洪子舆和刑部尚书李乂，审问他为何杀人？其实韩朝宗并非杀人者，只犯过不大的小罪，被杖责几十下便放回了。韩朝宗又惊又怕，醒来后，背后青肿，疼痛难忍，久治不愈。一天他路过长安城南，在一条街上见到那座梦中大屋，就是审他的房子。他很惊讶，走进去，是一所废弃的荒宅，荒草没径，空无一人。原是某公主的凶宅，这才知道宅凶是有鬼神狐妖居住的。

　　事见唐张鷟《朝野佥载》。

　　据史载唐朝长安凶宅，著名的有延康坊马镇西宅、延寿坊裴簧宅、昭国坊郑絪宅。凶宅大多是达官显贵府邸，深宅大院，长期无人居住，野兽出没，更增一层可怖氛围。白居易元和四年，写过一首"凶宅"诗：

　　　　长安多大宅，列在街西东。
　　　　往往朱门内，房廊相对空。
　　　　枭鸣松桂树，狐藏兰菊丛。
　　　　苍苔黄叶地，日暮多旋风。
　　　　前主为将相，得罪窜巴庸。
　　　　后主为公卿，寝疾殁其中。
　　　　连延四五主，殃祸继相钟。
　　　　自从十年来，不利主人翁。
　　　　风雨坏檐隙，蛇鼠穿墙墉。

人疑不敢买，日毁土木功。
嗟嗟俗人心，甚矣其愚蒙。
但恐灾将至，不思祸所从。
我今题此诗，欲悟迷者胸。
凡为大官人，年禄多高崇。
权重持难久，位高势易穷。
骄者物之盈，老者数之终。
四者如寇盗，日夜来相攻。
假使居吉土，孰能保其躬。
因小以明大，借家可喻邦。
周秦宅肴函，其宅非不同。
一兴八百年，一死望夷宫。
寄语家与国，人凶非宅凶。

　　"寄语家与国，人凶非宅凶"，哲理名句，白居易点到了事情的关键，没有什么可神异的。但千百年来，人们就是怕凶宅，其实宅不凶，是里面人心凶。若还有什么凶宅成因，从人类潜意识看，进化过程中对宇宙不可知的"黑洞恐惧"，造成了人本质的无法修补的心理缺陷。白居易不迷信，以历史兴替破迷信，以凶宅诗破迷信，以盛极而衰、物极必反的道理揭示事物变化规律，这首诗该堂堂正正给白居易授一个科普奖。

笔补造化天无功

李贺七岁能辞章，五代冯贽《云仙杂记》说："有人谒李贺，久而不言，唾地三次，成文三篇。"早慧的天才，小小年纪便才惊名公，流传着韩愈、皇甫湜"联辔访贺"的佳话。

韩愈、皇甫湜初见李贺诗文，很惊奇，又不知他是谁，就向人说："如果古人，我们可能不知道；但如果今人，岂有不知之理？"适逢李贺父亲李晋肃从旁经过，停下脚步说是自己儿子。韩愈、皇甫湜便并辔造门。见到李贺，才是总角荷衣小子。二人有些失望，仍面试一篇。李贺欣然命笔，操觚染翰，即成《高轩过》："华裾织翠青如葱，金环压辔摇玲珑。马蹄隐耳声隆隆，入门下马气如虹。云是东京才子，文章钜公。二十八宿罗心胸，元精耿耿贯当中。殿前作赋声摩空，笔补造化天无功。庞眉书客感秋蓬，谁知死草生华风。我今垂翅附冥鸿，他日不羞蛇作龙。"韩愈、皇甫湜大惊，就将骑来的马联镳，接小诗人回衙署，亲自为他梳头束发。

唐宪宗元和二年（807）李贺已年满十八，准备参加贡举，到洛阳谒见韩愈。彼时国子博士正分司东都，应酬送客刚回，很疲倦。他从门人手中接过李贺诗卷，边解衣带，边读诗，首篇就被震惊了，诗云：

> 黑云压城城欲摧，甲光向日金鳞开。
> 角声满天秋色里，塞土燕脂凝夜紫。
> 半卷红旗临易水，霜重鼓寒声不起。
> 报君黄金台上意，提携玉龙为君死。

未及再看，便束衣紧带，大喊：见，见！叫人传李贺。爱才之心好强烈急切！果然元和五年，举河南府乡贡，但以父讳晋肃，不得应进士举，郁郁寡欢，不几年就在故乡昌谷去世了。

事见唐张固《幽闲鼓吹》、唐末王定保《唐摭言》。

韩愈抬爱，亲自登门，有宗主风范；李贺年幼，毫不怯阵，有神童异才。今日也有神童，三岁能诗，八岁著述，十岁著长篇，十五入作协，十八富一方。但能与李贺相比吗？今天也有出版商，推手"文学神童"，能与韩愈相比吗？关键在于"情怀"与"利益"。李贺思渴报国，在故乡昌谷南园写下："男儿何不带吴钩，收取关山五十州。请君暂上凌烟阁，若个书生万户侯"。今日神童有家国天下的情怀吗？神童命都不好，好似千古谶语，天妒英才，王勃二十六岁便溺海身亡；李贺虽有伯乐韩愈加持，自己也声闻九皋，还是斗不过命，二十七岁便郁闷而死。

李贺"高轩过"就是写贵客临门，即席赋诗，如果他不这样，可能被二公误会，写别的题目，焉知不是事先由人代笔，背熟后当面抄写呢？想到今日造假神童，李贺倒是货真价实。母亲郑氏忧心他，小小年纪便写诗炼句，殚精竭虑，对身心健康不利，说："儿呀，要呕出心吗？"

月蚀诗卢仝罹祸

诗人卢仝，号玉川子，范阳（河北涿州）人，生于河南济源，年少隐少室山。家陋屋破，唯有满架图书。后移家洛阳，朝廷两度起用他谏议大夫，不应。节操清介，诗路险怪，曾作《月蚀诗》讽刺权宦，颇受河南令韩愈赏识。

唐文宗振弱图强，与宰相李训密谋，拟剪除宦官势力。大和九年（835）十一月二十一日紫宸殿早朝，金吾卫大将军韩约奏报，左金吾卫后院石榴树夜降甘露。天降甘露，国之祥瑞，中兴之兆。李训便率百官向文宗道贺，请皇帝移驾礼拜，文宗来到含元殿暂驻，派宰相、中书门下官员探看。众臣看后奏称，不像真的。文宗又命神策军左右护军中尉宦官仇士良、鱼志弘率全体宦官再探。仇士良行至左金吾卫院内，见韩约慌张，又发现院内埋伏甲兵，迅速夺门而逃。诱杀宦官失败。李训、郑注被杀，还累及宰相王涯，株连千人。史称"甘露之变"。彼时，卢仝正留宿王涯家，一并被捕，卢仝力争："我是山人，何罪之有？"捕吏说："既是山人，来宰相宅做啥？"行刑时，卢仝年老无发，宦官在脑后加钉，卢仝小儿名"添丁"，被人说成应了"添丁"之谶。

事见宋晁公武《郡斋读书志》、宋刘克庄《后村诗话》。

卢仝遇害，刘克庄认为："卢仝处士，与人无怨，但平时切齿元和逆党，《月蚀》脍炙人口，宦官们趁机杀害了他。"可叹！不论此事真伪，历朝历代文人遭害，已为的证。政治只属少数精英，其余均是愚众，亘古如此。可古今知识分子，均自以为是，那就怨不得人了。近代以来，蒋氏一朝有点传统文气，但覆灭了，统治者用理工人才道理便在此。一个拒绝仕途的

233

处士，竟死于政治事件，文人涉政，教训深刻。但他能写出《月蚀》诗，又真正做到了清士吗？他留宿宰相家，真的与政治无关吗？诗云：

> 东海出明月，清明照毫发。
> 朱弦初罢弹，金兔正奇绝。
> 三五与二八，此时光满时。
> 颇奈虾蟆儿，吞我芳桂枝。
> 我爱明镜洁，尔乃痕翳之。
> 尔且无六翮，焉得升天涯。
> 方寸有白刃，无由扬清辉。
> 如何万里光，遭尔小物欺。
> 却吐天汉中，良久素魄微。
> 日月尚如此，人情良可知。

卢仝出身北方冠族"范阳卢"，乃属传统贵族后裔，虽已没落，但他与韩愈、王涯为伍，在中唐酷烈的平民与贵族的政治斗争中，其立场心照不宣，被杀的政治逻辑在此。"颇奈虾蟆儿，吞我芳桂枝。我爱明镜洁，尔乃痕翳之！"良人被害，小人当道，可叹！

陆羽鉴水成茶神

元和九年（814）春，诗人张又新在长安荐福寺，从一游方楚僧处得到数编书，皆是杂记。其中有《煮茶记》载代宗时李季卿与陆羽逸事。唐代宗时，李季卿刺湖州，季卿熟知陆羽，为求一面专程绕道扬州。在扬子驿，季卿说："陆君善茶，天下闻名。况扬子南零水又殊绝。今天二妙千载一遇，怎能错过？"让军士挈瓶操舟，深入南零取水，陆羽备茶具以待。水取至，陆羽以勺扬水说："是江水，不是南零水，且似临岸之水。"取水军士说："我棹舟深入，敢欺骗你们吗？"陆羽不言，叫军士将水倒入盆中，至半，急忙制止，又以勺扬之曰："这才是南零水。"军士惊起，跪下说："我从南零一路驾舟过来，路上舟荡覆半，惧其少，挹岸水增之。处士神鉴，我哪还敢隐瞒？"季卿与宾从数十人皆惊异。季卿问："既如此，所经历之水，先生优劣都可判吗？"陆羽说："楚水第一，晋水最下。"季卿就援笔，陆羽口授记下次第：庐山康王谷水帘水第一；无锡县惠山寺石泉水第二；蕲州兰溪石下水第三；峡州扇子山下有石突然，泻水独清冷，状如龟形，俗云虾蟆口水，第四；苏州虎丘寺石泉水第五；庐山招贤寺下方桥潭水第六；扬子江南零水第七；洪州西山西东瀑布水第八；唐州柏岩县淮水源第九，淮水亦佳；庐州龙池山岭水第十；丹阳县观音寺水第十一；扬州大明寺水第十二；汉江金州上游中零水第十三，水苦；归州玉虚洞下香溪水第十四；商州武关西洛水第十五；吴松江水第十六；天台山西南峰千丈瀑布水第十七；郴州圆泉水第十八；桐庐严陵滩水第十九；雪水第二十，用雪不可太冷。

事见唐张又新《煎茶水记》。

此事真伪，《四库总目》怀疑："《唐书》陆羽本传中说：'李季卿宣慰江南，有荐羽者，召之，羽野服挈具而入，季卿不为礼，羽愧之，更著《毁茶论》'。则羽与季卿大相龃龉，又安有口授《水经》之理？殆以羽号善茶，当代所重，故张又新托名吗？"不过，我是相信的，他跋涉山川考察水的实践，才成就他研茶品茶的成就。陆羽还能为诗，在绍兴会稽东山有诗：

> 月色寒潮入剡溪，青猿叫断绿林西。
> 昔人已逐东流去，空见年年江草齐。

《因话录》作者赵璘幼年时，认识复州（湖北天门）一老僧，是陆僧弟子，常讽陆羽歌："不羡黄金罍，不羡白玉杯。不羡朝入省，不羡暮登台。千羡万羡西江水，曾向竟陵城下来。"

唐肃宗至德二载（757）前后陆羽避乱到湖州吴兴妙喜寺，结识皎然，成了"缁素忘年之交"。皎然引见，又结交江南名士刘长卿、李冶、张志和等人。他在杼山妙喜寺建茶亭，皎然与湖州刺史颜真卿鼎力相助，大历八年（773）落成。唐德宗建中年间，他远赴江西上饶开山种茶，皎然以七十高龄，到上饶相邀，重返湖州。皎然圆寂，陆羽病逝，均葬杼山。

皎然陆羽友情，留在皎然茶诗中，《访陆处士羽》："太湖东西路，吴主古山前。所思不可见，归鸿自翩翩。何山赏春茗，何处弄春泉。莫是沧浪子，悠悠一钓船。"《九日与陆处士羽饮茶》：

> 九日山僧院，东篱菊也黄。
> 俗人多泛酒，谁解助茶香。

诗提倡以茶代酒饮茗新风。陆羽"封神"，肇于中晚唐。衢州刺史赵璘，外祖父与陆羽交契至深，他在《因话录》中说："至今鬻茶之家，陶为其像，置于炀器之间，云宜茶足利。"李肇《国史补》也载："茶术尤著，巩县陶者，多为瓷偶人，号陆鸿渐，买数十茶器，得一鸿渐。市人沽茗不利，辄灌注之。"

要说的是，文学的陆羽睥睨权贵，不重财富；处世的陆羽"缁素忘年"，最重情谊；研茶的陆羽，最具科学精神；被捧为"茶仙"，尊为"茶圣"，祀为"茶神"的陆羽，则被推上神坛，高高在上，其实他就是一个执着茶道（古代科技）的普通人。今天看来，他足够超一流院士，从实践到理论，成就了历史上一位无与伦比的茶专家。

窦群肥遁得拾遗

在唐朝，窦家兄弟，虽非大器，但个个都小有文才，窦群的哥哥窦常、窦牟，弟弟窦庠、窦巩都考中了进士第，唯独窦群是个普通文人，他在毗陵（江苏常州）隐居，以节操闻名。母亲逝去时，他生生咬下一个指头放进棺材中，在墓旁结屋按礼居守到丧事结束。

窦群年少不乐意进士科，便在家著起书来，像耕耘似钻研经典文籍。母亲死后，更安然过起蔬饭素食生活。他在江苏常州偏西溧阳县著书，靠长兄薪俸，与几个兄弟安处于母亲膝下七年，两度生计艰难，刚好一点复又遭困，直到后来弟兄们都考中进士。

事见唐褚藏言《窦群传》。

这位够得上增补为"二十五孝"的诗人窦群，咬断指头随母殉葬的孝行我不以为然，不感兴趣。《孝经·开宗明义章第一》说："身体发肤，受之父母，不敢毁伤，孝之始也。"窦群极端的做法，背离了孝的初衷，其母泉下有知，会惧怕这份"自残的孝""扭曲的孝"。

对他独为处士的人生倒值得一议，他毕竟是有才干的人，隐逸必有人为之呼号、为之传扬。果然，苏州刺史韦夏卿荐拔了他，贞元十六年（800）皇帝征拜窦群左拾遗，柳宗元为之制文表，《为韦侍郎贺布衣窦群除左拾遗表》"臣伏以窦群肥遁居贞，色蒙养正，学术精一，操节坚明……"他是一个正派人我不怀疑，但那"肥遁"倒点中穴道，他并不淡泊仕进，那以退为进的心机，令人印象深刻，令人刮目相见。

精明诗客老油条

唐宪宗元和十年（815）宰相武元衡、御史中丞裴度力主削藩，触犯了各地藩镇和与藩镇有关系的朝廷要员。六月初三凌晨，平卢节度使李师道派人在靖安坊伏击正去上朝的武元衡，同一时间，裴度也在长安城通化坊外遇刺，消息传来，惊动朝野。唐宪宗取消早朝，封闭城门，实施戒严，并召集大臣商议对策，出动禁军护卫其他宰相出入，城中官员纷纷带着家仆和武器护行。据说遇刺前夜，武元衡有感于削藩大业的艰难，写下一首谶诗《夏夜作》："夜久喧暂息，池台惟月明。无因驻清景，日出事还生。"赞善大夫白居易，惊睹武元衡遇刺，义愤填膺，紧急上书，要求彻查，缉捕凶手。吓坏了过惯太平日子的朝贵们，生怕激怒藩镇军阀。"赞善"是东宫掌侍从翊赞的闲官，便借口他"越职言事"，贬江州司马。

白居易之贬心中清楚，给内兄杨虞卿的信中陈述道："赞善大夫诚贱冗耳，朝廷有非常事，即日独进封章，谓之忠，谓之愤，亦无愧矣！谓之妄，谓之狂，又敢逃乎？以此获辜，顾何如耳，况又不以此为罪名乎！"给好友元稹去信说："凡闻仆《贺雨》诗，而众口籍籍，已谓非宜矣；闻仆《哭孔戡》诗，众面脉脉，尽不悦矣；闻《秦中吟》，则权豪贵近者，相目而变色矣；闻《乐游园》寄足下诗，则执政柄者扼腕矣；闻《宿紫阁村诗》，则握军要者切齿矣。大率如此，不可遍举。"又说："不相与者号为沽名，号为诋讦，号为讪谤。苟相与者，则如牛僧孺之戒焉。"所谓牛僧孺之戒，指牛僧孺元和三年对策，抨击时政遭受传统势力排挤。

白居易急请捕贼时，传统派指责他，母亲观花时不慎落井而亡，却写《赏花》《新井》，不守孝道，大伤名教，要求严厉惩办。黜为江表刺史，诏下，中书舍人王涯认为处罚太轻，上疏抗旨，再贬江州司马。由白居易政治对手可看出，在中唐派系斗争中，他属羽翼渐丰的平民势力阵营，这便可准确解释韩愈与白居易两位大诗人老死不相往来的根由。这一认识在今人中几乎不见。

江州之贬，是白居易人生转折点，此前的抱负消失了，行事转向"独善其身"，再无干预政治的意气。谨记"牛僧孺之戒"，看破世事，恬然自处，滑向油滑，不再写"讽喻诗"，只写"闲适诗""感伤诗"。此后，果然再不触犯权贵，仕途平顺以刑部尚书致仕，七十五岁病故洛阳追赠尚书左仆射，宣宗亲自作诗相吊：

> 缀玉联珠六十年，谁教冥路作诗仙。
> 浮云不系名居易，造化无为字乐天。
> 童子解吟长恨曲，胡儿能唱琵琶篇。
> 文章已满行人耳，一度思卿一怆然。

事见后晋刘昫《旧唐书·白居易传》、《白氏长庆集》。

《长恨歌》刺玄宗，《琵琶行》发牢骚。宣宗非但不生气，还津津乐道，对白居易推崇有加，唐皇的宽容，是数十年偃武兴文的结果。元稹说："世治则词直，世忌则词隐。予遭治世而君圣盛，故直词以示后，使夫后之人谓今日为不忌之时焉。"真是这样吗？白居易之贬因诗刺痛公卿；他不再愤青不再讽喻就仕途平顺，他后悔，说自己"始得名于文章，终得罪于文章"。所以老油子香山先生，华丽转身"闲适""感伤"，从此做了冶游客、狎妓郎，快活一世，还在今人这里落得个杰出现实主义诗人头衔。"精明诗客老油条"的一个知识分子，今天有吗？答案不言自明。与狂傲的李白比，诗仙那等胸襟抱负，只可惜皇帝有耳无心不在意，于是还是归山的命；与忠厚的杜甫比，诗圣那般忠君忧民，只可惜时运不济，流放西南一隅。唯有白乐天一人吃香喝辣，深谙为官之道，知道知识分子该做什么，不该做什么。乐天、乐天，中庸为器，则官场百战不殆。李白大而无当，非庙廊之器，玄宗老于政治，心明如镜；杜甫执着专一，决不妥协，直谏顶撞，肃宗新基，不能容忍；白居易中道温和，虚与委蛇，闲适自安，香山居士，醉吟先生，这样的官油子，哪个皇帝不爱？这可启迪今人，做人要低调一点，再低调一点，刚直得过了，反折了钩线，丢了钓饵。成功官员，哪个不深谙此道！

谁人得似张公子

白居易出刺杭州，叫人寻访牡丹，只有开元寺僧人惠澄最近从京城带回，栽种于庭院。正当春深时节，惠澄用油幕盖在花上。徐凝从富春来，还未认识白居易，率先题诗："此花南地知难种，惭愧僧闲用意栽。海燕解怜频睥睨，胡蜂未识更徘徊。虚生芍药徒劳妒，羞杀玫瑰不敢开。唯有数苞红萼在，含芳只待舍人来。"白居易寻到开元寺看花，读到诗便叫徐凝同醉而归。这时张祜也乘船到寺，他和徐凝都希望白居易荐引，白居易说："谈到二君诗文，如廉颇、白起比斗，胜负听凭我安排一战。"便拟了《长剑倚天外赋》《余霞散成绮诗》相试，结果评徐凝第一，张祜次之。张祜不服说："我的诗有好句'地势遥尊岳，河流倒让关'，陈后主'日月光天德，山河壮帝居'徒有前名。我的《题金山寺》有'树影中流见，钟声两岸闻'，虽綦毋潜'塔影挂青汉，钟声扣白云'不足以比美。"徐凝接过说："美虽美，怎如我的庐山诗佳句'今古长如白练飞，一条界破青山色'。"徐凝于是被尊为压场。张祜叹息说："荣辱纠纷，常事罢了。"便歌吟着走了。徐凝也乘船而归。从此二人都因白居易荐引，不再参加乡试。

白居易又认为张祜《宫词》四句都为数字对，不足以称奇。这就属故意吹毛求疵了。以后杜牧做秋浦的长官，与张祜诗酒之友，最爱吟《宫词》，也知晓当年杭州事，谈到白居易贬损张祜的议论，每每抱不平，曾登池州九峰楼作诗赞美张祜：

> 百感中来不自由，角声孤起夕阳楼。
> 碧山终日思无尽，芳草何年恨即休。

> 睫在眼前犹不见，道于身外更何求。
>
> 谁人得似张公子，千首诗轻万户侯。

事见宋李昉《太平广记》宋计有功《唐诗纪事》。

打抱不平，我同意杜牧的意见，白居易确实看低了张祜的诗。《云溪友议》也谈到杜牧驳斥白居易看法，要成全张祜。杜牧为此还著论说："近有元、白者，喜为淫言媟语，鼓扇淈器，吾恨方在下位，未能以法治之。"他近乎刻骨的仇视，又走向另一极端，却是我不能赞同的。

几个著名诗人的争讼，能够看出他们的政治立场、交往群类及各自心态，耐人寻味，中晚唐牛李党争的苗头已然冒出。

贤公主机敏救辱

长庆四年（824），荆州杜悰自忠武节度使出守澧阳。宏词科进士李宣古在其馆下教文，多次陪宴。宣古性喜谑戏，常在座席上嬉闹，有时将铅粉涂在杜悰脸上，有时把轻薄的白纱作衣穿，谐笑简慢太过分，杜悰忍受不了，便叫人把李宣古按在泥地中羞辱，用茶树条抽打他。杜悰妻子长林公主得知后，顾不上穿鞋便从里屋奔出来制止，对杜悰说："你不顾念几个儿子向老师学习，又要李秀才做砚席执教，岂有酒筵上列人之小过，对待有学问的人，像这样，以后哪能得到平阳之赞？"于是让人扶起李秀才，到东院洗浴，更换新衣，回来让他坐中座。公主又传话让李宣古赋诗，李宣古得"高"字韵，不加思索便立刻成诗：

> 红灯初上月轮高，照见堂前万朵桃。
> 膹栗调清银象管，琵琶声亮紫檀槽。
> 能歌姹女颜如玉，解引萧郎眼似刀。
> 争奈夜深抛耍令，舞来按去使人劳。

杜悰很欣赏他的诗，又赠物十箱，还高兴地喝得醉醺醺。后来杜悰两个儿子裔休、孺休，都登了进士第，人们说："不是他们母亲贤德，不会造就儿子成名。"

事见唐范摅《云溪友议》、宋计有功《唐诗纪事》。

这是饮酒饮出的故事。尊师重教，李宣古因祸得福。但我要说李宣古这样放任不经的诗人，并不令人尊敬，作为老师，他难成师表；作为德客，他鄙俗不堪。杜悰作践斯文，为的是他的尊严，他不虚假，作践人不留情面。

可称道的是他的贤内助，须纠正一下，不是长林公主，据《新唐书·卷八十三》"岐阳庄淑公主，（宪宗）懿安皇后所生，下嫁杜悰"。岐阳公主救了李宣古，点醒了丈夫，成全了儿子，收一箭三雕之利。仅把岐阳公主看作宽厚仁爱，那是皮相；深于心计，机敏聪慧，目光长远，才是她内质。你看她着急忙慌不穿鞋子便奔出屋子的架势，是偶然的吗？

还要赞一赞岐阳公主点化丈夫，作为贤内助以"平阳之赞"的典故劝夫不要对人施以严刑峻法，要有曹参的酒德、风度。汉初丞相曹参饮酒为乐，以黄老之术作治国方略，最终赢得贤相美名。新建立的王朝往往信心爆棚，亟须平抑躁动的人心，安居乐业。平阳侯曹参为相，却整日在家饮酒，百事不理。引发朝臣不满，上门诘问，曹参见来人就先请喝酒，直至喝醉才准离开，前去拜见的人没有一个能说出要说的话。丞相府后住着朝廷官员，也跟着曹参狂饮，吵闹不堪。一天，曹参游后花园，外面一些喝醉的人一面喝酒一面高歌。曹参听见也不制止，叫人去取酒，坐在后花园饮了起来，还跟园外喝酒的官员唱歌附和。哪像杜悰惩罚李宣古，不能与人同乐。其实曹参饮酒藏着治国思想，顺应大势，休养生息，后来杜悰在岐阳公主辅佐下也成了一代名相。

盗红绡磨勒侠义

　　唐代宗大历时期，一位姓崔的年轻人，父亲是显赫大官，与一位超级的一品官员很熟，崔生当时做千牛（宫廷警卫的武官），父亲命他去看望一品官员的病。崔生年轻漂亮，面白如玉，性情孤傲正直，谈话清朗文雅，一品命妓卷帘召崔生入室。崔生拜传父命，一品欣然爱才，命座相谈。当时有三位漂亮的家妓，在前的一位用金盆盛的拌上果浆樱桃送上进食，崔生在歌妓面前不好意思，始终不食。一品命穿红绡妓用匙舀进，崔生不得已才食。妓笑了，便告退离开。一品说："郎君闲暇，必来相访，不要疏远老夫。"随命红绡送生出院。崔生回头一顾，妓竖三指，又反三掌，然后指胸前小镜子说："请记住。"再无别话。

　　崔生归来完复父命，回书房，只觉神魂颠倒，呆呆凝思，饭也不吃，只吟诗云：

> 误到蓬山顶上游，明珰玉女动星眸。
>
> 朱扉半掩深宫月，应照琼枝雪艳愁。

　　他身边左右都不明其意。当时家中有名叫磨勒的昆仑奴（南洋诸岛贩入鬈发黑身的奴隶），对崔生说："先生，何事抱恨不已，能向老奴说吗？"崔生说："你们懂吗？问我内心里的事。"磨勒说："只要言明，我会为你想法解决，无论远近都能办成。"崔生惊奇他的言谈，于是告诉了他。磨勒说："这是小事，何不早说，自找苦呢？"崔生又谈那隐语。磨勒说："有何难解。立三指，是一品宅中有十院歌姬，此为第三院罢了。反掌三者，数十五指，以应十五日那天。胸前小镜子，十五月圆如镜，叫你去呀。"崔生大喜，说："什么办法能表达我的心结。"磨勒笑说："后夜是十五，请用深青色绢两匹，为郎君制束身之衣。一品宅有猛犬守歌妓院门，非常人可入，入必噬杀，犬警如神，猛如虎，产自曹州孟海，世间非老奴不能毙此犬。今晚正好为郎君去击毙它。"崔生于是以酒食犒赏。三更，勒携链锤前往。大约过一顿饭工夫，磨勒回来说："猛犬已毙，没有障碍了。"

十五日三更深夜，与崔生穿上青衣，于是去一品宅，背负崔生翻越十重墙，进入歌妓院内，至第三门，见绣房未关闭，金灯微明，只听歌姬长叹而坐，玉脸愁容，好像等待什么。摘下耳环，刚洗去脸上脂粉，吟着诗句：

深洞莺啼恨阮郎，偷来花下解珠珰。
碧云飘断音书绝，空倚玉箫愁凤凰。

夜静无声，侍卫都睡了，崔生轻轻揭帘而入，许久，证实是崔生，她跃下床执崔生手说："知郎君颖悟，必能默识，所以用手语相示，但不知郎君有何神术，而能至此。"崔生详告磨勒之事，她问："磨勒何在？"随即召入，用金盆酌酒相敬。她对崔生说："家居朔方，也还富足，但带军统帅逼为姬仆，不能自死，勉强偷生，虽珠玉铅华，锦衣玉食，都非所愿，如在监牢。你贤德的奴仆既有神术，何妨助我脱身，虽死不悔，愿做奴仆侍奉郎君，不知尊意如何？"崔生忧愁不语。磨勒说："娘子既然坚决，此也是小事。"她很高兴，磨勒先背负囊袋妆奁，三次往返，然后说："天已将亮。"于是背负崔生与歌妓飞越高墙十余重。一品家的守卫，无有醒者。遂归书房藏隐。

天明后，一品家才发觉，见犬已毙，大为惊骇说："我家门墙从来严密，门锁森严，看来来者飞腾，寂无形迹，此必侠士带走了她。"想着，又不敢声张，怕空惹祸患。

红绡隐崔生家二年，因为三月三日乘小车去曲江池观花游乐，被一品家人暗里认了出来，遂告知一品，一品很惊异，召崔生诘问此事，崔生惧怕不敢隐瞒，便详细说了来由，都由家奴负荷而出。一品说："是红绡妓大罪过，可她跟你已两年，就不再追究她的罪责，但我必须为天下人除掉磨勒祸害。"

带上五十名兵甲武士，严严实实围住崔生院落，去擒磨勒，磨勒带上匕首飞跃出高墙，快同鹰鸟，弓箭如雨，未能射中他，一会儿便已不知去向。后来一品又悔又怕，每晚多派家童带上武器守卫，约一年才终止。之后十余年，崔家有人见磨勒在洛阳市卖药，容颜如旧。

事见唐裴铏《昆仑奴传》。

机警、沉着、豪爽、侠义，好一个磨勒！光彩照人。

有识见，鄙富贵，爱自由，一个具独立人格的红绡女。

性孤介，有才华，品行正，一个淳厚的富家子弟崔生。

奢侈、享乐、自私，惊惧，一个良心未泯不失成人之美的一品官员。

各自坚守人生大舞台，合演了一场古代传奇。

打假官贪贿假打

唐朝翰林学士李肇，写了三卷《唐国史补》，专记开元（713）至长庆（824）年间诗人、政客、帝王等事。有位叫裴佶的文士说："我小时候便知悉姑父在朝为官，别说他的清廉正直了，他的名声在人们嘴里非常受称道。"有次裴佶到姑姑家，正赶上姑父退朝，回家来便深深叹气，说："崔昭，什么人，众口一致称赞他，此人必是善于搞行贿的人。这样下去国家安得不乱？"话音未落，门人来报："寿州崔使君等候拜见。"这位崔使君，正是安徽那位州郡长官崔昭。姑父生气地呵斥门人，想用鞭子责打他。但想了一会儿，便束上衣带勉强出去，片刻便听姑父大声喊："上茶。"随即又叫准备酒食，又叫喂马管好仆人饭菜。裴佶姑姑说："弄不清先前那么傲慢后来又这般恭敬。"姑父回来，进门便满脸得意神色，向裴佶拱手说："你就在书房休息吧。"裴佶还未走下阶沿，他姑父已从怀中拿出一纸，是崔昭赠送的粗绸一千匹。

事见唐李肇《国史补》。

假打！假打！这个姑父"清官"简直"假打"到家了，感情是没有收到贿赂。一本正经，激昂慷慨，义正词严，是他的一副面孔；和蔼可亲，贪赃枉法，收受贿赂，又是一副面孔。双面官其实只有一面，作假面掩盖真面罢了。姑父变脸之快，令人想到契诃夫《变色龙》中那位见风使舵阿谀趋奉的官员嘴脸。这个贪贿的姑父，吃相难看，见别人吃葡萄，就责骂葡萄是酸的不能吃。你看他前倨后恭，吃到"葡萄"的得意，那千匹粗绸字条，自然不是白给的，究竟交易什么不重要。鉴古知今，外廉内贪，后世不知有多少这种双面官僚，一边大讲反腐倡廉，一边接受沉甸甸贿金，既当婊子，又立牌坊。一切皆中晚唐由贵族社会转向官本位社会之过！

挨马鞭与打苍蝇

唐宪宗元和五年（810），监察御史元稹奉召回朝，路经华州华阴县，住敷水驿馆，元稹先到住下。不久来了一个办事的使臣，宦官刘士元。刘要元稹把驿站的好房间让给他，年轻气盛的元稹不同意，骄纵的刘士元便用马鞭打伤元稹面颊。闹到皇帝面前，宪宗偏私袒护，认为元稹不过正八品上，年纪轻轻便随便树立个人特权，有失御史体统，贬江陵（湖北荆州）士曹参军。

十年后元稹通过宦官崔潭峻，向新君穆宗献《连昌宫词》，穆宗大喜，升任元稹祠部侍郎兼知制诰，次年又升宰相。元稹高升，均由皇帝亲命，未经宰相府议荐。大臣都切齿元稹，恨他走宦官和皇帝后门，很不光彩。一次，大臣们在办公署衙吃瓜，中书舍人武儒衡与元稹在座，一只苍蝇落在瓜上，武儒衡用扇子挥打，说："这东西哪里来的，集于此处。"话中有话，明白人都知道指斥元稹，元稹自知没趣，怏怏离去了。

事见宋司马光《资治通鉴》。

元稹人品我不多议，所谓成也萧何败也萧何。他年轻时，没有政治经验，得罪宦党，贬官思过；十年后又受宦官推荐，皇帝偏爱，做了宰相。在相位上，急于在皇帝前出成绩。中唐派系已起，他不党不群，没有盟友，自然引发各派不满，动了众怒，只做了三个月宰相，便再度外放。持平地说，今天这种知识分子还很多，俗话说"浮上水"，就像拼命逆水争流的鱼儿，形象！

但，我要说元稹是这种人吗？古今皆众口铄金、积毁销骨将他钉在历史耻辱柱上。各位诸君若要重诠元稹，可读我苦心孤诣考证的《唐诗疑难详解》，里面有元稹真相！

　　在此我只简单清理一下毁谤是如何生成的，须明白元稹身处中晚唐贵族社会向平民社会嬗递阶段，社会思潮传统贵族都受到极端丑化恶评，杜甫、李商隐、温庭筠、杜牧无一幸免。元稹经五代《旧唐书》"素无检操"，宋人《新唐书》激进酷评"信道不坚，乃丧所守""晚节弥沮丧，加廉节不饰云"。再经宋人王铚《〈传奇〉辩证》、赵令畤《侯鲭录·辨正》将张生确为元稹本人，把始乱终弃最不道德的一面强加给了元稹。近代以后，鲁迅《中国小说史略·唐之传奇文》再次确认"《莺莺传》者，即叙崔、张故事，元稹以张生自寓，述其亲历之境"。以及陈寅恪《读莺莺传》"莺莺传为微之自叙之作，其所谓张生即微之之化名，此固无可疑"的定评。至今递相祖述，然元稹绝非如此不堪之人，不认真读元稹文章如何有正确答案，不了解彼时社会环境如何评人，不见政治斗争、不知唐五代平民意识毁谤贵族的思潮，如何把握准确真相。以后人的价值观、平民意识形态去月旦人物，必然是想当然的自以为是，无论鲁迅还是陈寅恪。随中晚唐牛李党争平民新贵恶评传统贵族的"大流"，而没有分辨，不作独立思考，无论他是谁，我们都报以一笑。

进士田与五老榜

中唐以后，科举制已经糜烂。宰相崔群，以选拔人才公允持正著称，清正廉洁的名声很大。唐宪宗元和中，以中书舍人主持贡举。考试结束后，妻子李氏趁闲暇，劝他为子孙生计购置田庄。他笑着说："我有三十所美庄良田遍及天下，夫人担心什么呢？"李氏说："我没有听说你有田产。"崔群说："我去年发布春榜三十人，这些人难道不是我的'良田'？"李氏听了丈夫的话，有点惊讶，说："如果这样，你不是宰相陆贽的门生吗？但去年你执掌考选权柄，让人罗织他儿子简疏礼仪的罪名，不让他参加春闱考试。如果你把门生作为'良田'，那陆贽一处庄园荒芜了。"崔群听后很惭愧，数日茶饭不思。

事见唐李冗《独异志》。

可悲！进士成"良田"，"知贡举"的主考崔群，能把风马牛不相及的两件事捏合到一起，颇有后现代解构主义的味道。科举已背离设计者初衷，崔群公器私用，举子无路。要赞的是他妻子李氏，封建女流，尚知识大体明事理，清正廉洁！

天复元年（901），杜牧之子杜德祥知贡举，放曹松、刘象、沈颜等及第，因新平内难，大唐继武宗之后，立志中兴贵族社会的唐昭宗下旨，诏选孤平屈人，令以名闻。德祥以曹松等滞塞之士入第，授秘书正字。曹松进士及第，已年过七旬，写诗学贾岛，有一首《己亥岁二首·其一》："泽国江山入战图，生民何计乐樵苏。凭君莫话封侯事，一将功成万骨枯。"别无他能，给皇帝上奏章时，弓腰驼背，走路像羊脚，时人称他"送羊脚状"。与他同榜的王希羽七十，刘象、柯崇、郑希颜也都逾耳顺之年，时人把这一年取士称"五老榜"。

事见唐末王定保《唐摭言》。

唐人赵嘏诗说："太宗皇帝真长策，赚得英雄尽白头。"可怜，暮年及第，再难派官，于是都授正九品下雠校典籍的正字，相当于文史馆馆员，就像今天退而不休的官员，去做调研员之流，也算得了"安慰奖"，解了心中"进士结"，可以瞑目了。但还要看到这帮人，壮心不已、老而不死的一面，据钱易《南部新书》，唐五代时，卢家有子弟，年已暮，而犹为校书郎。晚娶崔氏女，崔有词翰，结缡之后，微有慊色。卢因请诗以述怀为戏，崔立成。诗云：

> 不怨卢郎年纪大，不怨卢郎官职卑。
> 自恨妾身生较晚，不及卢郎年少时。

大意是这位崔氏女子年轻又有才学，嫁给一个老年校书郎卢某，婚后不满意，便委婉地写了这首述怀诗。诗怏怏不乐又无可奈何，自我解嘲之意充斥字里行间。

李肇《国史补》说"进士科得之艰难，其有老死于文场者，亦无所恨。"反过来想，也是好事，如果唐代士子个个进士路通，人人心理平衡，唐诗的个人情感会大打折扣，唐诗的精彩程度会大为降低，丰富的社会生活难入诗人法眼。

太真举贤不避仇

包谊，江东闰州延陵（江苏丹阳）人，有文辞，至长安应试不第。包氏宗亲包佶同情他，腾出书馆，留他在私第居住。包佶"吴中四士"包融之子，官居祭酒。包谊喜欢游佛寺，在寺里巧遇中书舍人刘太真。太真观其色，见他有举人相，就命人问候。包谊勃然不悦，说："进士包谊，素不相识，何劳要问？"太真碰了钉子，很不满他倨傲鲜腆。回去后，便去造访包佶，问包谊怎么样。包佶听了包谊为人，大怒，叫来包谊责问，并让他搬到外面馆舍去住。包谊并无愧怍之色。第二年，刘太真主贡举，等诗赋考试一完，就除掉包谊名字。既而太真又后悔，说道："此子既忤慢我，跟着我又报复他，这不是大丈夫所为。"于是，太真又放他入策。太真将要放榜，到宰相家再行商酌。榜中有朱姓人，宰相以朱泚反叛，不想朱姓人及第，就勾掉要重新换人。便问刘太真，有没有别的人选。刘太真错愕而出："不记得他人，只记得包谊。"及包谊谢恩，太真才醒悟，想起自己讨厌此人，感慨说："才知得失非人力，盖假手于我啊。"

事见唐末王定保《唐摭言》。

主考刘太真，取与不取，都是他一句话。也可回避宰相，先斩后奏，放榜，既成事实，这样包谊就没有机会了。只因他尊重宰相，宰相要他重新考虑选人，他也可不推荐包谊，但阴差阳错鬼使神差就推了。举贤不避仇，真正做到的，古今有几人？将此事拿到今天衡量，也是为国选才不徇私枉法的典型。他是试官，他可以坚持主张，只要他沉默不开口，那个包谊就完了，沉默又无损于太真人品。想想生活中，关键时刻的沉默坑害了多少人，更不用说许多挟私报复的人和事。刘太真，一面照私的"太真宝镜"！

裴度遗嘱鉴古今

晋国公裴度，儒生出身，身材短小，威望却名播遐方。凡唐使出使邻国，邻国的人都要问候裴度。他身系社稷安危二十多载，从不言私事。历经四朝皇帝，权倾朝野，得的赏赐很多。临终前，他要履行臣子职责，给皇帝上最后奏表，让记室代拟文章，都不满意，最后让子弟执笔，他在床头口授说："内府珍藏，先朝特赐，既不敢将归地下，又不合留向人间。谨却封进。"就这么几个字，他的遗言，要将历届皇帝给他的赏赐都还了回去，不给后人留下，也不陪葬。裴度遗嘱，古今罕有。

事出宋王谠《唐语林》。

裴度的时代是大唐开始走向颓败的中晚唐。唐宪宗好佛，几乎杀了反佛的韩愈，又喜欢听信小人，讨厌"朋党"。宪宗口里所谓的朋党，其实是一些传统的正直之士，倒是那帮新贵小人是真正的朋党，却给别人安上这两个字。一次，宪宗跟裴度讨论朋党，裴度当即反驳说："方以类聚，物以群分，君子、小人，志趣同者，势必相合。君子为徒，谓之同德；小人为徒，谓之朋党。外虽相似，内实悬殊。"要说的是，唐朝中后期扶植新贵，打击贵族，扭曲传统社会就从宪宗始，到他儿子唐宣宗接唐武宗的班，彻底葬送了唐王朝建立的贵族社会。

宪宗之后，唐穆宗长庆时，想作为而不能，朝中派系已成熟。穆宗之后，唐敬宗宝历被架空，连朝臣都难见他人影，只有三年便被人害死于宫中。接着是唐文宗太和，宦官横行，连皇帝都奈何他们不得。裴度在这种混乱中，只要他想捞，捞多少好处都不会有障碍，因为那些小人无不巴结这位权倾内外的晋国公。但他却不捞，临终还放个大招，来了如此重彩浓墨的一笔。

　　裴度死后，皇帝嫌他没有向朝廷献计献策，可是在他书房里找到一筐箧奏章，都是关于国家大事的，没有一件谈到私事。视通万里，思接千载，这种官员今天有吗？裴度活到今天，该响当当授予他一个"优秀领导干部"的称号。

牛语流行在大唐

唐穆宗长庆中，鄂州（湖北鄂州市）街坊里市流行一个词："牛。"居民每每与人交流，常以"牛"字助之。有一个和尚，干脆自号"牛师"。一会儿疯疯癫癫，一会儿清醒白醒。有人顶撞他，必说："我牛哥马上就到，岂奈我何？"不久，朝廷任命奇章公牛僧孺带平章事，节制武昌军。鄂州即武昌军治所。于是人们便谐谑："牛师"语言真绝，说"我牛哥到"，果真牛僧孺就来了。

事见宋刘斧《翰苑名谈》。

故事不是"牛和尚"有什么先见之明，先兆之功，也不是他能预知人相出将的事，巧合，皆是巧合。逸事提供了一个鲜为人知的流行语，今天也流行"牛"字，说人说事总爱用"牛"来作赞，"你，牛啊。"但我们发现这不是今人发明，唐人早用"牛"字助语了。增加些文史知识是有裨益的，"牛"字助语，传承有序，非凭空而来，也不是今人专利。

湛郎及第彭落驴

诗人彭伉、湛贲都是袁州宜春人。伉妻又是湛贲姨母,彭伉德宗贞元七年擢第,湛贲还是不入流的衙门吏役。妻家为女婿彭伉置酒庆贺,来者都是官员名士。彭伉居客右,一座尽欢。湛贲来,却让去后阁吃饭,湛贲面无难色。可湛贲妻却怫然不悦,说:"没出息,男人不能自励,这样待你是奇耻大辱,怎能自容?"湛贲感妻言,孜孜学业。几年后,也一举登第。彭伉平常喜欢羞辱他,当听说湛贲及第消息时,正跨驴在郊外纵游。听到家童报告,彭伉从驴背上失声而坠。袁州人知道后,在大街小巷戏谑彭伉,说:"湛郎及第,彭伉落驴。"

事见唐末王定保《唐摭言》、宋计有功《唐诗纪事》。

彭伉这个势利小人,可笑、可鄙。小人得志,他只得了一点小志,便忘乎所以怠慢亲戚,湛贲好歹在衙门办事,相当于今天体制外待遇,是伤他脸面吗?非也。是他心里势利作怪,此人若是成器,必伤国害民。反观湛贲麻木愚钝,妻子一席话利锥刺股,激起他"悬梁志",孜孜不怠,还幽了姨父一默:湛郎及第,彭伉落驴。我要说,外人看到的便是真相?实际呢?诗人李涉有《酬彭伉》:"公孙阁里见君初,衣锦南归二十余。莫叹屈声犹未展,同年今日在中书。"看来他是个才华俊美的读书人,二十岁及第,却沉沦下僚,不得升迁。彭伉曾受聘浙西廉使幕,岁久未归,妻子张氏寄诗二绝:

其一

久无音信到罗帏,路远迢迢遣问谁。
闻君折得东堂桂,折罢那能不暂归。

其二

驿使今朝过五湖，殷勤为我报狂夫。
从来夸有龙泉剑，试割相思得断无。

彭伉以诗回妻："莫讶相如献赋迟，锦书谁道泪沾衣。不须化作山头石，待我东堂折桂枝。"伉俪情深，夫妻情笃，风雅诗书，这，或许才是真实的彭伉。若以此观湛贲及其妻，这对粗鄙夫妻则是"人丑事多，矮子心多"，以小人之心度君子之腹了。

天下无人重布衣

诗人徐凝睦州人（浙江建德），长庆中，白居易刺杭州，江东士人多奔杭取解，张祜自负诗名，势在必得，既而徐凝至，适逢郡中宴会，乐天调侃二人矛盾。张祜说："我应该为解元。"徐凝说："你有何嘉句？"张祜说："《甘露寺》诗有'日月光先到，山河势尽来'，又《金山寺》诗有'树影中流见，钟声两岸闻'。"徐凝说："善则善矣，奈无野人句云：'千古长如白练飞，一条界破青山色。'"张祜愕然不能对。于是一座尽倾，徐凝夺得解元。

事见唐末王定保《唐摭言》。

徐凝后来至京洛，一无所成，以布衣终身，人呼徐山人。《唐诗纪事》引宋人潘若冲《郡阁雅谈》说"官至（金部）侍郎"，殊不合理。徐凝在京城与韩愈、白居易、元稹都有交往。将归江东，以诗辞别韩愈，《自鄂渚至河南将归江外留辞侍郎》：

> 一生所遇唯元白，天下无人重布衣。
>
> 欲别朱门泪先尽，白头游子白身归。

"天下无人重布衣"，无不令人怜之。他的失败，我以为原因有三：首先是既交好韩愈，又游白氏门下，殊不知他们不同阵营，井水不犯河水，韩愈倾向传统势力，白居易属于平民新贵派系，"一生所遇唯元白"，向韩愈投这样的诗，相当于自绝道路。他投白居易的《寄白司马》："三条九陌花时节，万户千车看牡丹。争遣江州白司马，五年风景忆长安。"正是白氏落难江州时，自然后来典杭州，白居易要力挺他。长庆年间他还投元稹《奉酬元相公上元》："出拥楼船千万人，入为台辅九霄身。如何更羡看灯夜，曾见宫花拂面春。"可见他是分不清派系的。其次他生长江南，受魏晋风度影响，落拓不羁，与同里施肩吾友好，都是散淡之人。仕进之路不是他很大的冲欲。再次他的诗风，张为《诗人主客图》归于白居易广大教化主门下，白居易自然要"荐徐凝屈张祜"。

到了晚唐皮日休还关注此事，作《论白居易荐徐凝屈张祜》说："凝之操履不见于史，然方干学诗于凝，赠之诗曰：'吟得新诗草里论'，戏反其辞，谓'村里老'也。方干，也所谓简古者，且能讥凝，则凝之朴略稚鲁，从可知矣。乐天方以实行求才，荐凝而抑祜，其在当时，理其然也。"意思是像徐凝这种刻露浅俗粗率的诗，正是白乐天实践和喜欢的。颇有鄙薄白居易之意。

宋氏五女嘲陆畅

　　诗人陆畅，吴郡吴县（苏州）人，早耀才名，贞元末到京师，不改乡音，尝讥调秦人口音，很有魏晋风度，曾作《山斋玩月》："野性平生唯好月，新晴半夜睹婵娟。起来自擘书窗破，教漏清光落枕前。"《经崔谏议玄亮林亭》："蝉噪入云树，风开无主花。"初为西江王仲舒从事，终日长吟，不亲公牍。府公微言，拂衣而去，说："不可偶为大夫参佐，而妨碍远大的志业啊！"王仲舒挽留不住，请他推荐一人代替，说："我侄子陆洿能胜任，他曾数辟不就，我召必来。"乃登舟而去，采药西山，饮泉修水。朝中官员听说，认为仕隐，美誉益彰。

　　在秘书省时，遇顺宗女儿云阳公主下嫁刘士泾，陆畅被举为傧相。行婚礼时，题诗都顷刻而成，作《云安公主下降奉诏作催妆诗》："云安公主贵，出嫁五侯家。天母亲调粉，日兄怜赐花。催铺百子帐，待障七香车。借问妆成未，东方欲晓霞。"婚礼上陆畅才思敏捷，凡所调戏，应对如流，出尽风头。宫中女官不服，以陆畅吴音，作诗嘲他：

　　　　十二层楼倚翠空，凤鸾相对立梧桐。
　　　　双成走报监门卫，莫使吴歈入汉宫。

　　诗为内学士宋若莘、若昭姊妹所作，皆是初唐宋考功曾孙女，曰若莘、若昭、若伦、若宪、若荀，五女均警慧，善属文，德宗贞元四年召入宫廷，称内学士。她们终身未婚嫁，诗人王建有《宋氏五女》"五女誓终养，贞孝内自持""圣朝有良史，将此为女师"。陆畅见她们嘲自己，也反唇相讥，作《解内人嘲》：

> 粉面仙郎选圣朝，偶逢秦女学吹箫。
> 须教翡翠闻王母，不奈乌鸢噪鹊桥。

　　一时六宫欢笑，凡十余篇，嫔娥讽诵不及。宪宗高兴，例物之外，又别赐宫锦五十段、楞伽瓶及唾盂各一枚，表彰他的口辩与文才。

　　事见唐范摅《云溪友议》。

　　生活中善良的互嘲是允许的，尤其在婚礼上煽风点火活跃气氛，而在皇家婚礼上拱火的记载则不多见，这则故事告诉我们，皇帝也是人，也需要凡人的快乐。陆畅与宫女对飙"吻翰"，唐宪宗不仅不生气，还嫌不够热闹，拿出奖品鼓励婚礼氛围。

　　还要说说陆畅，选他为傧相，这类应酬褒美的活动也是得心应手的熟手，别忘了他在西蜀时，曾以《蜀道易》美韦皋。从这一点说，他的魏晋风度又不那么纯洁、不那么真实。

261

梦归归路多参差

洪迈在《容斋三笔》中说：

白乐天《燕子楼诗序》说："徐州已故张尚书，有爱妓叫盼盼，善歌能舞，雅多风态。尚书死后，彭城旧第，有燕子楼。盼盼念旧爱而不嫁，在燕子楼十余年，块然独居。"白居易认识盼盼，曾赠诗"醉娇胜不得，风袅牡丹花"，感当年旧游之欢，作诗说："满窗明月满帘霜，被冷灯残拂卧床。燕子楼中霜月苦，秋来只为一人长。""今春有客洛阳回，曾到尚书冢上来。见说白杨堪作柱，争教红粉不成灰。"读到的人们都伤恻不忍。

刘梦得《泰娘歌序》说："泰娘本韦尚书家的歌妓，是尚书在吴郡主政得到的，教她习琵琶，能歌善舞，不久学得全部技艺，带回京城。京城有许多新声名家，便又舍去故技，重新学习新声。泰娘的名字，常常出现在王公贵族口中。元和初，尚书在东京去世，泰娘流落民间。后来被蕲州刺史张逊得到。张逊因事获罪，谪居武陵郡而卒。泰娘没有归处，地荒且远，无人知其动荡的处境和乐艺，她日抱乐器而哭，音声焦杀悲怖。"刘禹锡听了泰娘的歌，为她写了七古长歌：

> 泰娘家本阊门西，门前绿水环金堤。
> 有时妆成好天气，走上高桥折花戏。
> 风流太守韦尚书，路傍忽见停隼旟。
> 斗量明珠鸟传意，绀幰迎入专城居。
> 长鬟如云衣似雾，锦茵罗荐承轻步。
> 舞学惊鸿水榭春，歌撩上客兰堂暮。

从郎西入帝城中，贵游籍组香帘栊。

低鬟缓视抱明月，纤指破拨生胡风。

繁华一旦有消歇，题剑无光履声绝。

洛阳旧宅生草莱，杜陵萧萧松柏哀。

妆奁虫网厚如茧，博山炉侧倾寒灰。

蕲州刺史张公子，白马新到铜驼里。

自言买笑掷黄金，月坠云收从此始。

安知鹏鸟座隅飞，寂寞旅魂招不归。

秦嘉镜有前时结，韩寿香销故箧衣。

山城少人江水碧，断雁哀猿风雨夕。

朱弦已绝为知音，云鬟未秋私自惜。

举目风烟非旧时，梦归归路多参差。

如何将此千行泪，更洒湘江斑竹枝。

杜牧之《张好好诗序》说："我太和三年，在已故吏部侍郎沈传师江西观察使幕中供职。好好年十三，刚以善歌编入乐籍。一年后，沈传师移镇宣城，又把好好带去安置在宣城乐籍中。又过两年，被沈传师弟弟著作郎沈述师以双鬟年纪纳为妾。再后两年，我在洛阳东城，重睹好好。感旧伤怀，因此就题诗相赠。"

君为豫章姝，十三才有余。

翠苗凤生尾，丹叶莲含跗。

高阁倚天半，章江联碧虚。

此地试君唱，特使华筵铺。

主公顾四座，始讶来踟蹰。

吴娃起引赞，低徊映长裾。

双鬟可高下，才过青罗襦。

盼盼乍垂袖，一声雏凤呼。

繁弦迸关纽，塞管裂圆芦。

众音不能逐，袅袅穿云衢。

主公再三叹，谓言天下殊。

赠之天马锦，副以水犀梳。

龙沙看秋浪，明月游朱湖。

自此每相见，三日已为疏。

玉质随月满，艳态逐春舒。

绛唇渐轻巧，云步转虚徐。

旌旆忽东下，笙歌随舳舻。

霜凋谢楼树，沙暖句溪蒲。

身外任尘土，樽前极欢娱。

飘然集仙客，讽赋欺相如。（著作尝任集贤校理）

聘之碧瑶佩，载以紫云车。

洞闭水声远，月高蟾影孤。

尔来未几岁，散尽高阳徒。

洛城重相见，婥婥为当垆。

怪我苦何事，少年垂白须。

朋游今在否，落拓更能无。

门馆恸哭后，水云秋景初。

斜日挂衰柳，凉风生座隅。

洒尽满襟泪，短歌聊一书。

　　我说妇人女子，花落色衰，失主无依，这种情况很多。这三人之所以留下来，是她们被记载于大诗人的英辞鸿笔中，所以才名传到今。与那些终身不遇而与草木俱腐的士人君子相比，她们三人值得庆幸和感谢！但盼盼的节义，不是泰娘、好好可及的。

　　事见南宋洪迈《容斋三笔·卷第十二》。

　　这三位女子并不如洪迈所说的，命都很好，他给她们立了一座"碑"，似乎上了碑，名垂后世，就可值得庆贺。其实他有个局限，忽略了她们都是失去生活依凭的活鲜鲜的人。三人之外，还有琵琶女、杜秋娘。我要为唐朝的诗人鼓呼，感谢他们将诗笔投向那些被损害无依靠的妇女，关注到一个严峻的社会问题，即女性的生存困境，虽然他们不能指出出路，但足以震撼人心。他们以拔萃的叙事艺术，再现了张好好、泰娘们升浮沉沦依附于人不能自立的悲剧人生，表达了对封建时代无法主宰自我命运寄人篱下的苦难妇女的深切同情。"人生一世，草木一秋"，可叹，漫长的封建社会，从未给予过女性独立生存的环境！

　　洪迈说"况于士君子终身不遇而与草木俱腐者，可胜叹哉"，哪有"可胜叹哉"？哪有喜悦可言？女性失主无依，他轻飘飘地将她们与文人不遇明主相比，实在是矫情，两者哪有可比性，她们曾得遇恩主就无比幸运吗？洪迈是没有看见广大妇女的生存逻辑和绝路绝境。

　　尤不可理喻，洪迈将盼盼青灯寒雨独守空楼的干枯的没有意义的日子，视为"节义"，这"节义"不要也罢；尤不可宽恕，白居易对盼盼冷心肺的"死亡诅咒"，这副被封建思想毒化的心肝，更应该严谴。

唐代宗善断家务

　　唐朝大将郭子仪第六子郭暧娶代宗女儿升平公主为妻，新婚燕尔，琴瑟不调，口角相斗，郭暧说公主："仗恃你的父亲是帝王吗？我父亲是嫌弃帝王这地位而不愿做的，假如他不嫌弃，江山难道是你家的？"公主不停地大声哭号，告知父皇，代宗只叫公主回去。郭子仪得知此事，把郭暧绑上，自往朝廷请罪，代宗叫郭子仪来安慰说："谚语云：'不傻不聋，就不能当好婆婆公公。'儿女间的私房话，做大臣的怎么能这样相信呢？"便给了赏赐安慰，打发他们回去。到家后，郭子仪还是打了儿子几十大板才罢休。

　　事见唐赵璘《因话录》、宋司马光《资治通鉴·卷第二百二十四》。

　　清官难断家务事，更不用说帝王了。唐代宗却给断了，断得出人意外的好。

　　这场家务纠纷，涉及四人，活灵灵呼之欲出。他们是：公主的娇贵，受不得半点委屈；郭暧的鲁莽，不知高矮；郭子仪的审慎，谨守礼法；唐代宗的宽容，不加计较。有褒有抑，我当然特别佩服唐代宗有宽容雅量和自知之明。连类触发，家事国事天下事，唐代宗对于官贵子民，谅不至于是一个褊狭的恶迹昭著的帝王。

卷四　晚　唐

夕阳无限好，只是近黄昏。

——李商隐《登乐游原》

李商隐重阳题诗

　　李商隐曾为彭阳公令狐楚从事，自小与令狐绹一起学习成长。唐宣宗时，被武宗外任湖州刺使的令狐绹，在大中四年（850）召为宰相。彼时李商隐处境不好，归投令狐绹，但他记恨商隐依傍政敌，做桂林总管郑亚支使，认为他忘家恩，背师门，便拒绝疏远了他。九月重阳那天，李商隐来到令狐绹厅堂，旧时贵族这天要登高祭祖，敬祝长辈，怀着这种感情，他题下《九日》：

　　　　曾共山翁把酒时，霜云白菊绕阶墀。
　　　　十年泉下无人问，九日樽前有所思。
　　　　不学汉臣栽苜蓿，空教楚客咏江篱。
　　　　郎君官贵施行马，东阁无因再得窥。

　　大中五年（851）或许良心发现，令狐绹补了李商隐一个从七品太常博士。这年秋，受宣宗排挤的东川节度使柳仲郢向他发出邀请，李商隐接受参军职位，去了剑南梓州幕。

　　事见唐孟棨《唐摭言》、五代孙光宪《北梦琐言》。

　　政见不同痛加打击，便是平民派的牛党领袖令狐绹心胸。据《北梦琐言》，令狐绹在朝时自以为单族，欲使家族繁盛起来，与崔、卢二家抗衡。凡是本族的人，他都引进到朝廷。皇籍中有未得职官的，想要进身，也须改姓令狐。时人因此看不起他。

　　而李商隐皇室远支血统，其居地荥阳，乃传统贵族宅居之地。荥阳，西周（前774）末郑国贵族自畿内郑邑（陕西华县）迁至新郑，公族居住在地势更高的成皋，便是荥阳，这里是嵩山余脉虎牢关所在，便于据守，历为贵族居地。所以便能解释宣宗执政，扶持平民派，李商隐备受排挤之因。李商隐的遭遇，涉及平民新贵与传统贵族之争，涉及宣宗对传统贵族的打压，可他始终坚定地站在贵族阵营。传统贵族失势，退出历史舞台，家国情怀消失，中国社会进入平民时代，也就是官本主义社会，一直至今。"官本主义"几可解释宋以来一切社会现象。

重阳题诗后，据《古今诗话》说"绚见之惭怅，扃闭此厅，终身不处"，真是这样吗？其实令狐绚那点心思，犹奴隶主据人为奴，商人投钱赚利，把其父令狐楚扶掖后学当成沾受私恩，门生故吏看作家臣，动辄"背叛师门"的观念，桎梏了他一生。味重阳诗，微有讽意，动情晓理，呼唤令狐子之心，商隐遵从诗教，不失为以德报怨的好人物。

陈寅恪《王观堂先生挽词并序》说："凡一种文化值衰落之时，必感痛苦，其表现此文化之程量愈宏，则其受之苦痛愈甚。"特别适合描述商隐遭受的双重打击。

称豪侠张祜受骗

　　晚唐诗人张祜和崔涯，年轻时没有考上进士，便在江淮一带浪游，使酒任性，二人诗才很高，时常讽笑当时有名望的人，行为颇纵横。或则乘兴吟诗饮酒，自称为豪侠。崔涯仗气作侠士诗："太行岭上二尺雪，崔涯袖中三尺铁。一朝若遇有心人，出门便与妻儿别。"张祜诗也时有豪侠明快，如《观徐州李司空猎》：

> 晓出郡城东，分围浅草中。
> 红旗开向日，白马骤迎风。
> 背手抽金镞，翻身控角弓。
> 万人齐指处，一雁落寒空。

　　一天晚上，有个身材高大不凡的武士来找张祜，武士衣锦英武，腰佩剑，手提袋，袋中装的东西不断渗出鲜血。武士入门便说："这可是张侠士的府第吗？"

　　张祜说："是的，我正是张祜。"接着，他又作揖又让客，请客人进入屋里。

　　客人坐下后，便说："我有一个仇人，十年未获，今夜冤家路窄，撞到我的刀下。十年的冤仇一朝申报，我真是高兴不已。"说毕，客人指着口袋说："里面装着他的脑袋。"接着问张祜："有酒吗？"

　　张祜忙命人取杯斟酒，客人一饮而尽说："此去三五里远，有一位义士，曾有恩于我，我想去报答他，那么，我一生的恩仇也就了结了！久闻

271

张侠士很重义气，故今夜登门相求，向你告借钱十万吊，此夜就去酬报恩人，了却我的夙愿，侠士能不吝相借，今后为侠士赴汤蹈火为鸡狗之徒，在所不辞。"

张祜本不吝啬，为客人的话语打动，深感高兴。他立即拿出钱袋置于灯光下，还把家中的绢帛和值钱物取出，估量凑足十万吊钱交给了客人。

客人收了钱物，连声称赞："真好！痛快！从今后我再无遗恨了！"他把装人头的口袋留下，并与张祜约定，钱乘夜送到，半夜后人即返回，说毕告辞而去。

半夜后，客人不见回返，五更敲尽，已是破晓天光，仍不见客人返回踪影。张祜不安，忧心袋中人头暴露，如果客人不回来，又怎么能说得去呢？思前想后，决意叫家人把人头埋掉，谁料把口袋打开一看，大吃一惊，是一颗血淋淋的猪头。

张祜如梦方醒，知道受了一场骗，懊悔不已，叹息说："徒有虚名而无实际本领的人，才会这样被人愚弄，这能不引以为戒鉴吗？"从此后，张祜那股自称豪侠的豪侠之气，便完全消失了。

事见唐冯翊子《桂苑丛谈》。

骗子到处有，不分古和今。可笑张祜，一个诗人墨客，既无武艺又无侠行，偏偏贪图侠士的名。江湖骗子觑到他的弱点，假冒侠士，阿谀奉承，略施小计，投其所好便使他晕晕乎、飘飘然，不惜拿出许多钱财，换来个猪头。"打人不打脸，骂人不揭短"，真是个猪头！

好在张祜被这一骗骗醒了，那"豪侠之气，自此丧矣"，也才还了他诗人的本来面目。

齐己认同一字师

　　齐己本姓胡，名得生，幼年便失去父母，七岁在大沩山寺放牛，常常折一根竹枝在牛背上写画，他原是在作诗呢，老僧发现后赏识他，虽已剃度为僧，也随他写诗。后来他四处云游，写了许多五言诗，彼时郑谷诗名响亮，鹧鸪诗写得好，人称"郑鹧鸪"。齐己决心到襄州去见这个著名诗人，还专门写下一首《往襄州谒郑谷献诗》：

> 高名喧省闼，雅颂出吾唐。
> 叠巘供秋望，无云到夕阳。
> 自封修药院，别下著僧床。
> 几梦中朝事，久离鹓鹭行。

　　诗的内容无非是首二句赞扬郑谷的盛名，次联便写他自己在山林生活，喜欢山水和清静，以下二联叙说他是一个无牵挂的禅僧。诗送了进去，他在外面等候，得到回答，郑谷已看过了，但要改一个字，方可接见。几天后，齐己再去拜谒，把改了一字的诗送了进去，他改的是第六句，"下"改为"扫"，"别扫著僧床"。这下郑谷很嘉赏，不仅相见，还结为诗友。

　　齐己这首诗，并非什么好得很的诗，我抛开别说进诗者和鉴赏者的水平，单就诗改字来看，"扫"字比"下"字好。从诗的自叙身份看，"扫"字更能显示出家人无须外物干扰的清静之心。他俩结为诗友后，寒冬时节，齐己写了一首《早梅》去袁州见郑谷：

> 万木冻欲折，孤根暖独回。
> 前村深雪里，昨夜数枝开。

　　　　　风递幽香去，禽窥素艳来。

　　　　　明年如应律，先发映春台。

　　郑谷看了诗后说，诗还不错，既是早梅，数枝开已不算早，不如改为"一枝开"岂不更好吗？齐己深为叹服，便拜郑谷为"一字师"。

　　事见宋陶岳《五代史补》、元辛文房《唐才子传》。

　　郑谷拒见齐己，要他改诗的一副傲气，令人心里疙瘩不舒服；改诗后和气接见，又令人十分称许。齐己好学虚心，后来他的诗名也大了，一个叫张迥的诗人慕齐己之名写了一首诗去见他，诗中有"蝉鬓凋将尽，虬髭白也无"，诗给齐己看了，他一吟，认为"白"字不好，不如改为"黑"字，"虬髭黑在无"。张迥立即觉得改得好，忙下拜，尊齐己为"一字师"。这"白"改"黑"的原因，我想，"白"与"无"，有欲人须白之意，非事理也。事也奇巧，认了一字师的人，自己也成了一字师。

孔方兄小戏太守

卢肇、黄颇都是宜春人，又都是乡贡上来的，黄颇很有钱财，卢肇寒贫穷苦。唐武宗会昌二年（842）卢肇黄颇一同赴试，又同时一道出发，当地太守在邮亭设鹿鸣宴独自款待黄颇，卢肇被冷落在一边。第二年，卢肇考中状元归来，太守亲自陪同卢肇观看水上龙舟竞赛。卢肇在席上赋诗说："向道是龙刚不信，果然衔得锦标归"，意思是过去说是龙不相信，今天果然夺得锦标归来。太守听了十分惭愧。这首《竞渡诗》是：

> 石溪久住思端午，馆驿楼前看发机。
> 鼙鼓动时雷隐隐，兽头凌处雪微微。
> 冲波突出入齐谶，跃浪争先鸟退飞。
> 向道是龙刚不信，果然夺得锦标归。

事见唐末王定保《唐摭言》。

孔方兄与人开玩笑，常常不顾面子，分明同是赴考举子，朝廷都让他们平等竞争，这个太守却用不平等方式对待，非要分出个一二，不是费用问题，本可"一锅水煮两锅面"，加一副筷子的，他却不这样做。太守心里想的什么？愚见以为，他不是给黄颇饯行，是给"钱"饯行，由此可推断此公的"德政"如何了。说说鹿鸣宴，据《新唐书》乡试后，州县官员有宴请中试举子传统，席中歌《小雅鹿鸣》表达对人才的喜爱。曹操《短歌行》也"呦呦鹿鸣，食野之苹。我有嘉宾，鼓瑟吹笙"为人才"忧从中来"，任何时代都要歌赞。

喜媚客雍陶矜夸

　　唐宣宗大中末年（860）雍陶卸任简州刺史，当时他名望很重，自比谢宣城、柳吴兴，对初唐的诗人，不以为然，认为不过书本的奴隶罢了。有客人来，他时常扬扬得意挫折羞辱他们，投赍求见的人很少得到通禀，门房架子养得很大。有一个机敏的秀才冯道明，落第后谒见他，欺哄看门人说："我与太守是故旧。"雍陶听后，急忙召见，可一看并不认识，便斥责他："与你素昧平生，哪来的故旧？"冯道明说："吟诵你的诗文，屋中与你相近，虽然相距远，何以能说是平生相隔？"说罢，便吟诵雍陶诗句"立当青草人先见，行近白莲鱼未知""闭门客到如常病，满院开花未是贫""江声秋入峡，雨色夜侵楼"等，雍陶因他追慕，便备以丰厚礼物赠送给他。

　　事见唐范摅《云溪友议》。

　　传统文化有三个很牛的流弊，大一统、无神论、自大狂。这个雍陶便是太自大。自大有三：一是有本事的自大；二是无本事的自大；还有一种是小本事的自大。雍陶在唐诗人中，只算二流诗人，理应属于小有本事的自大。特别要贬他的是登第后数典忘祖，薄于亲朋，连下第的舅舅也看不起。他恃才睥傲，妄自尊大，自命不凡，越是有了名气，越是自大，顾盼自雄，自比谢朓柳恽，讥嘲初唐诗人"书奴"，一个地道的"自大狂"。好在他薄于亲友的事，后来有了一些自悔。

　　自大需要"对口"，冯道明小施伎俩，捧捧场，逗逗哏，竟牵着二流诗人的鼻子走了。

恶姻缘楚儿遭鞭

晚唐有一位女子楚儿，又叫润娘，长安北里妓，性慧能诗。红颜薄命，唐僖宗乾符年间，被万年县一个捕贼官郭锻纳为妻室。那捕快头目郭锻，五大三粗。一天，楚儿到长安城边曲江一游，不经意遇到书生郑昌图，她便出帘与之交谈，孰料郭锻发觉，立即便将楚儿拖到大街上，用马鞭遍体抽打，可怜楚儿文弱女子，怎经郭锻鞭打。那一旁的郑昌图看情况不对，早悄悄溜了。次日，郑昌图走马过其居处侦看，可怜的楚儿已在临街的窗下弹琵琶了。

楚儿满腔悲愤，便写下《贻郑昌图》：

> 应是前生有宿冤，不期今世恶因缘。
> 蛾眉欲碎巨灵掌，鸡肋难胜子路拳。
> 只拟吓人传铁券，未应教我踏青莲。
> 曲江昨日君相遇，当下遭他数十鞭。

诗向郑述说遭遇，郑昌图就在马上作《答楚儿》相和："大开眼界莫言冤，毕世甘他也是缘。无计不烦乾偃蹇，有门须是疾连拳。据论当道加严棰，便合披缁念《法莲》。如此兴情殊不灭，始知昨日是蒲鞭。"

事见唐孙棨《北里志》。

楚儿的遭遇与捕快头目的恶狠，有目共睹。在底层社会，这流痞人物郭锻，与之理论肯定说不清，那副肝肺的狠毒，且看他鞭子的抽打便足以证明。倒是那个郑昌图的懦弱非比一般，郭锻的鞭子抽打楚儿，他怕，怕什么？怕鞭子牵累到他的皮肉，怕他引逗女人的阴心曝光。楚儿向他述说痛苦婚姻，他却以诗相劝，叫楚儿放眼而观，莫言冤屈，甘心顺从也是缘；既已在通衢大街受辱，那该一袭缁衣去入空门念佛来世，然何情兴不减弹弄琵琶。不必期望郑昌图对弱者保护，他指示楚儿灭掉情性的心思，他教训楚儿的姿态，活真真看出他懦弱的心肝外包装一副苟且偷生的人面。他的恶毒，不比郭锻的少，"始知昨日是蒲鞭"，蒲鞭，以蒲草做鞭，比喻刑罚宽仁，打得还太轻。这样的男子无论在何种纷纭万事中都属败类，倒是他反衬了楚儿自主意识的高贵。

还别说，他出身荥阳郑氏，中原顶级望族，世代冠冕，人品却如此不堪，真是丢尽祖先颜面。士族之堕落，亦可照见晚唐社会之糜烂。他是咸通十三年（872）状元，曾任凤翔节度副使，中和四年（884）以兵部侍郎、判度支加同平章事，成为宰相。光启二年参与军阀朱玫拥立李煴为帝，任伪朝中书侍郎偕平章事。事败，奉李煴奔河中，为王重荣所执，光启三年（887）三月斩于岐山。他成为政治斗争牺牲品，也是报应不爽，这结局我不意外：人品决定官品。

程长文抗暴成冤

　　唐朝是诗的国度，上至帝王将相，下至贩夫走卒，多能为诗。唐代妇女能诗的也不少，有一位家住鄱阳的女子程长文，长处深闺，后来因事下狱，她写了一首长诗《狱中书情上使君》记其事，是写给州郡长官的，诗如下：

妾家本住鄱阳曲，一片贞心比孤竹。
当年二八盛容仪，红笺草隶恰如飞。
尽日闲窗刺绣坐，有时极浦采莲归。
谁道居贫守都邑，幽闺寂寞无人识。
海燕朝归衾枕寒，山花夜落阶墀湿。
强暴之男何所为，手持白刃向帘帏。
一命任从刀下死，千金岂受暗中欺。
我心匪石情难转，志夺秋霜意不移。
血溅罗衣终不恨，疮黏锦袖亦何辞。
县僚曾未知情绪，即使教人絷囹圄。
朱唇滴沥独衔冤，玉箸阑干叹非所。
十月寒更堪思人，一闻击柝一伤神。
高髻不梳云已散，蛾眉罢扫月仍新。
三尺严章难可越，百年心事向谁说。
但看洗雪出圜扉，始信白圭无玷缺。

　　事见宋计有功《唐诗纪事》卷七九。

　　唐代的法制如何？于此可以想见，那是没有自卫权利或不容许自卫的社会。如果以这样说为过分，那必是县僚长官乃一员浊吏，或强暴者为富豪纨绔子，县僚长官或受了贿赂，或慑于权豪危及自身，种种猜测，谁能否定全部为子虚乌有？

　　程长文献诗鸣冤，所述经历十分明白，一个持刀男子潜入深闺意欲施行强暴，她抵死不从，奋身抵抗，夺刀以致血溅罗衣，是强暴男子被长文的勇敢抵抗反而受刀。但长文却受诬因系狱中，她呖呖清声述说冤情，县僚长官却未昭雪。于是她越级上告，越过枉法滥刑的县僚，直接向使君告状。唐朝女子这份勇气、干练、坚决，在宋儒兴起理学后便再难见到了。

　　程长文诗文草隶的才气，与强暴者相斗的勇气，向使君献诗的正气，一扫闺中弱质女儿之态，决不像三从四德礼教束缚的妇女。弱者观念被她粉碎，在自卫中迸发强弱易位的光彩，给今天部分充满现代气息死守弱者意识的妇女，应当是一面镜子。

　　我还要说，自汉武帝凝结神武精神以来，在强盗面前，中华民族从来不缺敢死者、献身者，从来没有苟活、虚怯，无论男女无论贵贱，这当然就是贵族精神、家国情怀，但在唐代结束进入宋代平民社会后，家国情怀的那份责任感随贵族精神消亡了。程长文恰好在贵族社会末代，她使我看见汉代以来中国女子相沿以袭的那种吃苦耐劳、沉勇抗暴、从来不绝希望的信念，"但看洗雪出圜扉，始信白圭无玷缺"，这种坚贞、这种堂皇就是华夏民族的贵族精神！当然，宋代也有承续汉唐精神、奋祖先之余烈的英雄辛弃疾、文天祥，在贪生怕死的社会更足珍贵。

题诗句红叶良媒

于佑是唐代一位读书人，一天傍晚沿御沟散步，在沟边洗手，拾到一片题有诗的秋叶：

> 流水何太急，深宫尽日闲。
> 殷勤谢红叶，好去到人间。

于佑把这片诗叶珍藏在书箱里。他也题了二句诗，写在一片红叶上，放在御沟上游，让流水把秋叶带到宫中。宫人韩氏在宫中拾得这片红叶后又写了一首诗藏于箧中。韩氏是唐僖宗宫女，后宫禁闭有宫娥彩女三千多人，后来因犯过错各自出嫁与人。韩氏寄居在同姓河中贵人韩冰的家，事也奇巧，于佑连年考取未中榜，依附居住在韩冰家。韩冰托人做媒，帮助于佑和韩氏结成夫妻。

于佑娶得宫人韩氏，后来，看见韩氏藏的红叶十分惊奇，说："秋叶上的诗原是我作，我在水中也拾得一片红叶诗。"便拿出来对照，完全符合。

事见宋刘斧《青琐高议·流红记》。

深宫囚禁，题诗红叶，漂流水，出禁城，为让人了解、让人同情，机智的反抗形式，料不定也会触动一下帝王的慈悲神经，恩准宫人出嫁，或一定时期放一批宫人。从天宝末年至德宗、宣宗、僖宗，都有宫人用不同方式送诗于外，韩宫人天缘巧合，嫁给了拾得红叶的于佑。

还要说，唐朝宫人漂放红叶的故事，影响巨大，在后世为平民社会效仿发扬，折纸船、放河灯，寄希望于未知的未来。

281

感夫诗回夫心意

慎氏是毗陵（江苏武进）庆亭读书人家的女儿，唐懿宗咸通年间，三史严灌夫来毗陵游玩，和慎氏结成夫妇。严灌夫携夫人回蕲春（湖北黄冈），在蕲春一同生活了十余年，没有生子。严灌夫以慎氏没有后代的过错为由，叫慎氏回二浙，慎氏愤慨登船，临行前亲戚都来河边送行，慎氏写了一首诗和灌夫作诀别。灌夫看完妻子的诗，感到悲切、惭愧，便和慎氏和好如初。慎氏这首感夫诗是：

> 当时心事已相关，雨散云飞一饷间。
>
> 便是孤帆从此去，不堪重过望夫山。

事见唐范摅《云溪友议》。

诗极沉痛，无子被赶出，这不成文的规矩，源自"不孝有三，无后为大"的封建伦理，何以要全然加在妇女的身上？幸好严灌夫天良未泯，慎氏用诗才唤回了他的心。即令严灌夫心回意转，谁又能保证她不受另一种歧视和虐待？虽喜回心，更忧以后，一叹。

说一说唐代士族婚姻，人为的门第观念，良贱不婚及士庶有别，造成内部消化，排斥其他阶层。盛唐以前山东士族旧望不减，高门望族女子宁老不嫁，也不与别族通婚。一些旁支宗亲，也利用这种攀附名门之风提高社会地位，自称"禁婚家"，自增厚价。"禁婚家"是高宗指定的七姓十一家，规定他们不得自为婚姻，试图打破这种士族势力的内部垄断。但"禁婚家"皆世家大族，很难阻止，他们仍暗自联姻，不与别族为婚。元和五年

（810）白居易《秦中吟·议婚》描述这种现象，一边是门第婚姻的傲慢，一边是贫家女无财婚嫁的现实。诗云：

> 天下无正声，悦耳即为娱。
> 人间无正色，悦目即为姝。
> 颜色非相远，贫富则有殊。
> 贫为时所弃，富为时所趋。
> 红楼富家女，金缕绣罗襦。
> 见人不敛手，娇痴二八初。
> 母兄未开口，已嫁不须臾。
> 绿窗贫家女，寂寞二十余。
> 荆钗不直钱，衣上无真珠。
> 几回人欲聘，临日又踟蹰。
> 主人会良媒，置酒满玉壶。
> 四座且勿饮，听我歌两途。
> 富家女易嫁，嫁早轻其夫。
> 贫家女难嫁，嫁晚孝于姑。
> 闻君欲娶妇，娶妇意何如。

贫女尚难嫁，被严灌夫休回家的慎氏，估量日子就更艰难了。俗谚云："嫁汉嫁汉，穿衣吃饭"，直到近代仍然如此，今之社会存在的买卖女性的丑恶现象，亦是其变种。要说的是，中国古代社会对妇女亏欠太多！

孟才人唱河满子

孟才人很会吹笙歌，受武宗皇帝宠爱，宫妃女官之中，没有人能与她相比。

唐武宗病重，孟才人亲自侍奉左右，武宗对她说："我会不久于人世，你怎么办啊？"孟才人指笙袋流泪说："我对着它自尽。"武宗悲痛怜惜。她又说："我所学歌艺，愿对皇上唱一曲表述心情。"武宗点头同意后，她便歌一曲《河满子》，气尽而绝。武宗立即令太医来诊治，太医摇头说："脉还温，肠已断。"

武宗病故，将迁起棺木，却重得抬不起。人们议论说："莫非等孟才人吗？"命抬才人棺木来，果然才举起。

事见唐张祜《为孟才人叹诗序》、宋计有功《唐诗纪事》。

诗人张祜《宫词》有"故国三千里，深宫二十年。一声河满子，双泪落君前"。"自倚能歌日，先皇掌上怜。新声何处唱，肠断李延年。"孟才人殉情死后，张祜又有诗《为孟才人叹》，诗序说，孟才人是为真情死，武宗用真情问，孟才人便殉情，即使古人激于义愤，也不会比这更动情，"只为一声河满子，莫忘泉下吊才人"。

我不同意张祜的浅薄之见。唐武宗宠孟才人是否完全真情，从帝王角度看，是大成问题的；而孟才人死殉，完全出于真情，是无可怀疑的。唐武宗一句"我死后，尔何为哉"？话仿佛是平静温和，却无异于给孟才人下达了一道喝死令。从这点看，完全用真情的价值观来衡量孟才人又不一定妥当。她是被武宗用脉脉温情的轻纱掩盖下逼死的！

《河满子》的歌声，按张祜的《宫词》看，是否能动她另外一缕伤心的感情呢？这永远也是一个谜了。"故国三千里，深宫二十年"，可怜的孟才人，最后我们有感于事，也赋诗一首：

> 虚唱宫词满六宫，伤心感旧与君同。
> 乡思已绝三千里，肠断沧州双泪红。

张祜献诗王智兴

　　曾经被晚唐著名诗人杜牧誉为"谁人得似张公子，千首诗轻万户侯"的张祜，显然是一个诗才和个性突出的人。王智兴做徐州节度使时，有一天，他的一位从事在使衙院内聚饮赋诗，王智兴正要召集护军都来，那位从事便忙撤去文翰笔墨。王智兴说："刚才听大家作诗，兴致很高，为何见智兴就作罢呢？"从事又把纸笺呈放席上。一位小官吏也拿纸笺放在王智兴面前，只见王智兴提起笔立即写成一首诗：

　　　　三十年前老健儿，刚被郎官遣作诗。
　　　　江南花柳从君咏，塞北烟尘独我知。

　　诗风趣、谦逊兼有自嘲之意，四座都惊异嗟叹。张祜也在场，一位监军对张祜说："这样的美事，你难道无言吗？"张祜于是献上诗说："古来英杰动寰区，武德文经未有余。王氏柱天勋业外，李陵章句右军书。"左右的人见后议论说："一个文人的逢迎之词罢了。"王智兴听后呵斥说："有人说我坏话，尔等又答应吗？张生是海内知名文人，他的诗篇文章岂能随便得到，天下人知道，将会知我王智兴乐善好文了。"
　　事见宋计有功《唐诗纪事》。
　　中晚唐的文人入幕，大批诗人参与，幕府不再是武官翔集之地。幕府唱和，难得的是府主王智兴不是专听谄辞的人，武人文会有雅兴能习诗，这倒使一批以为好武事必无文的人深感意外，他们的"惊嗟"就是明证。
　　有个性的张祜不会故为谀词，他是实实在在赞，王智兴是实实在在受，风雅本色，使一切附庸与虚美黯然敛尽。那些被王智兴呵斥的左右人等，应该诧异得无地自容才是，该蔑视的是他们自己。仔细想想，王智兴从参会到习诗到发言，他的心地确实闪着尊重知识、尊重人才的亮点。这是西周招贤入幕的遗风，是唐代诗赋取士行文治之功。

吝啬相王涯豪奢

唐文宗时，宰相王涯豪富天下，穷侈极奢，庭院中凿一口水井，用金玉作栏杆，严严实实地锁住井口，他把从天下搜罗的珍奇宝玉和金锭珍珠，投入井中，然后汲起井水，供自己饮用。不久，甘露之变，王涯被大兵们斩头杀死，诛灭了全族。据说王涯死后尸体骨肉的颜色都呈金黄色。

王涯又吝啬成性，家财积累万贯，从不蓄养妓妾女色，常穿粗布衣、吃素菜饭，但特别爱好古人名画，收集了许多，有的字画不能得到，一定千方百计以构陷来取得。待到他的家被破，来人见家中有这么多卷轴，有的只剔取装卷轴的金玉盒子，那些书画都丢弃于道途，一任车马践踏。

事见唐李亢《独异志》、元辛文房《唐才子传》。

据《旧唐书·王涯传》，当时，有十一族钱财货物全被兵掠。王涯居永宁里，抄家时，钱财多得一天都未取尽。他还有珍稀善本数万卷，同于秘府内藏。前代的法书名画，别人珍爱难以罗致的，便多给钱财购取，不受钱财的，便以给官爵诱换。他在家中筑起厚墙复壁收藏，后来灭族破壁，掠取弃于道路者不计其数。

爱名书画，求名书画，藏名书画，这样雅兴，难得。家财巨万，不蓄声妓，布衣素食，更难得。王涯有诗才，如《平戎辞》：

> 太白秋高助发兵，长风夜卷虏尘清。
> 男儿解却腰间剑，喜见从王道化平。

单看这样的王涯我赞赏。全面看其行事，我又不与苟同。他搜求侵吞名书画，不择手段，极端贪馋，不惜构陷利诱，巧取豪夺。他敛财贪贿，有虎狼凶心；他投金下井，堪比守财奴；他布衣粗食，吝啬到家；他不近女色，泯灭七情六欲。前面的"难得"被后面劣行掩尽。谚云"人有三季草，不穷不富不到老。"作为宰相和诗人，对他的结局，不由唏嘘一叹。

韦思明绿林敛迹

晚唐乾符年间，李汇征游历闽、越至循州（广东惠州），遇雨寻求住宿地，有人指前面姓韦的庄户可宿。他走到庄户，庄上迎接客人的是一位八十余岁的老者，自称野人韦思明。李汇征便与老者谈论，李汇征非常健谈，但无论诗史，都难不住老人。他留宿两晚，谈论几十家作品，谈到诗人李涉的诗，主人非常称道，李汇征于是吟诵涉诗："远到秦城万里游，乱山高下出商州。关门不锁寒溪水，一夜潺潺送客愁。""华表千年一鹤归，丹砂为顶雪为衣。泠泠仙语人听尽，却向五云翻翻飞。"韦思明也接上吟诵两篇："因韩为赵两游秦，十月冰霜渡孟津。纵使鸡鸣见官吏，不知余也是何人。""滕王阁上唱《伊州》，二十年前向此游。半是半非君莫问，西山长在水长流。"李汇征重新吟李涉一首《赠豪客诗》，韦老听后愀然变色，半晌说："我年轻时行为不好，浪游江湖，心中有不平事，结交些不法之徒横行于世，后来船上抢劫时遇见李涉，我知道他名重诗林，喝叫手下不能动手，蒙他写一首诗相赠，因此我终止了绿林行为，心中铭记，便隐迹于罗浮，经历了十几年后，更知道李涉博士亡故，我也没有再游秦楚之地，怃今追昔，有时不禁潸然泪下。"说罢端起酒杯奠酒，拂动衣袖歌吟那首赠诗：

> 春雨潇潇江上村，绿林豪客夜知闻。
> 相逢不用相回避，世上如今半是君。

韦思明还将李涉手书取出给李汇征一见。

事见唐范摅《云溪友议》。

改恶从善，这是一例。文人，一向是手无缚鸡之力者流，面对盗贼，无法敢言抵抗；盗贼，都是杀人不眨眼心狠手毒之辈，文人遇盗，无异于羔羊遇虎狼，必无幸矣。但，这位魔头，江洋大盗，绿林豪客，却在一介书生面前放下屠刀，惊异之余，不禁浩叹，无形的文明战胜了有形的屠刀。这是精神文明的胜利！警告后来人，许许多多铤而走险的法盲，应以韦思明为马首；任何的繁荣盛世，以精神文明为倡导，何愁不会路不拾遗、夜不闭户，何愁不会刀枪入库、马放南山。

慕贾岛李洞造神

　　诗人李洞，是李唐王族的孙辈，游历西川，最为仰慕寒瘦诗人贾岛的诗，甚至不惜铸造一尊贾岛仪容的铜像，顶礼膜拜，常念称佛，奉之如神。李洞的诗作《终南山》二十韵，有诗句"残阳高照蜀，败叶远浮泾"。当时的人只是讥诮他这句诗僻涩不畅，却未能领略它奇异峭拔的功夫，只有文士吴子华很了解他。李洞诗是：

> 关内平田窄，东西截杳冥。
> 雨侵诸县黑，云破九门青。
> 暂看犹无眶，长栖信有灵。
> 古苔秋渍斗，积雾夜昏萤。
> 怒恐撞天漏，深疑隐地形。
> 盘根连北岳，转影落南溟。
> 穷穴何山出，遮蛮上国宁。
> 残阳高照蜀，败叶远浮泾。
> 斸竹烟岚冻，偷湫雨雹腥。
> 闲房僧灌顶，浴涧鹤遗翎。
> 梯滑危缘索，云深静唱经。
> 放泉惊鹿睡，闻磬得人醒。
> 踏着神仙宅，敲开洞府扃。
> 棋残秦士局，字缺晋公铭。
> 一谷势开子，孤峰耸起丁。

远平丹凤阙，冷射五侯厅。
万丈冰声折，千寻树影停。
望中仙岛动，行处月轮馨。
叠石移临砌，研胶泼上屏。
明时献君寿，不假老人星。

吴子华才力宽广，读书像后代的苏轼读汉书那样以"八面受敌"方式苦攻，又很精通韵律，心如同万仞高峰游骋般钻研诗骚，他曾经拿写作的百篇诗歌给李洞看。李洞说："大兄所给的百篇中，有一联堪称绝唱，就是你那《西昌新亭》'暖漾鱼遗子，晴游鹿引麛'。"他实则把吴子华的诗取笑如鱼产卵、鹿带子，吴子华不仅未埋怨他的鄙夷，却还高兴他赞许自己。其实吴融的诗，文藻赡远，颇有情致，如《西陵夜居》：

寒潮落远汀，暝色入柴扃。
漏永沉沉静，灯孤的的清。
林风移宿鸟，池雨定流萤。
尽夜成愁绝，啼螀莫近庭。

事见唐末王定保《唐摭言》、宋计有功《唐诗纪事》。

能够写出"药杵声中捣残梦，茶铛影里煮孤灯"（《上崇贤曹郎中》）这样触目惊心好诗句的诗人李洞，为何崇拜寒瘦诗人贾岛到如此程度，令人百思不得其解。是李洞生性谦逊吗？却又对吴融那样的讥嘲、那样的刻薄。李洞不是蠢物，也并不愚笨，他对贾岛的个人崇拜达到迷信程度，礼之如佛，实实在在地造神，幸好没有造成泛滥的影响，也就不必加以理会和清算。他把一个距离一流还有距离的诗人奉为伟大诗人，是不是另有心机的图谋？李洞学贾岛诗，确实也算学到家了，在没有任何特殊原因可以解释的时候，只能从纯文艺观点看，"吃酒不吃菜，各人心头爱"。

遇汪遵许棠盛气

晚唐，宣城有一个叫汪遵的士人，少年时做乡间小吏。他的同乡文士许棠，一个小有名气的诗人，已经应了二十多次京考，汪遵仍然在做乡吏。汪遵很能写绝句诗，却从来深藏不露。有一天他辞却乡吏去京城参加考试，正逢许棠到了浐水灞桥送朋友，汪遵与许棠在路上不期而遇，许棠劈头便问他："你有什么事到京城？"汪遵说："参加科举考试。"许棠一下生气了，怒形于色地说："你这小吏不懂礼教，太不自量力了。"谁料汪遵成名五年后，许棠才考中登第。汪遵是咸通七年（866）登上进士第的。

事见唐末王定保《唐摭言》。

生活中像许棠这样的角色不少，他们自以为"是"，不许别人"是"，恶劣的傲慢，使人想起阶级偏见的幽灵，他是诗人，自认高一等，汪遵乡吏，低贱卑微。可怜许棠落魄二十余举，受尽愚弄，愈之如此，愈心理变态，愈变本加厉自视甚高，恰恰生活给他开了一个不小的玩笑，路遇汪遵，高低易位，他汗颜吗？这种底层轻贱之"恶"，"你也配姓赵"的心思，至今未曾断片儿。还要说汪遵，他坎坷奋斗的经历虽难以了解，但他的诗才可以证明他并不是伪劣。如他的《长城》诗：

秦筑长城比铁牢，蕃戎不敢过临洮。
虽然万里连云际，争及尧阶三尺高。

许棠遇汪遵发问，潜台词已经道出，京城是你随便来的吗？当怒斥汪遵不自量时，他的盛气实在已"连云际"了，他后来是否意会到，自己还不如那"三尺尧阶"上的茅草呢，无法确知，属于我的糊涂联系。《太平御览》引《尹文子》："尧文天子，衣不重帛，食不兼味。土阶三尺，茅茨不剪。"尧帝虽为天子之尊，但他居住的房屋却是用茅草芦苇做成的屋顶。

汪遵擅长咏史，此诗咏秦帝国万里长城，高接云天，但穷兵黩武，仁政不施，雄图远略又如何，还不如尧帝居所的矮矮三尺土阶。在今天治国理政"以人为本"不也是有意义的吗？

最后说一下，晚唐咏史诗，可分为两线，一是以李商隐、杜牧、温庭筠为代表的贵族诗人，深入历史凭吊逝去的荣光岁月，为贵族社会哀唱夕阳挽歌；另一条线是以胡曾、孙元晏、汪遵为代表的平民诗人，括书咏史，但更多是为咏史而咏史，为怀古而怀古，只能算诗家"射雕手"，不如李商隐、温庭筠寄托遥深的对现实处境深沉的人生感慨。

及第状元成驸马

郑颢出身荥阳郑氏，名门望族，自幼爽悟，博闻强识，祖父是唐宪宗宰相郑絪。武宗会昌二年（842）殿试，以状元夺魁。大中二年（848）唐宣宗为长女万寿公主择选夫婿，白敏中推荐郑颢，可郑颢与范阳卢氏女婚约在身，已赴楚州（江苏淮安）迎娶。车马行至郑州，被白敏中以宰相名义发堂帖召回。成了历史上唯一"状元驸马"。郑颢并不情愿，对白敏中恨之入骨，一心想要报复，总在宣宗前告他御状。

大中五年（851）白敏中罢相，任邠宁（陕西彬州）节度使。临行上奏说："往昔我为公主做媒，可郎婿不乐国姻，衔臣入骨。从前我在中书，他把我没办法，但我一去玉阶，他必媒孽陷害我。恐怕我死无葬身之地啊。"宣宗乐了，说："你说的太晚，这些我早就知道。"便叫人取来桎木盒子，交给白敏中说："里面装的全是郑颢说你的文字，我将它赐给你。我要是相信，你还能这样吗?"

事见唐裴庭裕《东观奏记》。

白敏中本想既拍皇帝马屁，又讨好未来驸马，但他心里的小算盘打错了，看似趋之若鹜的皇室婚姻，驸马座席，郑颢不买他的账。民间有句老话"做桩媒，霉三年"，这一桩媒，白敏中把自己做"霉"了，从此他再也未能返回朝廷。

实际上中晚唐士人驰逐的是"五姓女"，皇家公主并不吸引他们。郑颢名门世家，祖父宰相，父亲国子祭酒、兵部尚书，本人又是状元，不同一般士人。他与同为山东士族的北方冠族"范阳卢"，有门当户对的婚约，被人生生拆散，自然怀恨在心。还要知道中晚唐，武宗是中兴传统贵族祖宗家业的最后一位皇帝，宣宗是扶掖平民势力改变唐代社会最深刻的一位皇帝，郑颢对白敏中的仇恨，实则是传统势力与平民新贵斗争的反映。争夺社会的结果，历史重车阻挡不住地走向平民社会。郑颢有一首《置酒》，与李商隐伤悼贵族社会的情感相通，诗云：

> 酒熟人须饮，春还鬓已秋。
> 愿逢千日醉，得逭百年愁。
> 卒卒周姬旦，栖栖鲁孔丘。
> 平生能几日，不及且遨游。

筇竹杖错赠老僧

唐朝宰相李德裕曾经两次在浙江任职。第一次任职期满，他去游览清幽的甘露寺，顺便同那里的老僧话别。甘露寺的老僧很善于待人接客，态度恭谨和蔼。他与人谈话，只笼统地涉及一般佛经释义，不大答对其他问题。因而，赢得了李德裕对他的敬重。

李德裕喝过茶，将要告辞时，对老僧说："过去有人送我一根筇竹手杖，现在我把它转赠给你，聊作临别纪念吧。"说罢，嘱咐人把手杖取来。这是一柄罕见的手杖，样子奇特雅致。虽然是竹子的，但竹竿不是通常的圆筒形，而是呈四棱形。把手向上，由竹节四面相对生出一芽极微小的竹箨来。这种不经雕琢、浑然天成的特殊形态，给人珍奇的感觉。况且，它是李德裕平素喜爱的东西，珍贵程度可想而知。

几年后，李德裕再任浙江。又经甘露寺，故地重游，睹景思物。李德裕一见老僧的面，就关切地询问他遗送的那柄方竹杖下落。

"啊，方竹杖，还在，还在。"老僧眉开眼笑，连连说道，"我一直珍藏着它！"

李德裕一听，兴致很高，抱着怀旧心情，请老僧赶紧把方竹杖取来，让他观赏。可是，等到老僧把手杖递到他面前时，他愕然了，方竹杖的棱棱角角已被削光磨平，成了司空见惯的圆筒形，外面还厚厚地涂了一层漆！

李德裕怀着痛苦和惋惜的心情，怏怏离去。接连几天，后悔、惆怅的情绪一直萦系在心。他喜爱收藏古董，在西域大宛国馈赠给他的竹杖中，只有这一根是方的，怎不叫他感到痛惜呢？从这以后，他不再去看老僧了。

事见宋曾慥《类说·规圆方竹杖》。

正直挺拔，是方竹的独特风格，也是它与其他竹子相互区别的显著标志。可在幽居古刹的老僧看来，竹子是圆的，不能方；是方的就要规圆，他还在规圆的竹子上厚厚地涂上一层保护漆，彻底改变了方竹面貌。这人迂腐、无知、圆融到极点，难怪李德裕对他十分的怨恨和鄙视。

老僧还象征旧势力。他们习惯于一种刻板生活，一种僵死规格，就像习惯佛堂里不变的单调的木鱼音声。他们对没有见过的事物，没有见过的风格，看不顺眼，一定要依照他们头脑里僵固的模式，加以改造，直到新事物变样，新风格丧尽。故事正是对这种愚昧无知、观念陈腐、昏昧独断、落后保守、顽固不化的人事的尖锐讽刺。

缺检点崔涯失妻

　　崔涯是吴楚一带有名的狂妄年轻人，同诗人张祜齐名，常在娼楼花馆题诗，大街上常给人吟诵，被他称赞的娼女便声价顿增，车马盈门而来，被他毁谤的娼女便无人光顾、无不害怕。他有嘲谑的诗说："虽得苏方木，犹贪玳瑁皮。怀胎十个月，生下昆仑儿。"大意是嘲谑一位娼女昆仑儿的出身。又作诗戏弄说："布袍披袄火烧毡，纸补箜篌麻接弦。更著一双皮屐子，纥梯纥榻出门前。"他曾赐给娼女李端端一首诗说："黄昏不语不知行，鼻似烟壶耳似铛。独把象牙梳插鬓，昆仑山上月初生。"端端得到诗，忧心如捣，从使院饮宴归时，远远地见崔涯、张祜二人轻步走着，她便在路旁两次展拜说："端端只候三郎、六郎，恳请垂望哀怜。"崔涯便又重新赠她一首绝句夸美她，于是大商家豪户，都争着到端端的门前。有人开玩笑说："李家娘子，才出污黑的墨池，便登上洁白的雪岭，怎么会料到一日间，黑白体现如此鲜明？"娼馆红楼欢乐，没有不怕崔涯嘲谑的人。

　　张祜、崔涯长期在扬州，天下平静，他们的诗篇文词放纵，贵族权要们又钦佩又害怕。崔涯的妻子姓雍，是扬州总校（武官名）女儿，容貌气质安闲优雅，夫妻和睦。雍家的人认为崔涯很有诗名，资助他许多钱物，崔涯常在雍家吃饭，对雍家长辈没有一点敬畏的脸色，只呼岳父"雍老"罢了。雍父长时间后不能容忍，怒气冲冲拿上剑，呼唤女儿叫出崔涯说："我是河朔的人，只承习弓马武事，生的女儿理应嫁给从武人家，我空慕文流的美德了，小女背离你后，不能别嫁他人，我就要让她出家，你们如不同意，我便举剑！"说时，立刻令女儿削发为尼。崔涯才悲痛哭泣表示悔过，雍父也不听分说，亲戚人等都挥泪恸哭。别时容易见时难，崔涯没有办法，裁纸作诗留赠。至今江边离别愁情，没有不吟诵这首诗来惜别的。诗是：

> 陇上流泉陇下分，断肠呜咽不堪闻。
>
> 姮娥一日宫中去，巫峡千秋空白云。

事见唐范摅《云溪友议》。

诗人崔涯不拘小节致招家难，令人唏嘘。可见小节是要拘一拘的。崔涯患了不少文人骚客的毛病"名士风流大不拘"，说穿了，不过是一股志得意满的神经在作祟。病轻者倒也无妨，病重者则简慢无礼，如崔涯，连岳父都懒得称，叫"雍老"，魏晋风度也不是这般使的，他"病"得够浑、狂妄得出格，得到失妻的"因报"，"木匠带枷，自作自受"。还要说，他谑嘲娼女，砸人饭碗，毁人声誉，千万别以为是本事，而是缺德。

雍父也足够混账，生拆了这对鸳鸯，坑苦了女儿，他报复崔涯，只逞一时之快，他又患了固执愚蠢的"短视病"，看不到自己付出的沉重代价。他的作为令人生气，他那把斩情断爱的剑，也是属于封建道德脑袋燃旺的火淬成的一把邪剑。

谒李绅张祜钓鳌

会昌四年（845）丞相李绅外出领任淮南，交往的都是尊显贵族，对平民百姓很冷淡。如果不是皇族或公卿将相有言语托咐，便没有能被接见的。张祜与崔涯一同寄身府下，前后廉使闻知张祜诗名响亮，都厚重地礼待他，唯独李绅到任，不能得到接见。张祜于是写好名片拜谒求见，用诗题头衔"钓鳌客"，等候着便呈送进。李绅于是叫带他过来，怒冲冲恨他狂妄放肆，想在言谈时挫伤他。等到见得张祜，未等他从容发问，便说："张秀才既通钓鳌，你用什么作鱼竿？"张祜对答说："用天上长虹作竿。"又问说："用什么作鱼钩？"回答说："用初生月亮作钩。"又问说："用什么作鱼饵？"回答说："用唐朝李丞相你作鱼食。"李绅思量很久，说："用我为饵，钓也不难钓得。"于是叫拿酒来对面斟饮，谈笑了一天。李绅喜欢张祜触及事物，善于偶对，便成为诗酒之友。议论的人认为张祜是一个异端人物，李丞相喜欢他善于取媚，议论者更不称许李绅，讨厌他是一个虚伪的人。

事见唐范摅《云溪友议》、宋计有功《唐诗纪事》。

张祜取媚了吗？这题衔"钓鳌客"，不无雅谑，绝非媚行，一个处士敢雅谑到丞相头上，一旦巨鳌生威，区区钓竿能抵何用？张祜实则有猖狂肆傲之态，一支钓竿，要把丞相巨鳌玩弄于股掌之上，他也钓得了这只巨鳌。张祜的勇气，来自底气，响亮的诗句是他的底气，没有底气不会有勇气，如果钓者是一个庸才，早已葬身鳌腹。他是有勇有谋有智的"钓鳌客"，不是提起脑袋的"亡命徒"。

李绅是虚伪的人吗？作为巨鳌的他，乐滋滋上钩，不是卖弄尊严的权贵，是爱才识才的诗人。

　　呜呼，牛李党争，李绅属传统保守立场，捍蔽贵族价值的中坚，讥讪谤毁他的谣言，令人叹为观止！一是被新贵平民派讥为"短李"，白居易说"李十二绅形短能诗"。二是受"牛党"头面人物李逢吉排挤打压，幸遇唐武宗会昌中兴，迁任尚书右仆射。三是极尽所能散布李绅花天酒地的私生活，据《本事诗》，李绅罢镇在京，慕刘禹锡之名，宴请刘，让家妓歌舞，排场奢靡，席间刘禹锡吟诗："高髻云鬟宫样妆，春风一曲杜韦娘。司空见惯浑闲事，恼乱苏州刺史肠。"李绅因以妓相赠。无论事实与否，似乎都在揭露李绅豪奢糜烂蓄养家妓的生活。再如诋毁李绅，性格褊直、骄恣傲慢，与曾有提携之恩的韩愈相互口角，贾岛、李贺也与他各行其道。总之，历史全是负面评价。在此我要说刘禹锡、贾岛都是反对传统贵族的力量。至于说与立场相近的韩愈口角，与同为贵族阵营的李贺分裂，那更是对手的蛊惑与挑拨。就此便可鉴知中唐党争之酷烈，平民新贵之无底线。所以能看懂政治的人不多，治国的精英永远只是极少数，其余皆是愚众，被当着枪使却不自知，亘古亘今，颠扑不破！

　　李绅是李党重要成员，虽为传统贵族阵营，却关心百姓疾苦，他有两首《悯农》，"四海无闲田，农夫犹饿死""谁知盘中餐，粒粒皆辛苦"。他率先写"乐府新题"二十首给元稹，开了新乐府诗之先。中晚唐对他抵诃未必真实，历史没有对错，由胜利者书写，会昌中兴失败，传统贵族谢幕，平民新贵掌控社会，大中元年宣宗登基，"削绅三官，子孙不得仕"。平民阵营的迫害毫无底线！百年中国社会左右之争亦然。左派打着为民的正义旗帜上台，好话说尽，却不太顾念底层百姓；右派掌权的年份，只做不说，反而发展民生，古今中外，规律如此，概莫能外！

不糊涂宣宗诏任

　　唐宣宗坐在朝堂，应对官员趋至堂前，一定等气息均匀松缓，然后才问事。丞相令狐绹进奏李远任杭州刺史，宣宗说："近来听说李远有诗'长日唯销一局棋'，这样的人难道可以到郡衙做官吗？"令狐宰相回答说："诗人的话，不能作为实事看待。"仍然推荐说李远清廉细心，可堪大任。于是宣宗同意下旨任命。

　　事见宋王谠《唐语林》。

　　李远是幸运的，唐宣宗不是糊涂皇帝，名流的状况他知晓，官员的任命他要过问，尤其不主观片面，听得进申辩意见，做一面镜子，可以观照历代的帝王。

去私恩薛能奉法

　　唐懿宗咸通十二年（872）四月，宰相路崖充西川节度使。路崖一出城，路上行人便用碎瓦块掷打他。那时，京城的长官是诗人薛能，他是路崖提升的。路崖便来求薛能，说："我临到离京那天，会遇到人们用瓦块对我，饯行困难，你想想办法。"薛能慢举朝笏对答说："从来宰相出行，京城管辖的部门还没有过派人保卫的先例。"路崖听了，很是羞愧。

　　事见宋司马光《资治通鉴·第二五二卷》。

　　薛能为官，确乎好样。从路崖的要求看，并不为过，派点人马做一做保卫，维护维护现场，给点面子，保证饯行，何况薛能是他举荐，这点小通融，够不上报恩。他精打细算，向提升对象开了口，可算盘打错，被薛能公事公办回拒了。据《新唐书·路崖传》，路崖在相位，广收赂遗，贪腐成性，与韦保衡当国，势动天下，权倾朝野，人称"牛头阿旁"，意思是二人像恶鬼，阴恶可畏。可见人们在打鬼，打路崖这贪鬼、馋鬼。

　　值得称一称薛能，用"奉法唯谨""治政严察"还不够。他对面是元凶恶首，已不顾安危；他眼前是恩人，却照章办事，持公谊不图私恩。他对路崖的话，结结实实给了他几"砖头"，打得重重的，让他"惭"，让他"羞"，这"羞惭"滋味是"牛踩乌龟背，痛在心里头"。

温庭筠恃才傲物

晚唐诗人温庭筠才情富赡，很擅长小赋，每次入试，都按规定官押作赋，敏捷迅快，只须手交叉八次就能成韵，人称"温八叉"。他与李商隐为友，时号"温李"，商隐强项骈文，一次对他说："近日我得到一联句：'远比召公，三十六年宰辅。'还未想到偶句。"温庭筠脱口而出："何不用'近同郭令，二十四考中书。'"

唐宣宗赋诗，"金步摇"未能对出，便派人叫进士们对句，温庭筠对以"玉条脱"，宣宗很赏识。药名"白头翁"，他便对"苍耳子"。宣宗爱唱《菩萨蛮》调，令狐绹便用温庭筠新词密送宣皇，叫庭筠切莫外泄，但他转身便告诉别人，从此便疏远了他。温庭筠曾以"中书堂内坐将军"，讥嘲令狐绹腹中无学。唐宣宗喜乔装出行，与温庭筠道途相遇，庭筠没认出，倨傲地问："你不就是长史司马之流的官吗？"宣宗笑而不答，说："不是。"他又问："那是六参、薄尉之类？"也不作正面回答，又说："不是。"后来温庭筠贬方城尉，给他制词是："孔门以德行为先，文章为末，你德行无可取之处，文章何能称是？空负不羁之才，罕有适合的时代。"

杜悰由西川节度调任淮海，温庭筠诣门造访，在韦曲杜氏林亭留诗：

> 卓氏炉前金线柳，隋家堤畔锦帆风。
> 贪为两地分霖雨，不见池莲照水红。

邠公杜悰得诗，十分喜爱，赠绢帛一千匹。
事见五代孙光宪《北梦琐言》、宋尤袤《全唐诗话》。

温庭筠天资高，素质好，是上天给予的聪明；令人讨厌，他生性不好，人前逞能，那首《菩萨蛮》，密送宣皇，叫他不可透漏，转眼就悉知于人。这等人任是才高，天宽地广，却哪儿也不能容下。为他的聪明才智，一叹！

聪明反被聪明误，但我要说，千古以来都这么看温庭筠，从没有看看他的对手是什么人，他的好友又是谁。想一想牛李党争，想一想门第出身，各自阵营便一目了然。历史进入中晚唐，平民社会来临，不止他，杜甫、李商隐、元稹、李绅许多良好门第出身的诗人都受到贬损人格的评价，并进入两《唐书》引导后人。或许真不是真相。

柳公权善作御用

柳公权唐武宗时供职内庭，到了宣宗执政，不知何故，宣宗对一位宫嫔很不中意，生气已久，后来又召进那位宫嫔，对柳公权说："我怪罪这个人，如果得你一篇诗文看看，心里的怨气该会消消。"看御案前几十幅蜀笺便交给柳公权。公权略不停思便写成绝句一首：

> 不分前时忤主恩，已甘寂寞守长门。
>
> 今朝却得君王顾，重入椒房拭泪痕。

宣宗读后十分高兴，赐锦彩二十匹，令宫嫔拜谢柳公权。

再说唐文宗时，柳公权做翰林学士，随从皇上到永安宫，在园苑中，文宗对公权说："我有一喜事，本要赐衣边庭，很久了，没有及时做成，今年二月终于春衣做完发放了。"柳公权听罢进前奉贺，文宗说："可用诗来贺我。"柳公权应声说："去岁虽无战，今年未得归。皇恩何以报，春日得春衣。""挟纩非真纩，分衣是假衣。从今貔武士，不惮戍金微。"意思是皇帝劳军，挟纩非真，分衣是假，而今而后，勇猛的将士，会更加保家卫国、守护边关。唐文宗十分高兴，对他大加厚赏。

事见唐末王定保《唐摭言》。

柳公权，属于一个够格的"御用文人"，桂冠不雅，但公权内心善良，尽心尽力，揣摩上意，拿捏精准。唐宣宗对宫娥有怨气，或遣或杀，本可一语处置，但他既爱又恨，便召公权帮他解压，一首绝句，消了皇帝的气，宽了皇帝的心。公权见善若惊，疾恶如仇，同情弱势宫娥，心怀霜雪，是一般御用难以做到的。唐文宗不是只顾个人淫肆的帝王，体恤戍卒冬寒之苦，赐衣边庭，虽无战事，仍要显一显皇帝的恩润，公权应制，谀颂得好，肯定了帝王该肯定的事，奉承皇帝，抚慰将士，他心地善良、忠果正直，这恐怕又是一般御用文人难达到的境界。

马戴济困惊许棠

诗人许棠长期在文场考求仕进却未中第。咸通末年（874）马戴辅佐大同军幕，许棠去拜访他，马戴待他如对老朋友似的。许棠流连数月，每天只是受到赋诗饮酒很好的款待，却没有问及他任何要求。一天早晨，许多宾朋聚会一堂，马戴叫使者把许棠家信交给他，许棠十分惊愕，待他启开书信一看，原来是马戴派人到他家救济困难了。终日奔走的咸通诗人，几乎都有自卑、自疑到自尊的悲苦经历。

事见唐末王定保《唐摭言》、宋计有功《唐诗纪事》。

扶危济困，是传统美德，救扶在不言中，或者说根本不让困危者知道，更是美德中之美德。人人能像马戴从善服义，有君子古风，天下将是怎样的天下！以写洞庭景色驰名，荣获"许洞庭"称号的诗人"惊愕"，不只是赞了马戴依从善道的美德，我想，那惊愕之外，更惊悟社会之无情、善举之意外。

还要说马戴，诗在唐朝小有名气，但清德和品位却是颇高的。他是武宗中兴贵族，会昌四年选拔的进士，自然受到宣宗扶植平民新贵的无情打压，不容于时，最终以直言获罪，贬谪边荒之地朗州龙阳（湖南汉寿）尉。可见传统贵族与平民新贵的争斗中，个人立场影响命运，人生沉浮不可自主。他的诗如《江行留别》：

> 吴楚半秋色，渡江逢荻花。
> 云侵帆影落，风逼鸟行斜。
> 返照开岚翠，寒潮荡浦沙。
> 余将何所往，孤峤拟营家。

千古风流杜牧之

太和末年（835），杜牧任侍御史又出来辅佐江西宣州，虽然所到之地都游乐过了，却始终未感如意。及至闻道湖州的风物好，又多漂亮女子，便心向往之。

湖州刺史是杜牧的友好，很明白他的心意。杜牧一到湖州，便尽量安排游宴之乐，凡美女名妓，力所能致，都一一请来，杜牧仔细看后，说："漂亮，但并不完美。"刺史再征问他意见，杜牧说："愿能公开组织水戏，使船上人都来看，四面汇合，我闲行过目，可望此时，或许有更漂亮的。"刺史同意，就此安排。次日早晨，两岸观者都站满了，直到天晚，杜牧意无所得。停船靠岸时，在人丛中，忽见一位妇人带着一个鸦头女，约十余岁，杜牧仔细一看，心中怦然，说："这才真是国色天香，从前的美女都是虚设罢了。"因此叫人告诉她母亲，接到船里。母女都又惊又怕。杜牧说明心意后，又说："暂不迎娶，以后再说吧。"妇人说："将来失信，又当如何？"杜牧说："我不出十年，一定来这里任地方官。十年不来，就任随另嫁他人吧。"妇人答应后，杜牧便给了很大一笔钱留作信物而别。他回朝后，很以湖州为念，可是因官位还低，不敢请湖州之任，后来升黄州、池州又转睦州，都不如自己的心意。杜牧过去与周墀友好，正好周墀做丞相，他便写了长信与周墀，求任湖州的官。大中三年（849）才授湖州刺史，屈指算来，十四年已过，从前留信约的女子已另嫁三年，生了三个孩子。杜牧到湖州急忙使人去召母女，母亲怕女儿被夺，携幼子同往。他质问其母说："从前已许嫁给我，为何反约？"母说："从前你约的十年，十年不来则另嫁，嫁已三年了。"杜牧便取过那信，在光亮处一看，不禁说："文词是直率明白的，

311

强为确非好事。"于是用厚礼送了母女回去。写诗自伤：

> 自是寻春去较迟，不须惆怅怨芳时。
> 狂风落尽深红色，绿叶成阴子满枝。

意思是，只是我寻春去得太迟，不必愁怨怅望当时，狂风已吹尽红花的娇艳，而今绿叶满树子满枝。

事见唐高彦休《唐阙史》、宋计有功《唐诗纪事》。

杜牧的浮浪是有名的，他曾沉迷歌楼酒馆，"十年一别扬州梦，赢得青楼薄幸名"。这自述诗一则可见他混迹青楼的糊涂岁月；一则又见他扬州梦后的清醒人生。他真的醒悟了吗？肯定没有，他是一粒多情种子，到处都显露情根情芽，例如他在池州时，也有风流韵事。据《二老堂诗话》，杜牧在池州，有一个小妾怀孕后离开了他，嫁给州人杜筠，生的那个儿子，就是晚唐很有名气的诗人杜荀鹤。《二老堂诗话》作者周必大说这件事人们知道得极少，他过池州还曾写诗说："千古风流杜牧之，诗材犹及杜筠儿。向来稍喜《唐风集》，今悟樊川是父师。"

怎么看杜牧的"千古风流"？他虽不属巧取强夺玩弄女性的流氓汉，说他是失行的文人诗客，是毫不过分的。

晚唐小李杜都是贬议较多的贵族诗人，他们生活在牛李党争时代，游走传统贵族与平民新贵之间，但各自人生却不同，李商隐站在贵族阵营，杜牧倾向平民新贵，所以杜牧际遇好于李商隐许多。

自取辱任蕃改诗

晚唐诗人任蕃家贫，武宗会昌年间，初举乡贡，步行到京城。落第归来，便放浪江湖间，吟诗弹琴自娱。他曾到明州（浙江宁波）巾子峰游览，兴致很浓，题诗于寺庙院墙上：

> 绝岭新秋生夜凉，鹤翔松露湿衣裳。
>
> 前村月落一江水，僧在翠微开竹房。

游罢巾子峰，又到钱塘江，夜里，他发现月亮下落，江水也随潮落而退，只剩下半江，顿时感到前时写的"前村月落一江水"不符事实，心中不安，决意要回转去改诗。谁料回到题诗处，发现写的"一江水"，那"一"字，已被人添两点一横一竖，改为"半江水"了。他一打听，才知题后不久，一位官人路过，看了诗后改的，不禁喃喃自语，真是"一字之师"啊！

事见明李东阳《麓堂诗话》引元杨士宏《唐音遗响》。

任蕃，这位在唐代几乎谈不上一点名气的诗人，仕进未第，放浪山水，本无可厚非，偏生喜欢附庸风雅。吟诗自娱罢了，却要来诗一首，题在寺庙墙上任人指点。自然，他是想显扬一下才气，却忘了称量自己。

一个自取其辱的人，回头改诗，深心处是维护自己脸皮，怕人耻笑。这倒可警诫许多今人，比起任蕃，诗艺差之甚远，也大笔一挥，到处题写，错的地方发现不了，即便发现又马虎了之，诸如此流，更是等而下之。至于名山大川，旅游胜地，更有无知者，腹肚空空，刀刻笔写，"某某到此一游"，那就像低等动物，本能留下气味，这便令人切齿了。

313

薛逢写诗轻二相

　　唐朝王铎、杨收都是诗人，和薛逢同时在文场参加考试，武宗会昌元年（841），礼部侍郎柳璟主持考试，三人同登进士第，薛逢排会昌状元崔岘榜第三位。薛逢文词俊拔，抱负远大，可惜武宗中兴很快过去了。宣宗登基，扶植新贵，打压传统势力，他成了党争牺牲品，再无腾达机会。平民新贵说他为人激切，恃才傲物，其实都是表象，他实为传统阵营。

　　后来杨收做了宰相，他的词艺才华不如薛逢，薛逢有诗，微词讥讪："须知金印朝天客，同是沙堤避路人。"意思说掌金印的丞相，与我同是马路上一般人。

　　杨收听后，大怒，心中嫉恨。王铎做宰相，薛逢文才也优于他，薛逢又有诗訾短："昨日鸿毛万钧重，今朝山岳一毫轻。"意思是昨日的鸿毛千万斤重，今天的山岳像一片毫毛轻。王铎也大怒，甚为怨恨他。

　　事见宋计有功《唐诗纪事》。

　　民间俗谚云"宰相肚里能撑船"，意思是执掌一国政务的人，需要具备这样的涵养。做严格的苛求，显然，杨收与王铎都不够格。要说能撑船吗？此二公连几句诗都容不下，还能容什么呢？无怪乎历史是无情的，时间是严酷的，这两个匆匆的过客，时间和历史也决不会向他们馈赠什么。

　　两首诗没有骂人，稍有一点轻微的讽意，两位相公便受不了，如果真要损害到二公的利益，那就绝不止于动怒而是施以报复了。薛逢的狂傲试出了他俩的品质。今天的社会便能容人吗？像薛逢这种耿介、敢于批评的人，早被打入另册，绝迹了。薛逢贺杨收作相的诗是：

阙下憧憧车马尘，沉浮相次宦游身。
须知金印朝天客，同是沙堤避路人。
威凤偶时因瑞圣，应龙无水谩通神。
立门不是趋时客，始向穷途学问津。

薛逢与李商隐遭遇一致，都受到牛党排挤打压，辛文房《唐才子传》说："累摈远方，寸进尺退，至龙钟而自愤不已，盖祸福无不自己者焉。"把政治斗争问题，归结为个人原因，显然是皮相之见，未能看到牛李党争改世的本质。今人嘲他依仗才华，言辞偏颇，常言人所不愿言之往事，把自己人为放到时代潮流对立面，招人反感，而致朝中人视为另类。亦是黄口小儿之语！回避政治处境，从为人处世分析，实乃幼稚滑稽。我以为今人讥笑他常言的往事，正是消失的贵族传统往事，也是他的立场。中国知识分子看政治的浅薄可笑，从来如此，一直未变。薛逢有一首《宫词》写"望君王"，长门玉阶，繁华落尽，贵族谢幕，情态毕出，深怨之情，寓乎其中，与李商隐又有何异？诗云：

十二楼中尽晓妆，望仙楼上望君王。
锁衔金兽连环冷，水滴铜龙昼漏长。
云髻罢梳还对镜，罗衣欲换更添香。
遥窥正殿帘开处，袍裤宫人扫御床。

猫儿狗子助登第

晚唐诗人卢延让写作诗歌，二十五次入举考试，才考中登第，卷中有诗《怀江上》"狐冲官道过，狗触店门开"，唐僖宗宰相张浚曾见过此诗，每每称赞吟讽。卢又有诗句"饿猫临鼠穴，馋犬舐鱼砧"，得到唐昭宗时军阀出身的中书令成汭激赏。又有诗"粟爆烧馎破，猫跳触鼎翻"，受前蜀开国皇帝王建喜爱。延让曾对人说："平生投谒公卿引荐，没料到得力于猫儿狗子。"人们听了大笑。

事见五代孙光宪《北梦琐言》、宋阮阅《诗话总龟》。

这可叫作牢骚诗的标本，卢延让考二十五举才中第，牢骚满腹，怨气冲天，不是没本事，这牢骚话我谅解。卢延让按时行的举子考试"规则"向公卿投了谒，有"平生投谒公卿"之语，但并未买他账，倒是这类特别新奇的诗，歪打正着，中了他们意。他不无心酸说："不意得猫儿狗子之力。"是说诗呢，还是说人？此中况味，不知张宰相、成中书、王中懿品出没有。

这则故事，无一贬词，情伪毕露，不伦不类的"狐狗""猫鼠""馋犬""粟爆""猫跳"收到的奇效，照见的正是晚唐平民社会的品相。

还要说牛李党争后，平民社会来临，再无规矩，投机取巧，攀附人物，军阀出身的张浚、成汭、王建等人蛮霸一方，拥兵自固，绑架朝廷，据为己用。晚唐最可珍惜的中兴帝王只有武宗和昭宗两位，最后的中兴皇帝唐昭宗励精图治，试图恢复传统社会，在"天下不是你家的"观念中，在"王侯将相宁有种乎"的平民狂欢中，昭宗的努力无异于痴人说梦。可悲可叹！

不劫金银只劫诗

　　唐文宗太和中，太学博士李涉，号清溪子，才名钦动一时。一次，李涉到九江去看望在江州做刺史的弟弟李渤，船行皖口（安徽怀宁县口，皖水流入长江处），风高浪急，忽逢大风鼓帆，船摇晃不定，停在江边过夜。入夜，来了一艘大船，几十个手持兵杖的盗贼，闯到船上打劫。为首的问："船上何人？"李涉随从回答："是李涉博士的船。"船头那位绿林首领朗声说："如果是李涉博士，我们不会抢劫他，我久闻他诗名，只希望给一篇诗，金银绸缎不敢要。"李涉于是作了一首绝句相赠：

　　　　春雨潇潇江上村，绿林豪客夜知闻。

　　　　他时不用逃名姓，世上如今半是君。

　　绿林盗首大喜，反以牛酒厚贿，李涉也不敢推却。

　　事见唐范摅《云溪友议》。

　　李涉遇到的是一伙江洋大盗。《古今贤文》"人为财死，鸟为食亡"，对强盗来说，赤裸裸无论从哪个角度看，更是如此。盗贼夜袭李涉，以强凌弱，以众暴寡，无异于垂千钧之重于鸟卵之上，不出点人命，必无幸矣，然而这个怪盗，这个棒老二，脑壳"弹绷子"，做事"二百五"，劫盗而不操戈矛，不抢钱财只劫诗。秀才遇见兵，有理说不清，绿林大盗就是风雅！看来是还有比钱财价值更高的东西存在。而在另一面，却有一些面貌庄严的实权官，眉目斯文的风雅客，心中藏贼，唯钱是命，狼心狗行，贪渎枉法，行狗盗鸡鸣之实。

　　李涉江上遇盗诗，风致整峻，婉切盗首知诗书尚雅趣，"他时不用逃名姓"，是对他们行为的谅解，更是对官府的谴责。官逼民反，"世上如今半是君"，诗的深层意蕴值得玩味。

　　盗有盗路，贼有贼规；昔有侠盗，今有文盗。唐人的才气我们已经见闻，唐朝不愧为诗国，江洋大盗劫诗不劫财，千古奇闻，诗教之幸。

　　"他时不用逃姓名，世上如今半是君。"那样的和谐社会谁不盼呢？

青龙寺合寺苟卒

　　唐僖宗乾符末年（879）有一位文士寄居扬州开元寺，在一次文会上，讲起不久前在京城青龙寺的见闻：有位客人到寺造访知事僧，因他忽然来到，没有空闲挽留。次日再来，又遇地位显要的朝客在寺中。来回多次，都因故没有相见。客人颇有怨怒的容色，认为寺庙没有以礼相待，便提笔在青龙寺大门留诗而去：

> 龛龙去东海，时日隐西斜。
> 敬文今不在，碎石入流沙。

　　僧人们都不领会诗意，只有一个小沙弥说他能解，大家问他，他说第一句"龛龙去矣"，"龛"字由合龙上下构成，龙去后便留下"合"字；次句"时日隐矣"，"时"字由日寺左右构成，日已隐便只剩"寺"字；第三句"敬文不在"，"敬"字由苟与文左右构成，敬去文便只余下"苟"字；末句"碎石入沙"，"碎"字由石与卒左右构成，石入流沙便剩"卒"字。这四字是"合寺苟卒"。"苟"与狗音同，这不逊之言，是在辱骂我们啊。和尚们恍然大悟，连忙追访，杳然无迹。问小沙弥，才知是唐懿宗的云皓供奉。

　　事见唐冯翊子《桂苑丛谭》。

　　指桑骂槐，含沙射影，以诗骂人，自古有之。

　　此诗艺术不高，才气不足，枯燥的拆字游戏，但匠心独运骂人，骂得这样"血浸"、这样风骚，足够水平。四川话常用"血浸"形容伤害深，实为"谑亲"谐音，民间陋习，杨慎《丹铅杂录·戏妇》："今此俗世尚多有之，娶妇之家，新婚避匿，群男子竞作戏调，以弄新妇，谓之谑亲。"即借故伤害人。不是所有骂人都不对，青龙寺和尚"六根不净""四大不空"，不以礼待人，要么正待贵客，要么忙于他事，颇为简慢轻疏。要说的是这帮看人施礼的面孔，该骂！

血统论小试温宪

温宪，诗人温庭筠之子，懿宗时历次科举都不第。光启末年（888），又去应试，正逢郑延昌掌握国家考试，因温庭筠文章讽刺当时，侮慢当朝新贵，就压住不录。落榜后，温宪便在崇庆寺题诗抒愤。是年三月，僖宗暴卒，昭宗继位，荥阳公郑綮被朝廷重用，适逢国家忌日，祭奠僖宗，郑綮去寺里敬香，见壁上题诗，沉吟片刻，面露同情之色。天晚回到家，心想现在管理考试的官员已非郑延昌，另任了赵崇，便召来赵崇，说："某官员不久前主持文试评定录取，因系温庭筠之子，便愤怒断然不录，今日见温宪在崇庆寺题有一绝，令人恻隐，希望阁下不要遗弃他。"第二年，昭宗龙纪元年（889）果然登第。那首诗是：

> 十口沟隍待一身，半年千里绝音尘。
> 鬓毛如雪心如死，犹作长安下第人。

事见宋计有功《唐诗纪事》。

"鬓毛如雪心如死，犹作长安下第人"，温宪的遭遇，郑綮的见怜，也是两党之争的余绪。是温庭筠之子便深为愤怒不加录取，就像政治正确的年代，"老子英雄儿好汉，老子混账儿混蛋"，出身不好，便打入另册，不给出路。血统论并非当代的新鲜货，中晚唐牛李党争那帮胜利者平民新贵，就贩卖过。自然不烦细考，这遗传基因的顽固性可使我们清醒地防范以后的以后。中国历史自唐朝翕然一变，科举打破贵族一统地位后，就有左右之争，中晚唐牛李党争即是左派战胜右派的斗争，践踏旧道德的新贵们不是把守持传统价值观的贵族扫进历史垃圾堆了吗?

　　鲜有人思考中晚唐社会转型,几任皇帝在其中起的作用,在此给读者诸君分辨一下,唐武宗、唐昭宗均是奋祖先余烈,维护贵族传统,发愤图强,试图恢复盛唐以前社会的国君,可惜时不我与,中兴失败,悲剧收场;唐宣宗则是扶植平民新贵,倾力打压传统势力的皇帝,唐懿宗、唐僖宗二君被新贵势力裹挟,无所作为,败光祖宗家业,传统价值观道德观丢失殆尽,导致晚唐五代平民的狂欢与社会的混乱,他们的作为责不容逃,罪不可逭。从个人在其中的命运沉浮便可察知社会之变,譬如李商隐、温庭筠的遭遇经历,所受的抵诃谤毁。

曹邺之赠人恶谥

晚唐诗人曹邺，字邺之，才颖颇佳，与刘驾并称"曹刘"。大中四年（850）擢进士第，为天平节度使掌书记，迁太常博士。懿宗咸通二年（861），白敏中卒，廷议谥号，曹邺知晓敏中为人贪鄙，道德卑下，迫害忠良，斥责说："病不坚退，驱逐谏臣，怙威肆行"，大意是白敏中贪恋权力，有病不退，肆意行威，便建言谥"丑"。懿宗宰相高璩去世，曹邺认为高璩交游丑杂，进取不走正道，属于"不思妄爱"，建议朝廷恶谥"刺"。如果说要给平民新贵画像，白敏中、高璩们的作为便是他们的作为。

古代允许"子议父，臣议君"，"谥"便是按死者行迹评给的称号，有褒有贬，以彰其事迹品德。谥法，始于西周，天子及诸侯死后，由卿大夫议定谥号。废于秦，汉初又恢复其旧。到了东汉，民间出现了私谥，多是士大夫死后由亲族门生故吏品评私立。此法天理昭彰，如悬天之剑，约束着帝王、后妃、诸侯、卿大夫、大臣的在世行为，相随一生。它是本于人性善恶而建立的谥法，只有无法无天的秦始皇一朝短暂废而不用，此后历代因之，沿至清末始废。

事见宋计有功《唐诗纪事》。

好一个曹邺！鲁迅说"横眉冷对千夫指，俯首甘为孺子牛"，无疑曹邺是个对事不对人的铁面，一个合格的纪检干部，官阶不高，从七品上，掌管祭礼，给人盖棺定论不留面子。其实他并不无情，也有铁面柔情的一面，据《唐摭言》曹邺登第后，不忍马上出京，他要等好友刘驾成名同去，果然大中六年（852）刘驾中第。曹邺刘驾都攻古风，擅讽谕，深受新乐府诗影响，譬如他反映民间疾苦的《怨诗》："手推呕哑车，朝朝暮暮耕。未曾分得谷，空得老农名。"再譬如颇有风谣特征的《捕渔谣》：

天子好征战，百姓不种桑。
天子好年少，无人荐冯唐。
天子好美女，夫妇不成双。

古谣有"城中好高髻，四方高一尺。城中好广眉，四方且半额。城中好大袖，四方全匹帛"。邺之诗便是模仿民歌的创作，继承的仍是新乐府的逻辑，简单几句蕴含着深刻的社会意义，谴责荒唐天子，同情百姓疾苦，钟惺称赞说"直得妙"（《唐诗归》）。

卢渥逆旅遇唐王

　　唐朝衣冠盛族卢渥弟兄四人，都是官位显赫的朝贵，乾符初（874），母亲去世，服丧期满，卢渥从中书舍人升陕州廉访观察使；卢沼，从长安县令授给事中；卢沆，由集贤校理升授左拾遗；卢治，从京畿尉升监察御史，诏书接连飞来，荣幸无比。卢渥赴任时，洛阳大小官员争相设筵祖饯，士民夹道十五里，洛城为之一空。途经嘉祥驿，他题诗说：

> 交亲荣饯洛城空，秉钺戎装上将同。
> 星使自天丹诏下，雕鞍照地数程中。
> 马嘶静谷声偏响，旆映晴山色更红。
> 到后定知人易化，满街棠树有遗风。

　　从前卢渥应举时，曾在沪水，巧遇唐宣宗微服出行，心想这是贵官，便急忙避让。宣宗叫他相见，自称"进士卢渥"。宣宗便索要他的诗卷，装入衣袖而去。后来，对宰相谈起卢渥，令主考录取及第。廷参时，卢渥很不安，担心受到冒称进士的羞辱。宰相问卢渥因何有此缘分，他据实陈述，时人并不以卢渥为冒牌货看待。

　　事出唐高彦休《唐阙史》、五代孙光宪《北梦琐言》。

　　幸遇唐皇，令人羡慕嫉妒，且慢，深想一下，彼时卢渥已有诗名，可他谦卑自牧，全无倨傲凌人之态，见人敛身相避，礼让三分。《菜根谭》说："人情反复，世路崎岖。行不去处，须知退一步之法；行得去处，务加让三分之功。"唐皇读他诗卷，知道实力，令主司擢了他的第。

贵盛之后呢？那弟兄显列，纡朱拖紫，鸣珂锵玉，照耀街巷；那赴任陕府，争相饯送，倾都出郭，车马骈阗，歌乐四起，及暮醉归的场景。我不责备他，该责备的是攀荣附贵的世人。谦虚谨慎的卢渥变质了吗？"到后定知人易化，满街棠树有遗风"，我且信他的"甘棠遗风"。他在嘉祥驿题留的诗板后来为义武军节度使王处存所碎。

执着专一总为妻

　　晚唐诗人李郢，字楚望，是礼部尚书郑颢门生，大中十年（856）擢第。早年居杭州，博览群书，放情山水，每遇山川灵秀，便抚琴咏歌，不把功名仕宦放在心上，颇有魏晋风度。待他应举时，还未婚娶，听人称道他邻居有一位少女很美貌，一看正中下怀，很想娶为妻，便请人去说合，恰遇另一人也看中了少女，也请了媒人说亲。说亲两方各不相让，志在必得，于是相争起来，邻居见状，左右为难。后来他决定说："备钱百万，谁先把钱送来，便把女儿许嫁给他。"结果两家都备好了钱，又是同日送到，邻居又作难了，沉吟片刻，说："现在请各人赋诗一首，诗好，女儿便许嫁他。"李郢一听，好生喜欢，他自信诗才不错。结果，先赋成了诗，李郢就娶了这个美貌的姑娘。

　　李郢娶妻后，读书比过去更加勤奋，不久便登程应举，一举成名。发榜后回到江南，路经苏州时，遇见一位在湖州做官的老友，异地相逢，定要邀他去湖州游玩数日，李郢挂念妻子，执意推辞，说："吾妻生日快到，我得赶回与她庆祝。"好友大笑，不以为然，执意不放他走，还赠了许多特产，让他先寄回表示祝贺。李郢无奈，只好先寄了礼物，又特意写了一首《为妻作生日寄意》：

谢家生日好风烟，柳暖花春二月天。
金凤对翘双翡翠，蜀琴初上七丝弦。
鸳鸯交颈期千岁，琴瑟谐和愿百年。
应恨客程归未得，绿窗红泪冷涓涓。

事见宋王谠《唐语林》。

李郢的故事有两个看点，一是求婚，执着专一，决不强娶豪夺。封建婚姻"正娶"，此处是"争娶"。二人钱财一样，时间一样，或则长相分值也一样，条件都明眼可见。但"才学"不一样。邻居择婿由外而内，以诗试高下，有点"诗赋选婿"之味，李郢真才实学，抱得美人归。对现在而今眼目下"钱财当路""相貌挂帅"的择偶者，可作一面"婚姻宝鉴"照一照。二是及第荣归，探亲访友，要做的事很多，他心有所属，挂念妻子生日，好一个模范丈夫，那"鸳鸯交颈期千岁，琴瑟谐和愿百年"的诗句，即便东汉梁鸿、孟光举案齐眉，怕也会含笑称许。李郢诗名、官声无足称道，这恋妻的劲儿是可传扬的。

黄崇嘏游戏人生

晚唐女诗人黄崇嘏，一生着男子装束，常游历两川之地。周庠附随前蜀王建，在邛州做知州，逢临邛县送失火人到州里，被送来的人便是黄崇嘏。周庠命送狱中监禁。崇嘏向周庠呈诗：

> 偶辞幽隐在临邛，行止坚贞比涧松。
> 何事政清如水镜，绊他野鹤在深笼。

诗文大意是：偶然辞别幽隐居地临邛，起居行止贤贞如山涧青松。为何州衙政务清如水镜，把自由的野鹤关在深笼？周庠见诗便召见崇嘏，一问原因，崇嘏说自己是乡贡进士，年龄三十，因应对周密敏捷，崇嘏得到释放。不几日，她又献长诗。周庠感到崇嘏非比寻常，召她在学院，和子侄们一道交流。崇嘏擅琴棋、精书画，不久被提携做了司户参军。崇嘏处理文牍讼案都异常清明，令衙官们敬畏佩服。

周庠对崇嘏的才能、风采很赏识，一年后，想以女儿许配崇嘏。崇嘏为了辞谢周庠，又写一诗表白心意：

> 一辞拾翠碧江湄，贫守蓬茅但赋诗。
> 自服蓝衫居郡掾，永抛鸾镜画蛾眉。
> 立身卓尔青松操，挺志铿然白璧姿。
> 幕府若容为坦腹，愿天速变作男儿。

大意说：我辞去拾翠妆红的家乡，贫居蓬门一意赋诗。自从穿上蓝衫居住州郡，抛下妆镜不再描画蛾眉。我立身行止保持青松操守，志气挺拔守身如玉。府君许我为东床女婿，愿老天快把我变作男儿。周庠见诗十分吃惊，召见责问，才知崇嘏是黄使君女儿。幼年失去父母，和老妪同住，还是未许嫁的闺女。周庠更加赞叹崇嘏人品，不久崇嘏罢官回到临邛，再无消息。

事见宋李昉《太平广记》引五代金利用《玉溪编事》。

后来的结果我知道。我实地考察了临邛（四川邛崃）州志，在邛崃火井行两公里处，有一座铜鼓山，黄崇嘏墓就在山中。她辞官归隐火井乡后，乡民称她为"女状元"，死后安葬铜鼓山，"铜鼓"与"崇嘏"谐音，山名还改为崇嘏山。

一个红颜女改扮男妆已奇，敢于"辞幽隐"追求仕进更奇，失火误受牵连下狱，呈诗鸣冤写志，蒙骗周庠荐拔做官，直到诙谐辞婚辞官，一路下来，奇中之奇。奇女崇嘏，堪称文林中的"花木兰"！

黄崇嘏有过人的机智，一个不让须眉主动向社会挑战的奇女子，把封建社会各种礼制，颠来倒去，玩弄于股掌之上，开了不大不小的玩笑，令人深深思索、回味。

一瓢诗人傲世客

晚唐诗人唐求是蜀州青城县味江山人，天性纯俭，笃好诗歌，平日逍遥山阿，放旷杯酒，与世无争。常骑一头青牛到街市，至晚喝得醉醺醺回来，不是志同道合不与交往。有时吟诗咏诗，所得诗句稿纸就搓成团，投进一个大葫芦中，二十多年不知装了多少。他赠酬寄别的诗歌，流传在人口。晚年卧病，自知不久于人世，便取出葫芦漂放在味江中说："这文稿假如未沉没于水，后人得到它才知我苦心。"葫芦漂浮到新渠，被人捞起。味江口有认识的人说："是唐山人诗瓢。"诗瓢已遭水浸润损坏，诗稿只得到十分之二三，大约三十多篇流传下来。

事见宋黄休复《茅亭客话》。

唐求又名唐山人、唐隐居，在晚唐乱世中几乎是跳出三界外的人。我到过这位小有名气的中晚唐诗人故里四川崇州街子乡，那里介于山区与平原之交，民风淳朴，犹有隐者遗韵，他描述生活环境，如《古寺》：

> 路傍古时寺，寥落藏金容。
> 破塔有寒草，坏楼无晓钟。
> 乱纸失经偈，断碑分篆踪。
> 日暮月光吐，绕门千树松。

正像许多唐诗人一样，他未能绝缘于俗世，他关注政治，喝乡野的酒，操长安的心。如《马嵬感事》：

> 冷气生深殿，狼星渡远关。
> 九城鼙鼓内，千骑道途间。

331

　　　凤髻随秋草，銮舆入暮山。
　　　恨多留不得，悲泪满龙颜。

　　唐求隐于乱世是因为傲世，他"放旷疏逸""非其类不与之交"即知他不与世俗同流的清高个性。前蜀主王建召他为参谋，狷介不就。他在《和舒上人山居即事》中说："不多山下去，人事尽膻腥"，他是一位用避世来傲世的诗人。

贯休傲岸不改诗

一提到贯休，人们都会想到，这是个空门中人。然而，他真的空了吗？

入空而不空，空亦不空，这就是晚唐五代的诗僧贯休，一个身入空门，心留尘世的傲岸客。

要说做和尚的心态，大抵有三：第一种是本来有用世心意，但特殊的时代和环境影响造成无法实现，便出家佛门；第二种是经过阅历沧桑，潜心皈依佛门求超脱；第三种是生计穷困，到寺庙出家讨饭吃。贯休仕宦家庭出身，文化教养高，才智过人，出家向佛就很难出于真正看破红尘。他向乱世中偏霸之主钱镠献诗干谒，最能证明他是一个心存用世而又性格傲岸的诗僧。贯休俗姓姜，婺州兰溪人，入灵隐寺为僧。钱镠唐末乱世自称吴越国王，贯休昭宗乾宁年间曾投献诗歌给他：

> 贵逼身来不自由，龙骧凤翥势难收。
> 满堂花醉三千客，一剑霜寒十四州。
> 莱子衣裳宫锦窄，谢公篇咏绮霞羞。
> 他年名上凌烟阁，岂羡当时万户侯。

诗本来就是像许多文士干谒公卿那样恭维一阵钱镠的。可钱镠头脑正发昏得厉害，乾宁三年（896）他控制两浙，唐昭宗任命他镇海、镇东两镇节度使，又加检校太尉太师、中书令，画像挂上凌烟阁，诏改其家乡为广义乡勋贵里、衣锦城。所以觉得贯休诗恭维的程度不够，味道不浓，心想：我才仅止十四州的王霸吗？不完全买贯休的账，传话出去说，必须改诗，将十四州改为四十州，才可相见。条件如此苛刻，大大恼怒了贯休，更不说这偏霸钱镠还存虎狼野心。他回语说："州也不能添，诗也不能改。出家人闲云孤鹤，哪里都有我飞翔的去处。"回毕就转向蜀中去投谒王建了，诗云"一瓶一钵垂垂老，千水千山得得来"。

事见宋文莹《续湘山野录》、宋计有功《唐诗纪事》。

贯休向钱镠献诗当然希望被看重，一展平生抱负。昭宗乾宁三年（896）钱镠平定董昌之乱，拜镇东军节度使，自称吴越王，已有僭奢之心。钱镠正傲得不知自己，把贯休看作一般攀高接贵的柔顺士子要他改诗，孰料贯休傲胆比他惊人。

贯休干谒王霸，虽未免俗气，但他凛然的气节和傲岸的风骨，是会羞死那些圆融的奴颜媚骨者流的。

钱镠历史评介不低，司马光主观认为"奢汰暴敛之事盖其子孙所为"，他"必不至穷极奢侈"，入宋后吴越百姓还怀念"钱王"。但事实如何呢，司马光只是为盘剥百姓的钱镠打了个掩护，"坏事都是他人干的"，这一逻辑今仍然盛行。而吴越百姓怀念，则有地域关系，江浙两地自然条件太优渥，战争修复能力太强，这即是底层虚幻的历史虚无主义。

至于他爱民如子的形象，有人说"更多是出自钱氏后人虚构"。钱氏和平归宋后受到礼遇，后裔在两宋知识界颇有影响，如钱俨、钱易、钱惟演等，《吴越备史》便是钱镠之孙钱俨之著。有文史学者认为，同样情况也出现在岳飞和岳家军身上。孝宗锐意北伐，平反岳飞，岳飞事迹多由其善于舞文弄墨之孙岳珂编撰，无疑搞成"高大全"。其实散于宋人笔记中的岳家军记录，则是军纪涣散、带有私家军好劫掠习惯、军帅管理不严、不通文墨的一支粗野武装。

诗疯魔周朴朴拙

　　周朴是晚唐诗人，他寄寓在福建一个和尚庙里，借一间小屋居住，他不饮酒，不食肉，实实在在独身居处。和尚们早餐稀粥卯时就食，周朴也带上餐巾饭缸，侧身在寺僧中，吃完饭便退下，习以为常。州郡中的豪贵们来寺里设供，大都要向和尚们施舍一点钱，周朴便向和尚们抚手巡行，各讨一文钱。有的给几个钱与他，周朴也只接受一个，讨得千文钱以备茶药的费用，将要用尽时又照样讨要。和尚们也未曾讨厌他。

　　周朴喜欢吟诗，为诗极斟酌，尤其崇尚苦涩诗风。盈月方得一联一句，时人称他"月锻年炼"，未及成篇，佳句便播在人口，如"古陵寒雨集，高鸟夕阳明""晓来山鸟闹，雨过杏花稀""高情千里外，长啸一声初"。遇见景物，便搜索奇思，天晚忘归。如果搜得一联一句，便自我陶醉。他曾经在野外碰上一个背柴的樵夫，便突然忘其所以拉住人家，厉声说："我得到它了。"樵夫惊怕四顾，挣脱手臂丢弃柴薪就跑。遇上巡查的士兵，怀疑樵夫是偷儿，抓住他询问。周朴慢慢赶来告诉巡查士兵说："刚才遇见这位樵夫，因此得到了佳句。"巡查兵才放了樵夫。周朴那句子是："子孙何处闲为客，松柏被人伐作薪。"

　　福建有一文士，见周朴偏爱写诗，想戏弄他。一天，骑着驴走在路上，遇见周朴在路旁，他便斜着帽沿遮住头，吟起周朴《董岭水》诗句"禹力不到处，河声流向东"。周朴听了很气愤，便追在骑驴人后面，跟着走。文士只是催动驴跑，一点也不回头。周朴赶几里才追上，质询文士说："我的诗'河声流向西'何以说流向东？"那文士只点头罢了，并将此事传为笑话。其实周朴名诗即是《董岭水》：

> 湖州安吉县，门与白云齐。
> 禹力不到处，河声流向西。
> 去衙山色远，近水月光低。
> 中有高人在，沙中曳杖藜。

事见宋计有功《唐诗纪事》。

周朴的诗，包括他拉住樵夫得的句都不怎样，恕难恭维，但世人津津乐道的《董岭水》却还差强人意，格高句新，写得冠冕大样，脍炙千古，在晚唐诗中傲然自立。他是一个沉迷于诗的十足的诗疯魔。品格不卑，随和尚吃斋饭长期未引起他们讨厌，他是检点的；豪贵施和尚钱他去向和尚拱手讨要，只为茶药之费，绝不多取，他是诚实的。因此，他"疯魔"得可爱、难得。乾符五年（878），据说黄巢军队打到福州，曾逼问他："能归顺我吗？"周朴不卑不亢回答道："我尚不仕天子，怎么能顺从盗贼？"黄巢发狂便杀掉了他。周朴不仕腐朽的天子，可贵；不从凶残的黄巢，可赞；黄巢杀害了他，可恨。他是个有气节与世无争的小人物，他的冤死，谁为他伸张正义呢？

僧允躬炎凉作态

李德裕生性简朴，不喜好声乐歌妓，常常十天半月不饮酒，虽在中书之位也不饮京城水，茶汤全用常州惠山泉水，千里递送，甘露寺和尚允躬就对他说："您的行迹可与伊尹、皋陶媲美，但不重小节还损害您的大德，万里送水，岂不劳民吗？"德裕说："我无常人嗜欲，不爱钱财，不近声色，无长夜之欢，又不贪酒，今又不许饮水，岂不太虐吗？若从上人之意，止水后，求声色，聚财物，使家败身裂，又如之何？"允躬说："您不明此意，您博识多闻，只知常州有惠山寺，不知脚下就有惠山寺井泉。"又说："极南物极北有，正是此意。京中昊天观厨后井，俗传与惠山泉脉相通。"于是取来几份流泉，与昊天水、惠山水称量，只有惠山泉与昊天水相等。李德裕于是罢取惠山水。

李德裕曾执掌三朝大权，封卫公，牛李党争身败名裂，贬逐南荒，途中感愤，作诗"十五余年车马客，无人相送到崖州"。又书写自己"天下穷人，物情所弃"。他镇领浙西时，甘露寺和尚允躬颇受他关照和恩惠，这位和尚此时却不一样，迫于物议，不得已陪送至贬所，但归来后，却作书说卫公坏话，说一路上天怨神怒，各种祸害不断降临，卫公的舟船被鳄鱼袭击，金币全都掉入水里，住的屋子也遭天火焚烧。他的谣言传播，可老百姓都认为是允躬昧良心背恩德。李德裕死后，儿子李烨从边远象州武仙尉移至郴州尉，这一尉微官仍未脱却贬谪的罪，后来也死于贬所。这时刘相邺为谏官，从前也曾受恩于李德裕，只有他疏奏皇上请复德裕官爵，请求将尸骨从南荒归葬。李卫公门人，只有寒素士人能报他的恩德。

事见宋王谠《唐语林》卷七《补遗》。

这是李德裕生平事迹中自身能约束自检的一证，他品行端方，迥出时流，"罢水"一事，在宦海官场难能可贵；他权居要津又一贯照顾寒贫人才，广文馆学子都认同李卫公佳德，当他南窜崖州，有人作诗铭记："三百孤寒齐下泪，一时南望李崖州。"

倒要说说那个允躬和尚，此僧善解炎凉，逢迎拍马是他，落井下石是他，出家为僧披着四大皆空的清洁皮囊，心肝却这般恶浊！对于允躬者流，红尘世界的法律虽没有处置他，祈祷善恶因果三千界，应当严处他以报应不爽。

还要说说牛李党争，传统贵族对寒贫之士尚有恻隐之心，平民新贵排挤打击传统贵族没有底线，欲置之死地而后快。由此可找到中晚唐社会之烂的根由，价值观崩溃、道德观沦丧，什么人掌控社会，社会就什么样。再深想，中唐"文以载道"的古文运动，韩愈矫拔流俗不是无缘无故；道，即孔子的社会政治理想，但他旁搜远绍"回狂澜于既倒"恢复传统价值观的努力，并没有阻遏平民社会到来的脚步。我要为韩愈苦心改良社会的古文运动的式微，扼腕一叹！

玄机难觅有心郎

咸宜观女道士鱼玄机，字幼微，长安人氏，有倾城倾国之貌，尤其喜欢诗文，刚成年，心慕清虚之道，便投身咸宜观，她赏玩风月的佳句，常在文士中传播。弱质女子，正当青春，常被豪士追逐从游，一些风流士子，也着意打扮以求亲近她，有时带酒来访，一定会弹琴赋诗，间或对她调笑。她的诗有"诗陌春望远，瑶徽秋兴多""殷勤不得语，红泪一双流""云情自郁争同梦，仙貌长芳又胜花"等佳句。观中女僮叫绿翘，聪明有姿色。一天，鱼玄机被邻院邀请，行前对绿翘说："不要外出，若有客来，只说我在某处。"鱼玄机去后被女伴挽留，到傍晚才归来，绿翘说："某客人来过，知炼师不在，没有下鞍便走了。"这是鱼玄机亲昵的一位朋友，她疑想绿翘与她朋友私通，晚上叫绿翘来卧室讯问。绿翘说："我来观做杂务，自己很检点，哪有这等事，对抗尊意。那客人来叩门，我说'炼师不在'，他什么也没说便策马走了，要说谈情说爱之事，我很多年心中便没有想法，希望炼师不要怀疑。"鱼玄机见她辩解，更怒，将绿翘裸身鞭打，绿翘一口咬定没那事，将一杯水奠洒在地，说："炼师想求三清长生之道，心中不忘衾枕之欢，反而猜疑诬陷清白端正的人，我今日必死于你毒手，谁能压住我的强魂，我不会甘心在冥冥之中，让你放纵淫乐。"说完，气绝于地。鱼玄机害怕，便在后庭掘土掩埋了她，只想无人知道。那是咸通戊子（868）春正月的事。后来有人问起绿翘，鱼玄机说："春雨刚停，就跑了。"有客人在鱼玄机房室宴饮，到后庭小便，见数十只苍蝇集于土上，驱去又来，细看像有血痕且臭，客人后来私下告诉仆人，那仆人回去又告诉兄长，他兄长是府衙一卒，曾向鱼玄机求钱，鱼玄机未理睬，衙卒很恨她。听此一说，急忙至观门窥看，偶见有人谈话，惊讶未见绿翘进出。那衙卒又叫几名衙卒，带上荷锄，突入鱼玄机后院，挖掘一见，绿翘貌如生前，遂把鱼玄机逮至京兆府，审诘出此事缘由。朝士中有许多替鱼玄机申说的，府衙呈表文列上，秋后，仍判杀了鱼玄机。

这是晚唐皇甫枚《三水小牍》的一种版本，此之外，我还另用辛文房《唐才子传》版本做一点补充。鱼玄机刚成年，便被李亿补阙宠爱，但夫人嫉妒不容，李亿便遣送她入咸宜观，她有诗怨李亿："易求无价宝，难得有心郎。"她与李郢、温庭筠等名士也有交游，相寄篇什，曾登崇真观南楼，见新进士题名，她题诗说：

> 云峰满目放春晴，历历银钩指下生。
> 自恨罗衣掩诗句，举头空羡榜中名。

三从四德，封建礼教，在鱼玄机"难得有心郎"诗句前，如此苍白，她是一个追求个性的女子，一个不让须眉的女子，她有她的文弱、哀静与明慧，她用付出生命的代价追求爱情，时代之罕。她的本能要求与她的原始野性结合，使她的爱恨，具有破釜沉舟的决绝和破坏性。她对爱的渴望很可怜很屈辱，每一个来客都会燃起她的生活欲望，使她像将死的人抓住救命稻草。社会没有给予女性独立生存的机会，她必须依附男人、婚姻、家庭才能苟活。被侮辱被损害被玩弄、青灯相伴的日子，将她变成一个畸形扭曲的人，一个阴鸷酷烈、阴狠毒辣的人，当她审问绿翘时，升腾出一股不可遏制的无名妒火，笞杀绿翘的事我有言为她辩白却无力为她回天，那个时代压迫女性从精神到肉体的沉重，令人深深叹息。她有情于李亿却被始乱终弃，她有四方志，在金榜前却恨无男儿身，她是一位才情双备的女子，一位渴望男女平等又希望被爱的封建时代新女性。她对生存的恐惧，代表了古代中国妇女的恐惧！

铁衣著尽著僧衣

唐僖宗中和四年（884）六月，时溥将黄巢首级呈上朝廷，东西两都父老都传说，那是假的。当困陷泰山狼虎谷时，黄巢削发为僧隐身逃遁，往投河南尹张全义，张虽是黄巢旧部，但各不相识，只叫他在南禅寺住下。这是宋代《邵氏闻见后录》的记载。邵博还说，他几次到游南禅寺，见壁上绘有黄巢穿僧衣的像，身高中等，只是正蛇眼与众不同。寺中还有绢写本，有黄巢一首自题像：

> 犹忆当年草上飞，铁衣著尽著僧衣。
> 天津桥上无人识，独倚凭栏看落晖。

事见五代王仁裕《入洛记》、陶毂《五代乱离纪》。

其他版本所传也大略相同。但有一位阿拉伯商人苏莱曼，曾在大中五年（851）东游中国、印度，后来他著了一本《东游记》，说黄巢破京城后，中国王逃到了与西藏相近的马都（成都）城住下。黄巢维持着权威，后来中国王送信给土耳其邻里托古司奥古司王，托王便派他儿子来解除叛乱。托王的儿子来打黄巢，带了一支大兵，据说骑、步兵约四十万人，经长期猛烈的战斗，黄巢被消灭了，有人说他是被杀死的，也有人说他是病死的……

英雄末路，黄巢已归于黄土，成为历史，其中是非细节，不作置论。他的生死在两个"有人说"中传疑下来，如果是被杀死的，另一个"有人说"的传言，则是父老百姓对黄巢心存愿望。如此，则末路英雄在百姓心中地位，也不是正史家们一意贬损就能歪曲否定的。中国文化有一个流弊，自己不敢干的事，总寄希望于别人。

341

司空图耐辱知非

晚唐诗人司空图，字表圣，蒲州人，有俊才，喜好诗文，如《河湟有感》"一自萧关起战尘，河湟隔断异乡春。汉儿尽作胡儿语，却向城头骂汉人。"再如《故乡杏花》"寄花寄酒喜新开，左把花枝右把杯。欲问花枝与杯酒，故人何得不同来。"唐懿宗咸通年间登进士第，为人自负，急于获取功名，正统的文士看不起他，后来登朝，骤然名显。但不久黄巢反唐，京师失陷，司空图祖辈有老屋在中条山，林泉清美，他从礼部员外郎位置逃到中条山中，每日诗酒自娱，许多文士依傍他，互相推奖，名声更显。昭宗还京，以户部侍郎召他还朝，他负才傲慢，向别人讲自己应当作宰相，时人很讨厌他，稍稍抑了他锋芒，他愤然称病复归中条山。与人书信少了，没有了官位，便称自己"知非子"，又称"耐辱居士"，将祯贻溪上的濯缨亭改名休休亭，题《耐辱居士歌》：

> 咄，诺。
> 休休休，莫莫莫。
> 伎俩虽多性灵恶，赖是长教闲处著。
> 休休休，莫莫莫。
> 一局棋，一炉药。
> 天意时情可料度，白日偏催快活人。
> 黄金难买堪骑鹤，若曰尔何能，答言耐辱莫。

另一个版本说，司空图河中虞乡人，年少便有文采，未被乡里称道，适

342

逢王凝从尚书郎出任绛州刺史，他写文章进谒，王凝大为赞许，叫他到馆舍，帮助他贡举，提拔他登第。王凝调宣州观察史，他附从为从事，后来御史府表奏司空图监察御史，下诏后，感王凝知遇之恩，不忍离去，百日不赴朝，被台司弹劾。很久才召为礼部员外郎。他文集有"恋恩稽命，黜系洛师，于今十年，方忝纶阁"。司空图见唐朝政治偏坏，知天下必乱，便弃官归隐中条山。后来朝廷召他做礼部、户部侍郎都不就。昭宗避乱到华州，司空图秘密前来问候，有诗："多病形容五十三，谁邻借笏趁朝参"。他隐居的名气很大，河中节度使王重荣请他撰碑，得丝绢几千匹，司空图将它们放置在虞乡市中，任由乡人取走。黄巢之乱，河中文士很多依傍司空图避乱山中，只有他的居地王官谷，盗寇不来，得以幸免。唐昭宗迁洛，又以兵部侍郎名位召他，被柳璨毁阻，他一谢而退。至五代梁祖受禅，以礼部尚书相聘，亦以病老不就。

事见宋王禹偁《五代史阙文》、宋尤袤《全唐诗话》。

两个版本，是是非非，我不作推辩，从他自号上我获得信息，一个"知非子"。知什么非？显然他过去有过不是，那么，年少气盛，浮躁夸功，并非妄说，他慕陶潜为隐士"觉今是而昨非"，故言"知非"。他另一个自号"耐辱居士"，耐的什么辱？时人讥骂谅来是有的，不然辱从何来。能"知非"能"耐辱"，善莫大焉。但他真正醒悟了吗？据《旧唐书》司空图为自己建活坟，邀故旧进入墓穴，赋诗对酌。人或难色，他就规劝说："达人大观，幽显一致，非止暂游此中。公何不广哉？"意思是人在天地间，只是暂游而已，何必太在意地方呢？

我要说，知识分子，不做时代的建设者，司空图是一个坏标本。

十哭都门榜上尘

晚唐诗人皮日休有一篇哀伤严子重的序文，他说：我还年幼在乡校时，曾经抄过诗人杜牧的集子，见其中有与进士严恽（子重）的诗，后来我到了吴地，任苏州从事，有一天，来了一位客人就是严某，我小时抄诗就记住了他的名，于是就怀揣文字去拜访他，高兴得很，我看他的文字，非常善于七言诗，很清顺，很柔媚，时时有好句超出常规。好诗如：

> 春光冉冉归何处，更向花前把一杯。
> 尽日问花花不语，为谁零落为谁开。

我非常羡慕，吟诵未曾停断。严生入举进士，算起来已十余年，我为他感到冤屈，想到最终会有得到重用的时间。还朝任太常博士不久，出为毗陵（江苏常州）副使，我便回归吴中，之后两年，湖州雪溪有人来说起严恽已经病死在居所了。唉！严恽空以诗才名重于士林，最终不名仕途而死，难道仅止于他被埋没吗？江湖上有很多人才，埋没于世，真是说不尽。我于是痛哭为他作诗，鲁望也是严恽朋友，与我也同样写了诗。我的诗是：

> 十哭都门榜上尘，盖棺终是五湖人。
> 生前有敌唯丹桂，没后无家只白苹。
> 箸下斩新醒处月，江南依旧咏来春。
> 知君精爽应无尽，必在丰都颂帝晨。

事见唐皮日休《伤进士严子重诗序》。

　　严子重的才，从皮日休的口里道出，我看诗才也并不是太了不起，他吟诵不已的那首"尽日问花花不语"，宋人推崇备至，东坡《吉祥赏花寄陈述古》"仙花不用剪刀裁，国色初酣卯酒来。太守问花花不语，为谁零落为谁开"。全用严恽诗句。北宋张靓《雅言杂载》说："曹相镇浙西日，会湖州郡判官王枢，举恽此诗，一座称赏。彼岂皆悟'花开花落'之为谁耶?"唐人诗率多婉转有思致，此诗无非是用了拟人手法，情思婉娈，千百年来，家吟户诵的唐诗，没有严子重的诗作，皮日休的诗作就比严子重好。深入一想，不是皮缺乏水平，是中唐晚末，平民社会，士人相互之间诣谀取容，自高身价。初盛唐贵族社会很难见到这种溢美拔高现象，个人地位固化的时代，也无须如此。在科举打破固化的社会身份后，竞争社会必然如此。

　　抛开严恽的才学，皮日休惺惺相惜，同情不幸者，"十哭都门榜上尘"，相比后来的平民社会"文人相轻"，皮日休值得称赞。

补唇先生方开袴

　　晚唐诗人方干貌丑唇缺，喜欢吃鱼鲜，生性爱讥嘲戏弄，在杭州时，萧中丞典杭，军卒吴杰，患眼病，眼球红赤，当时宴会城楼饮酒，萧中丞催促，叫吴杰来，吴杰来后，因眼病被风一吹掠，便不堪其苦。萧中丞含笑叫近座女伶人，撕裂红巾一小块与他贴脸，遮挡风的吹掠。方干在席上，便作一支小令曲嘲戏吴杰："一盏酒，一捻盐，只见门前悬箔，何处眼上垂帘。"吴杰当即还他一令："一盏酒，一脔鲊，只见半臂著襕，何处口唇开袴。"一座都笑得绝倒，从此后人们都说方干叫"方开袴"。

　　方干是吴地人氏，王龟大夫颇看重他，邀请他入内，方干便连下两拜，这位亚相也安详答礼，还未起间，方干又致一拜，此后人们便戏称他叫"方三拜"。《唐诗记事》说他很质野，每见人就三拜，还说"礼数有三"。所以人们叫他"方三拜"。至于他的诗名，在吴地是知晓的，诗人陆龟蒙并不以为然，一旦便作诗五十首，伪装成方干新诗，时辈们都吟赏钦仰，这时陆蒙龟才从容出语，说："是我仿效方干作的，方诗不过句奇意新罢了。"大家都点头称是。

　　事见宋王谠《唐语林》、宋计有功《唐诗纪事》。

　　方干的故事惹人联想，戏人者人戏之，分明自身有缺陷，偏要去招惹是非，被人奚落严重受伤，赢得"方开袴"的雅号。方干的唇裂很显眼，他或已习惯别人公开私下的议论，便常取先发制人的攻势，这又或出于一种弱者的示威措施，对吴杰的讥嘲他心里是充满胜利感的。

　　要说的是"底层互害"，正是鲁迅说的一种为奴已久的心理。见不得比自己好的人事，其实仇视的都是弱势同类，这类人没有信念，充满饥饿感，

346

每每打着"正义"旗帜，欺侮弱小，陶醉在乌合之众虚幻的胜利里，收获残酷心理满足。真正的强人在别的轨道，他们碰上的机会都没有。肆意攻讦，恶言相向，寻衅滋事，拉帮结伙兴师问罪，伤害同类，群体狂欢，精神胜利法，"从奴隶生活中寻出美来，赞叹、陶醉"说的就是这种人。

方干在唐诗人中属于三流，陆龟蒙也高明不到哪里，效方干作诗不过想奚落对方不怎么样，反过来也没有证明自己怎么样，方干还是诗人方干。他的唇裂，年老时在镜湖才遇到医生补唇，人们又称他补唇先生，比"方开袴"雅多了。

347

张道古死正颓纲

唐昭宗时，右拾遗张道古写了一篇《五危二乱表》进呈，被罢免居于蜀中。后来他听说皇帝逃到西岐，又再迁困东洛，都是缘于五危二乱的根源，便作诗说：

> 封章才达冕旒前，黜诏俄离玉座端。
> 二乱岂由明主用，五危终被佞臣弹。
> 西巡凤府非为固，东播銮舆卒未安。
> 谏疏至今如尚在，谁能更与读来看？

张道古，临淄人，昭宗景福中登第，做校书郎，升右拾遗，见地方军阀拥据阻抗，每每心急如焚，便写了一份危乱奏章。他先是被贬谪施州司户参军，不久召为左补阙。后来入蜀，彼时王建正割据西川，道古便隐姓埋名，在蜀州导江县（四川崇州）青城山一带卖卜看相。受韦庄推荐，王建便表奏为西川节度判官。道古又上王建诗，"封章才达冕旒前"，叙二乱五危七事，被同僚嫉恨，送僻远茂州（四川阿坝）安置。到王建开国时，召他作武部郎中，他自汶川走到灌县（四川都江堰）玉垒关，对亲随说："我唐室谏臣，不能屈膝下跪，与鸡犬同食，虽召我必再贬，在我死之日，葬我在关东不毛之地，碑题'唐佐辅补阙张道古墓'。"后来果不为时容，再贬茂州，死于道途。蜀主王建怜悯，让他安葬。后来郑云叟在华州知道此事后，用诗哭悼道古：

> 曾陈章疏忤昭皇，扑落西南事可伤。
> 岂使谏臣终屈辱，直疑天道恶忠良。

> 生前卖卜居三蜀，死后驰名遍大唐。
>
> 谁是后来修史者，言君力死正颓纲。

贯休彼时正在前蜀皇帝王建帐下，也为之一哭，作《悼张道古》：

> 清河逝水大悤悤，东观无人失至公。
>
> 天上君恩三载隔，鉴中鸾影一时空。
>
> 坟生苦雾苍茫外，门掩寒云寂寞中。
>
> 惆怅斯人又如此，一声蛮笛满江风。

事见后蜀何光远《鉴诫录》、五代孙光宪《北梦琐言》、宋张唐英《蜀梼杌》。

张道古是一位尽责尽职的官员，不是随俗浮沉的庸吏，唐末那个四方动乱江河日下的日子，文人一般都选择与时俯仰或隐迹退出官场，张道古却不，他要上一份中兴表，"回狂澜于既倒，支大厦于将倾"，引起的反对自然十分强烈。可恨的是佞臣，可叹的是昭宗，佞臣认为张道古坏了他们安乐的现状或另谋新主的阴心，唐昭宗有中兴之志却被人裹挟绑架不能自作主张，庸弱偏信只是表象，这样的历史处境下，张道古被贬黜已在意料之中。

从考证思维想，这一切，又或最后的中兴之主唐昭宗，授意张道古上"五危二乱表"，诛剪凶人，止暴禁非，但各方势力抗阻，计划失败，道古勇敢地包揽所有责任。不是阴谋论，历史的背后，或许才是真相。唐昭宗有咏雷诗憾恨感叹，"只解劈牛兼劈树，不能诛恶与诛凶"，其无力，或可为证。

张道古后来在蜀地不应王建召，再次显示他的忠直，他是一个"强项"人物，力正颓纲，中兴唐室，历史虽没有显示他的光辉，这里的补正也不失为一个没有遗忘的亮点。

我未成名君未嫁

　　罗隐字昭谏，余杭人氏，在池州梅根浦隐居，自号江东生，因诗写得不错，被丞相郑畋知晓，郑畋的女儿看了罗隐的诗，高兴得吟诵不停，特别喜欢"张华谩出如丹语，不及刘侯一纸书"。郑畋猜疑女儿有慕才的意思，当然设法让女儿见一见，可罗隐面貌丑陋并不漂亮，女儿一天在帘子后面，窥见罗隐，从此决不再吟诵他的诗了。广明年间，池州太守窦潏给罗隐修房屋居住。光启年间，管领江南的钱镠聘请罗隐为从事，节度判官副使。开平年间，魏博节度使罗绍威认他为叔父，表奏授他给事中。罗隐的盛名，四海皆知，后梁的朱温来挖他，叫他去做谏议大夫，他没有去。南唐的李氏王朝派使者来吴越，吴越人问使者见到罗给事没有？使者说没见过，不知这个人。吴越的人很诧异说："四海闻罗，江东何拙之甚？"用今天话说：知名度这么高的罗隐，四海闻名，南唐人却不知道，不是愚昧太很了吗？南唐使者也回得妙："金榜无名，所以不知。"可见，重文凭，重学位之风，自古有之。他在晚唐十上科场，都未考中。你罗隐没考上进士，别人就不知有你这个人。也可能使者有意这么说，蔑视罗隐无功名，挫一挫吴越人的气焰。他活了八十余岁，死于故乡余杭。

　　再谈一件从前的事，钟陵有一位妓女叫云英，是罗隐年轻时的旧相识，十二年后，他们喜相逢，云英讥罗隐还未及第，罗隐也作诗嘲她：

　　　　钟陵醉别十余春，重见云英掌上身。

　　　　我未成名君未嫁，可能俱是不如人。

事见后蜀何光远《鉴诫录》、宋计有功《唐诗纪事》。

才貌双全，是顶级的俊人，可天底下哪有那么多完美的人事呢？罗隐的才气在晚唐"三罗"中，排在第一，就那副尊容，不能说长得对不起大众，至少令人不敢恭维。宰相千金，就不认这理，非要相见。我们不评说她的喜爱，但要赞许郑畋，在封建社会，他不按父母之命强行撮合女儿婚姻，身为台辅宰臣，让女儿自主选择，在那个时代，要算"前卫"的官员。

唐人审美，面容的俊丑，带有南朝遗风，便是以江南汉族姿容俊美男子为标准，而像钟馗那种带有胡种特征的虬髯男子不受欢迎，尤其在胡风东进的背景下，更能看出唐人对汉文化的固守，哪像今人对外族男子相貌的认同迷恋。

云英与罗隐，有一段旧情，十二年后重逢，罗隐赢得她的讥笑，假设她十二年对罗隐有一个等待，那等待的是功名，她要嫁的也是功名。悲哀，作为底层妓女，蹉跎了岁月，我不责备她，她的要求合理朴素，她饱含旧情的讥笑极大失望。要说的是，唐朝妓女品位不低，她们追逐要嫁的是士人，多少女子送郎赶考，而士人想娶的是望族女子名门闺秀，这便演绎了许多动人的故事。

一个落第，一个半老，身份虽殊，命运却似。与其说罗隐反讥，不如说自嘲。"重见云英"，那份酸涩的况味够人细品。

秦妇长歌韦秀才

前蜀王建丞相韦庄早年应举时，遇黄巢军队进犯朝廷，长安失陷，他著了一首长诗《秦妇吟》，诗中有句："内库烧为锦绣灰，天街踏尽公卿骨。"诗的流传很广，乱平以后，权贵公卿对诗中描写，特别是这两句都心中留下惊讶。韦庄知此情状非常避忌人们称他"秦妇吟秀才"。

后来，他撰写家戒，家中不许垂挂绣有"秦妇吟"的幛子，想以此止住社会上诽谤的话。

事见五代孙光宪《北梦琐言》。

韦庄写《秦妇吟》，是唐末一首属于整个全唐诗的最长诗歌，共一千六百余字，它是空前的，诗史上极具划时代意义。这里要说的是韦庄，他既赢得了"秦妇吟秀才"美誉，也赢得了个人心惊胆战的忧郁。美誉来自布衣百姓，他们为世道改变鼓与呼，可见这首真实记叙黄巢军队推翻唐王朝的诗百姓是持不反对的；心惊胆战的忧虑来自公卿，而韦庄属于封建秀才，出身京兆杜陵韦氏，名门之后，韦应物后人，所以他忧郁公卿们心惊胆战的忧虑。《秦妇吟》的冲击波如此之大，特别是那两句"内库烧为锦绣灰，天街踏尽公卿骨"的地震式效应，等于是直接宣布贵族社会的终结。"内库烧为锦绣灰"，不敢相信初盛唐叱咤风云创造历史的贵族公卿们，如今表现这么差劲，贵族勇毅的血脉哪里去了？我发现《唐大诏令集》有记载："凡逢寇不追，……都将加以问罪。"这才是公卿忧惧的症结所在。他们在黄巢犯阙时，恐惧逃命，乱平后又惊恐万状要保命，公卿权贵们的嘴脸，就是从诗的侧面让人悟出的。

不管韦庄初衷如何，诗的客观效果是强烈的。连韦庄自己都深为恐惧，所以黄巢杀戮贵族，公卿贵族在战争中丑陋的行为是他们不能触碰的伤疤。他们自知丢掉了汉唐以来祖先用血肉凝成的铁血精神，也丢掉了弥足珍贵的国家情怀。更令人惊讶的是，韦庄之后，这首诗便湮沦诗海，无影无踪，千余年没有人见过它的真容，直到 20 世纪初敦煌秘籍发现，长诗才重见天日。

最后我们赋诗相寄：

困踬漂沦辗转来，清词丽句写悲哀。
思长苦意怜秦妇，天下人人说秀才。

温庭筠擅做枪手

温庭筠在举场，玩世不恭，常为邻铺的人做假手，自称"救数人"，被人看作有瑕玉，豪贵都鄙薄他。到礼部侍郎沈询管领举子考试时，便另外铺高席给他，不与其他考公挨邻在一起。第二天，沈询在帘前得意地对温庭筠说："向来一些考举，都是文赋托于学士，我今岁场中再无假托学士了。"即使这样，他仍通过口授，暗中救急了八人。

事见五代孙光宪《北梦琐言》、明蒋一葵《尧山堂外纪》。

温庭筠恃才不羁，骄矜自负，用四川方言赠他一个雅号叫"颤翎子""温颤花儿"，再形象不过。此公乐于助人，轻贱考场，举子面前颤，官员面前颤，颤得不亦乐乎，颤得如一枝花，结果颤得一事无成。这种人假精灵，鸭子脚板——高不得。他在考场做"枪手"，不是帮忙，是故意误人误国。当然这都是表象，我们应该看到贵族失势后，他选择玩世不恭的方式对抗，他对黑暗浊世不存幻想，以嘲弄的态度，表达自己极度的愤懑和深沉的"绝望"。

科举作为平民士人晋升渠道，深刻改变了传统社会，改写了历史进程，但也造成素质不高的平民新贵充斥朝堂，杜甫看清了这种弊端，"儒教不兴，风俗将替"，入举的士人"驱驰于才艺，不务于德行"，诗人已感受到世道改变之恸，在《同诸公登慈恩寺塔》中，他说"高标跨苍天，烈风无时休"，变风改俗，争诈繁起，"秦山忽破碎，泾渭不可求。俯视但一气，焉能辨皇州"。他看见的是败坏的世道，"黄鹄去不息，哀鸣何所投"，长安城中到处是"君看随阳雁，各有稻粱谋"。诗人愤怒的社会正是"高尚是高尚的墓志铭，卑鄙是卑鄙的通行证"。到温庭筠的时代，科举的漏洞更成了新贵渔利的弄器，凭着党争战胜传统观念，将贵族社会扫进历史垃圾桶。所以温庭筠对科举的挑衅行为，某种意义上又与杜甫的看法相通。科举糜烂，同为末世贵族诗人的李商隐《送从翁从东川弘农尚书幕》也说，"鸾皇期一举，燕雀不相饶。"

现代诗人闻一多在《死水》中说："这是一沟绝望的死水，这里断不是美的所在，不如让给丑恶来开垦，看他造出个什么世界。"既然要腐烂，不如让它更腐烂吧。这一点他与李商隐很不一样，但又殊途同归。李商隐以正面笔调伤悼，温庭筠以玩世态度诅咒。最后我们赋诗一笑：

> 弱语娇声韵狎邪，销魂曲子竞攀夸。
> 花间儇薄伤风雅，方驾齐梁有八叉。

怀濬僧禅诗免祸

　　唐昭宗乾宁间僧人怀濬，籍里不详，约为闽山人，长期活动秭归郡一带。他有奇异才能，知来藏往，通晓未来及过去的事。逆知未兆之事，都有验证。州郡百姓以神人看待。秭归刺史于公很为不满，认为他装神弄鬼、妖言惑众，将他缉拿归案。数日后，公堂审理，刺史问："你是哪里人？"怀濬只说"要状纸"，写下一诗：

> 家在闽山西复西，其中岁岁有莺啼。
> 如今不在莺啼处，莺在旧时啼处啼。

　　意思是，我家在闽山西边的西边，你若问起，那里每到春夏有黄莺啼唤。虽然我不在家乡，那只黄莺还在我记忆中啼鸣。回答似是而非，等于没答。于是便再审，他又作一诗：

> 家住闽山东复东，其中岁岁有花红。
> 而今不在花红处，花在旧时红处红。

　　大意还是，我家在闽山东面的东面，你若要问起，那里每季都有蔷薇月季花开。虽然我不在故乡，那花红仍在脑中红艳。最后刺史以"异"将他释放了。

　　事见五代孙光宪《北梦琐言》。

　　奇闻传之后世，到了清代，被人称为"大唐第一奇诗"。之所以受人青睐，是诗歌的非逻辑文学性，其实就是两首简单的禅诗。怀濬设置了两道谜，第一道谜"家"在哪里，在闽山东还是西？空灵虚触，茫然不知所在。诗告诉我们东即是西，西即是东，无须勘破，又已然勘破玄机奥秘。第二道谜"诗"的内容，"如今不在莺啼处，莺在旧时啼处啼""而今不在花红处，花在旧时红处红"，到底莺不在莺啼处，还是人不在莺啼处？抑或花不在花红处，还是人不在花红处？意味深长，直指人心，禅宗称"悟"。

怀濬这个怪和尚，公堂应对，说玄话答玄语作玄诗，"头上长包""脑袋有乒乓"，似乎找错了表演地方，该挨板子。然而该打板子的不打，该挨板子的不挨，世人品到的是：大唐的宽容。

357

皮日休讥谶被杀

晚唐诗人皮日休矫拔流俗，唐僖宗乾符五年（879）参加黄巢反唐。当时黄巢军队进入江浙搜求文士，凑巧皮日休从太常博士返回吴中，任毗陵（江苏常州）副使，他便加入了军队。陷长安后，黄巢建号称帝，设文武百官，授皮日休翰林学士，令作谶词，皮日休说："欲知圣人姓，田八二十一。欲知圣人名，果头三屈律。"黄巢看后大怒，黄巢头丑，掠鬓不尽，怀疑"三屈律"讥讽自己，于是便杀了皮日休。

事见宋钱易《南部新书》、宋计有功《唐诗纪事》。

古人编写神话、造作符命谶语，都有某种象征意义和神秘色彩，以便慑服人心，辅成大事。譬如司马迁《高祖本纪》刘邦母亲与神龙交孕的梦，诞下刘邦，突出他神子身份。历史上，觊觎帝位的秦之陈胜、汉之张角、明之李闯、清之洪秀全，莫不如此。据《旧唐书》黄巢登位，自陈符命："唐帝知朕起义，改元'广明'，以文字言之，唐已无天分矣。唐去'丑口'而安'黄'，天意令黄在唐下，乃黄家'日月'也。土德生金，予以金王，宜改年为金统。"

"田八二十一，果头三屈律"，不过是一个浅陋的拆字诗而已。皮日休才华横溢，诗歌冠冕当代，这种水平的诗不像出自他的手。晚唐诗衰，流入小道，所谓拆字诗、嵌字诗，形同游戏，时有显露，像"田八二十一，果头三屈律"也列入诗道，估为好事者附会。"讥谶被杀说"漏洞百出，黄巢已有符命，还会令人写谶词吗？

故事真伪暂且不论，只说这谶纬神学在今天仍然阴魂不散，时不时要"显灵"。

历史上黄巢面目丑陋，掠鬓不尽，不是异相，这是否就是胡风东渐的面孔？他盐商家庭流动的背景，胡汉融合的时代，一切皆有可能。唯其非中原面相，杀戮才如此惊天动地。这只是我的历史猜想。

黄巢败亡后，据《资治通鉴》中和四年（884）秋七月，僖宗在大玄楼受俘。武宁节度使时溥遣使献黄巢首级并姬妾二三十人。僖宗问"你们皆勋贵子女，世受国恩，做什么从贼？"居首女子说："贼寇凶逆，国家以百万之众，失守宗祧，播迁巴蜀；皇上以不能拒贼责难一群女子，置那些公卿将帅于何地呢？"僖宗默然。临刑前，执法人员可怜这些妇女，让她们喝醉后再行刑，女子们边哭边喝，悲怖昏醉，不久在醉中受死，唯独居首女子不饮不泣，从容就死。这又一次让我看到中国女子临死的勇敢，而她的提问，那些战争中贪生怕死逃命的公卿将相呢？会汗颜吗？

飞泉亭薛能打假

唐朝不少寺院、驿站为方便题诗者，专门设有诗板（诗牌）供过往行人题诗。这从底层形成了唐诗文化的一道独特景观，但路人题诗，未免良莠不齐，定期有人清理。

四川蜀道崎岖不平，山川秀美，有一座"飞泉亭"，依山傍水，瀑布飞泻，风景绝佳。亭中竖立诗板已多达百余块，过客都要驻足观赏。这些木板都不是作诗者所为，是热爱诗歌的人士专门给过路的诗人留的。相当于风景名胜区管理局，专门划出一块地，留供当代"名人"抒情感兴用。一天，诗人薛能受邀到蜀中辅佐李福，经过此亭，看了亭中题诗，很生气，便题诗批评说：

> 高龛险欲催，百尺洞门开。
> 白日仙何在，清风客暂来。
> 临崖松直上，避石水低回。
> 贾掾曾空去，题诗岂易哉。

"贾掾曾空去，题诗岂易哉"，意思是商贾掾吏来来往往，留下的题诗都很差劲。然后薛能悉数打烂那些题诗的木牌，只留李端《巫山高》一篇。还了飞泉亭幽静，还了蜀道美景自然。李端诗是："巫山十二峰，皆在碧虚中。迥合云藏日，霏微雨带风。猿声寒渡水，树色暮连空。悲向高唐去，千秋见楚宫。"

事见唐末王定保《唐摭言》。

打得好！还要把那些附庸风雅的劣诗制造者清除出诗人之列。诗国大唐尚有技痒难受的伪劣诗人，今天有吗？那些歪诗劣句的制造者，那些至今还在风景区制造文化垃圾的文人画匠，只要还在，就是要"打假"。对伪劣的人文风景，千万不要轻视它的危害，小可污染环境，大则拉低大众的素养，要像薛能那样"拳捣题壁板，脚踢供诗碑"，决不心慈手软。

唐懿宗忌讳太康

唐懿宗李漼即位后，改宣宗年号"大中"为"咸通"，国子司业裴恽献诗祝贺，诗中用了"太康"典故，懿宗看见"太康"二字，不高兴，忌讳说："太康失邦，这是比我！"这可不得了，大不敬，是死罪。太康是夏朝夏启之子，他日日打猎游乐，不理政事，被后羿夺去了王位。懿宗妄生穿凿，认为裴恽诗在诅咒自己。户部侍郎韦澳出来圆场，说："晋武帝灭掉吴国后，改年号为太康，虽有失邦之说，但词义还是好的。"懿宗默想了一下，说："天子须博览群书，不然差点错怪裴恽。"从此唐懿宗耽味经史，夜读不休。宫中人私下称皇帝"老博士"。

事见唐令狐澄《贞陵遗事》、宋朱胜非《绀珠集》卷十。

伴君如伴虎，大臣日子不好过，但"人是最善于适应环境的动物"，他们早学会了互相帮助、同舟共济的处事方法，安于君侧，相安无事；君王也不吃素，要打破这种默契，让他们争强斗胜，卧榻之旁，岂容他人鼻息。伴虎也没有什么可怕，只要摸清老虎脾气，掌握规律，老虎屁股是可以摸一摸的。韦澳陈情恰到好处，帮忙帮到点子上，唐懿宗虽脾气急了些，韦澳说的典故，还圆得过去，这只虎君才放了裴恽。

韦澳做吏部侍郎，选拔罗致人才，铨综平允，不受请托，宰相杜审权很不喜欢他，黜为秘书监分司东都。韦澳作诗讥嘲，"若将韦鉴同殷鉴，错认容身作保身"，意思是以我为鉴，认错了人，官场险恶，保全自己使无祸败。传回京城，权幸更恼怒他。此即是皇帝需要的"内斗"，朝臣那么多，不斗行吗？就像猴子山，猴王喜欢一旁看群猴厮杀，不这样那些精强力壮的猴子会来抢王位。

一笑君王便著绯

唐昭宗时，长安有个驯猴人姓孙，经他驯养的猴子，都很听话且擅表演。传入宫中，昭宗召见，试验果然厉害，便留下猴、人，随时伺候娱乐，昭宗更为宠幸。后来昭宗被朱温劫迫，播迁洛阳，随驾艺伎，只有这个姓孙的弄猴人。猴子驯顺，能随班起居，昭宗赐给孙姓驯猴人绯袍，称他"孙供奉"。

后来朱梁弑君篡位，让猴子殿下行礼，那猴望御前石阶，突然扑向朱温，跳跃奋击。朱温惊吓，急身走避，让人把它砍死了。

事见宋毕仲询《幕府燕闲录》。

一个耍猴的能把猴子驯得上朝参拜皇帝，得有多深心思，受封"孙供奉"赐朱绂，不奇怪。一只猴子能激于义而死，那些领取俸禄贪生怕死的官员呢，唐昭宗真没有白疼它。可诗人罗隐疙疙瘩瘩妒忌，不满写诗的不如弄猴的：

> 十二三年就试期，五湖烟月奈相违。
>
> 何如买取胡孙弄，一笑君王便著绯。

"一笑君王便著绯"，到底昭宗耍耍猴的，还是昭宗被耍猴的耍？都不是。一个耍猴人，赐大官朝服，封皇帝供奉，问题来了，一个江东才子，上京应试，十试不中。有什么可抱怨的，"试文章"与"驯猴人"没有高低，宣出条件一致，你不足够努力足够优秀怪谁？卑贱者最聪明，高贵者最愚蠢，罗隐的酸诗，把自己高看了。是帝王昏昧吗？不存在玩物丧志，"试文章"与"驯猴子"逻辑一致，控盘的始终是肉食者。

天祐元年（904）朱温弑皇，昭仪李渐荣壮烈抗阻，伏身庇护皇帝殉国。我从不怀疑汉武帝时代形成的民族勇毅精神，而这其中似乎中国女子更近于天生勇敢。《旧唐书》给了昭宗一个很好的评价"有会昌之遗风""意在恢张旧业"。武宗中兴是唐朝中后期最后的贵族中兴，虽然"会昌中兴"很快被平民新贵扑灭了，若是这样，励精图治的唐昭宗结局让人唏嘘同情。

田洵寒士空自嗟

　　唐宣宗的舅舅郑光是个武人，作镇河中，妻子死了，只剩下一个小妾。大中五年（851）宣宗要封这个小妾为夫人，补舅妈留的缺。郑光不接受，上了一份奏表，"白屋同愁，已失凤鸣之侣；朱门自乐，难容乌合之人"。这两骈句，文情并茂，宣宗一看便知是旁人帮忙做的。便问左右，是谁教我舅舅这么好的文章？有人禀报说，是一个叫田洵的人做的，他是郑光幕中私用的秘书。唐宣宗就建议让田洵做翰林官，但一帮大臣都反对，说：此人不是进士出身，身为寒门又无人引荐，这样做破坏规矩。宣宗虽说有些遗憾，但在这种小事上却表现出虚心听取下级意见的架势，此事便罢了。

　　事见宋王谠《唐语林》、宋吴坰《五总志》。

　　机会是给有准备的人的。对田洵而言，盼到皇帝看中文采，不知下了多少功夫。但寒素出身，严格门禁，又排除了他。当然这要怨怪唐朝铨选制，官员选用须经进士考录，不论地方州县还是朝中各部，凡九品以上入流官员，绝大部分都是进士出身。考不上进士的，顶多当个差役，没有官职，不入流品，"不入流"之说，便是对差役而言。自然大臣们要反对。想想，有多少才智之士倒于门前！

　　要说的是，反对的大臣一定是传统贵族势力，此事可看出唐宣宗扶植新贵的立场，牛李党争可为一例。

忘恩负义白敏中

会昌二年（842）李德裕为相，向武宗推荐白敏中做翰林学士，自此，他便青云直上，会昌三年加承旨，四年兵部侍郎，到会昌六年以本官同中书门下平章事。唐宣宗登基，削除贵族势力，李德裕因时失势。此时，白敏中露出牛党要员面目，以怨报德，雷同毁誉，构陷打击，诋之甚力。李德裕贬岭南之时，白敏中居四辅之首，无一言伸理，特论罪之。时人都以敏中不齿。

事见两《唐书》本传。

李德裕引狼入室，把白敏中荐入翰林，他却乘宣宗改政之机，夺德裕之相，竭力抵排，尽反其政，陷德裕于贬死。这即是平民新贵乱唐室之情状。可近代以来文史大拿们对这类历史解释得很复杂，只说现象，不究本质，不是水平低，越乱越好，人家要吃饭。我以为牛李党争一切解释，只看出身即可透辟。要说的是唐宣宗这个不孝皇帝，他中断了武宗会昌中兴的努力，全面排斥传统贵族，全面起用平民新贵，大唐江山虽不由他葬送，但社会道德全面崩溃，世风全面败坏，他百喙难辞！贵族中兴，他隳绩废事，短短十四年，败光祖业，让继任唐懿宗无所措手，国家发展方向，只好"咸通"；尤不可恕，他排抑正人，李商隐这样的人才不被见用，郁郁而终。浮薄儇巧，怀禄固宠，阴结内援的白敏中、令狐绹之流横行无忌。当然宣宗这么做，也是他不是唐武宗的儿子。"国家将亡，必有妖孽"，这亡国败家的唐宣宗是一。

中晚唐"会昌中兴"与"大中之治"，是两种根本性质不同的振兴，会昌是贵族谢幕的表演，大中是新贵崛起的狂欢，历史从此进入平民社会再无反转！

知恩图报李征古

五代时，袁州宜春有个士子李征古，少贫，过州城，司郡潘长史很看重这个读书郎，让他寄宿家中。晚上，潘长史妻子梦见门前衙仪隆盛，问左右都说，是太守到此，就前去相见，却是寓宿的李征古。醒来，把怪梦告诉丈夫。夫妻奇之，更为厚待征古。李征古至京（南唐都城金陵），果然及第。不到二十年，李征古自枢密副使出任袁州刺史，离江宁之日，唐元宗李璟赐给他宫中内酒二百瓶。到宜春地界，他便将酒分送给父老乡亲，驾车迎接潘妇，延至府中居住数月，临别又赠金银五百。李征古在宜春任上为政公严，壁立千仞。当时有个李姓诗人赋《登祝融峰》：

> 欲上祝融峰，先登古石桥。
> 凿开巇岭处，取路到丹霄。

事见宋委心子《宋蜀本新编分门古今类事》。

这是大唐末代异闻，事虽神异，却传递出历代相袭的文化信息，我们不苛责于迷信梦兆的真假，知恩报德的价值观值得伸扬。

颇堪注意，唐末五代演绎报德施恩故事的现实意义。晚唐五代平民社会，传统道德观价值观崩溃，这类故事越多，说明这种道德观价值观越稀缺，越照见社会的朽坏；这类故事越多，意在重建的愿望越强。唐朝前后期的不同，本质便在社会性质改变，精致利己主义、舍得一身剐敢把皇帝拉下马的精神温床在中晚唐，初盛唐贵族社会传统价值观的家国情怀在平民时代几不可闻。五代乱世可为一证。这急需恢复建立的价值观道德观，在平民社会的宋朝由理学家完成重建，但已变味。

方干神奇测死生

晚唐吴中范处士的儿子，聪明伶俐，七岁能诗。曾作《赠隐者》："扫叶随风便，浇花趁日阴。"方干见诗，说："这孩子必垂名。"就令他再作《夏日》，诗云："火云生不雨，病叶落非秋。"方干说："可惜啊，他寿数不长。"不多久，孩子果然病死。

事见唐卢肇《唐逸史》。

方干何以这么认为？古人说：人有长短之命，短者不可缓之于寸阴，长者不可急之于箭漏。至德不能逾上智（天分），所以他死，不可避免。初看似乎方干思想愚昧迷信，但细一想，他是很有道理的，他看到一种自然的辩证法规，物极必反，至德为后天修养，上智是先天所赐，两者一定要匹配。范处士之子，死于不匹配，方干从他诗中看出，这孩子，童年却有一颗老年的心，所以作了大胆预言。连类比物，今天的家长们，育人上也有超自然规律的主观求成的急切心理，能从方干那里引发一点思考，此文足矣。

王衍殿试蒲禹卿

乾德四年（922）二月，前蜀皇帝王衍在文明殿亲试制科。白衣寒士蒲禹卿对策，说："今朝廷所行者，皆一朝一夕之事。公卿所陈者，非乃子乃孙之谋。暂偷目前之安，不为身后之虑。衣朱紫者，皆盗跖之辈；在郡县者，皆虎狼之人。奸佞满朝，贪淫如市。以斯求治，是谓倒行。"此语一出，朝中执事者莫不切齿，都欲诛之而后快。但是王衍不以为意，认为蒲禹卿之言有益于治国，便擢为右补阙。王衍，什么人主啊，一隅之君，犹能如此容纳直言，执事官员却不知惭愧。

王衍能诗，乾德三年（921）五月耗费巨资的宣华苑在成都落成，穷极奢巧，有重光、太清、延昌、会真之殿，清和、迎仙之宫，降真、蓬莱、丹霞之亭。宣华苑在龙跃池（摩诃池）边，君臣在岸边作长夜之饮，王衍兴致很高，作《宫词》：

> 辉辉赫赫浮五云，宣华池上月华新。
> 月华如水浸宫殿，有酒不醉真痴人。

事出宋张唐英《蜀梼杌》、明焦竑《焦氏笔乘》。

王衍与王建一样礼贤下士，他治蜀清醒，忠言逆耳，敢于接受；禹卿之语，千载如新，放到今天，对地方官员的"短视病"仍然有效。但我们还要看到王衍帝王生活荒淫无度、穷奢极侈的一面。他曾宣禁成都百姓戴小帽，是因为他好微服出游，夜宿倡家酒楼，喜题"王一来"，怕人认出，便令民间戴大帽。他把军使王承纲流放茂州（阿坝茂县），原因是私至承纲家，贪爱承纲女儿美色，欲要私占。承纲言已许嫁，他不从，乃取入宫中；承纲被贬，女儿剪发求赎，他仍不从，乃自缢死。帝王的任性冷酷，令人寒心。王衍接位第三年，川西平原五月至九月天不降雨，林木枯焦，赤地千里，盗贼四起，肥遗见红楼，晚唐五代真乱！

郑考官臆选状元

唐武宗会昌时期，礼部侍郎郑薰主考贡举，看名册主观地以为士子颜标是颜真卿后人，当时国家未安宁，郑薰志在激劝忠烈，就点了颜标状元。等到颜标上朝谢恩那天，郑薰也完成了当年贡举，闲暇下来，从容问及颜标祖宗庙院。颜标一头雾水，他原是一介寒门，家里不曾有庙院。郑薰这才反应过来，塞默无语。后来此事被落第举子作诗耻笑："主司头脑太冬烘，错认颜标作鲁公。"

事见唐末王定保《唐摭言》。

一场严肃选才，被郑薰的糊涂误会闹得人心里疙里疙瘩。到底是为国选才，还是选名人之后？郑薰自有主张。虽然出发点，志在继承祖先，激扬忠烈，但又主观臆断，被落弟举子嘲笑，被得到天上掉馅饼的颜标哽得说不出话，人家还不感谢他。我同情郑薰，武宗会昌是唐后半期最好的时期，史称贵族中兴时代。牛李党争贵族占上风最后阶段，郑薰出身荥阳郑氏，顶级士族，其政治立场自然一目了然，为国选才，他不含糊，就是选名门后代，配合武宗中兴。自然，平民士子不满他，没有门第的状元颜标不感激他，甚至以后还要共谋迫害他。

武宗短暂中兴后，唐室最不孝的宣宗执政，全面起用平民新贵，打压传统贵族，败光唐室家底，至此古代中国进入平民社会再无翻覆。中晚唐所谓由贵族社会跨入平民社会，实为贵族社会变为官本主义社会。官本主义即为平民社会本相。与李商隐被废一样，很快，郑薰被新贵们驱逐，一贬再贬。所以嘲笑郑薰，我们还须知他的悲剧是时代悲剧，他的悲哀是历史悲哀。

王霞卿诗拒郑生

晚唐进士郑殷彝游会稽，住唐安寺。见粉墙题有小序云：瑯琊王霞卿，光启三年（887）阳春二月，登于是阁，临轩转恨，睹物增悲。虽看焕烂之花，但比凄凉之色。时有轻绡捧砚，小玉观题。诗曰："春来引步暂寻幽，愁见风光倚寺楼。正好开怀对烟月，双眉不展自如钩。"郑殷彝看罢，春心一漾，也和诗一首："题诗仙子此曾游，应是寻春别凤楼。赖得从来未相识，免教锦帐对银钩。"

王霞卿是县宰韩嵩妻子，自京师随夫至任所。韩嵩遭遇暴徒身亡。郑生知道情况后，欣然去拜望她。但霞卿以生病推辞不见，让总角婢女轻绡持诗答谢：

> 君是烟霄折桂身，圣朝方切用儒珍。
> 正堪西上文场战，空向途中泥妇人。

郑殷彝得诗很惭愧，便退却了。

事见宋王铚《补侍儿小名录》引《女仙图》。

郑殷彝，一个风流浪子，见了王霞卿题诗，本该规规矩矩，他却去插一脚寡妇门，浪作风流，虽非第三者，却要做贪花客；王霞卿，守贞忠节的弱女子，出身"琅琊王"，知书明礼，不为所动，礼貌地以诗相拒，这颗软钉子钉在他的身上，痛在他的心上。好在他是一个要脸皮的人，既未进一步要赖，也未放肆非礼。知惭而退，是个值得原谅的诗文客。

中国女子的贞烈勇敢，在多方面碾压中国男人，我很认同鲁迅《记念刘和珍君》的看法，但我更感觉似乎是一种天生。据欧阳修《新五代史》五代虢州司户参军王凝，家在青齐州，病死官所，一子尚幼，凝妻李氏携子负骸归里。过开封时，天暮投宿，店主不纳。李氏不肯离去，店主便牵她臂撵出。李氏仰天恸哭："我为守节女子，这只手臂能让人随便拉扯吗？"于是引斧断臂。见者为她嗟泣，开封尹闻听，奏于朝廷，厚恤李氏。我不赞成她的封建思想和行为，赞成她贞烈的文化逻辑，赞成她身上那种天生的勇敢。欧阳修说："士不自爱其身而忍耻以偷生者，闻李氏之风宜少知愧哉！"不珍爱名节忍辱偷生的士人，听说李氏的风范后应知羞了。

373

深秋帘幕千家雨

唐文宗开成二年（838）杜牧进入宣徽观察使崔郸幕，做团练判官。宣州下有宛溪、敬亭山、开元寺，闲暇他常去开元寺游玩。一次登院中水阁，见阁下宛溪两岸烟火人家，想象千家雨帘的情景，于是便题了一诗：

> 六朝文物草连空，天淡云闲今古同。
> 鸟去鸟来山色里，人歌人哭水声中。
> 深秋帘幕千家雨，落日楼台一笛风。
> 惆怅无因逢范蠡，参差烟树五湖东。

在水阁远眺，可见宣州五湖，《元和郡县志·宣州》"五湖水在县东北四里"，诗人连类触发，太湖也称五湖，便想到隐居的范蠡。自己与他相比，还未有功名，却过着与他退隐一样的生活，心生无限惆怅与失意。

事见《樊川诗集》。

这是党争下，压抑排斥人才的时代！是年杜牧三十六岁，正当盛年，却偏处宣徽观察使幕下，由眼前之景，发古今之慨，伤唐室之乱，叹壮志难酬。清人何焯说："六朝不过瞬息，人生那可不乘壮盛立不朽之功，然而此怀谁可与语？"可叹他不喜泛舟五湖的人生，却蹉跎烟树五湖。诗人藏襟抱于诗中，句中藏句，笔外有笔。

"深秋帘幕千家雨，落日楼台一笛风"，既是自然文人之景，也是彼时诗人内心的愁结。"帘幕"其实就是"障子"，尺幅较大，题有词句或绣有图案的绸布。以芦苇、竹子编织的也叫帘。它如何悬挂，做何用，一个小小挂饰，是怎样引动唐人诗情的？中唐诗人湛贲有一首《别慧山书堂》：

> 卷帘晓望云平槛，下榻宵吟月半窗。
> 病守未能依结社，更施何术去为邦。

　　好一幅令人惊喜的"卷帘晓望云平槛"的美景。唐人描写帘幕，再如白居易的《早寒》"半卷寒檐幕，斜开暖阁门"，陆龟蒙的《药名离合夏日即事》"窗外晓帘还自卷，柏烟兰露思晴空"。由这些美的描写可知，唐时帘幕，悬挂在屋檐之下。据刘永翔考证"何以会如此呢？这是因为，我国居室的窗子，在用玻璃镶嵌之前，长期以来是用纸糊或纱蒙的，直至近代都基本如此。宋代出现了半透明的明瓦窗，亦称蛎窗、蚌窗、蠡壳窗等，但也属少数富贵人家采用。清代始出现玻璃窗，但也是稀罕之物，观《红楼梦》中仅怡红院有之，连潇湘馆都是用纱糊窗，即可见一斑。纸窗和纱窗经不起雨雪的侵袭，需要外施帘幕加以保护。贺铸词云：'笑捻粉香归洞户，更垂帘幕护窗纱。'即点明其用。"由此我想起幼时读书的学校是一座城隍庙改建，古式窗户没有玻璃，皆千窗百孔，冬天要糊纸御寒，为不被捅破，都是报纸糊的，室内暗黑，成语"推窗亮阁"便是指此，来年二三月，天气转暖便要撕去窗纸，距今也不过四十年。我母亲卧房在天井下，雕花窗户每年都要糊白纸，只是没有了帘幕。

　　雨与帘经常构成唐诗中的意象元素。逢雨便要垂帘，保护纱窗。唐人隔着帘幕想象帘外"雨世界"，如吕温《道州郡斋卧疾寄东馆诸贤》"独卧郡斋寥落意，隔帘微雨湿梨花"，李中《海城秋夕寄怀舍弟》"窗间寂寂灯犹在，帘外萧萧雨未休"。天放晴，或早上收帘时，如李白《对雨》"卷帘聊举目，露湿草绵芊"，方干《赠邻居袁明府》"雨后卷帘看越岭，更深倚枕听湖波"。斗转星移，社会进步，这种农耕时代的生活情景已经消失。

溪涧扬波唐宣宗

宣宗微时，因唐武宗忌厌，遁迹为僧，云游四方，遇黄檗禅师，同行观瀑。黄檗说："我咏瀑布得一联，下韵接不上。"宣宗说："我能续成。"黄檗便吟诵说："千岩万壑不辞劳，远看方知出处高。"宣宗续吟说："溪涧岂能留得住，终归大海作波涛。"后来应验，践祚大位。但宣宗之后，懿宗、僖宗，海内不靖，诗中波涛之语，岂非谶语吗？

宣宗登基后，越守进献女乐，姿容绝色。宣皇很宠爱，数日赏赐盈积。但很快便腻味了，一日，早上不乐，说："玄宗帝只一杨妃，天下至今未平，我岂敢忘？"召到面前说："应留你不得。"左右上奏，说："可以放还。"宣宗说："放还我必思念她，可赐鸩一杯。"（鸩，其羽可制毒酒。）

事出唐李隐《大唐奇事》、唐柳玭《续贞陵遗事》。

兴风作浪，平民皇帝登新基，黄钟毁弃，瓦釜雷鸣。排斥中兴贵族，蝉翼为重，千钧为轻；扶植新贵势力，谗人高张，贤士无名。毒杀无辜乐女，蛇蝎心肠，说他平民皇帝，玷污了"平民"二字。溪涧扬波，兴妖作怪，一语成谶，唐后期海内不靖，宗庙圮毁，始作俑者唐宣宗。

如何评价宣宗，不取决于今人，受其排逐的李商隐最有发言权，他一生沦落，以《贾生》讽宣宗对待正人君子，"宣室求贤访逐臣，贾生才调更无伦。可怜夜半虚前席，不问苍生问鬼神。"与武宗废佛弘儒、奋进中兴相反，他纵容佛寺泛滥，迷信长生不老术，不是"不问苍生问鬼神"又是什么呢？他接了武宗的班，却废了唐室的大业。最后借李贺《感讽·其二》作结："皇汉十二帝，唯帝称睿哲。一夕信竖儿，文明永沦歇！"

李昌符出奇登第

唐懿宗咸通中，李昌符有诗名，久不登第，积了许多诗文，长年都懒得修润装裱。为求一第，另想奇计，作五十首《婢仆诗》，投献公卿。其一云："春娘爱上酒家楼，不怕归迟总不忧。推道那家娘子卧，且留教住待梳头。"意思是婢仆爱撒谎；其二云："不论秋菊与春花，个个能嗜空腹茶。无事莫教频入库，一名闲物要些些。"嘲笑奴婢贪吃和占小便宜。每篇皆中婢仆之讳。一旬后，京城盛传这些诗篇。惹得婢仆们怪骂沸腾，咒诅昌符，尽要掴他耳光。咸通四年（863）昌符登第。李昌符的故事与桃杖虎靴，事虽不同，用奇却无异。

桃杖虎靴典故，出自《梁书·萧琛传》："王俭当朝，琛年少，未为俭所识，负其才气，欲候俭。时俭宴于乐游苑，琛乃着虎皮靴，策桃枝杖，直造俭坐，俭与语，大悦。"大概是萧琛年少时，未为王俭赏识，为引起注意，故作怪诞装扮，展示才华。

事见五代孙光宪《北梦琐言》。

李昌符为显扬名声，以婢仆弱点为诗，旁门左道极为不道德。晚唐诗坛有"咸通十哲"，分别是郑谷、许棠、任涛、张蠙、李栖远、张乔、喻坦之、周繇、温宪、李昌符。每人都有各自特色，昌符曾与"郑鹧鸪"郑谷酬赠。他取笑婢仆的诗，可取之处文学层面对生活中的人物观察细致，描写刻画栩栩如生；不可取之处，拿奴婢缺陷取笑，消解了诗的意义。即便如此无聊庸俗的诗，也可大行其道，逐鹿科场，直取龙门。晚唐科举之糜烂于此可见一斑。

中晚唐以女性现实生活为题材始自王建，所作宫词百首，传诵人口；

罗虬追念杜红儿之冤，作《比红儿》百首，择取古之绝代佳人与红儿作"比"，极力刻画雕阴（陕西富县北）官妓杜红儿的美与魅力。唯独李昌符为文轻薄，诗作有伤教化，他膳部郎中的官职也很快被弹劾削夺了。

李昌符标新立异使自己成名的做法，在当时"内卷"的竞争社会环境里，不能不说值得人深思。但竞争就能不要道德吗？

虬鬓老叟抱不平

方士吕用之，江西鄱阳人，僖宗乾符六年（879）在维扬辅佐高骈，专权擅政。有个商人刘损妻裴氏，绝色美人。吕用之暗中使事套取刘妻。刘损愤惋，写下三首诗：

其一

宝钗分股合无缘，鱼在深渊日在天。
得意紫鸾休舞镜，断踪青鸟罢衔笺。
金杯倒覆难收水，玉轸倾攲懒续弦。
从此蘼芜山下过，只应将泪比黄泉。

其二

鸾辞旧伴悲何止，凤得新梧想称心。
红粉尚存香幂幂，白云将散信沉沉。
已休磨琢投泥玉，懒更经营买笑金。
愿作山头似人石，丈夫衣上泪痕深。

其三

旧尝游处遍寻看，睹物伤情死一般。
买笑楼前花已谢，画眉窗下月空残。
云归巫峡音容断，路隔星河去住难。
莫道诗成无泪下，泪如泉涌亦须干。

诗成，刘损吟咏不辍，愁容满面。一日黄昏，遇见一位虬髯老者，行步迅疾，眸光似电射人，拱手对他说："见你哀心，有何不平之事？"刘损就对老者说了经过。老者夜里果然潜入吕用之家，化形斗拱之上，叱呵吕用之，说："所取刘损之妻并其宝货，速还人家，不然刀不认人！"吕用之惊惧，派手下带上金钱并裴氏，归还刘损。刘损连夜驾船离开了扬州。虬髯老者也再无踪迹。

事见宋佚名《灯下闲谈》、明杨慎《丽情集》。

吕用之贪色使坏夺人妻，虬髯叟呵斥专权，仗义行侠解人难。卑劣与道义，鲜明兑现。强权与弱势，在无畏者手下更易。

中晚唐这类义侠传奇越多，越映照社会腐烂。晚唐已不同于初盛唐社会，平民地位上升，贵族社会终结，无道德底线的烂人烂事泛滥。此则故事可微观社会质变。

青山不厌千杯酒

诗人李远，夔州云安人，唐文宗大和五年（831）进士，开成末（840）任福州从事。

大中十二年（858）令狐绹推荐李远为杭州刺史，宣宗说："我听说过李远的诗。"令狐绹说正是这个李远。宣宗遂念诗："长日唯消一局棋"，又自言自语说："这样的人怎么能去治理地方呢？"令狐绹说："诗人托此为的是高兴，未必他就是这样的人。"宣宗说："既然你担保他不是闲散之人，就让他去吧。"李远在杭州，有治声，以后又做忠州、建州、江州、岳州等地刺史，很有政绩，仕终御史中丞。

事见唐张固《幽闲鼓吹》、五代孙光宪《北梦琐言》。

李远诗名，连皇帝都知闻，绝非浪得虚名，除了"青山不厌千杯酒，白日唯消一局棋"，还有"人事三杯酒，流年一局棋"，这些诗句确是看破世事之论，皇帝担心不无道理，他选的是干才能吏。宰相令狐绹慧眼识珠，力排偏见，也是个伯乐，但如果走眼呢，岂不就得吃不了兜着走？李远确乎爱棋，温庭筠有一首《寄岳州李外郎远》：

> 含嚬不语坐支颐，天远楼高宋玉悲。
> 湖上残棋人散后，岳阳微雨鸟来迟。
> 早梅犹得回歌扇，春水还应理钓丝。
> 独有袁宏正憔悴，一樽惆怅落花时。

再如李远写自己下棋的《闲居》：

　　尘事久相弃，沉浮皆不知。
　　牛羊归古巷，燕雀绕疏篱。
　　买药经年晒，留僧尽日棋。
　　唯忧钓鱼伴，秋水隔波时。

　　在杭州李远不辱使命，展示了理政才能。此事，三方合力，才得完满。若有什么可吸取的教训，便是诗人不要乱写诗，不要乱下棋，尤其不能让皇帝看见。"白日唯消一局棋"差点埋没一个优秀的地方官。

退为进韩偓全身

韩偓，唐昭宗天复初（901）入为翰林。这年冬天，车驾出幸凤翔，韩偓扈从有功。天复三年（903）皇帝回銮，许他为相。韩偓回奏："皇帝运契中兴，应当用重德，镇风俗。我的老师右仆射赵崇，能胜任陛下之选。乞求收回臣之命授赵崇。天下幸甚。"昭宗嘉叹赞许。第二日，制用赵崇、暨兵部侍郎王赞为相。彼时梁祖朱全忠在京，平素听说赵崇轻佻，与王赞又有嫌隙，便驱马驰入，在皇帝面前，具言二人长短。皇帝说："赵崇是韩偓推荐。"彼时韩偓正在旁边，梁主就叱骂他。韩偓回奏说："臣不敢与大臣争。"皇帝说："韩偓退出。"不久谪官入闽。韩偓有一首安贫诗：

> 手风慵展八行书，眼暗休看九局图。
> 窗里日光飞野马，案前筠管长蒲芦。
> 谋身拙为安蛇足，报国危曾捋虎须。
> 满世可能无默识，未知谁拟试齐竽。

事见唐末王定保《唐摭言》。

韩偓是颇有才气的诗人，对仕途艰险，持谨慎态度，皇帝亲许他为相，一般人求之不得，他反而向上推荐赵崇，似乎头脑发神经，其实他特冷静，那一句"臣不敢与大臣争"，足见朱温之凶暴，及他对当时朝政的深沉思索，是他"报国危曾捋虎须"经历后的行事。以今人看，韩偓缺乏斗争性。我认为，这种全身以退为进的哲学，孰智孰愚，可以任人争议。

说一下，中晚唐，末代贵族诗人李商隐、李贺、温庭筠、韩偓、杜牧等，不约而同，诗歌多写贵族生活，声色之最，语多香艳，体似南朝宫体。唐朝诗坛之纷纭、风格之百般，实际原因是一直存在着一条复古的暗线，世人多以为复古便是复兴汉魏风骨，实为一知半解、浅薄之见，唐人的复古，分为两线，一线为北方汉魏文学，一线为南方齐梁遗风，李商隐便是后一线索的复古与创新代表人物，可惜齐梁文学被人一杆子打死了。须知南朝精致正宗的文化，也是不可或缺的汉文化的一部分，它经历了内部南北分裂的特殊成长，我要为之正一正名。没有南朝文学的精致华丽，便没有李商隐。汉文化需要那种打磨，脱离质野变得优雅，否定六朝文学亦就是否定南渡后守护汉文化的江南文化。

　　创立香奁体的韩偓与李商隐是姨父外甥关系，李商隐曾有诗句相赠"桐花万里丹山路，雏凤清于老凤声"，意思是铺满桐花的丹山路上，花丛中传出雏凤的鸣声一定比那老凤更为清亮动听。韩偓的绮罗脂粉，闺阁题材，辞采诡丽，是挽贵族之落寞幽冷、追怀色彩缤纷的正宗皇汉文化，还是承楚国贵族屈原的香草美人？个中苦心，诗人品味，颇堪留意。

顾非熊晚得高科

诗人顾非熊，顾况之子。性格滑稽好辩，爱说笑话。对气焰嚣张的朝中新贵子弟常常凌辱，为新贵们恼怒，非熊也遭到他们排挤。在举场三十年不举，受屈之声，聒于人耳。直到武宗中兴，会昌五年（845）谏议大夫陈商主持放榜，武宗责怪他为何没有非熊。诏有司追榜，放非熊及第。诗人刘得仁有贺诗：

> 愚为童稚时，已解念君诗。
> 及得高科晚，须逢圣主知。
> 花前翻有泪，鬓上却无丝。
> 从此东归去，休为坠叶期。

事见唐末王定保《唐摭言》、宋计有功《唐诗纪事》。

此事首先要感谢"会昌中兴"，会昌是唐朝贵族的中兴。其次要记两人功。一是唐武宗，在发榜结束后，追令及第，想想彼时牛李党争背景即知；一是陈商，若非"会昌中兴"，他没有机会执掌贡举，陈商何许人？陈朝皇室后裔，名门出身，所以他是支持武宗恢张旧业的政治举措的。从李贺《赠陈商》即可鉴知他们的阵营。诗云：

> 长安有男儿，二十心已朽。
> 楞伽堆案前，楚辞系肘后。
> 人生有穷拙，日暮聊饮酒。
> 只今道已塞，何必须白首。

凄凄陈述圣，披褐锄俎豆。

学为尧舜文，时人责衰偶。

柴门车辙冻，日下榆影瘦。

黄昏访我来，苦节青阳皱。

太华五千仞，劈地抽森秀。

旁古无寸寻，一上夏牛斗。

公卿纵不怜，宁能锁吾口。

李生师太华，大坐看白昼。

逢霜作朴樕，得气为春柳。

礼节乃相去，憔悴如刍狗。

风雪直斋坛，墨组贯铜绶。

臣妾气态间，唯欲承箕帚。

天眼何时开，古剑庸一吼。

再说非熊，三十年，还是晚了，华夏有正义感的知识分子，似乎都有类似命运，难道是性格悲剧？绝对不是。政治，政治，政治！令人想到近百年左与右的运动，牛李党争实际也是左与右的斗争，鉴古观今，警觉世人。

唯有终南山色在

晚唐李拯，陇西人，字昌时，咸通十二年（871）进士。僖宗乾符中，累辟使府。黄巢反唐，避居平阳（山西永济蒲州）。黄巢平定后，僖宗自蜀还，召拜李拯尚书郎，转考功郎中、知制诰。光启元年，宦官田令孜欲夺盐池之利，借关中藩镇李昌符之兵进攻河中节度使王重荣，重荣联合李克用攻入长安，致使唐皇出逃。光启二年（886）僖宗被田令孜挟持至兴元府（汉中南郑）。李煴在邠宁节度使朱玫拥立下以襄王监国，在长安僭位，以朱玫秉政，改元建贞。僖宗再奔宝鸡，李拯扈从不及，被逼为伪朝翰林学士。很快李煴败往河中，为王重荣所杀，以庶人安葬。拯在京城大乱中，为乱兵所杀。李拯妻卢氏，美姿容，能属文，李拯死时，她伏尸恸哭。倒戈拥戴唐皇的王行瑜兵，用刀威逼，不从，断一臂而死。

事见《旧唐书·李拯传》，北宋钱易《南部新书》、《新唐书·李拯妻卢氏传》。

什么是晚唐乱世？什么是兵荒马乱？什么是犯上作乱？什么是礼崩乐坏？这便是。每个个体在历史洪波中就是随波逐流的尘埃，无论皇帝、大臣、将帅，无可避免，不可掌控，唯有祈祷。生命在其中无足轻重，没有尊严，随时不保。所幸还有点人间温情，拯妻卢氏为之恸哭。重义轻生，刚正节操的女子，任何的时代都值得楷模、值得尊敬、值得宣扬、值得后人自我监戒。

还要说王行瑜的兵，滥杀无辜，临阵倒戈，拥戴唐皇，为了邀功，杀起人来，更加血腥、更加残忍，历史向来如此，国人向来如此。今天的国人又有何异呢？公共舆论场，一言不合，兄弟阋墙，视如寇仇，同族相残，大行杀伐，小小一件事扣帽子、打棍子，置之死地而后快，打入地狱才罢手。有人说戾气，我看表象，说穿了还是左右之争，权力斗争外溢，与王行瑜那些兵何异，他们何尝不是政治炮灰？承平时代他们是常理常情的普通人，并不天生杀人，但历史关揿他们会变成别人的炮灰、血腥的狂徒。这便是幽暗的人性，愚众成堆，政治正确，历史永远这么重复！

李拯是晚唐大臣、诗人，既受嗣襄王伪署，做了贰臣，心不自安，彼时百官无序，典章浊乱，一次退朝，他驻马国门，望终南山而吟诗，涕泪交下：

紫宸朝罢缀鹓鹭，丹凤楼前驻马看。

唯有终南山色在，晴明依旧满长安。

前人说此诗长安乱后，车驾初还，人物萧条，感慨而作，唯南山依旧，一片晴明，悲楚之词，浓丽而又蕴藉。但眼前的长安已非昔日长安，唐汝询《唐诗解》："黄巢乱后，京师风景悉非，往时所存者独终南山色耳。"沈德潜《唐诗别裁》："老杜'王侯第宅''文武衣冠'之感，然以蕴藉出之。"此诗写照的正是晚唐现实，兵火后的荒凉，不言自见！

假乱真黄筌画鹤

后蜀广政甲辰（944）年，淮南（南唐李璟）与后蜀互相遣使，结为友好，送来的礼物中有几只活鹤，后蜀主孟昶命供奉内廷的宫廷画师黄筌发挥写生特长，描绘出引颈上望（警露）、垂首下啄于地（啄苔）、转颈梳理毛羽（理毛）、乘风振翅而舞（振羽，又名舞风）、举头张嘴而鸣（唳天）、举步徐行（翘足）等六种鹤的神态，画比真的更有神韵。使那些活鹤立在画旁，把画鹤当成它们的同伴。后蜀主孟昶见这情景大为惊叹，从此将这偏殿更名为六鹤殿。

初唐有个叫薛少保的画师擅长画鹤，有《啄苔鹤图》传世，人们都把薛稷的画看作珍奇，但自从黄筌画鹤以后，贵族豪家争着用厚礼请黄筌画鹤，从此薛少保声名日减。当时流行的谚语有"黄筌画鹤，薛稷减价"。

黄筌画画的另一件事也很有趣。那是广政癸丑（953）年，孟昶在西门新建八卦殿，又叫黄筌在四壁画四时花鸟。那年冬天，五坊使在此殿呈送雄武军献的白鹰，鹰误认为殿上画的野鸡是活的，几次张翅扑上去要啄它，后蜀主赞叹很久，便叫翰林院欧阳炯写了一篇《壁画奇异记》来表记。五坊使，唐代为皇帝掌养猎鹰猎犬的官员。后蜀时还存在，宋初始废。《新唐书·百官二·殿中省》："闲厩使押五坊，以供时狩：一曰雕坊，二曰鹘坊，三曰鹞坊，四曰鹰坊，五曰狗坊。"

事见宋黄休复《益州名画录》。

这则故事我们不仅认识了一位热爱艺术的文皇帝，还见识了黄筌超凡入圣的画技。

黄筌画鹤，名声在内；薛少保画鹤，名声在外。

结果名声在内的，由内而外；名声在外的，由高而低。嘻！别怪是辩证法捉弄人，好名声的，岂不应当从中受到一点儿启示吗？至于徒有虚名的，那就不堪等而论之了。

说一下，鹤"白衣、黑裳、朱冠"，古人却称黄鹤，何来的"黄"？是鹤阴阳分明，合《易》之理，温文尔雅，喻德喻寿，能鸣九皋，志在寥廓，腾于瑶光，鸿鹄俦侣，姿仪鸾凤。故珍禽待之，别于凡鸟。最后借骆宾王咏鹤诗《送王明府参选赋得鹤》作结：

> 振衣游紫府，飞盖背青田。
> 虚心恒警露，孤影尚凌烟。
> 离歌悽妙曲，别操绕繁弦。
> 在阴如可和，轻响会闻天。

灞桥风雪驴子上

　　唐僖宗时郑綮有诗名，人们都说他志不在廊庙。曾出典庐州，杨行密为他的步奏官，税赋有遗缺，郑綮便笞责他。因郑綮清廉谨慎，行密仍很敬重他。昭宗时，行密雄踞淮海，盛言郑綮之德，由此郑綮做了宰相。但他既无施展，事又迟疑。太原叛兵到了渭北，天子震恐，寻求退敌之策，郑綮奏对说："请在文宣王谥号中加一'哲'字。"朝臣们以他辱居其位，每每讥侮之，郑綮乃题诗于中书壁上，说："侧坡蛆昆仑，蚁子竞来拖。一朝白雨下，无钝无喽啰。"大意是时运将衰，纵有才智也不能康济，当有玉石俱焚之虑。

　　郑綮有《题老僧》诗："日照西山雪，老僧门未开。冻瓶黏柱础，宿火焰炉灰。童子病归去，鹿麏寒入来。"常自夸说："此诗属对可以称衡，重轻不偏也。"有人便问他："相国近来有新诗否？"他风趣说："吾诗思在灞桥风雪中驴子上，此处何以得之？"大概是说平生苦心不为人知。

　　事见五代孙光宪《北梦琐言》。

　　郑綮作诗每以诗谣托讽，可他的苦心一般人体会不到，《旧唐书·郑綮传》讥他："綮善为诗，侮剧刺时，故落格调，时号'郑五歇后体'。"称号虽滑稽不雅，却暗含时代的悲伤。做刺史，他清正廉洁；做宰相，他知大厦将倾，鼎祚难挽，他不愿在自己手里玉石俱焚，他要"重轻不偏"平衡左右，苦苦撑住危局。这是一位末世贵族心中的愁思，可他的心志又有几人感受到呢？人们都以他格调不高，不被瞻望。一叹！晚唐贵族与平民的隔膜，让我想起鲁迅笔下晚清进步知识分子与愚昧民众的隔膜。

花蕊误坠雪香扇

花蕊夫人，姓徐，蜀州青城县（四川都江堰市）人，幼能文，擅宫词，得幸于后蜀主孟昶，封慧妃，赐号花蕊夫人。孟昶励精图治，整饬官箴，鼓励农桑，后蜀经济文化空前繁荣富足。孟昶在成都兴建宫苑，广种花木，锦城有四十里芙蓉花。广政初年春，花蕊与蜀主孟昶曾赏玩一本数百房的百合并蒂花和多种瑞牡丹。后来他们又同赏青城进献的红栀子。广政十二年（949）十月，在成都城楼一起观赏红艳数十里、灿若云霞的木芙蓉。花蕊与孟昶感情深厚，形影不离，她的百首《宫词》便是他们生活的实录和见证。他们一起苑赏、郊游、游湖、田猎、马毬、斗鸡，花蕊的宫词风格清新，令人耳目一新，如：

厨船进食簇时新，侍宴无非列近臣。
日午殿头宣索鲙，隔花催唤打鱼人。

春风一面晓妆成，偷折花枝傍水行。
却被内监遥觑见，故将红豆打黄莺。

在晚唐五代末世，如此闲雅的诗歌，照见了后蜀安宁的社会生活，也塑造了成都这座城市闲散的性格。两人在龙跃池（摩诃池）上避暑，孟昶为花蕊作诗：

冰肌玉骨清无汗，水殿风来暗香满。
绣帘一点月窥人，倚枕钗横云鬓乱。

起来庭户寂无声，时见疏星渡河汉。

屈指西风几时来，只恐流年暗中换。

　　每到夏日，孟昶便用水调龙脑末，洒在白扇上，用以挥风。一次登凌烟高阁，花蕊因凭栏失手，落下一柄龙脑香白绢扇，为城下人拾得，被蜀人呼为"雪香扇"，一时传为美谈。

　　事见宋张唐英《蜀梼杌》、宋陶毂《清异录·雪香扇》。

　　孟昶与花蕊的爱情，与玄宗贵妃的爱情一样，传为天下佳话，千百年来为人激赏。他们满足了士人才子佳人的爱情婚姻理想，然而他们又是不美满的，两位皇帝都是旰食宵衣、勤于国政的亡国之君，杨贵妃死于马嵬之乱，花蕊夫人赋诗自缢，死于城破之时。历史吊诡，两位前后相差两百岁的善良女子，皆出生于蜀州青城县。民国《灌县志·灌志文征·卷十三》有清王培荀《花蕊夫人故宅》诗二首："绝代佳人不易生，可怜倾国与倾城。海棠委地香消歇，谁道名花又向荣。""簪花妙笔墨流香，百首新词独擅长。不似玉环才调浅，写经专媚李三郎。"《灌志文征·卷十一》有清黄俞《花蕊夫人宅》："歌舞当年进蜀王，应怜遗址牧牛羊。茸茸细草堆芳径，漠漠寒烟覆短墙。城上降旗千载泪，宫中题恨满帘霜。英雄多少荒烟土，不及夫人姓字香。"《灌志文征·卷八》有清刘光旭《过青城废县》："江水常平沙，江天一望斜。即今余石垒，当日尽人家。城阙空山色，楼台逐浪花。沧桑几经变，古渡剩寒鸦。"青城废县，正是今岷江江边徐渡乡，唐诗专家张天健先生曾说："我每常过灌县（都江堰市）徐渡乡，想象诗人描写之地貌景物，均甚为切合。"近代四川名人林山腴为张大千的花蕊夫人画像题诗云："青城辇道尽荒烟，环佩归来夜袅然。差胜南唐小周后，宋宫犹得祀张仙。"虽然国学者儒林山腴未遑细考历史，张嘴就来，但他诗中的情调令人无限唏嘘。

　　据考，在成都北面什邡龙居山，有隋朝古刹"等慈院"，高柏交翠，银杏参天，水阁奇花，寺僧水观禅师有一次提前一月测得孟昶花蕊要来消夏。孟昶大喜，赐号"预知"，多有恩赏。寺中至今还有联语记花蕊来寺吟哦的佳话："怪石乱泉声，寺拥东西南北客。丛林浮雨色，云藏上下古今诗。"

　　广政二十七年除夕，孟昶在宫中写成中华第一副春联："新年纳余庆，佳节号长春。"闲适、祥和、富足，孟昶与花蕊经营的一段轻质的爱情戛然而止。之后，锦绣梦断，宋军南下，后蜀即亡。正如那把城上失坠的"雪香扇"！正如那"花钿委地无人收"！

　　据乡乘资料记载，花蕊并未被掳掠至汴，在孟昶降宋时便赋诗自缢了（乾隆《灌县志》）。某些笔记所谓花蕊夫人姓费，据唐诗专家张天健考辨，实为花蕊自缢殉国后，由孟蜀宫中一位勇敢的费姓宫人抵替赴汴，这就化解了花蕊何以有费、徐二姓之疑。20世纪40年代张大千为花蕊作像，刻在青城山中。据20世纪80年代考古发现，孟昶与花蕊遗骸早已迁葬四川广汉西郊红水碾附近，他们生离死别，终于合葬故国，魂归蜀土。

杜荀鹤恃旧凌虐

唐僖宗中和三年（883）梁太祖朱温领军马开封，很喜延请接纳举人，有投谒未得召见，过数月，他都询问情况。唐昭宗大顺初（890）杜荀鹤从九华山来，正逢山东用兵，未及时相见，安置在相国寺。约半年，梁王宴请客人散后以骰子做戏，意有所卜，丢了上百次均无好彩头，很恼怒，说："我与杜荀鹤卜能否及第。"话刚完，应声成红印头彩，很高兴，急请杜秀才。彼时杜荀鹤正在沐洗，忽然闷仆倒地，一会儿苏醒说："我做了个好梦。"见到朱温，便高兴地赋《梁王坐上无云而雨》诗：

> 同是乾坤事不同，雨丝飞洒日轮中。
> 若教阴朗长相似，争表梁王造化功。

朱温得诗，大加赏赐，摆酒款待，并将荀鹤名字送给春试官，大顺二年（891）荀鹤成名，为裴贽下第八名。廷参面谢时，官吏问他当日何梦？杜荀鹤不敢隐瞒，说梦见自己在大殿，一位和尚说："见了梁王便有食禄之福。"天复三年（903）杜荀鹤为宣州节度使田頵出使大梁，便留在汴梁，为朱温词臣。假如无恶念，前途未可量。到梁王开国，荀鹤授翰林学士，可是他仗着与梁王关系，便恃旧凌虐，欺压虐待，谋杀自己不喜欢的官吏，不久生病，十天就去世了。

事见宋张齐贤《绅绅旧闻记》、宋计有功《唐诗纪事》。

以上故事，姑妄言之，姑妄听之。杜荀鹤是什么人，我们心中有谱。在晚唐，像荀鹤这样自觉地关切生民、广求民瘼、反映疾苦、观纳风谣、抨击黑暗、铲除贪吏，"平生肺腑无言处""诗旨未能忘救物"（《自叙》）的一位杰出的社会现实主义诗人，多吗？他早年依附梁王，知道日后梁王会篡唐吗？篡唐后他又能主宰个人命运吗？所谓的"污点"，那"恃旧凌虐"几个字，几乎误导我们，他虐杀的是欺压百姓的有罪贪官，他的诗笔是带血的刀。如《再经胡城县》：

> 去岁曾经此县城，县民无口不冤声。
> 今来县宰加朱绂，都是生灵血染成。

卷五　评　论

文章千古事，得失寸心知。

——杜甫《偶题》

酌奇而不失其真，玩华而不坠其实

——读张起、张天健《唐诗夜航》

何世进

　　每想起张天健、张起父子，我便会默默吟诵李白赞颂友人的诗句："桃花潭水深千尺，不及汪伦送我情。"张天健曾经是我早在 20 世纪 50 年代下半期大学中文系同年级同学，其长子张起却从未晤面，然而情谊之深如同子侄。张起对我这垂垂老者的关爱与助持，实不亚于亲生子弟。这深挚情谊的诱生缘自他对传统文化的深厚积淀，尤其是多年如一日的唐诗研究。"诗是吾家事"，唐诗研究是张天健、张起父子的祖传。记得张天健在专著《唐诗答疑录》中称述：他父亲张挽澜早在 20 世纪 40 年代买了一部唐诗研究的著述叫他反复诵读，从此诱发了他研究唐诗的兴趣。年逾八旬的张天健与儿子张起一道已出版多部研究唐诗的专著，早已是名享全国的唐诗专家。张起正当才思焕发的盛年，瞻望前程一片锦绣。为何父子俩在唐诗研究上一部比一部精彩，深受读者喜爱？贵在荀子所言："锲而不舍，金石可镂。"亦如清末大儒曾国藩在家书中所教示：与其开挖数井不汲泉，不如深掘一井让泉水喷涌而出。张氏父子新近撰写的这部《唐诗夜航》我一经品读，似饮美酒，如食香醪。这醉美之感，缘自何方？我朝夕揣摩，夜不能寐，忽儿思如涌泉，挥笔写出以下评论文字。

　　何世进，四川开江人，毕业于四川师范大学中文系，中国作家协会会员。专业作家、评论家，出版文学著作 20 余部，代表作有长篇小说《激情山水》《乡恋画屏》《芳草天涯》《多欲年华》等；长篇传记文学《吴宓的情感世界》《吴宓的后半生》《巴蜀奇才》《求索》等；长篇纪实文学《巴渠战洪图》《跨世纪之路》《家乡的银杏林》等；散文评论集《悠悠巴蜀情》《何世进文学作品选》《两地集》等。其中《吴宓的情感世界》于 2008 年 9 月 1 日接受中央电视台专访，并于 2008 年 12 月 31 日在中央一台播映。

一、创新唐诗研究的形式美：篇幅精短，妙趣无穷

美是一种真与善合规律性、合目的性的有意味的形式。唐诗流传数万首，浩如烟海。张天健、张起父子沉潜涵泳，历时多年，拾贝寻珠，游兴正酣。原因何在？当代哲学美学家李泽厚有精湛的阐释："一种丰满的，具有青春活力的热情和想象，渗透在盛唐文艺之中。即使是享乐、颓丧、忧郁、悲伤，也仍然闪烁着青春、自由和欢乐。这就是盛唐文艺，它的典型代表，就是诗歌。"（《美的历程》），张天健、张起父子连同祖父为何代代执着于唐诗研究，也就不言而喻了。张天健、张起父子愈来愈勇于挑战唐诗研究的难度、深度与高度。父子俩不满足于对唐诗思想艺术的一般化理解与阐释，更着意一千多年来为士人学者难解之谜。新近的这部《唐诗夜航》更在释疑解惑的前提下，在《〈唐诗夜航〉序言》中又有着精深的诠释："唐诗已成国人的精神源泉和心灵归属，它不只包含诗歌，还包含唐人的生活方式，唐人的故事。诗、事、人才是完全的唐诗。我们对唐诗的探寻，实际是对一种生活方式的探寻，对高尚心灵的访问。我们关注唐诗、关注唐人生活、关注唐诗轶闻趣事，寻绎出对今人的启示，所以特别注意别出新说……这即是《唐诗夜航》宗旨，寻绎新意，与读者一起领悟唐诗，领悟正确、高尚的价值文化。"不难发现《唐诗夜航》一旦品读觉其魅力无穷，爱不释手，便在于作者将诗、事、人做了多侧面、全方位的解说，而又不拘于三段论式的呆板、枯燥的论述，却以讲生活故事的形式娓娓道来，便也情不自禁地将广大读者挪回到盛唐之音的诗歌广袤而又花开烂漫的神奇天地，让当今广大读者，无论老、中、青、少或是信男爱女、残疾、病患者，皆享有如海德格尔所期许的"诗意的栖居"。

《唐诗夜航》分初唐、盛唐、中唐、晚唐四卷，计200余篇，约20万字，洋洋洒洒、蔚为景观。初唐卷《魏征喜好吃醋芹》，描述的是丞相魏征与唐太宗日常餐饮中的一段趣事。唐太宗惊异于魏征为何喜爱吃醋芹，故事点明："我（魏征）执掌职守，唯独选醋这含'收敛'之物为喜好。""太宗默然一想，深为感动。"文章以这样一个生活小故事，寄寓的却是为人行事的大道理。文章以点睛之笔发论："一个忠臣最宝贵的'直'，其实还有一个不小的遗漏是'智'。寓直于智，藏智于直，这才是没有走样的魏征。"文章既真实地描绘贤臣魏征忠直的形象，也启示后人做人不可锋芒毕露，愈是当权者愈

要谦恭自敛，下级对于上级既要敢于直言无隐，又要学会魏征式寓直于智，令对方不伤脸面，默默品味。这是一篇短论，却以生活小故事的形式娓娓道来，此所谓由小见大、见微知著。这是张天健、张起父子在唐诗研究中表现形式、文韵风采上的改革与创新，笔者的良苦用心贵在让唐诗研究解读面向更为广大的读者，真正做到雅俗共赏，老少咸宜，此情此志，令人赞许！

其后《杨炯狂傲麒麟楦》，讲述初唐四杰中的杨炯因排名第二心中有些别扭，他耻居王（勃）后，愧在卢前。文章作者的解说是："那一耻一愧，不是使人欣赏他话的实在，而是讨厌他的名誉观念。"这虽是历史故事，却也"在历史中鸣响着现实的音符"（狄更斯言）。记得二十多年前，我在家乡举办了一次作品研讨会，竟为座牌在前在后与一位领导产生不愉快。此公曾任市文化局副局长，他既附庸风雅，又十分看重名誉地位。为了拔高自身地位，他曾写信对某某当选为人大主任表示祝贺。这位主任感于情义，遂回函致谢。此公将这回函张贴在门楣上。凡有来客，要求首先诵读这回函，以示他非同凡俗的地位和身价。此公怎能宽容我将他座牌置于第二排？我只好忍气吞声，座牌前置，他才没再发脾气。由此可见计较名誉，在当代文坛大有人在。从而表明这篇《杨炯狂傲麒麟楦》虽讲的是唐代的事，依然具有现实的针对性和启示意义。话及初唐王杨卢骆四杰，李泽厚讲闻一多先生亦有所品评，"其实这位诗人兼学者（闻一多）相当敏锐地说出了六朝宫体到初唐的过渡。其中提出卢照邻的'生龙活虎般的腾踔节奏'，骆宾王'那一气到底，而又缠绵往复的旋律之中，有着欣欣向荣的情结'。指出'宫体诗在卢、骆手里由宫廷走向市井，五律到王张的时代从台阁移至江山与塞漠。'"（《美的历程》）《唐诗夜航》话及初唐四杰中的杨炯计较排位先后，则又从另一个侧面让当今读者更为深入地认识与了解初唐四杰，且对当今依然存在的文场陋习亦是一种警示。

《唐诗夜航》较张氏父子昔日研究唐诗迥然不同的新颖书写形式，为的是让唐诗文化为广大的读者所喜爱与接受，从接受美学的视角作探究，因为这美的形式正是人化了的自然情感的形式，亦为当代商品社会人们忙于为生存奔走却又渴求与之适应的品读唐诗研究著述最新最美的读本样式。

二、从迷人的婚恋视角，管窥人性情感的丰富性与复杂性

在唐代浩如烟海的诗歌中，爱情与婚姻主题题材，无疑占有一定数量。

《唐诗夜航》话及这一主题题材者不下十篇，却篇篇不雷同，且各具特色、妙趣横生，成为此书一大亮点。

盛唐卷《权钱难易真感情》，文章以优美的文笔描述了一件凄美的宫廷秘事。唐玄宗之兄宁王李宪，有宠妓数十，皆绝艺上色，仍不满足，见一卖饼小贩的妻子肤白貌美，陡生歹意，强娶了她，宠爱有加。宁王发觉她仍想念卖饼的前夫，宁王心怀恻隐，急叫小贩来见，相对泪下，哀不自禁，赢得长安名士的同情。宁王煞有介事地请客人赋诗，王维挥笔而就：

> 莫以今时宠，能忘旧时恩。
>
> 看花满眼泪，不共楚王言。

宁王读王维这首即兴之作，深受触动，遂放此妇归返卖饼小贩。文章作者的解读是："这个故事一对贫贱夫妻，活活被宁王生分拆散。宁王强买了她的身，始终未得到她的心。从这点看，可悲的是宁王。王维聪明机智，心怀悲悯，通过诗，能否擂通宁王的鼻子？"宗白华先生讲："中国哲学就是生命本身，体悟'道'的节奏，道具象于生活，礼乐制度尤表象于'艺'。灿烂的'艺'赋予道的形象和生命，'道'给予'艺'以深度的灵魂。"（《美学与艺术·中国艺术意境的诞生》）。于此可以认知王维此诗，寓道德于诗艺所具有的难以抗拒的魅惑力与震撼力。《唐诗夜航》中的这一篇亦具有不可代替的价值与意义。

紧接下一篇《传书燕通灵传书》，文章娓娓诉说痴情女儿绍兰渴望丈夫从荆州回归的心愿，寄托于堂前燕子传书给远在荆州的丈夫任宗。灵慧的燕子果真传给了远在荆州的任宗。第二年任宗如愿回归。绍兰这首五言绝句真也深情：

> 我婿去重湖，临窗泣血书。
>
> 殷勤凭燕子，寄与薄情夫。

此诗语言朴质，却句句血、声声泪，艺术魅力堪称神奇。《唐诗夜航》作者查阅五代王仁裕《开元天宝遗事》，依其本事，演绎成文。于此，不能不赞赏本书作者博览群书，查考正史野史所下功夫之深。

中唐卷《盼盼情深报尚书》，这则故事不仅事关徐州张尚书，且直接牵涉到大诗人白居易的人品道德，即所谓文人无行。关盼盼本是张尚书的爱妾，能歌善舞、仪态特美。在一次酒宴上白居易肉麻地吹捧她，她也念念难忘白居易的一段风流情。她含泪泣诉："楼上残灯伴晓霜，独眠人起合欢床。相思一夜知多少，地角天涯未是长。"足见关盼盼于白居易渴念之深切。事隔十年之后，友人张仲素将关盼盼丈夫张尚书死后的凄凉情景转告白居易。白居易读关盼盼用血泪写成的三诗后，和诗三首。尤其第三首堪称杀人的软刀子："今春有客洛阳回，曾到尚书墓上来。见说白杨堪作柱，争教红粉不成灰。"文章紧接诉说白居易另赠一首玩笑似的不无讽意的绝句，《感故张仆射诸妓》："黄金不惜买蛾眉，拣得如花四五枝。歌舞教成心力尽，一朝身去不相随。"此诗由张仲素带给关盼盼。可以想见关盼盼读此诗无异于雪上加霜，伤口撒盐，痛何如哉！文章描述关盼盼泣诉："自从尚书逝世，我不是不能死，担心千载之后，认为尚书好色，才有从死妻妾，这是污辱尚书清白风范。"于是她又和诗一首，诉说心迹："自守空楼敛恨眉，形同春后牡丹枝。舍人不会人深意，讶道泉台不去随。"关盼盼本因张尚书去世悲痛得摧肝断肠，今见名诗人白居易如此诅咒她为何不去殉葬，她倍感绝望，绝食十天，凄然离世。

文章标明事见白居易《燕子楼诗序》。文章深刻指出："关盼盼的深情，大胆挑战了传统门当户对、良贱不婚的陈腐观念，在强大的旧观念面前她也为自己一生埋了单。"文章尤其愤怒谴责大诗人白居易："深心冷酷，寡情鲜爱。"然而白居易与元稹在中唐，甚至中国诗歌史上皆有不可动摇的崇高地位。他的《琵琶行》《长恨歌》至今脍炙人口，配入管弦。我们如何来审视这一复杂的人性事相呢？李泽厚先生有着透辟的阐释：

> 作家艺术家在各种作品中所描述的形形色色的人性，包括文明带来的欢欣幸福和压迫痛苦。痛苦所宣示的崇高与怯懦，幸福中所产生的愧疚与罪孽，各种极端的或说不清道不明的人生境遇和生活体验，包括快愉与创伤同行，高贵与卑劣同体，乖戾中有真情，真情中有虚伪，包括人们欣赏并快意于生活中绝对不愿意亲自尝试的种种经验、境界、荣乐，便极其复杂、多样、微妙和丰富……这属于人性，而非神性和机械性或者兽性。这就是我们所概括为情本体的实在人生。
> （《伦理学纲要》）

白居易身为唐代伟大诗人，竟然责难己身曾经爱慕过的美女关盼盼为何还活在世上不为张尚书殉葬，在人性情感上未免太为冷酷与残忍。这与他在世界观、人生观上，深受父权社会男尊女卑人伦道德的毒害，人性因之而扭曲不无关系。要说他对身处逆境中的关盼盼一点常情也没有，亦未必然。诚如李泽厚关于人性复杂性的阐释："高贵与卑劣同体，乖戾中有真情，真情中有虚伪。"《唐诗夜航》作者为此做了极具针对性的解读："白居易无论是出自诗人的风雅玩笑，还是出于好奇的心理，是他促成了关盼盼殉情。他深心冷酷、寡情鲜爱。我们从中还觉出，他那封建道德观念，并非一种岸然的道貌，而是一副开玩笑的脸孔，属于封建道德的新品牌。"我觉得最为可悲的是，白居易成了逼死关盼盼的真凶，一点也未反省到自身的罪责，竟然嬉皮笑脸地开玩笑！

中唐卷《杨虔州不嫌妻丑》，数千年的文化传统有精华亦有糟粕，不以貌取人，重在心灵美当属精华。杨虔州不嫌妻丑，成就了人生功业，重恩情；张又新虽然娶了一个漂亮的妻子却未能得到家庭幸福。一丑一美，一褒一贬。文章评述："杨虔州一位难得的有情人，妻子容貌差，固然遗憾，他不嫌弃，她有德……美丑只在各人内心。"从《唐诗夜航》作鸟瞰，仅就婚恋题材而言，力求多视角多侧面多向度探寻唐诗所反映出的形形色色的爱情观与婚姻观，供给当代读者品味丰富复杂、姿彩纷呈的人生爱情。

再读中唐卷《桃花诗崔护艳遇》。一千多年以来，一直争相传诵的崔护题诗是：

> 去年今日此门中，人面桃花相映红。
>
> 人面只今何处去，桃花依旧笑春风。

作者据孟棨《本事诗》和张鷟《朝野佥载》，撰成此文。文章开篇便赞誉崔护人品身姿俱佳，还考上了进士。文章娓娓动人地叙说崔护在京郊游，正当桃花盛开时节，去林中一户人家讨水喝，接待他的是一个少女，俊俏得面如桃花，崔护怦然心动，想与她交谈，她却笑而不答。崔护怅然而去。第二年又在桃花盛开的地方去探访，却闭门关锁，无人应声。崔护分外伤感，遂题此诗。几天后又去探访，老父突然斥责道："你杀了我女儿"，崔护惊恐万状。老父方才说明原委。自崔护走后，十七岁的女儿相思成疾，饭不吃茶不饮，成日神情恍惚，以至于死亡。

更为奇妙的是崔护于惊恐愧疚中，急切祭奠，"姑娘还未入殓，颜色如生，崔护用手臂抬头，枕腿抱起她，流泪祝告：'我在这里，我在这里。'"一会儿姑娘张开了眼睛，半日间竟又复活过来。老父一见大喜，便把女儿嫁给了崔护。

《唐诗夜航》凭借崔护一首名诗，寻迹探踪，终于从唐人孟棨《本事诗》和张鷟《朝野佥载》敷衍成十分动人神灵奇异富于传奇色彩的美文。既具有历史散文的优美文笔，娓娓讲述了一个引人入胜的传说故事，又不失学术文章的事理探究。

作者从改诗发论，"《唐诗纪事》谈崔护城南题诗，认为原诗'人面不知何处去'过于绝对，其意未二，便改为'人面只今何处去'，这是宋人改唐人诗之例，不过我们要赞，改得好！"

文章作者不仅稽考了宋人如何更改诗句，更揭示了这则香艳迷人故事深蕴的文化内涵："这则诗事，除了让人读出浪漫的爱情，暖心的大团圆结局，偶然与永恒的哲理，邂逅与分离的人生体验，爱慕而不能再见的惆怅，还能读出什么呢？……"我要说张氏父子的这篇《桃花诗崔护艳遇》是难得一见的艺术小品，以优美的文笔讲述富于传奇色彩的唐诗故事。不仅曲折回环、引人入胜、大起大落，而不失美好愿景，将研究唐诗的学术文章，赋予如此妙趣横生的艺术形式，于潜移默化中再以点睛之笔，阐明文化涵蕴，给读者以精神启迪与哲理认知，堪称一绝。

于此，《唐诗夜航》仅以爱情婚姻主题题材而论，其视野之宽广、品类之繁多、人物故事之姿彩纷呈，由此带给读者的审美包括审丑愉悦，何其韵味悠长，令人遐思远想！

三、从真善美与假恶丑的较劲与角逐中，彰显崇高而又圣洁的人文情怀

就唐诗而言，它是中国传统文艺发展的高峰，既标志华夏诗歌韵律已走向严整与成熟圆融，更意味着思想人文涵蕴的深厚博大。胡应麟说："盛唐句如'海日生残夜，江春入旧年'；中唐句如'风兼残雪起，河带断冰流'；晚唐句如'鸡声茅店月，人迹板桥霜'，皆形容景物，妙绝千古。而盛、中、晚界限斩然，故知文章关气运，非人力。"（《诗薮》）以上谈的是唐诗各个历史阶段风格意趣上的区分，而思想、文化涵蕴既有一定的区别又有其共同之处，即便是对真善美的肯定赞扬，对假恶丑的讥刺鞭挞。亦如宗白华先生所言："肯定矛盾，殉于矛盾，以战矛盾，在虚空毁灭中寻求生命的意义，获得生命的价值，这是悲剧的人生态度。另一种从人生态度则是以广阔

的智慧照瞩宇宙的复杂关系，以深挚的同情了解人生内部的矛盾冲突；在伟大处发现渺小，在渺小里却也看到它的深厚；在圆满里发现它的缺憾，但在缺憾里也找出它的意义。于是以一种拈花一笑的态度同情一切；以一种超越的笑、了解的笑、含泪的笑、惘然的笑，包容一切、超越一切，使灰色人生也罩上一层柔和的金光，觉得人生可爱，可爱处就在矛盾处，就同我们欣赏小孩儿们天真烂漫的自私。"（《美学与艺术》）。张天健、张起父子以睿智而又明慧的目光洞悉唐代诗人中依然存在真善美与假恶丑的情感心性内在冲突，甚至某些名诗人因同行生嫉妒而造成杀人惨案。

初唐卷《李才子嫉妒成性》，文章严肃斥责："文如其人吗？才子其人，文痞其心，这就是李峤，好一个人不如文的特别标本。唐玄宗一次又一次为李峤诗打动，流泪唏嘘，是触动了他因山河有异而酸心的神经，至于这位前宰相李峤的嫉妒乖戾心肠，估计唐玄宗有所知闻，他一再惋叹'真才子'，或许含有鲜花插于牛屎的味儿。"作者的这番点评何其爱憎分明，于当今文人无行者是一种鞭挞，对于广大人文工作者不失为良好的警示。

盛唐卷《堂前扑枣任西邻》，杜甫之所以称为人民诗人，便在于他无时无刻不充满悲天悯人的人文情怀。《又呈吴郎》一诗，作者解读吴郎即吴南卿为八品参军，前来看望生病的杜甫。吴南卿见杜甫借居之处的邻居妇人穷苦至极，前来扑枣赖以维持生存，而吴南卿却产生了强烈的防范心理，因而插篱笆用以阻隔。杜甫见了，很过意不去，出自人道主义同情写下《又呈吴郎》：

> 堂前扑枣任西邻，无食无儿一妇人。
> 不为困穷宁有此，只缘恐惧转须亲。
> 即防远客虽多事，使插疏篱却甚真。
> 已诉征求贫到骨，正思戎马泪盈巾。

文章中的杜甫对邻居的贫困处境心怀悲悯，对前来看望他的吴郎出之以善意的劝导，皆予以热情肯定与赞誉。其间并无善与恶的尖锐冲突，用以宣泄的是官绅的盘剥达到了"已诉征求贫到骨"，人民百姓难以活命，战乱已严重到成日泪水洗面，其悲伤与怨愤一言难尽。

盛唐卷《李权贡举与官斗》，作者在唐代诗坛纷纭错综的矛盾冲突中，选取唐玄宗时期诗人李昂任考功员外郎，主持贡举，年轻气盛。李权应考向他说情，他却拣过拿错严词拒绝。照说是在坚持公平正义，可堪效法。文章却指出李昂小题大做，"摘取李权章句小疵，张榜于道，侮辱李权"。李权盛怒之下要求李昂也拿出诗来让他挑剔瑕疵。李权果真被拿捏住痛脚。然而李昂不肯认错，反以权势取消了李权吏选资格。

饶有意味的是作者的评述："李权敢与官斗，斗的人正是掌握自己前途的官员，勇敢得不计后果。李昂事前公正，事后又睚眦必报，器量狭小，说话伤人，还搞'大字报'，这种人适合做为国选拔栋梁的主考吗？……李权断章取义，曲解诋诃，文攻武卫……，造反作风，不可效尤。两人都该各打五十大板。"《唐诗夜航》坚持凡事皆须对事情发生、发展及其结局进行细致精密的梳理方才做出客观公正的评判。因为社会生活原本错综复杂，故此作者杜绝采用"非对即错"的简单生硬的思维方式，凡事需做具体分析，以各打五十大板作结。这看似一个笑谈，实则有深意藏焉。赠予读者是启迪灵智，实事求是、客观公正的辩证思考。

无论是李权还是李昂涉及生活辩证法中"度"的失控，了解及把握住"度"的智慧的人，真正领悟过犹不及，掌握分寸，恰到好处。李泽厚先生曾阐说："度既是立美，美立在人的行动中，物质活动中，生活行为中。"（《实践理性与乐感文化》）李泽厚先生深刻指出："而中国传统实用操作本性对感性抽象的意义和力量缺乏足够认识和充分发展。这也是中国缺乏抽象思辨的重要原因。"《唐诗夜航》作者则以现代哲学具有的辩证思维，恰如其分做出各打五十大板的公正评判。

其实中国传统文化并非完全忽视"度"的智慧，书中《信传言险遭不测》便真切而又生动地讲述了大诗人刘禹锡因未听从医生的叮嘱过量服药，造成病情加重的故事。作者由此发论："刘禹锡的故事告诉我们，在量上超过一定的限度，就会发生质变。刘禹锡前后服用的药没有变换，只是服用量超过了度，治病良药变成了害人的毒药。"由此可见这部《唐诗夜航》不仅历史地、艺术地再现一千多年前唐代诗人的生活与创作的诸多轶闻趣事，还教给人们生活的智慧。

再看中唐卷《失意钟馗也学虎》，文章描述钟馗状貌丑陋、豹头虎额、铁面环眼，令人望而生畏，却才华出众、武艺高超。他去京城找八字先生算命，测字先生居然说："看你不俗的名字将高中榜首，但你时运不佳，到时会名落孙山，甚至凶多吉少。"钟馗偏不信邪，积极应试，考卷经大学士陆贽、韩愈评阅，称为奇才，高中状元。然而德宗皇帝听信谗言："钟馗状貌那样丑陋怎能当之，何不另选一人？"钟馗怒不可遏，指着进谗言的卢杞斥骂："如此昏官当朝，岂不误国?"相互对骂之后，钟馗向卢杞拳脚交加。这可激怒了德宗皇帝，喝令将其拿下。钟馗不堪受辱，愤而自杀。德宗为之震惊，决定以状元身份殡葬。这则根据《唐逸史》编写的故事也许不真实，却分外惊心动魄。钟馗其貌粗丑，却勇于挑战命运、疾恶如仇、敢于担当的刚烈形象栩栩如生。

文本评述："生时他未成状元人杰，死后却成了状元鬼雄……钟馗离梦想一步之遥，却为皇帝好恶痛失仕途。他的冤屈，想必会引动历代读书人共鸣……"张天健、张起父子满怀道德激情，几乎是含泪作出以上字字血、声声泪的评点。

以貌取人，历史上有，当今何尚不存在?尤其事关考评升级，又有多少英才俊彦拒之门外，不能得到公平的待遇呢?故此这则故事的历史真实性与现实的针对性都是分外强烈的。想当年曾经是大学才子的张天健，因能在为数极少的省级文学刊物发表小说，妄加罪名打成右派，遣送西昌劳动锻炼，但张天健笃信他父亲取的美名，"天行健，君子以自强不息"。他那颗忠于党和人民的耿耿丹心，终于迎着改革开放的东风扶摇直上云天，书写出人到中年的辉煌灿烂，成为载誉全国的唐诗专家。其子张起承继父业，毕业于华东师范大学中文系，早已晋升教授，我坚信张起正当盛年，唐诗研究一部比一部深湛。无论遇到任何困难都要紧握手中的笔，书写出一个人文学者人生的精彩与辉煌。千万记住德国哲学大师康德的格言："在我上者灿烂星空，道德律令在我心中"，勉乎哉，张起!

时代的波涛中航行的唐诗之船

——读张起、张天健《唐诗夜航》

林赶秋

　　明人做学问，比不上清人严谨，为书取名，倒是个顶个的绝妙，譬若卢翰的《掌中宇宙》，捧读一书，竟似掌握无垠宇宙，可见其内容之全、涵盖之宽。与之大小悬殊、相映成趣的有《夜航船》。作者张岱生于水乡绍兴，看惯也坐惯了夜航船，其空间有限，乘客在舱内常常只能拳足而寝。他觉得自己记载的都是"眼前极肤浅之事"，像这穿行暗夜的乌篷船戋戋而小，所以将其命名为《夜航船》。西哲云："书籍是在时代的波涛中航行的思想之船，它小心翼翼地把珍贵的货物运送给一代又一代。"与张岱的取义还不太一样。实际上，《夜航船》跟《掌中宇宙》性质相似，也是"类书"，拿现在的话说，就是小型百科全书。许是这名字太有意思了，清代"破额山人"沈钦道也曾用作书名。后因藏书家秘不示人而流传不广，这两部《夜航船》一度被混为一谈。

　　今人当然也喜欢这个书名，不会轻易放过，或隐去船字，亦自有一种味道在。比如寒斋邺架上的《书海夜航》，又如案头这本新出的，由张起、张天健合著的《唐诗夜航》。其实这两个书名还可互文见义，唐诗也壮阔如海，广大有龙。　别的不提，只说清朝官方汇编的并不全的《全唐诗》。内中

林赶秋，四川都江堰人，文史学者，《诗经》研究者，四川省作家协会会员。出版《诗经里的那些动物》《天涯孤旅——林赶秋文选》《国学七日谈》《绝代有佳人——女性小品赏读》《古书中的成都》《古迹遗珍》《清高遗庙肃人思》《三星堆·神话诞生之地》《诗经名物志》，标点、审校《邛嶲野录》等古籍多种。作品入选《大学语文》《中学生阅读行动指南》，专著《诗经里的那些动物》入藏德国柏林国家图书馆，多次获全国城市出版社优秀图书奖。《今晚报》《成都晚报》文史专栏作家。

收诗与词凡四万九千四百零三首、句一千五百五十五条，作者共二千八百七十三人。虽误收了唐以前、宋及宋以后之人所作诗七百八十二首、词三十四篇、句五十三条，所涉作者一百一十五位。即便除开这些，照样算卷帙浩繁、阵容强大。从这里面又衍生出各式各样的选本、赏析之书，更是"处则充栋宇，出则汗牛马"。为了便于识别、记忆，打南宋严羽《沧浪诗话》开始，大多数人都将唐诗分为初唐、盛唐、中唐、晚唐四个包间，《唐诗夜航》亦不例外。

包间里的诗人，大都声名济济，甚至连他们的逸闻趣事也是历史上著名的段子。就拿"初唐四杰"之首王勃和他的《滕王阁序》来说吧。此文的写作时间，历来众说纷纭，或认为是王勃二十九岁时所写，一说二十六岁，一说二十二岁，一说十三岁，《唐诗夜航》则采取唐昭宗光化三年（900）进士王定保《唐摭言》卷五的记载，云："其实是十四岁作的，当时他正随父宦游江左。"这个说法似乎更符合相关的故事发展脉络：洪州都督阎伯玙当听到"落霞与孤鹜齐飞，秋水共长天一色"一句，一改先前"拂衣而起"的状态，"矍然而起"曰："此真天才，当垂不朽矣！"遂亟请入宴所，与之欢聚尽兴而罢。阎公如此前倨后恭，正是最初以年纪取人（"王勃著《滕王阁序》，时年十四，都督阎公不之信"）的必然反转与打脸。

如今看来，"落霞与孤鹜齐飞，秋水共长天一色"确乎快要近于不朽了，但没比较就没鉴别，宋人即已指出这一联是以庾信《马射赋》"落花与芝盖同飞，杨柳共春旗一色"为蓝本，并非王勃全盘独创。其实，这种调调不过为六朝套语，很多人皆如此写，庾信不止这一联，王勃的文集内此类也有二十余联，由于《滕王阁序》的传播度高，唯独"落霞"一联给人印象最深："当时士无贤愚，以为警绝"（欧阳修《集古录》卷五）。无他，只因不能触类旁通罢了，阎伯玙矍然而起，赞为天才，便是一例。王勃若十四岁果能出此联语，也算善于模仿、精于点化了，完全当得起"天才"或"神童"（杨炯《杨盈川集》）之美誉。

除了辨析《滕王阁序》其他文句之指涉，《唐诗夜航》还找到了一个有力的旁证："杨炯《王子安集序》说'年十有四，时誉斯归'，这'时誉'不正是指写作《滕王阁序》吗？他还有什么文章十四岁名满天下的？"连续两个诘问，胜却费话无数。

然则，这样的小考证并非《唐诗夜航》的着墨重点，诚如张起在自序里所坦陈的："我们对唐诗的探寻，实际是对一种生活方式的探寻，对贵族世界的探寻，对高尚心灵的访问。我们关注唐诗，关注唐人生活，关注唐诗逸闻趣事，寻绎其对今人的启迪意义，所以特别注意别出'新说'。班固《西都赋》说'摅怀旧之蓄念，发思古之幽情，博我以皇道，弘我以汉京'，鲁迅说'发思古之幽情，往往为了现在'，这即是《唐诗夜航》宗旨，析出新意，与读者一起领悟唐诗，领悟正确、高尚的价值文化。"是的，比如针对宋之问的恶劣品质，《唐诗夜航》就一再鞭辟挞伐，毫不留情，其言外之意、弦外之音也是对当下同类无行文人的旁敲侧击。唯恐读者忽视而不悟，《唐诗夜航》又引鲁迅《记谈话》"对于不是自己的东西，或者将不为自己所有的东西，总要破坏了才快活的"云云加以补刀：鲁迅"说的便是这种人、这种心理吧。恶有恶报，宋之问后来遭贬谪流放，被御史劾奏赐死"。这种杂文似的犀利评论，这种借唐人酒杯浇时代块垒的痛快抒写，正是《唐诗夜航》别立机杼的"新说"，也正是其区别于市面上海量唐诗读物的地方，值得特别留意、细细品咂。

打个蹩脚的比方，《唐诗夜航》犹如在时代的波涛中航行的唐诗之船，它小心翼翼地把珍贵的货物运送给关注唐诗、唐事、唐人的广大读者，是一艘名副其实的"宝船"。唯愿它能越开越远，"长风破浪会有时，直挂云帆济沧海"。

《唐诗夜航》及其他

常崇宜

张天健、张起二位教授的《唐诗夜航》不是一般的普及读物，而是有着一定学术价值的著作。学术著述不一定需要板起面孔说教，史上许多逸闻故事既可弥补现存典籍之不足，又能够体现学术的文艺欣赏、文化普及、史实保存的三重功能。

全书内容丰富、引人入胜，又发人深省，收集资料广泛、写作功夫深湛，值得细读慢品。反复读罢，仿佛进入了一千多年前的大唐帝国，既看到它的开放、辉煌，又看到它的腐朽、没落。书中描述了众多皇帝、宰相、文人、妓女、侠盗、平民和少数民族百姓的故事，尤令人欣赏的是，贯穿于每个故事后面的哲理道德、诗人轶事、人物性格、知识典故。作者颇费心思的"评说"，更是三言两语、画龙点睛、启人见解。下面，略抒几点读后感想。

一、奇侠磨勒与妓女红绡

"盗红绡磨勒侠义"，是这本书二百多则故事中奇特的一则，它描述了海外侠客，仗义为崔生从大官员家中盗出歌妓红绡的故事。诚如作者所说："机警、沉着、豪爽、侠义！好一个磨勒，光彩照人。"而歌妓红绡，应当说也是光彩照人的。我们知道，封建社会里"男女授受不亲"，真正的爱情常反映在妓女身上。妓女是最不为封建传统所拘役的阶层，历史上尤其唐代，出现过许多名妓，诸如霍小玉、红线女、杜秋娘、李冶、薛涛等，她们

常崇宜，教授，原《成都大学学报》主编。

远比许多官员更为智慧和人格更为高尚。要是没有她们，唐诗将大为失色，有的诗人如白居易、杜牧之，其诗作的主旋律就是妓女。至于妓女的爱情悲剧，既有殉情而尽的，也有不少受骗上当而殉葬的。唐代的许多妓女，既是值得歌颂的璀璨明珠，又是封建的悲剧人物。我们不必把她们神圣化，然而更不应把她们丑恶化。另在书中"不劫金银只劫诗"里的绿林大盗，劫持了李涉的船，听说李是诗人，只求诗一首，反以牛酒招待。最后盗首韦思明，受到诗人的启发，改恶从善，放下屠刀。说明侠盗在封建社会里也有可值得称道、歌颂的英雄人物。

二、文人的狂妄与自知之明

中国文人传统上的劣根性甚多，书中做了淋漓尽致的描写。如温庭筠恃才傲物，恰好被皇帝知道，贬谪流落。还有文学狂徒萧颖士生性很坏、性格古怪，肆意辱骂穿着便服的老王尚书，回家又每每鞭打仆人百余下。然而第一流的大文人，也常有自知之明，李白"骑驴闯县衙"可谓狂妄之至，但他见到崔颢黄鹤楼题诗，竟"搁笔"叹息："眼前有景道不得，崔颢题诗在上头。"白居易也有几次看见别人的好诗，表示服气，不敢再吟。大体说来，三流文人容易自高自大，一流文人总是有自知之明。"文人相轻"是文人的又一劣根性，如号称"李才子"的李峤嫉妒成性。宋之问阿谀奉承，抢夺他人的荣誉，人品卑下，是又一种劣根性的表演。书中还多有趋炎附势、点缀升平、抄袭剽窃、纵酒狎妓以致绝望虚无的，说明史上许多知识分子往往自鸣清高，其实有时是很世俗、很可怜的。

三、帝王的无耻与官僚的腐败

最无耻的恐怕要算唐明皇了，当年"三千宠爱在一身"，叫大臣们对杨贵妃行跪拜之礼，一旦到了关键关头，为了自保可以把她抛出来当替罪羊。无怪乎李商隐挖苦说："此日六军同驻马，当时七夕笑牵牛"，"如何四纪为天子，不及卢家有莫愁"。这本书对于官僚的贪污受贿成风，高官们深宅大院，妻妾成群；对于社会分化、风气的腐败，"血统论"流行，科举考试作弊，冤假错案频发等导致大唐帝国由盛而衰，均有揭露，所例寓意深刻、发人深省。

四、文人稿费的高昂与财富分化

文赋盛名由来已久。"收润笔专售肥文"记载大名士李邕擅长碑颂，各处庙宇都带上黄金锦帛请他的书法，收入巨万。韩愈《平淮西碑》，稿费得绢五百匹。当然也还有要登门索求别人才给点稿费的穷书生。就是同为诗人，其收入差距的分化也是惊人的。更不要说官员与平民百姓的差别了。对比今日的低稿酬制和文章版面费，笔者记得今人报刊常有文章对古人的稿费钦羡不已。据说鲁迅先生稿费多时月也可两万，足以补贴办刊、养家、接济朋友，似今之明星演员。当然，今天的博士硕士无数，报刊上万家，文章泛滥，自然一般文章就不值钱了。但另一方面，我们也确应为当下文化人的收入分化现象而担忧，文化是一个国家的软实力，千万不要步大唐帝国晚年的后尘。

与流行的唐诗书籍视角不同，《唐诗夜航》构思别出新颖，书中的许多故事包含着丰富的哲理，如"居安思危""浪子回头金不换"等合乎今之辩证法。还有若干典故，对于普通读者来说均能增长知识，一般青年读者未必都知道，读后自有裨益。

后　记

1932年章太炎应苏州"曲石精庐"李根源之邀，为出土的王之涣墓志题跋说"诵其诗而不悉人之行事"，如何了解诗人"平生高节"，不知本末，如何把握诗歌真髓。

《唐诗夜航》择取唐诗一千多年来流传的逸闻趣事作生动介绍，讲究趣味性、知识性、评点性，让广大读者在轻快阅读中增长知识，提升修养，建立正确是非观，收获高贵的正能量精神。

前人私家笔记、史传碑志、稗官野史、传奇小说、诗话杂录，能钩沉稽古，温故知新，补正史之阙遗。写作中，我们广采博收，融通古今，汇搜奇、品鉴、点评于一体。对诗人，从人品处世取舍，缘情见性；对诗事，从文史角度扩张，见微知著；对诗作，从文学审美征引，陶情养性；再以今之立场"短评新说"，画龙点睛。全书共析出两百多专题，对相关文史显微阐幽，褒贬品评，开导人心。写作中力求"浅出"，充分考虑教师教学、学生学习、唐诗爱好者、广大群众的使用。

随年岁增长，对待古典文学，无论选题还是篇幅，都越来越短，越来越小，叫"知短知小"。《礼记·乐记》云"作者之谓圣，述者之谓明。明圣者，述作之谓也。"故而"述"乃是传承；"作"则是创新。品读文史，缺乏政治学素养，便难致深远；史识陈旧，便难出新见。鉴赏唐诗，不对诗人诗事做考证分析，便难知真相，难见真情。今人述作，喜西人方法评人物，追新求异，乃是"非圣"；喜君子小人论行事，非此即彼，乃是"不明"。两者皆不足取。曾在"诗经名物"群里，见人感叹："眼下认真搞东西的少，抄来抄去的多。"确乎，抄，浮在上面；沉，自有体会。

培根说"读史使人明智，读诗使人灵秀"，愿我们跨越时间和空间限制，感受唐人事迹和智慧，从中学习有益经验，增长人生智慧。

最后要感谢我职业生涯中工作的学校成都大学，感谢校领导开创的良好人文学术风气，感谢文学与新闻传播学院领导长期的关爱，从年轻就一起战斗的岁月令人难忘。感谢中国文史出版社方云虎老师的辛劳付出，不尽之意尽在言外。尚要鸣谢惠赐墨宝的名流马识途、流沙河、孙琴安先生及成都大学书法篆刻家刘益明兄，为拙著添花织锦，铺彩叠翠，题字增华。

壬寅春，原成都大学中文系毕业的青年辞赋家、传统诗词家杜均先生，寄我贺赠诗，情见乎辞，动于衷而形乎声采文章，诗如下：

> 林泉蕴藉旧风神，杯酒谈扬趣味真。
> 教席生涯能法古，斯文志业在维新。
> 五车书里频张目，百尺竿头更进身。
> 想见弦歌长激发，一门桃李斗青春。

张　起
2022 年 6 月 13 日改于
龙泉驿明蜀王陵村